KB095982

오 후 의

이

자

벨

ISABELLE IN THE AFTERNOON | DOUGLAS KENNEDY

오후의

이
자
벨

ISABELLE IN THE AFTERNOON | DOUGLAS KENNEDY

밝은세상

동상이몽(同床異夢)

– 중국 사자성어

1

이자벨 전에 나는 섹스를 전혀 몰랐다.

이자벨 전에 나는 자유를 전혀 몰랐다.

이자벨 전에 나는 파리를, 섹스와 자유가 영원한 두 가지 주제인 그 도시를, 전혀 몰랐다.

이자벨 전에 나는 인생을 전혀 몰랐다.

이자벨 전에······.

추억이라는 거울로 뒤를 비춰보면······.

이자벨 전에 나는 그저 애송이였다.

이자벨 후에는?

'전에'의 후와 '후에'의 전, 모든 이야기는 그렇게 구성된다. 사랑의 그림자가 드리워진 이야기는 특히 더.

이자벨에 관한 이야기는 늘 사랑이었다.

두 몸이 하나가 된 오후가 아니어도.

오후와 이자벨.

끈질기게 계속되는 작은 이야기의 역정. 적어도 나에게는 큰 이야기다. 내 인생에서 가장 중심이 되는 이야기니까.

어떤 인생이든 하나의 이야기다. 끝이 있는 이야기. 그래서 나의 역사, 인간의 역사가 만들어진다. 아무리 덧없거나 보잘것없어 보이는 인생이라도 모두 중요하다. 모든 인생이 소설이다. 모든 인생에는 그 나름의 '이자벨과 함께한 오후'가, 모든 것이 무한하고 가능한 것 같은 때, 사하라사막의 모래폭풍처럼 걷잡을 수 없었던 시절이 존재한다.

오후와 이자벨.

어느 시기, 내가 더없이 희미한 개념을 마주했던 곳.

그 더없이 희미한 개념은?

행복.

· · ·

파리.

내 나이 스물한 살에 처음 가보는 곳. 1977년, 내 손목시계로 오전 8시 18분에 나는 파리 북역의 쌀쌀한 광장에 달린 아르데코 풍 시계 아래를 지나가고 있었다.

파리의 1월은 온통 흑과 백으로 이루어진 세상이었다. 끝없는 어둠이 파리를 잠식했다. 나는 암스테르담에서 탄 밤기차에서 내렸다. 무려 8시간이나 기차 여행을 했다. 사람이 가득 들어찬 객차에서 나는 앉은 채로 선잠에 들었다. 프린세그란츠에 있는 커피숍에서 합법적인 대마초를 피운 뒤 곧장 기차에 올라 객차 안에 있는 내내 머리가 멍했다. 지하철 입구에 작은 빵집이 있었다. 크루아상과 커피로 간밤에 아무것도 먹지 못한 배를 채웠다. 3프랑을 내고 카멜 한 갑을 샀다. 하루치 담배였다. 이른 아침에 남쪽으로 가는 5호선을 기다리며 담배연기를 깊숙이 빨아들였다.

동이 튼 지 얼마 지나지 않아서인지 객차 안은 여유로웠다. 모두들 입김과 담배연기를 내뿜었다. 당시 파리 지하철 객차에는 겨드랑이 냄새와 담배 타는 냄새가 잔뜩 배어 있었다. 나무로 된 객실에 지하의 아콰마린 빛을 드리운 어둑어둑한 형광등 불빛이 어려 있었고, 전쟁에서 장애를 입은 사람에게 자리를 양보하라는 방송이 수시로 흘러나왔다.

나는 5구 지쇼에 있는 호텔 주소를 들고 있었다. 파리 식물원

근처의 별 반 개짜리 호텔이었다. 숙박비는 1박에 40프랑이었고, 미화로는 6달러였다. 하루 40프랑으로 음식을 사먹고, 영화관에 가고, 담배를 피우고, 카페에 가고…….

나는 위의 문장을 어떻게 끝맺어야 할지 알지 못했다. 파리에서 나는 특별히 할 일이나 계획 없이 움직였다. 미국 중서부 지방에 있는 주립대학교를 조기에 졸업한 직후였다. 그 주립대학교에서는 졸업생들을 더 높은 사회적 지위에 오르게 하기 위해 유명 로스쿨에 진학한 학생에게 장학금을 주고 있었다. 하버드 로스쿨에 진학한 나는 장학금 수혜 대상자였다.

추수감사절에 집에 내려가 아버지에게 전액 장학금을 받게 되었다고 하자 나를 교육시키느라 쏟아 부은 돈이 마침내 빛을 보게 되었다며 칭찬했다.

"잘했다."

내가 곧 다가올 크리스마스를 보내고 나서 대서양을 건너 파리에 가겠다고 하자 아버지는 '잘했다'는 말을 하지 않았다. 아버지는 무뚝뚝한 성격에 그다지 살갑지 않은 사람이었다. 그렇다고 괴물은 아니었고, 끔찍한 훈육을 고집하지도 않았다. 내게 아버지는 존재하지 않는 사람이나 다름없었다. 아버지는 출장을 가지도 않았고, 대부분 저녁 6시면 퇴근해 집에 왔지만 아버지의 존재감이 느껴지지 않았다. 아버지는 지방에서 직원이 모두 합해 세 명인 보험회사를 운영했다.

아버지는 직업군인이었던 할아버지를 늘 '대령님'이라고 불렀다. 할머니가 전이가 빠른 암으로 세상을 떠난 뒤 아버지는 어린 시절 대부분을 엄한 할아버지에 대한 두려움에 떨며 보냈다고 말한 적이 있다. 그때를 빼고 아버지가 나에게 속내를 내비친 적이 없었다. 아버지는 나에게 그리 엄격하지도 않았다. 더구나 나는 늘 조심성 많은 아이였고, 착한 학생이었다. 애정에 박한 아버지를 만족시키고 싶어 늘 조용하고 성실했다.

어머니는 학교 교사인 여성으로 매사 금욕적이었고, 결혼생활이 정한 운명에 순응하는 사람이었다. 아버지와 말다툼 한 번 한 적 없었고, 충실한 주부 역할을 다했다. 게다가 나를 '더 큰일을 할 착한 아이'로 키웠다. 어머니 덕분에 책에 관심을 갖게 됐다. 어머니가 사준 지도책을 보며 변방의 경계 너머 세상에 대한 호기심이 생겼다. 아버지와 달리 어머니는 나에게 조심스레 애정을 쏟았다. 나름의 계산된 방식이긴 해도 나는 어머니의 사랑을 느꼈다.

어머니가 병을 앓기 시작했을 때 나는 겨우 열두 살이었다. 어머니를 잃을지도 모른다는 생각은 내게 엄청난 공포를 안겼다. 어머니가 암 진단을 받고 죽음에 이르기까지 6주의 시간은 내게 악몽의 연속이었다. 어머니가 세상을 떠나기 열흘 전에야 나는 암세포가 온몸에 전이된 말기 암 환자였다는 사실을 알게 되었다. 그 이전부터 어머니가 많이 아프다는 건 알고 있었지만 얼마나 심각한 상태인지 아무도 말해주지 않았다. 집에서 1시간 거리인 병원으로 실려 가던 날 어머니는 비로소 나에게 살날이 얼마 남지 않았다는 사실을 본인이 직접 알려주었다. 그 말을 들은 이후 나는 며칠 동안 심각한 공황상태에 빠졌다. 아버지가 금요일에 예고도 없이 학교를 방문해 담임선생님에게 뭐라고 속삭인 뒤 나를 불러냈다.

아버지가 나를 학교 밖으로 데려가더니 말했다.

"네 어머니가 위독해. 서둘러 가봐야 해."

병원으로 가는 동안 아버지와 나는 거의 대화를 나누지 않았다. 병원에 도착해보니 어머니는 이미 코마 상태에 빠져 있었다. 그날 밤을 넘길 가망이 없었고, 담당 의사는 아버지에게 마음의 준비를 하라고 일러주었다. 어머니는 끝내 코마 상태에서 빠져나오지 못했고, 나는 변변한 인사도 하지 못하고 어머니와 작별했다.

어머니가 세상을 떠난 이듬해, 아버지는 도로시라는 여자와 결혼한다고 나에게 통보했다. 교회에서 만났고, 회계 일을 하는 사람이었다. 도로시는 아버지처럼 과묵한 성격이었고, 언제나 일정한 거리를 두고 나를 조심스럽게 대했다.

내가 주립대학교에 입학하자 도로시는 아버지를 설득해 큰 집을 팔고 두 사람만 살 집을 구했다. 아버지가 도로시처럼 냉정한 여자와 결혼한 것도 좋았다. 아버지가 나에게 옆에 있어

달라고 말한 적은 없었지만 집에 있어야 한다는 부담감을 갖고 있었기에 오히려 마음이 홀가분했다. 도로시 덕분에 아버지 옆에 있어야 한다는 생각에서 벗어날 수 있었다. 아버지는 내 앞에서 좀처럼 약한 모습을 보이지 않았다. 도로시는 나에게 언제든지 집에 들러 손님방을 써도 된다고 말했다. 나는 추수감사절이나 크리스마스 같은 명절에는 집에 들러 손님방을 쓰겠지만 가급적 집에서 자지 않겠다고 말했다. 내가 장학금을 받고 로스쿨에 입학하게 되었다고 하자 아버지와 도로시는 매우 기뻐했지만 뒤이어 파리에 가겠다고 하자 그다지 환영하는 기색이 아니었다. 아버지는 전쟁 당시 해군으로 복무할 때 외국에 나가 본 걸 빼면 미국을 떠난 적이 없었고, 자신의 좁은 인생 너머에 존재하는 거대한 세계를 맹목적으로 불신했다.

"파리에 간다고? 그 문제는 좀 의논해 봐야 하지 않겠냐?"

"지금 의논해보려고 말씀드린 겁니다."

나는 지역 로펌에서 인턴 일을 하고, 대학 도서관에서 일주일에 10시간 동안 서가 정리를 하고, 아버지가 강조하던 대로 늘 검소하게 생활한 덕분에 외국에서 몇 달 동안 지내기에 충분한 돈을 모아두었다. 게다가 지난 두 학기 동안 로스쿨에서 필요한 학점을 모두 따놓았기 때문에 등록금과 시간을 벌어둔 셈이었다. 내 설명을 다 듣고 나서도 아버지는 나의 파리행에 대해 난색을 표했다.

"나는 찬성하지 않는다."

도로시는 내가 로스쿨에서 필요한 학점을 미리 따놓았고, 전액 장학금을 받게 돼 수천 달러나 되는 등록금을 아낀 점을 거론하며 파리행에 찬성했다. 아버지도 그 후로는 반대하지 않았다. 내가 떠나는 날 아버지는 나를 차에 태워 공항까지 바래다주고, '여행 선물'이라며 200달러가 든 봉투를 건넸다. 아버지는 의례적으로 나와 포옹하고 나서 파리에 가면 종종 연락해야 한다고 말했다.

"이제 너도 다 컸으니 알아서 해라."

아버지는 새삼 그렇게 말했지만 나는 늘 내 일을 스스로 알아서 해왔다.

지하철에서 나보다 몇 살쯤 나이가 더 많아 보이는 여자가 내 파란색 다운재킷과 백팩, 하이킹 부츠를 눈여겨보았다.

외국에 와서 갈 곳을 잃은 미국 대학생인가?

여자의 표정을 보아하니 그렇게 단정하는 듯했다. 나는 애송이 이미지를 벗어버리고 싶었다. 지금껏 나를 가로막아왔던 한계와 조심성을 모두 깨버리고 싶었다. 그 여자에게 전화번호를 물어보고 나서 말해주고 싶었다.

'내가 더 멋진 옷을 입고 나서 연락할게요.'

아쉽게도 나는 프랑스어를 하지 못했다. 파리 5구의 대학캠퍼스 앞에 있는 군수용품 가게 앞을 지나다가 검정 피코트를 발견했다. 가게로 들어가 입어 보니 잭 케루악 같은 떠돌이 느낌이 났다. 가격이 400프랑이었고, 내 형편상 비싼 옷이었지만 겨울 내내 입고 다닐 수 있는 코트였다. 이 도시 분위기에 자연스럽게 섞일 수 있는 코트를 입으면 더는 미국에서 온 어수룩한 여행객으로 보지 않을 듯했다.

나는 혼자여서 더욱 초조했다. 프랑스어를 못하고, 친구도 없고, 내 인생을 규정할 확고한 방향 설정도 되어있지 않은 상태였다.

초조감은 자유에서 오는 현기증이다.

나는 검정 피코트를 입고 파리에 있었고, 자유로웠다.

난생처음 내 삶이 타불라 라사(라틴어로 '텅 빈 석판'이라는 뜻 : 옮긴이)가 된 느낌이었다.

텅 빈 석판은 종종 두려움을 몰고 올 수 있다. 특히 작은 확신에 기대 안정적인 삶을 추구하며 살아가는 게 무엇보다 중요하다는 믿음을 신봉하는 가정에서 자란 나 같은 사람에게는 더욱 그랬다.

호텔에 도착해 일주일치 숙박비를 내고 키를 받아 방으로 올라가 문을 닫은 뒤 침대에 누워 비몽사몽 중에 몇 시간을 생각했다.

'난 이제 무엇에도, 누구에게도 얽매어 있지 않아.'

현기증 나는 깨달음이었다.

호텔방의 오래된 황동 침대, 웨하스처럼 얇은 매트리스, 때가 덕지덕지 끼어있는 세면대, 녹슨 수도꼭지, 울퉁불퉁한 옷장, 낡은 탁자와 의자 하나, 오랜 세월 담배연기에 찌들어 누렇게 변한 꽃무늬 벽지, 소음이 큰 라디에이터, 골목이 내다보이는 창, 방음이 안 되는 벽, 타자기 소리, 끝없이 이어지는 기침 소리 속에서 나는 죽은 듯이 잠을 자다가 늦은 오후에 깼다. 욕실은 복도 끝에 있었다. 쪼그려 앉아 볼일을 보는 변기, 낡은 녹색 비닐 커튼으로 가린 샤워기 헤드만 달랑 있는 욕실이었다. 다행히 물은 뜨거웠다. 몸과 머리에 듬뿍 비누칠을 하고 하루 종일 잔 잠기운을 씻어냈다. 침대에 놓여있던 거친 수건으로 몸을 닦고 가운데만 가린 가운데 얼른 방으로 돌아왔다.

드디어 새로 산 옷을 입고 세상으로 나갔다. 눈이 내린 파리는 하얗게 표백되어 있었다. 하루 종일 따뜻한 음식을 먹지 못한 탓에 몸이 배가 고프다고 아우성쳤다. 생미셸 대로에서 작은 식당을 찾아냈다. 스테이크와 레드 와인 500밀리리터, 크렘 캐러멜이 모두 합해 25프랑이었다. 나는 마음속으로 생각했다.

가격과 가치에 너무 신경 쓰지 마.

절약과 자기부정은 내 성장기를 지배한 두 가지 중요한 가치였다. 이제는 모두 벗어던져버리고 싶었다. 앞으로 다섯 달 동안 아버지에게 손을 벌리지 않고 살 결심이었다. 6월 1일부터 미니애폴리스 연방 법원에서 인턴으로 일하기로 했다. 9월부터 로스쿨 생활이 시작되니까 그 전까지 파리 여행을 맘껏 즐기고 싶었다. 무엇보다 예산을 벗어나지 않는 지출이 중요했다.

나는 추위 속에서 계속되는 눈을 맞으며 거리를 돌아다녔다. 오랜 역사를 가진 도시에서 자라지 않은 사람은 파리 시내를 거닐다보면 한없이 작아지는 느낌을 받게 된다. 나는 파리의 유명 건축물들을 볼 때마다 눈이 휘둥그레졌지만 사실 뒷길, 구불구불 이어지는 미로 같은 골목에 더 마음이 끌렸다. 섹슈얼한 분위기를 풍기는 도로, 행인들을 유혹하는 밤의 여인들, 담벼락, 가로등, 퐁 네프 다리 석조 난간에 기대어 서로의 몸을 꼭 껴안고 있는 연인들. 나는 센 강을 따라 걸었다. 끊임없이 물결치는 강물을 배경으로 사랑을 속삭이는 연인들이 부러웠다. 타인과 교류를 나누고 있는 사람, 나처럼 어두운 길을 걸으며 외로움을 느끼고 있지 않은 사람들이 부러웠다.

· · ·

나는 거리를 떠돌아다니는 법을 배웠다.

파리에서 보낸 첫 주는 바로 목적 없이 오래 '떠돌아다니기'였다. 오전 10시에 일어나 호텔 옆 카페에 갔다. 매일 아침마다 똑같은 메뉴인 크루아상과 오렌지주스를 먹었다. 환경미화원이나 도로공사 노동자들이 주로 들르는 카페여서 가격이 무척이나 저렴했다. 언제나 피로에 지친 눈을 한 카페 주인이 프로페셔널한 태도로 카운터 뒤에 서 있었다. 내가 나흘 연속으로 나타나자 주인은 고개를 끄덕여 인사했다. 나도 '봉주르' 하고 인사했지만 통성명은 하지 않았다.

영자 신문을 매일 사서 읽기에는 돈이 너무 많이 들었다. 카페 주인이 바 뒤에 놓아두었던 전날 신문을 내게 건네주며 말했다.

"손님이 묵는 호텔의 어느 투숙객이 아침을 먹기 전에 꼭 신문을 사서 읽다가 테이블에 두고 가죠."

적어도 나는 주인이 말한 프랑스어를 그렇게 해석했다. 나는 수첩과 싸구려 만년필, 프랑스어 사전, 기본 동사 문법책을 구입해 매일 단어 열 개와 변형 동사 두 개를 외우기 시작했다.

'매일 아침 7시. 그는 잠을 많이 자지 않는 것 같다. 삶에 너무 많이 멍든 눈의 남자.'

나는 그 묘사가 정말 좋아 수첩에 적었다.

Un homme aux yeux trop mâchés par la vie.

카페 이름은 〈르셀렉트〉였다. 실제로는 고를 게 아무것도 없는 카페였으니 당연히 모순되는 이름이었다. 테이블이 몇 개 안 되는 조그만 카페였다. 나는 이전에 카페를 이용한 적이 없었다. 미국 커피숍, 미국 식당, 미국 드립 커피에 대해서만 익숙해 있었다. 껌을 씹으며 지친 미소를 짓는 웨이트리스, 주크박스, 지저분한 리놀륨 바닥이 있는 〈르셀렉트〉에서 사람들은 아침부터 술을 마실 수 있었다. 환경미화원들은 커피에 술을 넣어 마셨고, 경찰관들은 라벨 없는 레드와인을 마셨다.

나는 특이하게도 손님들이 돈을 내는 모습을 볼 수 없었다. 카페 주인이 나에게 외상에 대해 알려주었다. 정오까지 카페에 앉아 전날 신문을 읽고, 담배를 피우고, 수첩과 만년필을 꺼내 프랑스어를 익혔다. 자리를 비켜 달라는 말은 한 번도 듣지 않았고, 나를 방해하는 사람은 없었다. 〈르셀렉트〉 카페의 중요한 덕목이 뭔지 알게 되었다. 그 자리에서 만들어지는 공동체 분위기, 냉정한 도시 한가운데에서 찾을 수 있는 따뜻한 피난처.

정오 무렵 카페를 나가 어슬렁어슬렁 걸었다. 샹폴리옹에 있는 영화관에 갈 때가 많았다. 옛 서부극, 필름누아르, 뮤지컬, 알프레드 히치콕, 하워드 혹스, 오손 웰스, 존 휴스턴의 영화제가 이어졌다. 스크린 하단부에서 프랑스 자막이 춤추는 영화. 10프랑을 내고 숨을 수 있는 장소.

나는 파리 전체를 걸어서 돌아보기로 마음먹었다. 박물관과 미술관을 둘러보았고, 영문서적을 파는 서점에 정기적으로 갔다. 롱바르 가에 있는 재즈 술집에 갔을 때 난생처음 타진 요리를 먹어보았다. 고독한 밤낮을 이기려는 안간힘으로 나는 바삐 움직였다.

거리를 돌아다니면 외로움을 누를 수 있어.

파리를 떠돌아다니는 동안 내 안의 공허감이 더욱 커졌다. 내 자신이 왠지 불만스러웠는데 이유를 알 수 없었다. 집이 그립지는 않았다. 앞으로 미국에서 벌어질 일들에 대해 기대하고 있지도 않았다. 눈앞에 펼쳐진 거리에서 새로운 경험들을 하며 돌아다니다보면 나름 신나고 즐거웠지만 짙은 얼룩처럼 내안의 슬픔이 가시지 않았다.

호텔 옆방 커플은 항상 다투었다. 프런트에서 야간 근무를 서는 오마르가 그 커플이 세르비아에서 온 난민들이라는 걸 알려주었다. 그 커플은 늘 서로에게 화를 내며 다투었다.

"서로 다정하게 대하면 그 두 사람의 세계는 깨져요. 그래서 계속 화를 내며 싸우는 거죠."

또 다른 방에서 밤늦도록 타자기 소리가 이어졌지만 그다지 신경 쓰이지는 않았다. 탁 탁 탁. 그 소리는 마치 메트로놈 같은 효과를 내며 나를 잠의 세계로 이끌었다. 파리에서 지낸 지 일주일이 지난 어느 날, 재즈 클럽에 갔다가 늦게 돌아와 방으로 걸어가는데 옆방 문이 조금 열려 있었다. 자욱한 담배 연기 속에서 빛이 새어나왔다. 연기 속에서 남자 목소리가 들려왔다.

"들어오세요."

미국 억양이었다. 문을 열었더니 20대 중반 남자가 내 방과 똑같은 구조의 방 의자에 앉아 있었다. 어깨까지 내려온 금발, 둥근 철제 안경, 입에 문 담배, 연기에 가려진 미소.

남자가 말했다.

"우린 이웃이죠? 난 프랑스어 실력이 형편없지만 그래도 프랑스어로 말할까요?"

"영어가 좋아요."

"타자기 소리 때문에 잠을 설쳐 따지려고 온 건가요?"

"보다시피 난 코트를 입고 있잖아요. 외출했다 돌아오는 길이었어요."

"열린 문 사이로 힐끔 보던데 나랑 인사를 나눌 생각이었나요?"

"불편하면 그냥 갈게요."

"아니, 잠시 앉아요."

이렇게 나는 폴 모스트를 처음 만났다.

"네, 글을 써요. 아뇨, 아직 출간된 책은 없어요. 아뇨, 소설 내용은 말해주지 않을래요. 네, 뉴욕에서 왔어요. 네, 나를 망칠 만큼의 신탁기금을 받았죠."

폴은 권위주의적인 아버지를 피해 달아난 피난민이었다. 투자금융인, 흰 구두, 인맥, 파크 애비뉴, 성공회 교도.

"사립 고교에서 아이비리그 대학으로 이어지는 코스였지. 하버드에 입학했는데 쫓겨났어. 공부에는 관심이 없었거든. 상선

선원으로 2년 동안 일했지. 유진 오닐(극작가 유진 오닐은 선원 생활을 한 적이 있다 : 옮긴이)에게는 그 생활이 먹혔잖아. 아버지 연줄로 하버드에 다시 들어가 겨우 졸업했어. 평화봉사단에 참가해 오트볼타에서 일 년을 보냈지. 거기서 임질, 매독, 질편모충염 같은 성병을 경험했지. 15개월 전에 와가두구에서 파리에 왔는데 이 호텔을 발견하고 협상을 했어. 그 결과 밤에 타자기를 붙잡고 여기 앉아 있게 된 거야."

"아버지가 강제로 미국으로 불러들여 월스트리트에 눌러 앉히려고 하지 않던가?"

"아버지는 이제 날 포기했어. 오트볼타에서 뎅기열을 앓느라 정신이 나갔을 때였는데《하버드 매거진》에서 동문 소식을 싣겠다며 근황을 써달라는 거야. 내가 뭐라고 썼는지 알아? '1974년 졸업생 폴 모스트, 서아프리카에서 사면발니에 시달리며 살고 있다.' 제법 재치 넘치는 글 아닌가?"

"그대로 인쇄되어 책에 실렸어?"

"아니, 당연히 잘렸지만 하버드에서는 소문이 빨라. 아버지가 아메리칸익스프레스 파리지사에서 일하라고 편지를 보냈어. 이제 아무런 도움을 주지 않을 테니 알아서 살아가라는 거야. 할아버지가 다섯 손자들에게 남긴 신탁기금은 아버지도 어쩔 수 없었지. 만 25세가 되면 내 몫의 신탁기금을 저절로 받게 되어 있으니까. 7개월 전 25번째 생일을 맞았어. 아버지가 나를 내친 직후였지. 매달 800달러가 깔끔하게 내 계좌로 입금되더군. 이 호텔에서 장기 투숙하는 조건으로 숙박료를 1박에 25프랑씩 내기로 했어. 한 달에 100달러가 조금 넘는 돈으로 파리에 작은 집을 마련한 셈이지. 일주일에 두 번씩 호텔에서 시트도 갈아주잖아."

폴은 나에게 어디서 자랐는지 물었다. 나의 대답을 들은 폴이 말했다.

"답답하고 좁은 고향에 갇혀 살았네."

내가 술을 가리키자 폴이 한 잔 따라 건넸다. 나는 폴의 카멜 담배도 한 개비 얻어 피웠다. 폴은 나에게 어느 대학을 나왔는지 물었고, 나는 기본 정보들을 알려주었다.

"세상에! 아버지 보험회사에 들어가기 전에 유럽 투어를 할 돈을 모았어?"

"9월에 하버드 로스쿨에 들어가."

그 말에 폴이 주목했다.

"정말?"

"정말."

"좋았어, 하버드 친구."

'그리고 아버지의 사랑을 받지 못한 친구.'

다행히 그 말은 입 밖으로 내지 않았다.

폴은 담배 두 개비를 피우고 와인 세 잔을 마시고 나서 나를 관찰한 바에 대해 말했다.

"자네가 오늘 내 문 앞에서 멈춰선 이유를 알아. 파리가 주는 고통 때문이지. 파리는 혼자인 사람에게는 잔인한 곳이니까. 파리에서는 함께 어울릴 사람이 필요한데 자네는 혼자잖아. 그런 모습을 확인할 때마다 자기 내면에 있는 '길 잃은 어린아이'의 자취가 더욱 도드라지게 느껴질 테고, 싸구려 호텔의 빈 침대로 돌아가야 한다는 사실이 더욱 서글퍼지겠지."

"우리 둘 다 마찬가지 아닌가?"

"아니, 난 함께할 사람이 있어. 지금 여기에 없을 뿐이지. 자네는 파리에 혼자 왔잖아. 만날 사람도 없겠네."

반박불가 진단이었다. 폴의 잔인한 말에 반격을 가하고 싶었지만 그랬다가는 오히려 방어적인 태도로 내 처지를 인정하게 되는 꼴이라 그만두었다. 폴이 바라는 대로 해줄 수는 없으니까.

폴이 능글맞게 웃었고, 나는 말했다.

"인정."

"이런! 자넨 솔직한 사람이야."

"파리에서 외롭지 않으려면 어떻게 하면 되지?"

"프랑스어를 전혀 못하거나 서툴지?"

"아주 기본적인 말만 할 수 있어. 대화는 꿈도 못 꿔."

"내일 밤, 서점에서 파티가 있어. 일종의 출판기념회라고도 할 수 있는데 사빈 친구 파티야. 내가 자네를 초대할게."

"사빈은 누구야?"

"오늘 여기에 있었어야 할 여자. 거기까지만 얘기할게."

"왜 내가 더 물어볼 거라고 생각하지?"

"농장 출신 시골뜨기니까."

"농장 출신은 아니야."

폴이 짐짓 놀리는 미소를 지었다.

"자네를 파티에 초대할 뿐 보호자 역할을 하겠다는 뜻은 아니
야. 자네를 누군가에게 소개하지도 않을 거고."

"그런데 왜 나를 초대하지?"

"외롭다고 하니까. 자비심에서 나온 행동이라고 해두지."

폴이 수첩에 주소를 갈겨썼다.

"내일 저녁 7시야."

폴은 내 회색 데님 바지, 갈색 스웨터, 청색 버튼다운셔츠를
물끄러미 보았다.

"여기는 파리야. 검정색으로 입는 게 좋아."

· · ·

군수품 상점에 다시 갔다. 권투선수 같은 얼굴의 남자가 또
나를 맞았다. 나는 필요한 옷에 대해 말하고 예산이 빠듯하다는

말을 덧붙였다. 남자는 나를 훑어보며 치수를 계산하더니 진열대를 뒤적여 35프랑짜리 검정색 울 터틀넥 스웨터, 45프랑짜리 검정색 울 바지를 꺼냈다. 입어보라고 권하기 전에 남자는 옷에서 먼지를 떨어냈다. 아래위 둘 다 내 몸에 잘 맞았다.

"마침 외인부대에서 신던 검정 부츠가 있어요. 부드러운 가죽제품인데 따뜻하면서도 무겁지 않죠. 밑창도 튼튼하고, 파리에서 신고 다니기에 제격일 겁니다. 가격은 60프랑."

검정 부츠도 신어 보았더니 발에 잘 맞았다.

"모두 합해 110프랑만 받을게요. 이제 '블랙 심포니'가 됐군요."

• • •

"미 전함 '이스트 빌리지 호'에서 방금 전에 나온 사람 같네."

서점에 들어가기 전 폴 모스트와 마주쳤다.

"자네가 스타일을 바꾸라고 해서."

"제대로 바꿨네, 해군."

서점 이름은 〈라 윈느〉였다. 폴은 서점 앞에서 카멜을 피우며 서 있었다. 옆에 여자가 있었다. 깡마른 몸, 부스스한 머리, 바이커들이 주로 입는 재킷, 검정 실크 스카프.

"이쪽은 사빈이야."

나는 손을 내밀어 악수를 청했다. 사빈이 내 행동에 놀란 눈치를 보이더니 내 양쪽 뺨에 키스했다.

"이 친구는 아직 파리 인사법을 몰라."

사빈이 마치 뺨을 때리듯 말했다.

"Tu sais que je refuse de parler en anglais(영어로 말하는 거 싫다고 했지?)."

폴이 유창하고 빠른 프랑스어로 대답했다. 말투에서 적대감이 느껴졌다. 사빈이 뿌루퉁한 얼굴로 받아쳤다.

"T'es un con(이런 바보)."

폴에게 '개자식'이라고 욕을 한 것이었다. 틀린 말은 아니었다.

폴은 얼굴 가득 웃음을 지으며 나에게 말했다.

"누구 때문에 이렇게 됐지?"

폴이 문을 가리키며 나에게 먼저 들어가라고 손짓했다.

그리 크지 않은 서점이었고, 책이 가득 찬 책꽂이가 사방에 놓여 있었다. 나는 서점 안에 있는 술집에서 레드와인을 한 잔 마시고 나서 철학 서적을 판매하는 코너로 갔다.

시몬 드 보부아르, 질 들뢰즈, 자크 데리다, 르네 데카르트, 드니 디드로, 리처드 도킨스……

"Êtes-vous obsédé par les philosophes dont le nom commence par 'D'?(D로 시작하는 이름의 철학자들에게 집착하시나요?)"

나직하고, 낭랑하고, 유혹하는 것 같은 목소리가 들려와 돌아보았다. 구불구불하고 풍성한 붉은 머리에 짙은 녹색 눈은 투명하고 영리하고 관찰력이 뛰어나 보였다. 주근깨 있는 얼굴은 온화하고 편안한 인상이었다. 몸에 딱 달라붙는 검정 원피스, 검정 스타킹, 검정 부츠, 긴 손가락 사이의 담배, 왼손 약지에 낀 결혼반지를 보는 순간 내 머릿속에 든 첫 번째 생각은 '연약하다'였고, 두 번째 생각은 '아름답다'였고, 세 번째 생각은 '반했다'였다. 네 번째 생각은 '빌어먹을 결혼반지'.

"미국인?"

"안타깝게도."

"안타까울 일은 아니죠."

영어실력이 유창했다.

"프랑스어를 못해 안타까워요. 영어를 잘하시네요."

"뉴욕에서 2년 살았어요. 아예 거기에 눌러 살았어야 하는데."

"지금은?"

"여기에 살아요."

"무슨 일을 하세요?"

붉은 머리 여자가 재미있다는 듯 미소를 지었다.

"마치 취조하는 것 같아요. 직업이 변호사예요?"

"변호사가 되려고 합니다. 어디 보자, 당신은 교수?"

"왜 그렇게 내 직업을 알아내려고 애쓰죠?"

"그냥 질문하는 걸 좋아해요."

"호기심이 많은 건 좋은 일이죠. 번역 일을 해요."

"영어를 프랑스어로?"

"독일어를 프랑스어로 번역하기도 해요. 프랑스어를 영어나 독일어로 번역하기도 하죠."

"3개 국어에 능통하세요?"

"4개 국어요. 이탈리아어도 해요."

"제가 '시골뜨기(Rube)'가 된 기분이네요."

"'Rube'가 무슨 뜻이죠? 모르는 단어예요."

"시골뜨기, 촌뜨기, 풋내기, 멍텅구리, 촌놈(Yokel)."

"그런 은어를 만들어낸 사람은 뉴욕 출신 아닐까요?"

"틀림없이 그럴 겁니다."

여자는 어깨에 멘 작은 검정 핸드백에서 검정 수첩과 은색 펜을 꺼냈다.

"Yokel의 스펠링이 어떻게 되죠?"

나는 스펠링을 말했다.

"나는 은어나 속어가 언어의 진짜 색깔이라고 생각해요."

"파리의 은어를 예로 들어보세요."

"Grave de chez grave(보통 심각한 게 아니야)."

"Grave는 '심각한'이라는 뜻이죠?"

"놀랍네요. 프랑스어를 전혀 못한다는 사람이 그 단어를 알다니?"

나는 매일 단어를 외우고 있다고 설명했다.

"부지런하군요. 그럼 'Grave de chez grave.'는 확실히 아니네요. '멍청하다'는 뜻이니까요."

"저도 제 자신을 그렇게 느낄 때가 있어요. 멍청하다고."

"전반적으로? 아니면 여기 파리에서만?"

"여기에서요. 지금 이 서점에서, 온통 똑똑하고 경험 많은 사람들 속에서요."

"지금 스스로 '나는 Rube일 뿐이다.'하고 말하는 거예요? 아, Rube 발음을 내가 제대로 말했는지 모르겠네요."

"은어를 적절하게 잘 활용하시는군요."

"번역하는 사람에게는 어휘력이 전부죠."

"역시 호기심이 많으시군요."

"늘 호기심에 차 있어요."

여자가 슬며시 내 팔을 건드렸다. 잠시 여자의 손가락이 내 팔에 머물렀다. 나는 미소를 보냈다. 여자도 나에게 미소를 보냈다.

"이자벨이에요."

"샘입니다. 아까 철학자 이름에 대해 물었을 때 신기했어요. 책등에 있는 이름들을 보면서 내가 모르는 게 너무 많다는 생각이 들었거든요."

"모르는 게 있다는 걸 알고 있다면 좋은 일이죠. 호기심이 가장 중요하다고 생각해요. 스스로 멍텅구리라고 자평하지 말아요. 이제 길을 찾았잖아요. 파리 사람의 출판기념회에도 왔으니까. 이 파티의 주인공이 쓴 책을 알아요? 아님 저자를 알아요?"

"그냥 불청객입니다."

"그렇다면 더욱 존경스럽네요. 저쪽에 몸집이 작은 곱슬머리 여자가 이 파티의 주인공이죠. 잔 로세페랑이라는 철학과 학생인데 10년 안에 저명한 학자가 될 거예요."

아주 작고 깡마른 여자였다. 표범 무늬 바지와 톱 차림에 부풀린 검은 머리의 소유자였다. 스물여덟 살쯤 된 남자가 옆에 있었다. 바이커 타입 남자로 녹색 선글라스를 쓰고 있었고, 대화가 더없이 지루한 표정이었다. 남자의 손이 여자의 엉덩이에 가 있었다.

"무슨 말씀인지 전혀 모르겠어요."

"그렇겠죠. 여기 우리 세계를 아주 많이 알려주는 말이었어요. 파리에 오래 머무르면서 프랑스어를 익히면 다 이해될 거예요."

"몇 달밖에 시간이 없어요. 돌아가야 하니까."

"그럼 많이 배우지 못하겠네요. 그건 파리의 방식이 아니죠."

"배워야 하는 목적이 뭔지 모르겠어요."

"목적? 미국식 단어이자 개념이네요."

"그게 뭐 잘못됐나요?"

이자벨의 손가락이 다시 내 팔에 살짝 닿았다.

"아니, 전혀요. 여기서는 아무도 목적이나 목표를 말하지 않아요. 여기 사람들은 관념적이고, 자기 지성에 눈이 멀죠. 인생에서 중요한 건 자신이 원하는 걸 규정하는 거예요. 자신의 한계를 정하는 것."

"당신 자신은 자유롭다고 생각해요?"

"그렇다고도 할 수 있고, 아니라고도 할 수 있죠. 어떤 일들은 내 스스로 인정하고, 어떤 일들은 선을 넘지 않으려고 해요. 대도시에서 살아가는 사람이라면 흔히 해야 할 타협이죠."

"저는 대도시에서 살지 않았어요."

"파리에 왔으니 이제 대도시 생활이 시작된 거죠."

이자벨이 손목시계를 힐끔 보았다.

"시간이, 시간이……. 저녁 약속이 있어서……."

나도 모르게 불쑥 이자벨의 손을 잡았다.

이자벨이 눈을 감았다가 뜨더니 손을 떼고 물러섰다.

"즐거웠어요, 샘."

"저도 즐거웠어요, 이자벨."

정적.

이자벨이 정적을 깼다.

"자, 이제 내 전화번호를 물어봐요."

"전화번호를 알 수 있을까요?"

이자벨이 내 눈을 똑바로 쳐다보았다.

"그럼요."

이자벨이 핸드백에 손을 넣어 명함을 꺼냈다.

"오전과 오후에는 거의 여기에 있어요."

이자벨이 내 양쪽 볼에 키스했다. 방금 만난 사람을 내가 이토록 바라게 되다니? 이자벨도 내 감정을 알아챈 듯 미소를 지었다.

"À bientôt(다음에 봐요)."

그 말을 끝으로 이자벨은 이내 사라졌다.

나는 명함을 손에 쥐고 가만히 서 있었다. 그런 다음 단순한 디자인의 검정 글자를 뚫어져라 바라보았다.

ISABELLE de MONSAMBERT(이자벨 드 몽상베르)

Traductrice(번역가)

9 rue Bernard Palissy(베르나르 팔리시 9번지)

75006 Paris(75006 파리)

01 489 62 33

지갑을 꺼내 명함을 꽂았다. 전화하고 싶은 마음이 사라지지 않을 거라고 믿고 싶었다.

"이자벨의 전화번호를 받았군."

폴이 손에 와인 병을 들고 옆에 와 있었다.

"그 여자 이름을 어떻게 알아?"

"지난주에 다른 책 출판기념회에서 만나 이야기를 나누어본 적이 있어. 내가 전화번호를 달라고 했을 때는 주지 않았는데, 자네는 선택받은 거야. 문제는 이제부터 자네가 얼마나 기회를 잘 활용할 수 있는지에 달려 있겠지."

· · ·

폴은 사빈과 함께 서점을 나갔다. 작가에게 다가가 인사했더니 미소를 지어보였다. 작가의 남자인 바이커 청년이 얼굴을 찌푸렸다. 주위를 둘러보니 파티는 어느새 끝나가고 있었다. 나는 파리의 밤거리로 나왔다. 주변 카페에 들어가 메뉴판을 보았다. 내 지갑 사정으로는 과한 가격이라 5구로 돌아가 값싼 빵집을 찾아냈다. 크로크 무슈를 먹고 값싼 와인 두 잔을 마시며 이자벨과 나는 대화를 곱씹어보았다. 지갑에서 이자벨의 명함을 꺼내 다시 들여다보았다. 왼손약지에 끼고 있던 결혼반지가 머릿속에서 아른거렸다. 이자벨은 나를 초대했다.

'À bientôt(또 만나요).'

내가 전화하면 정말 반갑게 받아줄까?

우체국에서 가져온 봉함엽서와 만년필을 꺼냈다. 아버지에게 간단한 편지를 썼다.

　잘 지내고 있고, 파리는 흥미로운 곳이라고(아버지는 적당히 말하는 걸 좋아했다). 여름에는 인턴으로 일하고, 그다음 하버드 로스쿨 생활을 기대한다고. 편지의 끝맺음은 파리에서 잘 지내다가 문제없이 집으로 돌아갈 거라고. 대부분 아버지를 안심시키려는 말이었다. 나는 여전히 아버지로 대변되는 권위로부터 칭찬을 듣고 싶었다. 아버지가 나에게 완전히 냉담했다면 무관심을 쉽게 무시할 수 있었을지도 모른다. 아버지는 나에게 차가웠던 적이 없었다. 그저 내 자책감이 문제였을 수도 있었다. 아버지의 무관심은 나 때문이라는 자책감.

　엽서에 '사랑하는 아들 샘'이라고 적고 나서 와인을 마저 마셨다. 담배를 한 개비 더 피운 뒤 호텔로 돌아와서도 지갑에서 이자벨의 명함을 꺼내 테이블에 내려놓았다. 그 위에 수첩을 올려놓았다. 명함은 이틀 동안 그 자리에 그대로 놓여있었다. 그 이틀 동안 평소와 다름없이 아침을 먹고, 영화관에 가고, 거리를 돌아다녔다. 말상대가 필요해 폴의 방문을 노크한 적도 있었다. 폴의 방에서는 아무런 대답이 없었다. 내 수첩에는 프랑스어를 공부한 흔적이 더 늘어났다. 영화관에서 서부극 두 편을 보았다. 객석에 앉아있는 관객은 나뿐이었다. 13구에서 발견한 중국식당에서 쓰촨식 족발을 먹었다.

내가 전화하자 이자벨이 당황한 목소리로 전화를 받는 상상을 했다. '당신 같은 시골뜨기(Yokel)에게는 관심 없어요.'라는 느낌의 목소리.

그날 새벽 3시쯤 옆방 커플이 또 싸웠다. 남자가 윽박지르자 여자는 울음을 터뜨렸다. 여자가 뭔가 애원하는 말이 이어졌다. 세르비아어라 낯설었지만 상관없었다. 남녀가 분노해서 싸우는 말은 굳이 번역이 필요 없었다. 욕설이든 길게 이어지는 침묵이든 경멸의 분위기든 누구나 쉽게 알아챌 수 있으니까. 연인이나 부부 사이에서 경멸은 종말을 표시하는 감정이었다.

나는 침대에서 일어나 전날 15프랑을 주고 산 1리터짜리 레드와인을 잔에 따랐다. 가격이 저렴했지만 제법 맛이 괜찮았다. 옆방 남녀의 싸움이 점점 더 격해지는 소리를 들으며 나는 담배에 불을 붙였다. 줄곧 수세에 몰려있던 여자가 화를 내며 남자를 공격하기 시작했다. 이번에는 남자가 울며 애원했다. 나는 미국에서 가져온 트랜지스터라디오를 켜고 FM 재즈 방송을 찾아냈다. 어느 여가수가 멜랑콜리한 목소리로 부르는 〈섬원 투 워치 오버 미 (Someone to Watch over Me)〉가 흘러나왔다. 나를 지켜볼 사람을 찾는 건 인간들의 공통된 갈망이다. 나는 아주 어릴 때부터 그렇게 생각했다. 여가수가 단 하나뿐인 연인을 찾고 싶은 갈망을 계속 노래했다. 옆방에서 물건이 깨지는 소리에 이어 비명소리가 났다. 사람들이 문을 열고 불평하는 소리가 들려왔고, 나는 라디오 볼륨을 높이고 담배를 껐다. 밤이 지나 어둠이 걷히고 날이 밝았을 때 나는 이자벨에게 전화하기로 마음먹었다.

• • •

〈르셀렉트〉에 공중전화가 있었는데 동전이 막혀 고장이었다. 카페 주인에게 전화를 쓸 수 있는지 물었다. 주인이 전화기를 카운터 위에 올려놓았다. 전화다이얼이 돌아가는 소리가 마치 룰렛 바퀴를 돌리는 소리 같았다.

"Oui, allô?(안녕하세요?)"

신호가 세 번 울리고 나서 통화가 연결됐다.

"Bonjour(여보세요), 이자벨?"

"Oui(네)?"

이자벨의 목소리에는 '누구지?' 하는 느낌이 묻어 있었다.

"C'est moi(저예요), 샘."

"샘?"

"사흘 전 서점에서 봤던 미국인."

"아, 사뮤엘. 정말 반가워요."

사, 뮤, 엘. 이자벨이 말한 내 이름이 마치 음악처럼 리듬감 있게 들렸다.

"그냥, 저……."

다음 말이 떠오르지 않았다. 이런 멍청이.

"한잔할까요?"

이자벨이 내가 하고 싶은 말을 대신했다.

"네, 좋아요."

"나도 좋아요."

이자벨의 목소리에서 즐거워하는 느낌이 묻어났다.

이자벨은 나를 겁먹은 미국 풋내기쯤으로 생각하겠지?

"내 명함에 주소가 있어요."

나는 이자벨의 명함을 흘깃 보았다.

"네, 있네요."

"메모할 수 있어요?"

주머니에서 수첩과 펜을 꺼냈다.

"준비됐어요."

이자벨은 정문 비밀번호를 알려주고 나서 렌 가 뒤쪽이니까 지하철을 타고 생제르맹데프레 역에서 내려 걸어와야 한다고 말했다.

"오후 5시, 어때요?"

"언제요?"

"오늘, 괜찮아요?"

"네, 괜찮아요."

"À très bientôt(곧 다시 만나요)."

처음이자 마지막으로 대화했을 때에도 이자벨은 'À très bientôt(곧 다시 만나요).'로 말을 맺었다. 그때에도 'À bientôt(다시 만나요).'에 'très(곧)'을 덧붙였다. 내 프랑스어는 기본실력을 벗어나지 못한 형편이었지만 'très(곧)'에 실린 미묘한 느낌과 분위기를 감지할 수 있었다.

몹시 추운 1월, 수정처럼 맑은 날씨에 하늘은 코발트빛이었다. 자꾸만 불안해지는 마음을 추스르기 위해 10구의 오래된 길을 계속 걸었다. 운하를 따라 낡은 건물들과 지저분한 도로가 계속 이어졌다. 운하는 그 지역을 거쳐 바스티유로 흘러갔다.

왜 두렵지?

운하를 따라 걷던 그날 오후, 나는 초조하고 두려웠다. 내 어린 시절의 슬픈 좌절감이 되살아나는 느낌이었다. 어린 시절에 내 머릿속은 아무리 애써도 사랑받지 못할 거라는 생각으로 채워져 있었다. 그날 오후에도 그랬다.

이자벨처럼 매력적이고 똑똑한 여자가 왜 나 같은 미국 촌뜨기에게 관심을 갖겠어?

운하와 평행선을 이루는 길이 끝나 지하철역으로 들어갔다. 몇 분 뒤 생제르맹데프레 역에 도착했다. 어느새 날이 어둑어둑해진 가운데 가로등과 자동차 불빛, 네온사인이 춤을 추는 렌가를 건넜다. 베르나르 팔리시 9번지 앞길은 짧고 좁았고, 건물은 넓고 낮았다. 출판사가 입주해있는 건물 1층의 작은 쇼윈도에 최근 출간한 책들이 진열되어 있었다.

나는 건물 정문으로 다가가 이자벨이 알려준 비밀번호를 눌렀다. 철컥 하고 문이 열렸다. 건물 안으로 들어가자 중간정원이 나왔다. 이자벨은 자갈이 깔린 중간정원 끝 쪽으로 가면 명판이 있는데 '이자벨'이라는 이름 옆에 설치된 벨을 누르라고 했다. 이자벨이 알려준 대로 벨을 눌렀다. 문이 철컥 소리를 내며 열렸고, 좁은 계단이 나왔다. 위쪽에서 이자벨의 목소리가 들려왔다.

"계단을 올라오려면 등신하는 것처럼 힘들 거예요."

아주 가파른 나선형 계단이었고, 기름을 먹인 밧줄이 난간 역할을 대신하고 있었다. 각 층마다 양쪽에 밤색 문이 달려있었다. 꼭대기인 5층으로 올라가자 이자벨이 문을 열어두고 서 있었다. 호리호리한 이자벨의 몸을 감싸고 있는 검정 터틀넥과 울 스커트, 손가락에 낀 담배가 눈에 들어왔다. 잠시 나를 훑어보던 이자벨이 미소를 짓고 나서 내 두 뺨에 키스했다.

"여기까지 힘들게 찾아왔으니 술을 마실 자격이 있어요."

이자벨을 따라 작은 아파트 안으로 들어갔다. 좁은 사각형 구조에 머리가 닿을 정도로 천장이 낮았다.

"천장이 낮아 머리가 닿을까 봐 걱정했어요."

"키가 큰 사람의 단점이죠."

"나는 당신처럼 키 큰 남자가 좋아요. 프랑스 남자들은 대체로 키가 작죠."

이자벨이 내 코트를 받아들고 나서 내 스웨터 소매를 손가락으로 어루만졌다. 나는 당장 껴안고 싶은 감정을 억누르며 담배에 불을 붙였다. 이자벨이 선반에서 둥근 잔 두 개를 꺼내 테이블에 올려놓더니 코르크스크루로 와인 병의 코르크를 쉽게 빼냈다. 그런 다음 손가락 세 개 높이로 와인을 따랐다. 둥근 잔에서 짙고 붉은 레드와인이 가벼운 소용돌이를 일으켰다. 당장 와인을 마시고 싶었다. 와인을 마시면 용기가 생길 것 같았다.

"5분쯤 기다려야 해요. 와인이 숨을 쉬어야 하니까."

마음을 차분하게 유지하려고 담배를 깊숙이 빨았다. 이자벨이 담배를 쥐지 않은 내 손을 깍지 꼈다. 나는 소파에 앉아 내 자신을 다독거렸다.

아직은 끌어안지 말고 기다려.

이자벨이 내 옆으로 좀 더 밀착해 앉으며 내 손가락을 더욱 꽉 쥐었다.

"키스해요."

그 순간 우리는 뒤엉켰다. 내 입술이 이자벨의 입술에 찰싹 달라붙었다. 이자벨이 양손으로 내 머리를 잡더니 혀를 입안으로 밀어 넣었다. 다리를 활짝 벌렸다가 내 몸을 휘감은 이자벨이 앞뒤로 몸을 흔들었다. 나는 다급하고 격정적인 손길로 이자벨의 옷을 벗겼고, 이내 검정색 심플한 속옷만이 남게 되었다.
이자벨이 내 벨트를 풀고 청바지를 끌어내렸다. 내 몸은 이내
이자벨의 손길에 정복당했다. 내 손길이 주근깨가 간간이 있는
투명한 피부와 체모를 애무하자 이자벨이 숨죽인 신음을 발하
며 나를 잡고 몸 안으로 이끌었다. 이자벨의 몸 안으로 최대한
깊이 들어갔다. 이제 이자벨은 가쁜 신음을 숨기지 않았고, 내
등에 손톱을 박았다. 우리는 마치 무엇에 씐 사람들처럼 무아지
경에 빠져들었다. 평생 한 번도 느껴본 적 없는 광기와 자유가
나를 지배했다. 최대한 오래 버티려 애쓰다가 절정에 달하는 순
간 나는 숨죽인 신음을 발하며 이자벨의 몸 위에 쓰러졌다. 이
자벨은 계속 몸을 떨고 있었고, 심장이 빠르게 뛰었다. 서로의
몸이 뒤엉켜 있는 가운데 나는 땀에 젖은 살갗의 감촉과 여전히
내 손을 깍지 낀 이자벨의 손길이 느껴졌다.

이자벨이 다른 손으로 내 머리를 어루만지며 내 눈을 뚫어지
게 바라보았다. 이자벨의 눈에 수많은 질문이 담겨 있었다. 다
시 키스에 이어 이자벨이 검지로 내 이마부터 입술까지 천천히
훑어 내렸다.

이자벨이 말했다.

"다시 와요."

나는 불안감을 숨기려고 미소를 지었다. 이자벨에게 너무 깊
이 반했다는 불안감. 이자벨이 담뱃불을 붙이고 나서 와인 잔에

손을 뻗어 나에게 하나를 건네고, 잔을 부딪쳐 건배했다.

이자벨이 말했다.

"À nous."

우리를 위해.

· · ·

그날 밤, 폴의 방문을 노크했다.

타자기 소리 너머로 폴이 소리쳤다.

"글을 쓰는 중이야."

"잠깐 쉬어도 괜찮다면 내가 술 살게."

"좋아."

5분 뒤, 우리는 〈르셀렉트〉 구석 자리에 앉아 칼바도스를 마시며 담배를 피우고 있었다.

"사랑에 빠졌어?"

나는 폴의 질문에 놀랐다.

내 속이 그렇게 뻔히 들여다보이나?

"무슨 말인지 모르겠네."

"거짓말! 자네 얼굴에 어느 여성에게 단단히 반했다고 나와 있어. 그 여성이 혹시 아름답고 매혹적인 이자벨 아니야?"

나는 아무런 반박도 하지 못하고, 짙은 구릿빛 술잔만 내려다보았다. 폴이 내 담뱃갑에 손을 뻗었다.

"다 인정한다는 거네."

내가 담배에 불을 붙이고 나서 물었다.

"심하게 좌절한 적 있어?"

"아마 서른세 번 정도. 절벽 아래로 곤두박질치는 느낌이었지. 자넨 어때? '이미 파리를 본 사람들을 어떻게 농장에 둘 거야?'(세계 일차대전 직후 유명해진 재즈곡의 제목이다. 이 노래 가사는 일차대전 때 프랑스 파리의 도시 생활과 문화를 경험한 미국 병사들이 고향의 농장으로 돌아가기 싫은 마음을 표현한 것이다 : 옮긴이)'"

내 입술이 굳었고, 담배를 뻑뻑 피우고 나서 꽁초를 버렸다.

"어서 나를 개자식이라고 욕해봐."

나는 잠자코 있었다.

"자네는 그런 사람이야. 항상 예의 바른 농장 아들."

"난 빌어먹을 농장에서 자라지 않았어!" 내가 위협하듯 말했다. 폴이 내 말을 듣고 씩 웃었다. "체크메이트! 자넨 이런 기분이 처음이지? 이런 열정은⋯⋯."

나는 도로에서 차를 멈춰 세우는 교통경찰처럼 손을 들어 폴의 말을 제지했다.

폴이 또 씩 웃었다.

"나도 파리에서 자네 같은 경험을 한두 번 해봤어. 결혼한 프랑스 여자가 규칙을 정해두고 즐긴다는 개념을 이해한다면 앞으로도 쭉 괜찮은 관계를 유지할 수 있을 거야. 자네는 여자가 제시하는 규칙을 받아들이기만 하면 돼. 규칙을 잘 지키면 상처 받을 일은 없어. 그런 관계에서 남자가 상대 여자에게 사랑을 바라는 건 욕심이라는 걸 인정하고 받아들여야 해."

폴의 말에 나는 한 가지 생각밖에 할 수 없었다.

'이자벨과 그토록 격정적인 섹스를 했는데 어떻게 서로 사랑 하지 않을 수 있지?'

그 생각을 입 밖으로 꺼낼 수는 없었다.

• • •

다음 날 오전 10시에 전화를 걸었다. 〈르셀렉트〉의 전화 다이 얼을 돌리면서 내가 너무 성급하게 구는 건 아닌가하는 생각에 몇 번이나 동작을 멈추고 망설였다.

아직은 일러. 지금은 아니야. 이자벨이 '내일 전화해.'라고 말 하긴 했지만 괜히 서두르다가 일을 망칠 수도 있어.

이자벨과 함께했던 순간이 머릿속에서 거듭 떠올랐다. 나는 괜히 서두르다가 이자벨을 잃게 될지도 모른다는 생각만으로도 두려웠다.

제대로 된 열정을 맛보고 나면 그 모든 게 손아귀에서 빠져나 갈까 봐 두려워지는 건가? 그래서 더욱 열정에 매달리게 되는 건가? 아직 어디로 향할지, 과연 이 관계가 이루어지기는 할지 모르는 초기 단계임에도?

"안녕, 사뮈엘. 좀 일찍 전화했네." 조금 놀란 한편 정중하게 가르치는 것 같은 이자벨의 목소리가 들려왔다. "어제 헤어지고 나서 별일 없었어?"

"보고 싶었어."

젠장! 너무 솔직했나?

"그 말을 들으니 나도 좋아. 정말 멋진 시간이었지."

"정말 멋진 시간을 언제 다시 만들 수 있을까?"

"Mon jeune homme(내 젊은 남자)."

"지금 갈 수도 있어."

"나도 그러고 싶지만 몇 시간 뒤에 떠나야 해. 주말에 선약이 있어. 월요일 오후 5시, 어때?"

"음, 좋아."

"주저하는 것 같은데?"

"아니, 그냥 내가 좀 멍청해서 그래."

"멍청하다니? 전혀 그렇지 않아. 월요일이 되길 기다릴게."

그 말을 듣는 순간 마음이 무너져 내렸다.

'짝사랑인가?'

나는 그 질문이 내 머릿속을 채우기 전에 조용히 자문하고 나서 말했다.

"그럼 월요일에."

"Merveilleux. Bon weekend, Samuel(사뮤엘, 좋은 주말 되길 바랄게)."

통화 끝.

월요일이 한없이 멀게 느껴졌다.

이자벨에게 다시 전화해 오늘 1시간 만이라도 만나자고 조를까? 아니면 베르나르 팔리시 9번지로 가서……. 충동적인 행동으로 모든 걸 망치겠지.

커피를 한 잔 더 주문한 다음 신문을 읽었다. 《파리스코프》지에서 월요일까지 시간을 보낼 영화 시간표, 재즈 공연, 교회에서 열리는 무료 오르간 연주회 일정을 확인했다.

주말 내내 이자벨이 약속을 취소하면 어쩌지 하는 두려움에 휩싸여 지내느라 괴로웠다. 나는 부푸는 기대감을 억누르려 애썼다.

월요일 아침, 바깥에서 문이 쾅 닫히는 소리에 잠을 깼다. 욕실로 가려고 복도를 지나가는데 폴 모스트가 여행 가방 두 개를 들고 복도에 나와 있었다.

"방에 두 번 찾아갔는데 아무 기척도 없더군."

"주말 내내 바빴어. 지금은 떠나야 하고."

"어디로?"

"이틀 전에 아버지가 돌아가셨어."

"저런! 고인의 명복을 빌어."

"의례적으로 한 말이겠지만 고맙네."

"진심이야."

"알아. 지금 내 마음이 배배 꼬여서 그래. 아버지가 내게 좋은 사람은 아니었지만 아들로서 마땅히 해야 하는 일을 회피할 수는 없잖아. 수요일이 장례식이야. 어머니 말로는 아버지 유언장에 내 이름도 들어가 있다고 하더군. 어머니가 아버지 장례식에 참석하고 나서 옆에 있어달라는 속내를 나름의 방식으로 밝힌 거야. 말을 잘 들어야 내가 받을 유산을 건드리지 않겠다는 뜻이지."

"파리로 돌아오지 않을 거야?"

"이제 파리 생활은 종쳤다고 봐야지. 파리에서 계속 살려면 떠돌이 생활을 청산하고 집을 구하고 체류 허가증을 받고 직장을 마련해야겠지. 결혼에 필요한 제반 증명서들도 발급받아야 할 거야. 결혼해서 함께 살 후보군들은 있어. 결혼 이후에도 서로 간섭하지 않고 자유롭게 연애하길 원하는 프랑스 여자는 조심하는 게 좋겠지. 보헤미안처럼 자유롭게 살길 원하는 여자들의 의식 속에는 부르주아적 관념이 뿌리 깊게 박혀 있어. 그런 여자들일수록 결혼하고 나면 재산이나 아이에 대해 이야기하지. 어린아이 때부터 이미 다 프로그래밍된 관념이야. 프리섹스는 덫에 빠진 결혼생활을 숨기기 위한 방패막이일 뿐이지."

"미국으로 돌아가면 그런 걸 다 피할 수 있어?"

"5년 안에 결혼해 대학교수 같은 걸 하고 있겠지. 아버지의 대를 이어 광고업계에 들어갈 수도 있어. 아버지는 광고업계에서 제법 성공한 사람인데 나를 높게 평가해준 적이 단 한 번도 없었어."

나도 모르게 폴의 어깨에 손을 얹었다. 폴이 내 손을 슬쩍 떨쳤다.

"나를 위로한답시고 이러는 거야?"

"위로가 아니라 공감이야."

"자네의 공감이 내게 무슨 소용이 있지?"

"일시적이나마 자네를 이해해주는 사람이 있다는 위안을 받을 수 있잖아."

폴이 고개를 끄덕이고 나서 여행 가방들을 들었다.

"이제 가봐야 해. 미국이 부르니까."

"책 출간을 기다릴게."

"그럴 일은 없을 거야."

"왜 그렇게 말하지?"

"내가 쓴 글은 내 자신이 읽기에도 쓰레기니까."

내가 가방을 들어주겠다고 하자 폴은 극구 사양하고 계단을 터덜터덜 걸어 내려갔다. 나는 폴이 쓰던 방을 엿보았다. 책이 그대로 꽂혀 있었고, 새 노트들과 술병들도 보였다.

나는 폴을 향해 소리쳤다.

"자네 짐들은 어떻게 처리할 거야?"

"자네가 다 가져."

"친절하네."

"친절은 나와 거리가 멀어. 파리에서 지내는 건 자네의 생에서 마지막으로 맛보는 '자유'가 될 거야. 결국 자네도 나를 포함한 대부분의 미국인들처럼 삶에 순응하기 위해 미국으로 돌아가서 살게 될 테니까."

폴 모스트가 남긴 마지막 말이었다. 이내 호텔 정문이 소리내며 닫혔고, 폴은 떠났다.

나는 폴의 방으로 들어갔다. 1백 권이 넘는 책들, 다양한 종류의 펜들, 노란색 노트 더미들, 검정 수첩 예닐곱 권, 모눈종이, 아직 따지 않은 레드와인 네 병, 자두 술, 브랜디 두 병이 있었다. 폴이 떠돌이 생활을 하는 동안 남긴 잔여물들을 보고 있자니 뒷덜미가 서늘해졌다. 우리가 축적해온 모든 것, 우리가 맺어온 모든 관계들, 결국 우리는 이 모든 걸 두고 떠나야 한다. 어느 누구도 예외일 수 없는 운명이다. 근본적으로 우리에게 남은 건 '지금 여기'뿐이다.

• • •

이자벨의 작업실로 들어서자마자 우리는 끌어안고 침대에 쓰러졌다. 서로 몸을 밀착시킨 가운데 옷을 훌훌 벗어던졌다. 만나지 못한 사이 욕망은 더욱 크게 부풀어있었다. 이자벨이 나를 끌어당기더니 다리를 활짝 벌리고 깊이 받아들였다. 숨소리가 점점 더 가빠졌다. 나는 희미하게 풍기는 라벤더 향수 냄새를 맡으며 손가락으로 이자벨의 젖꼭지를 애무했다. 숨소리가 점점 더 빨라졌고, 우리의 몸이 미친 듯이 들썩였다. 이자벨의 신음은 이제 격정적인 외침이 되어갔고, 급기야 자기 손으로 입을 틀어막기까지 했다. 잠시 후 나도 폭발했다. 머리까지 멍해지는 폭발이었고, 이내 해방감을 맛보았다. 기진맥진해진 나는 베개 위로 쓰러졌다. 이자벨이 내 쪽으로 돌아누워 얼굴을 손가락으로 어루만졌다.

"Mon amour(내 사랑)."

이자벨이 속삭였다. 나도 따라서 속삭였다.

"내 사랑."

길고 진한 키스를 마지막으로 이자벨이 침대에서 몸을 일으켰다. 책상에서 타고 있는 촛불에 반사된 긴 그림자, 얼굴 위로 흩어져 내린 붉은 머리, 빛나는 눈. 그 모습이 아직도 생생하다. 열락의 세계에서 방금 빠져나온 이자벨의 나신, 와인을 따고, 잔을 찾고, 카멜 담배와 지포라이터, 이 빠진 재떨이를 가져올 때 살랑거리던 허리. 그 당시 나는 인생에 대해 잘 몰랐지만 그런 요소들이 합쳐질 때 드러나는 경이로움을 느꼈다. 우리는 사실 서로에 대해 아는 게 별로 없었다. 다만 20세기 파리의 18세기 지붕 아래에서 이자벨과 함께했던 완벽한 순간에 대해 감사했다.

"주말에는 잘 보냈어?"

그 말을 내뱉고 나서 곧장 후회했다. 사생활에 대한 질문이니까. 이자벨의 어깨가 살짝 움츠러들었다. 본능적인 거부의 몸짓.

"괜찮았어. 잘 쉬었지."

"멀리 갔어?"

"노르망디에 있는 우리 별장에 갔어. 도빌에서 가까워. 프랑스지만 영국 날씨를 떠올리게 하는 곳이야. 아름답게 음울하지."

'우리 별장?'

이자벨이 이 자그마한 공간 밖의 자기 생활을 설명하면서 '나'가 아니라 '우리'라는 단어를 썼다.

"음울한 분위기가 좋아서 그 별장에 가는 거야?"

"파리에서 두 시간 거리야. 바다의 푸른빛과 햇살이 좋아. 마르세유 생 샤를 역에 도착해 기차에서 내리면 코끝으로 북아프리카 냄새가 스며들기도 해."

"마르세유에 별장을 사지 그랬어?"

"마르세유는 기차로 9시간 걸려. 주말에 잠시 다녀올 수 있는 거리가 아니지. 집안 대대로 노르망디에 별장이 있었어."

"당신 집안?"

"아니, 돈이 있는 그이 집안. 프랑스 귀족 가문이야. 군부, 재계, 정계의 비중 있는 인사들과 깊이 연계돼 있어."

"당신 집안은?"

"아버지 어머니가 모두 교사야. 책을 좋아하고, 재미있고, 욕심 없고, 체제에 대해 조용히 불평을 쏟아놓는 분들이지. 아버지는 소설가가 되고 싶었고, 어머니는 학위를 더 따고 싶었는데 두 분 다 뜻을 이루지 못하고 교사가 되었어. 두 분은 'La vie quotidienne(평범한 인생)'의 한계를 극복하지 못하고 서로를 미워하게 됐고, 결국 각자 다른 사람을 만났지. 우리 가정은 늘 혼돈 속에 있었어. 끝내 두 분은 이혼했고, 또 서로 비슷한 사람끼리 재혼했지. 인간은 실수를 되풀이하는 동물이니까."

"형제자매는?"

"외동이야."

"나도 그래."

"부모님이 그 긴 세월 동안 잠자리를 같이 했는데 겨우 나 하나만 세상에 나올 수 있었다는 게 정말 이상하지 않아? 당신은 어때? 왜 외동인 게 슬펐지?"

"슬펐다고 한 적 없는데?"

"굳이 말하지 않아도 알아. 행동을 보면 다 드러나니까."

"내가 그렇게 속이 들여다보여?"

"나도 당신과 비슷한 고통을 겪었으니까. 서점에서 처음 봤을 때 당신이 외로운 남자라는 느낌이 들었어. 혼자 파리에 와서가 아니라 더 깊은 외로움, 어릴 때부터 지속되어온 외로움이 엿보였지."

나는 무슨 말을 해야 할지 알 수 없는 가운데 오로지 한 가지 질문만이 떠올랐다.

"처음 만나 잠깐 이야기를 나누는 사이에 그런 걸 알아챘다고?"

"기분 나빠?"

"아니, 그럴 리가."

"충격을 받은 말투인데?"

"나의 내면을 그렇게 빨리 읽어내는 사람이 있으니 충격을 받을 수밖에."

이자벨이 나에게 키스했다.

"이제 말해 봐. 왜 그렇게 외로웠는지."

뒤엉킨 침대 시트를 깔고 이자벨 옆에 옷을 벗고 누워 그런 이야기를 나누고 싶지는 않았다. 다만 그 이야기를 회피하면 친밀감을 잃게 될 거라는 생각이 들었다.

나는 어머니와 아버지, 인디애나 주에서 너무 평범하게 자란 내 성장기, 어머니가 세상을 떠난 뒤 내 미래가 다른 곳에 있음을 깨닫게 된 것에 대해 이야기했다. 이자벨은 내 이야기를 조용히 들어주었다. 이야기를 마치자 이자벨이 팔로 나를 감싸며 가까이 끌어당겼다.

"우리가 속한 세계는 서로 다를지 몰라도 당신의 어린 시절은 나에게도 익숙해. 나도 비슷하게 살았으니까. 다만 어머니에 대한 부분은 달라. 내 어머니는 아버지만큼 내게 무관심했어. 오로지 자기 자신에게만 관심이 있었지."

• • •

2월 중순, 이자벨과 함께한 지 4주째가 되었다. 눈이 내렸다. 눈은 곧 비로 변해 일주일 내내 음울한 날씨가 이어졌다. 나는 프랑스어 단어를 열심히 외웠다.

'Glauque : 음울한, 황량한.'

이자벨은 감기에 걸렸고, 처음에는 가볍게 콜록대던 기침이 점점 더 심해졌다. 이자벨이 내 벌거벗은 가슴에 얹어둔 재떨이에 카멜 담배를 눌러 끄며 말했다.

"담배를 끊어야 하는데……."

침대 위에 놓인 이자벨의 손목시계가 오후 6시를 가리키고 있었다. 우린 일주일에 사나흘 간격으로 두 번 만났다. 오후 5시부터 7시 사이에. 이자벨이 정한 규칙이었다. 나는 규칙을 군말

없이 따랐다. 다음 날 아침 일찍 전화해 며칠 동안 만날 수 없어 괴롭다고 하면 이자벨이 어떻게 반응할까? 차가운 반응을 보이며 이렇게 말하겠지?

'이게 우리 사이의 한계야. 받아들이기 힘들면 떠나.'

나는 어쩔 수 없이 한계를 수용했다. 애정표현을 하다가 선을 넘는 느낌이 들면 얼른 입을 다물었다. 나는 사랑에 빠졌다. 세상 그 누구보다 이자벨을 원했다.

우리는 어느 모로 보나 이상적인 한 쌍이야.

내 마음대로 그렇게 생각했다.

이자벨은 그런 내 마음을 알고 있었다. 내 안에서 소용돌이치는 감정에 대해. 그 소용돌이는 온통 이자벨을 향한 내 열정으로 이루어져 있었으니까. 내가 마음을 드러내며 'Je t'aime(사랑해).'라고 속삭이려 하자 이자벨이 내 입술에 손가락을 대며 속삭였다.

"Arrête(그만)."

규칙이 더 있었다. 연인처럼 대해도 되지만 궁극적으로 서로 '사랑에 빠진' 사이는 아니어야 했다. 침대에서는 '섹스'가 아니라 '사랑을 나누는 것'이어야 했다.

나는 규칙을 준수해 이자벨이 어떻게 살아왔는지에 대해 거의 묻지 않았다. 가끔 이자벨이 스스로 들려주는 이야기를 듣고 알게 된 것들 뿐이었다. 이자벨은 오스트리아 작가의 소설을 번역하고 있었다. 나는 이자벨의 책꽂이를 자주 보았다. 이름이 생소한 작가들이 쓴 다섯 가지 언어로 된 책들이 가득 꽂혀 있었다. 나는 이자벨과 나 사이의 커다란 문화적 갭을 채우고 싶었다.

"나는 소설을 거의 안 읽었어."

"그럼 이제부터라도 읽기 시작해."

· · ·

이튿날, 이자벨이 적어준 소설 목록을 지참하고 셰익스피어 앤드컴퍼니(파리에서 유명한 영어 서적 서점 : 옮긴이)에 가서 시어도어 드라이저, 귀스타브 플로베르, 에밀 졸라, 싱클레어 루이스의 소설을 구입했다. 일주일에 적어도 두 권의 소설을 읽기로 마음먹었다. 이자벨이 나의 친절한 문학 선생님이 되어주었다. 플로베르가 《보바리 부인》을 강박적으로 다시 쓴 것, 그 소설이 가정생활의 권태와 결혼의 부조리에 대해 정면으로 도전한 최초의 작품이라는 걸 배웠다.

"사람들은 상대를 사랑한다고 믿고 결혼해. 그러다가 몇 년 뒤에 정신을 차리고 깨닫게 되지. 결혼이라는 반복적인 일상과 무기력의 덫에 갇혀 있다고."

"당신 이야기는 아니지?"

내가 한 말 때문에 이자벨의 입술이 굳었다. 우리의 로맨스(이자벨은 'Aventure'라는 프랑스어를 더 좋아했다. 알고 보니 '정사' 혹은 '불륜'을 뜻하는 말이었다)가 몇 주째 접어들었지만 나는 이 오후의 만남 이외에 이자벨의 삶과 가족에 대해 별로 아는 게 없었다. 이자벨의 남편 이야기는 우리의 대화에서 금기사항이었다.

"내 경우가 아니라 일반적인 상황을 말한 거야. 어쨌든《보바리 부인》에 담긴 위대한 진실은 엠마가 그리 똑똑하지 않았고, 시골 의사 샤를의 청혼을 받아들일 경우 기본적으로 삶이 지루해질 수 있다는 사실을 미처 깨닫지 못했다는 거야."

"당신 남편 이름이 뭐야?"

잠시 침묵. 그리고…….

"샤를."

• • •

그리하여 이자벨의 남편 이름을 알게 되었다. 며칠 뒤에는 직업도 알게 되었다. 파리 금융그룹의 투자 전문가이고, 이전에 한 번 결혼한 적이 있는 남자. 전부인은 불임이어서 자녀는 없었다. 교양 있고, 교육 수준 높고, 인맥이 넓은 엘리트. 샤를과 이자벨은 1969년에 처음 만났다. 20대였던 이자벨이 소르본대학교에서 논문을 쓰고 있던 때로 에드몽이라는 '마오쩌둥주의자 바이커'와 결별한 직후였다.

"에드몽은 뭐든 다 지나치게 과격했어. 정치에 대해서든 섹스 문제든 기존 질서에 대해서라면 뭐든 변혁이 필요하다고 주장했지. 일 년 동안 재미있는 시간을 보냈어. 에드몽은 점점 더 위험하고 공격적인 사람이 되어갔지. 어느 날 이제는 끝내야 한다고 결심했어. 내가 헤어지자고 하자 에드몽은 갑자기 어린애로 돌변했어. 눈물을 펑펑 쏟으며 울고, 애원하고, 한 번만 더 기회를 달라고 애걸했지. 급진주의적인 세계관, 공격적인 성향 같은 건 죄다 겉모습일 뿐이었던 거야. 남자가 누군가에게 의존하려는 모습은 정말이지 꼴불견이야."

이자벨의 마지막 말은 내가 들으라고 한 것이었을까?

"그러다가 에드몽과 성향이 180도 다른 금융계 남자에게 빠졌어."

그때 나는 이자벨의 다리 사이에 얼굴을 파묻고 있었다. 섹스가 끝나고 나서 갑자기 내 얼굴을 이자벨의 다리 사이에 대고 싶었다. 이자벨은 싫어하지 않았다. 지난번 섹스 때 이자벨은 내가 혀로 어떻게 핥아주는 게 좋은지 생생한 반응을 통해 알려주었다. 혀를 아래위로 천천히 움직이며 핥아줄 때 가장 격한 반응을 보였다. 나는 뭐든 빨리 습득하는 사람이었다. 이자벨은 노골적으로 섹스 얘기를 하는 걸 조금은 꺼렸다. 나는 이자벨에게 섹스를 할 때 어떻게 해주면 좋은지 모두 다 알려달라고 했다.

이자벨은 여자가 절정에 오를 때까지 서두르지 않고 참아내는 방법을 가르쳐주었다. 언제 부드럽게 움직여야 하고, 언제 전속력으로 달려야 하는지에 대해서도 일깨워주었다. 이자벨은 나에게 섹스 경험이 어느 정도 있는지 물었고, 나는 그리 많지 않다는 걸 인정했다. 고교 시절 독실한 침례교 집안 출신인 레이첼과 사귀었다. 첫 섹스 이후 레이첼이 섹스광이라는 사실을 알게 되었다.

"널 사랑해. 너랑 한 건 너를 사랑한다는 증거야."

우리는 열일곱 살이었고, 레이첼 오빠의 뷰익 자동차 뒷좌석에서 처음 일을 치른 전형적인 중서부 청소년 커플이었다. 첫 섹스 이후 주 경계를 넘어 일리노이 주에서 하룻밤 숙박비가 6달러인 모텔에 들어가 일을 치르기도 했다. 임신에 대한 두려움과 다른 여자에게 한눈팔면 안 된다는 레이첼의 강요에 시달렸다. 나는 블루밍턴에 있는 주립대학교에 들어갔고, 레이첼은 교육대학교에 진학했다. 레이첼은 곧 23년이나 연상인 교수와 눈이 맞아 결혼했고, 아들을 낳고 살아가고 있다.

"그나마 그 교수보다는 내 나이가 많지 않네."

"몇 살이야?"

"절대로 해서는 안 되는 질문이야."

"우린 같이 자는 사이잖아."

잠시 침묵. 이자벨의 입술이 또 굳어졌다.

"서른여섯."

"전혀 많다고 할 수 없는 나이야."

"친절한 태도 좋아. 아무튼 내가 나이 차이를 언급한 건 어리석었어. 자, 이제 화제를 바꿔."

"당신이 연상인 게 좋아."

"당신이 연하인 게 좋아."

"남편은 몇 살이야?"

이자벨이 담배를 집어 들며 말했다.

"당신 애인들 얘기나 해봐."

"대학생 때는 공부하느라 바빠 딱히 사귄 여자가 없었어."

"그래도 섹스 상대는 있었을 거 아냐?"

"서너 명쯤 되는데 경제학과 여학생 엘레인이 나랑 진지하게 사귀고 싶어 했어."

"당신은 연애의 덫에 걸리지 않으려 했고?"

"당신 남편은?"

"내 남편? 내 남편이 뭐?"

"나이."

"쉰한 살."

"열다섯 살 많네. 나는 열다섯 살 적고."

"우연일 뿐이야."

이자벨이 남편을 만나게 된 이야기를 들었다. 두 사람이 공통적으로 알고 있는 지인과 저녁식사를 하는 자리에서 처음 만나게 되었다.

"프랑스어로 'Avoir un coup de foudre.'라는 표현 알아? '첫눈에 반하다.'라는 뜻이야. 그날 저녁에 샤를과 내가 그랬어. 몇 주 뒤 샤를은 이혼하고, 나와 함께 지낼 아파트를 구했지."

"지금도 남편을 사랑해?"

내 노골적인 질문에 이자벨은 얼굴을 찌푸렸지만 대답은 했다.

"샤를에 대한 사랑은 아직 내 안에 깊이 있어."

"그럼 지금 이런 건 뭐야?"

"인생에는 여러 부분, 다양한 공간이 필요해."

"연하 남자와 함께하는 공간 같은 거?"

"화난 말투야."

"난 이 만남을 인생의 여러 부분 가운데 하나라고 생각한 적 없어."

"나도 그렇게 생각한 적 없어. 그냥 간단하게 설명하려다보니……"

"비유적으로 말하자면 나는 방이야. 당신이 아무런 혼란 없이 원하는 걸 얻어낼 수 있는 방. 문을 닫아버리면 그만인 방."

"사뮈엘, 그만해."

"뭘, 그만해? 불평 따위는 접어두고 우리가 놓여있는 상황을 감안해서 정한 당신의 '이성적인' 규칙을 무조건 받아들이라는 거야?"

"우리가 놓여있는 상황이 뭔데?"

"사랑."

"열정과 사랑을 혼동하지 마. 우리는 아주 멋진 열정을 만들어갈 수 있어. 나는 늘 우리가 함께 있는 이 시간을 기다려. 당신의 손길, 당신의 욕망, 나를 원하는 당신의 마음을 늘 기다려. 내가 좋은 만큼 당신도 느끼기를 바라. 내 욕망, 당신을 원하는 내 마음을."

"내가 바라는 건 당신뿐이야."

"당신은 나를 잘 모르잖아."

"무슨 뜻이야?"

"우리에게는 일상이 없잖아."

"당신이 규칙을 정하고 제한하고 있으니까 그렇지. 우리가 함께하는 시간을 일주일에 두 번, 두 시간으로 못 박았으니까."

"나는 결혼했고, 다른 사람과 일상을 함께하고 있어. 그 생활을 지금 당장 정리하고 싶은 마음은 없어. 누군가와 함께 살아본 적 있어?"

나는 고개를 가로저었다. 경험이 미숙한 내 앞에 거울이 있었다. 우리가 지키기로 한 선을 넘어선 철없는 애송이가 보였다. 이자벨과 이미 많은 걸 함께하고 있으면서도 나는 다른 뭔가를 더 바라고 있었다. 대부분의 연애는 그렇다. 오로지 육체적인 쾌락만 추구할 수는 없다. 어느 시기를 지나면 둘의 관계는 더욱 큰 의미를 지니게 될 수밖에 없다. 미래에 대한 기대가 따라 붙기 마련이니까. 오직 욕망을 채울 열정만으로는 충분하지 않다. 그때 나는 다른 뭔가를 더 채우고 싶었다. 그런 점에서 이자벨은 나를 넘어서 있었다.

"결혼해서 가정을 꾸리게 되면 삶이 어떻게 바뀌는지 알게 될 거야. 사랑이 아무리 깊어도 언젠가는 권태로운 일상이 찾아오지. 아침에 눈을 뜰 때마다 늘 똑같은 사람이 옆에 있어. 낮이나 밤이나 늘. 한때 서로에게 느꼈던 욕망은 점차 줄어들게 되지. 더 이상 새로울 게 없으니까. 더 이상 갈급할 게 없으니까. 게다가 아이라도 생기면……."

"아이는 왜 없어?"

"그 얘기는 나중에."

이자벨이 담배를 끄더니 이불을 젖히고 침대에서 나갔다. 어느새 무척이나 익숙해진 이자벨의 매끈한 몸이 작은 탁자에 놓인 촛불을 받아 빛났다. 이자벨은 욕실로 이어지는 문을 열고 옷걸이에 걸린 회색 목욕 가운을 집어 들었다.

이자벨이 욕실로 들어가며 말했다.

"모임이 있어. 1시간 안에 도착해야 해."

"난 이제 돌아가야 하는 거야?"

"오늘 좀 지나쳤던 것 같아."

"내가 당신에게 집착하기 시작했다는 뜻이야?"

"한계가 정해져 있지만 그 안에서 우리가 함께 누릴 수 있는 즐거움은 얼마든지 많아. 당신이 그 사실을 받아들이지 않고, '뭔가 더 필요하다.'고 주장할 경우 나는 당장 이 관계를 끝낼 수밖에 없어."

나는 눈을 여러 번 깜박거리다가 반쯤 고개를 돌리고 있는 이자벨의 얼굴을 자세히 쳐다보았다. 이성적으로 뭔가 자제하고 있는 표정이었다. 내 안의 목소리가 위기상황을 일깨웠다.

'멍청한 소유욕 때문에 다 놓치면 안 돼.'

"미안해."

"미안할 것까지는 없어. 어떤 면에서는 감동적이었어. 달콤하고."

"솔직하게 말해 난 요즘 당신을 만나는 것 말고는 일상이라고 할 수 있는 게 전혀 없어."

"여기, 파리에 살고 있잖아."

"당신이 파리에 있고. 일주일에 두 번은 아주 좋아."

"바로 그거야."

나는 침대에서 나와 이자벨을 감싸 안았다. 그런 다음 가운을 젖히고, 다시 내 앞으로 잡아당겼다.

이자벨이 가운을 여미며 뒤로 물러섰다.

"시간이 없어."

"저녁 7시 모임이라며? 이제 겨우 6시야."

"거긴 8구야. 준비하는 데 30분, 지하철을 타고 가는 데 30분이 걸려."

"내 흔적, 아니, 우리의 흔적을 지우는 데 30분이 걸리겠지. 그 사람도 와?"

"남편? 샤를? 응, 그이도 와. 오늘 상을 받는 사람이 그이의 오랜 친구야."

"왜 아이를 안 가져?" 생각도 없이 툭 튀어나온 말이었다. 산탄총처럼 나도 모르게 발사된 질문.

이자벨이 손으로 미간을 짚더니 고개를 돌리고 나를 똑바로 쳐다보았다.

"아이를 낳았어. 이름은 세드릭. 1973년 12월 31일 생이야. 처음 몇 주 동안은 정말이지 행복했어. 잠을 제대로 못 자 몸은 지치고 피곤했지만 아이를 볼 때마다 더없이 기뻤어. 샤를도 아이에게 잘 했어. 사실 난 아이를 늘 원했지. 몸은 옆에 있어도 마음은 늘 다른 곳에 가있는 부모 아래서 자랐으니까."

이자벨이 우리가 흐트러뜨린 침대 위에 놓여 있는 담배와 라이터를 가리켰다. 나는 담배와 라이터를 건네고 나서 청바지를 집어 들었다. 이자벨이 담배에 불을 붙이는 사이 바지를 꿰어 입었다.

"옷을 입는 걸 보니 내 이야기가 어떤 내용인지 짐작되나봐."

나는 티셔츠를 입었다. 이자벨이 말한 대로 나는 무슨 말이 이어질지 짐작했지만 아무런 대답도 하지 않았다.

이자벨이 내 눈을 똑바로 쳐다보며 말을 이었다.

"1974년 3월 12일 밤이었어. 세드릭을 침대에 눕히고, 늘 그랬듯이 사랑한다고 속삭여주었지. 세드릭은 금세 잠들었고, 나랑 남편은 침대로 가서 잠자리에 들었지. 오전 8시쯤 눈을 떴어. 그 무렵 샤를과 나는 그리 늦게까지 잔 적이 없었어. 세드릭이 매일 알람 역할을 대신했는데 그날 아침에는 이상하게 조용한 거야. 아기 방에 가보니 세드릭은 가만히 침대에 누워 있었어. 얼굴에 미소를 짓고 있는데 전혀 움직임이 없었지. 난 그 미소를 결코 잊을 수 없을 거야. 아마도 내가 죽는 날까지 머릿속에서 떠나지 않을 거야. 난 세드릭을 안아 올리면서 비명을 질렀어. 세드릭이 숨을 쉬지 않는 거야. 내가 비명을 지르는데도 아무런 반응이 없었어. 제발 뭐든 반응을 보여주길 간절히 바랐지만 세드릭은 꼼짝하지 않았지. 이미 죽어있었으니까."

침묵. 이자벨은 여전히 내 눈을 똑바로 쳐다보고 있었다.

"부검 결과 영아 돌연사라는 결론이 내려졌어. 내가 끔찍한 고통에서 벗어날 수 있는 길은 자살밖에 없다는 결론을 내렸지. 자살 계획을 세우고 있을 때 샤를이 나를 강제로 정신과 의사에게 데려다주었어. 그 이후 정신과 의사들을 많이 만났지. 모두들 똑같은 말을 하더군. 내 잘못은 없다고. 영아 돌연사는 이유나 원인이 없다는 거야. 그저 죽음의 천사가 무작위로 아이를 골라 데려가는 것뿐이라고. 세드릭은 태어난 지 2개월 2주 2일째에 죽었어. 그 후, 2년 동안 나는 은둔생활을 하며 지냈지. 몸무게가 15킬로그램이나 줄었고, 그 어떤 수면제를 먹어도 3시간 이상 잠을 잘 수 없었어. 그 어떤 안정제를 먹어도 고통이 가시지 않았지. 병원에 입원하는 게 어떨지를 두고 샤를과 여러 번 진지하게 얘기했어. 고통이 끝나는 날이 있을 거라고 믿지 않아. 이 고통은 절대로 끝나지 않을 테니까. 그렇지만 나는 다시 살아갈 수밖에 없었어."

나는 손을 내밀어 이자벨의 손을 잡아주어야 한다고 생각했다. 그런 한편 다른 한 가지 질문이 머릿속에서 아른거렸다.

"그래서 그 이후로는……."

이자벨이 내 말을 가로챘다.

"다른 아이를 가지려고 애써 봤냐고?"

이자벨이 눈길을 피할 줄 알았는데 여전히 똑바로 쳐다보고 있었다.

"아직은 아니야. 그렇지만 당신이 미국으로 돌아가면 곧장 피임약을 끊을 거야."

"샤를이 다 알고 있어?"

"샤를은 남편이야. 중요한 문제니까 당연히 의논했지. 부부는 그래."

"나를 잘 간파해주어서 고맙네."

"왜 심통이야?"

"심통? 내가 지금 어린애처럼……."

"어린애라는 말은 안 했어."

"나를 그렇게 보잖아. 섹스 기교를 적당히 부릴 줄 아는 순진한 어린애. 몇 시간 동안만 이래저래 만나고, 아이를 낳을 준비가 되면 던져 버릴 수 있는 남자."

"당신을 만나고, 이 소중한 순간을 함께해야겠다는 내 결심은 아이를 갖고 싶은 내 의지와는 전혀 상관이 없어. 세드릭이 죽고 나서 다시는 아이를 갖지 않겠다고 결심했어. 아이를 또 잃게 되면 그 고통을 견딜 수 없을 테니까. 다시는 임신하지 않으려고 피임을 계속해왔는데 이제야 마음을 바꾸게 되었지."

"미국에서 온 어린애가 파리에서 떠날 날이 다가오니까?"

"어쩜 그리 단순할 수 있지?"

이자벨의 목소리에 분노가 서렸다.

"내가 단순해? 나는 그저 당신의 노리개였어? 아이를 잃은 슬픔을 달래기 위한 노리개? 이제 곧 나를 깨끗이 잊고……."

"그 많던 동정심은 어디로 사라졌어? 다정한 마음은?"

"왜 나랑 아이를 갖고 싶다고 하지 않지?"

이자벨이 휘둥그레진 눈으로 나를 노려보았다.

"아, 그것 때문에 이렇게 화를 낸 거야? 당신 아이를 갖고 싶다고 하지 않아서?"

"당신을 사랑하니까."

"당신은 사랑이 뭔지 몰라. 인생을 전혀 모르니까."

"당신의 늙은 남편은 인생을 그리 잘 알아?"

"그이가 당신보다 나이가 두 배 많긴 하지만 늙은 사람은 아냐. 올바르고 성숙한 생각을 가진 사람이지."

"나랑 달리?"

"그래, 당신과 달리 연민과 이해심, 이타심을 가진 사람이야. 샤를과 나는 아이를 잃었어. 감당하기 힘들 만큼 큰 고통이었지. 난 그야말로 미치기 일보직전이었는데 샤를이 인내심을 갖고 끝까지 내 옆을 지켜주었어. 진짜 남자라면 그래야지. 조금 마음 상하는 일이 있다고 샐쭉해져서 툴툴거리는 철부지는 세상을 바라보는 시각도 좁고, 복잡한 삶을……."

나는 스웨터와 재킷을 집어 들었다.

"앞으로 당신의 귀한 시간을 빼앗지 않을게."

나는 밖으로 나가 계단을 내려갔다. 한 번도 뒤돌아보지 않았다.

이자벨은 내가 자신의 삶에서 걸어 나가는 모습을 지켜보았을까?

알 수 없었다.

• • •

이튿날 저녁, 나는 베니스로 가는 기차에 탑승했다. 한 푼이라도 절약하기 위해 입석표를 끊었다. 동이 틀 무렵 열차가 샹베리에 멈춰 섰을 때 중년부부가 내가 다리를 쭉 뻗고 앉아 있는 좌석으로 걸어왔다. 알고 보니 그들의 좌석이었다. 다른 객차에 혹시 빈자리가 있는지 찾아보았지만 없었다. 식당차는 아직 열기 전이었다. 하긴 열었다고 해도 돈이 없었다. 열차 통로에서 긴 시간을 백팩을 등받이 삼아 앉아있었다. 이자벨을 떠나오길 잘했다고 내 자신을 다독거렸다. 이자벨에게 이용당했을 뿐이라고. 훗날 인생을 좀 더 깊이 이해하게 되었을 때 사람들은 자신이 경솔한 행동을 저지른 것에 대해 자책하기보다는 정당성을 확보하기 위해 그럴 듯한 구실을 만들어낸다는 걸 알게 되었다. 그때 나 역시 잘못을 정당화하기 위해 이야기를 꾸며내다가 점점 더 문제의 중심에서 벗어나게 되었다.

백팩에서 《보바리 부인》을 꺼내 읽으며 플로베르에 대해 이자벨이 했던 말에 동의했다. 최초로 부부의 권태를 다룬 소설을 읽으면서 플로베르는 사실주의 문학의 새로운 지평을 연 선구자라는 사실을 인정하지 않을 수 없었다. 소설에서 샤를 보바리는 마마보이였고, 그의 삶은 기본적으로 지루할 수밖에 없었다. 그 반면 이자벨의 샤를은 성공한 금융전문가였다. 이자벨과 샤를은 사랑에 빠졌고, 아이를 가졌고, 함께 깊은 슬픔을 겪었다. 나는 이자벨의 고통을 헤아리지 못하고 함부로 떠들어댔다. 옹졸한 자존심 때문이었다. 내가 이자벨의 절망과 충격이 얼마나 컸을지 헤아리지 못한 건 정신적으로 미숙한 탓이었다.

열차가 벤티밀리아 역에 멈춰 섰다. 이탈리아 국경수비대 요원들이 열차에 올랐다. 그중 한 사람이 나에게 담배를 달라고 했다. 머릿속에서 후회의 목소리가 울려 퍼졌다.

'어서 기차에서 내렸다가 다음 기차를 타고 파리로 되돌아가. 이자벨에게 잘못을 빌어야 해.'

리옹에서 파리까지 기차로 5시간이 걸리니까 자정 전에 5구의 호텔에 도착할 수 있으리라는 계산이 섰다. 호텔 침대에 쓰러져 후회와 고통 속에서 깊이 잠들겠지. 아침이 되면 〈르셀렉트〉에 가서 간단한 식사를 하고, 오후 5시에는 베르나르 팔리시 9번지의 정문 번호를 누르고, 이자벨의 팔에 다시 안기겠지.

이자벨과 관계를 회복하고자 하는 계획을 실행에 옮기지 못했다. 기차를 갈아타고 파리로 돌아가고 싶은 마음이 간절했지만 이자벨이 나를 어떻게 대할지 두려웠다. 나를 유치하고 의존적인 애송이로 볼 게 뻔했다. 이미 나를 잊기로 작정했을 수도 있었다.

베니스에 도착했다. 어두운 하늘, 거리를 적시는 가랑비, 음울한 수로의 불빛이 나를 맞았다. 별 반 개짜리 싸구려 호텔 창에서 내다보이는 거라고는 비좁은 골목뿐이었다. 어두운 골목에서 길고양이들이 서성거리고 있었다.

베니스의 바로크 풍 건물들은 장관이었다. 산마르코에서 몬테베르디의 노래를 들었고, 분명 신이 존재한다고 생각했다. 슬금슬금 잠식해오는 슬픔을 달래려고 하루에 대여섯 시간씩 걸었다. 뭔가 사려고 주문할 때 말고는 일절 대화를 피했다. 어느 누구와도 얘기하기 싫었다. 4일간 알렉산드리아를 돌아오는 배편을 예약했다. 이틀 뒤 그리스의 피레에프스에 정박하는 배였다. 가망 없어 보였지만 그리스로 사라지기 전 마지막 시도로 웨스턴유니언에 가서 이자벨에게 전보를 보냈다.

이자벨

내가 생각이 부족했어. 사려 깊지 못한 말로 상처를 준 것에 대해 사과할게. 어렵겠지만 당신이 용서해준다면 파리로 돌아가고 싶어. 우리가 함께했던 오후 말고는 아무것도 바라지 않을게. 금요일까지 베니스에 머물 거야.

당신이 싫다고 해도 다 이해할 수 있어. 당신이 싫다고 하면 더는 성가시게 굴지 않을게.

당신을 깊이 생각하고 있어.

샘.

호텔로 답신해주길 바란다는 추신과 함께 전보를 보냈다. 이자벨이 답신해주리라 기대하지 않았지만 막상 응답이 없자 내 상실감은 더욱 깊어졌다. 세상 그 어디보다 볼거리가 많은 베니스에서 나는 슬픔을 가누기 힘든 날들을 보냈다.

베니스에서 보내는 마지막 날, 정오가 되기 전에 호텔에서 체크아웃을 했다. 프런트에 백팩을 맡기고 근처 카페에서 값싼 파스타를 먹으며 와인 두 잔을 마셨다. 이제 떠날 일만 남았다. 백팩을 찾으러 호텔로 돌아갔더니 직원이 노란 봉투를 내밀었다.

"5분 전에 전보가 왔어요. 운이 좋은지 나쁜지 모르겠네요."

전보는 좋은 소식 아니면 나쁜 소식을 전하니까.

봉투를 열었다.

사뮈엘

당신이 보낸 전보 잘 받았어. 그때 일은 잊고, 파리에 오면 베르나르 팔리시 9번지에서 기다리는 나를 찾아와. 반갑게 맞아줄 준비가 되어 있으니까. 오후에. bien sur. Je t'embrasse(물론 나도 보고 싶어).

이자벨.

• • •

'오후'는 이자벨과 내가 받아들여야 할 운명 같은 것이었다. 이자벨에게는 '여기까지가 내가 허용할 수 있는 최대한도야.'라는 나름의 경계선이었다. 아무튼 이제 내 머릿속을 가득 채우고 있던 우울 대신 조금은 희망적인 생각을 채워 넣을 수 있게 되었다.

이자벨이 다시 나를 받아주기로 했어.

나는 전보를 주머니에 집어넣었다. 프런트에 몇 시간만 더 백팩을 맡아달라고 하고, 배표를 구입한 여행사로 갔다. 여행사 직원은 약간의 추가 비용만 받고 배표를 파리로 가는 기차표로 교환해 주었다. 그날 저녁에 출발하는 기차였다. 그다음, 웨스턴유니언에 가서 전보를 보냈다.

내일 저녁 늦게 파리에 도착해. Je t'embrasse fort(당신을 힘껏 안으며).

파리에서 묵던 호텔에 전화해 내가 쓰던 방을 열흘 더 쓰기로 했다. 마지막으로 TWA 항공사 사무실을 찾아가 몇 주 뒤에 뉴욕까지 논스톱으로 가는 707항공편과 다시 뉴욕에서 미니애폴리스로 가는 국내선을 예약했다. 판사 사무실에서 인턴으로 일하기로 약속한 날짜가 다가오고 있었다. 베니스로 떠나기 몇 주 전 파리에 있는 내 아메리칸익스프레스 사서함으로 판사의 비서가 보낸 편지가 도착했다. 판사의 사무실 맞은편에 있는 호텔에 내 숙소를 잡아두었고, 주급 100달러를 받고 일주일에 40시간 일하게 되었다는 내용이었다. 호텔 비용은 판사 측에서 부담하지만 나머지는 내가 알아서 해야 한다는 내용도 들어 있었다.

나는 제시한 조건에 만족하며 '이 좋은 기회를 고대하고 있다.'는 내용의 답신을 보냈다.

거짓말쟁이.

우리는 언젠가 도움이 되리라는 기대로 의무를 다해야 하니까.

나는 스스로 높이 쌓은 의무를 다하기 위해 미국으로 돌아가야 했다.

파리로 돌아가는 동안 하룻밤 자야 하는 기차의 침대칸에서 선잠이 들었다. 뮌헨 북역에서 잠시 환승을 하기 위해 내렸다. 환승한 열차의 좁은 2등석에 앉아 늦은 오후에 파리 동역에 도착했다. 경사진 유리 지붕으로 초봄의 햇살이 쏟아져들어왔다. 전화 부스 두 개를 지나쳤지만 이자벨에게 전화하지 않았다.

"므슈 샘!"

호텔 로비로 들어서자 오마르가 반갑게 인사하며 내 양 볼에 키스했다.

"별일 없어요?"

"늘 똑같아요."

내가 쓰던 방에 짐을 풀고, 복도를 지나 샤워를 하며 여독을 풀었다.

이튿날 아침, 〈르셀렉트〉 주인이 어제 날짜《인터내셔널 헤럴드 트리뷴》지와 전화기를 건넸다. 전화 다이얼을 돌리는 동안 내가 늘 먹던 아침식사가 나왔다. 오렌지주스와 크루아상. 나는 신호음이 울리는 동안 눈을 감고 기다렸다. 한 번, 두 번, 세 번, 네 번, 다섯 번, 여섯 번…… 젠장, 이자벨이 없나? …… 일곱 번, 여덟 번, 아홉 번…….

"Âllo(여보세요)?"

방금 달려온 듯 숨찬 목소리.

"이자벨?"

"샘?"

"나야."

"타이밍이 절묘하게 맞았네."

"오후 5시?"

"그래, 좋아."

나는 두려움을 잠재우려 영화관과 서점을 돌았다. 어릴 적부터 내 안에 도사린 두려움, 거절당할지 모른다는 두려움.

이자벨의 아파트 정문 비밀번호를 확인하려고 수첩을 꺼낼 필요도 없었다. 머릿속에 새겨져 있었으니까. 비밀번호를 누르자 철컥 문이 열렸고, 중정을 가로질러 C동에 도착해 이자벨의 이름 옆에 붙은 벨을 눌렀다.

딩동 소리를 들으며 안으로 들어갔다.

"안녕."

계단 위에서 이자벨의 목소리가 들려왔다. 나는 내심 계단을 뛰어 올라가지 말자고 다짐했지만 뜻대로 되지 않았다. 급히 뛰어오르느라 발바닥이 타닥타닥 계단을 울리는 소리가 널리 울려 퍼졌다.

"서두르는 남자."

가까이에서 이자벨의 목소리가 들려왔다. 빙빙 돌아가는 나선형 계단 끝에서 이자벨과 마주했다. 붉은 머리를 길게 늘어뜨린 이자벨이 나를 보고 웃었다. 나도 웃었다. 나는 당장 이자벨의 품으로 뛰어들고 싶었지만 그녀가 내민 손을 가만히 잡고 있었다. 이자벨이 나를 작업실 안으로 끌어당기며 문을 닫았다. 주방 싱크대에 피우던 담배를 집어던진 이자벨이 내 뒷머리를 움켜쥐더니 앞으로 당기며 키스했다. 다른 한 손은 내 청바지 앞쪽을 움켜쥐었다. 내 것은 이미 이자벨의 안으로 들어가고 싶어 단단해져 있었다.

이자벨의 향기가 나를 감쌌다. 몇 주 동안 간절히 그리워했던 냄새. 이자벨보다 더 갖고 싶은 사람은 없었다. 가슴에 파묻히는 얼굴, 숨죽인 신음에 온몸의 균형감각이 다 사라졌다. 시간 개념도 공간 감각도 느낄 수 없었다. 이자벨이 내 손을 잡았다.

빛나는 눈, 턱 선을 어루만지는 검지, 그 얼굴과 눈을 내 입술에 담았다.

• • •

나는 벗은 몸을 안고 싶다고 말했다. 이자벨은 내가 옷을 벗길 수 있도록 몸을 맡겼다. 옷을 벗겨주고 나서 나도 벗었다.

이자벨이 키스하며 말했다.

"보고 싶었어. 당신을 그토록 그리워하게 될 줄 몰랐어."

"나도."

이자벨이 또 내 얼굴을 어루만졌다. 나는 팔을 들어 이자벨을 감싸 안았다. 잠시 후 우리는 또 사랑을 나누었다. 이번에는 미칠 듯이 뜨거웠던 재회의 열정 대신 아주 천천히 부드럽게 서로의 몸을 구석구석 어루만지며 여유 있게 섹스를 했다. 전에 없는 친밀감으로 하나가 된 기분이었고, 전혀 색다른 영역에 들어선 느낌이었다. 이자벨도 나와 비슷한 반응을 보였다. 나를 더 깊이 끌어당겼고, 잠시도 나를 바라보는 눈길을 돌리지 않았다. 마치 우리 둘만이 세상의 전부인 양, 이 순간순간이 광활한 우주인 양 몰입했다.

이자벨이 눈길을 떼지 않고 말했다.

"아주 특별한 경험이야. 이런 경우는 드물어."

"난 경험이 별로 없지만 당신 말에 동의해."

"우리가 밤낮으로 함께한다면 아마 이런 경험을 할 수 없을 거야. 당신이 미국으로 떠나는 게 싫어. 언제 떠나야 하지?"

"9일 뒤에 떠나지만 다시 올게. ……상황이 되면."

"내 상황도 변수야. 당신이 떠나고 나면 피임약을 끊을 거야. 가능한 한 빨리 임신하려고. 아예 임신을 못할 수도 있지만 On verra(두고 보면 알겠지. 프랑스어에서 On verra는 2가지 뜻이 있다. '두고 보면 알겠지'와 '다시 만나' : 옮긴이). 연락할게."

나는 책상 위에 널린 책들과 종이들 너머의 좁은 창문을 바라보았다. 낡은 지붕 타일에 드리운 그림자, 구릿빛 석양, 파리 6구의 나선형 계단 꼭대기에 있는 이 작은 공간에 내가 있었고, 침대에 함께 있는 이 특별한 여자는 내가 전혀 이해하지 못하는 방식으로 사랑에 대해 말하고 있었다. 경사진 천장 아래에서 함께 한 몸이 되어 있는 이 순간에 내가 굳이 모든 걸 이해해야 할까? 이자벨이 옆에 있는 것으로 충분하지 않을까?

나는 이자벨에게 키스했다.

"우린 반드시 다시 만날 거야."

이자벨이 눈을 감았고, 입술에서 희미한 미소가 번져갔다.

"내가 바라던 대답이야, 사뮈엘."

2

우리는 한 달에 두 번 편지를 주고받기로 했다. 내가 인턴을 하려고 미니애폴리스로 가기 직전에 이자벨이 정한 새 규칙이었다. 파리와 작별하기 싫었다. 미국의 중간급 도시에서 석 달을 보내야 한다는 게 괴로웠다. 무엇보다 이자벨을 떠나기 싫었다. 이자벨은 가라고 했다. 일 때문이 아니라 임신해야하니까.

"당신이 파리에 있으면 아마 일주일에 대여섯 번은 만나 어우러지고 싶을 거야. 그랬다가는 아이 아버지가 누군지 헷갈리게

될 수도 있겠지. 내가 낳을 아이의 아버지는 반드시 샤를이어야
해."

늘 그랬듯 우리는 작은 아파트의 침대에 있었다. 사랑을 나눈
뒤에 늘 그랬듯 와인을 마시고, 담배를 피우며 대화를 나누었
다. 나는 그 전에 한두 번 제안한 적이 있었다. 밖에 나가 저녁
식사라도 함께 하며 좀 더 특별한 시간을 만들어 보자고. 내 제
안은 즉시 거부당했다.

"여기서 우리 단둘이 있는 게 특별한 거야." 그 말에 내포된
속뜻은 '파리는 좁고 소문이 빨라. 나는 사생활을 지키고 싶어.'
였다. 이자벨은 우리가 함께하는 모습이 사람들의 눈에 띄는 걸
극도로 꺼려했다. 그 뒤로 다시는 그 말을 꺼내지 않았지만 한
가지 질문을 잊지 않았다.

"샤를에게도 다른 여자가 있어?"

"그이는 내가 알고 있다는 걸 모를 거야. 아무튼 나는 다른 여
자가 있다는 걸 알아."

"어떻게?"

"흔한 단서들이지. 밤늦게 끝나는 회의. '친구'를 만난 날에는
집에 들어오자마자 일찍 자겠다고 하는 거."

"상대가 누군지 알아?"

"30대 후반의 출판사 편집자야. 키가 큰 독일 여자인데 독신
이고, 아이를 원해."

"많이 아네."

"파리는 좁아."

"그 말은 전에도 들었어."

"이름이 그레타야. 샤를이 그레타와 함께 있는 모습을 내가 아는 사람들이 자주 목격했어. 그레타가 피임을 잘하길 바랄 뿐이야. 만약 그레타가 임신하면 수습하기 쉽지 않은 문제가 발생할 테니까. 그렇다고 샤를에게 피임을 잘 해야 한다고 강요할 수는 없다는 게 문제야."

그 말에 베개를 베고 누워있던 나는 피식 웃었다. 이자벨이 나를 쿡 찔렀다.

"그 웃음 싫어. 마치 이런 말을 하는 거 같아. '아무튼 프랑스 사람들이란…….'"

"프랑스 사람들은 다들 미리 규칙을 정하고 다른 사람을 만나?"

"프랑스 사람들이라고 다 그러지는 않아. 프랑스에도 샤를과 나 같은 합의를 인정하지 않는 사람이 많아."

"당신들이 어떤 합의를 했는지 표면적으로 드러나 있지는 않잖아."

"당신은 이해하기 힘들겠지만 그런 합의가 가장 이상적이야. 명문화된 규칙이나 제약이 없으니까. 요구도 없고, 한계도 없으니까. 겉으로 말하지 않는 합의, 암묵적으로 동의한 합의."

"만약 샤를이 당신을 버리고 그 여자를 택하면?"

"그 복잡한 상황에 대해 다시 합의해야겠지."

"당신이 내 아이를 갖는다면……."

"그런 일은 만들지 말아야지."

"샤를이 화를 낼 테니까?"

"샤를은 내 남편이고, 세드릭의 아버지였으니까. 내가 다시 임신한다면 아이 아버지는 반드시 샤를이어야 하니까."

"샤를은 다른 여자와 아이를 가져도 되지만 당신은……."

"그 얘기를 되풀이하긴 싫어. 중요한 건 내 선택이야. 당신이 내 선택을 존중해주길 바라."

"그래, 알아. 난 너무 어리고 미숙해."

"당신은 샤를보다 서른 살 가까이 어려. 아이도 없어. 당신 나이에 아이가 있어봐야 좋을 게 없지. 젊을 때는 그 어떤 속박을 받아서도 안 돼. 당신은 아주 로맨틱한 사람이야. 내가 당신을 사랑하는 이유 가운데 하나야. 만약 내가 임신할 경우 아이를 포기할 수 있어? 그 아이가 다른 아버지 손에서 자라는 걸 허용할 수 있어?"

빌어먹을! 이자벨은 나 자신보다 나를 더 잘 알고 있었다.

"당신과 아이를 갖고 싶어 하는 게 잘못이야?"

이자벨이 나에게 키스했다.

"아름다운 생각이야. 감동적이기도 해. 그렇지만 인생은 그리 간단하지 않아. 당신이 여기 남아서 뭘 하겠어? 프랑스어를 배우고, 영주권을 얻어 직장을 구하게? 정말 내가 남편과 헤어지고 당신과 새 인생을 열길 바라? 내가 당신에 대해 아는 거라고는 고작 여기서 보낸 이 오후 시간이 전부야. 우리에게 무엇보다 중요한 건 오후에 이 침대에서 서로 사랑하면서 나눈 열정이야. 드문 경험이니까. 만나는 시간은 짧지만 흥분과 절박감이 전혀 없는 결혼생활과는 다르니까. 결혼생활을 하다보면 저절로 타성이 생기게 되고, 오래된 부부는 의중을 숨기고 대화하지. 우리 부부는 달라. 적어도 우리 부부가 대화할 때 경멸의 그림자는 없어. 우리 부부는 서로 상처를 주지 않기 위해 속마음을 숨기고 대화를 나누기도 해. 그런 게 사랑이야. 분명 당신과 함께할 때의 열정적인 사랑과는 다르지. 그래도 틀림없는 사랑이야."

나는 이제 질문을 그만해야 할 시점이라는 걸 알고 있었다. 그럼에도 물었다.

"너무 집착하는 모습을 보여 미안해. 그저 왜 나는 아니지 하는 마음이 들었어. 그게 전부야."

이자벨이 내 입술에 가볍게 키스했다.

"지금 우리 같은 관계가 더 행복할 수 있어."

나는 우리가 함께하는 마지막 오후에 징징거리는 모습을 보이지 않으려고 애썼다.

"내일 이 시각이면 미국 상공에 있을 거야."

"당신이 그리울 거야. 보고 싶겠지. 어떻게든 파리에 다시 온다고 말해줘."

"크리스마스에 오면 당신 몸이 무거워져 있겠네."

"임신 여부와 상관없이 크리스마스에는 안 돼. 봄에 오면 육아도우미에게 아이를 맡기고 여기서 두 시간 동안 만날 수 있어."

일 년 뒤인 1978년 봄. 이자벨은 내 생각을 읽은 듯 말했다.

"일 년은 그리 길지 않아. 우리의 오후는…… 이 오후는 앞으로도 계속될 거야. 항상 우리와 함께할 거야."

이자벨 특유의 작별 인사였다.

• • •

상실감을 안고 미국으로 돌아왔다. 미니애폴리스의 판사는 바위처럼 단단한 기질의 신사였다. 차갑고, 엄격하고, 절제력이 강했다. 나는 판사를 만나 이야기를 나누었다. 판사가 나에게 겸손과 이해력을 바란다는 사실을 간파했고, 그 기대에 부응하기 위해 애썼다. 판사는 칭찬에 옹색했지만 나는 다정하지 않은 아버지 밑에서 자란 경험이 있어 매사 엄격한 판사의 태도에도 전혀 기죽지 않았다. 미니애폴리스의 여름은 습하고 벌레가 들끓었다. 호텔은 단순하고 수수했다. 야근하는 날이 많았고, 거의 매일이다시피 호숫가에서 조깅을 했다. 주말이면 영화관에 가고, 술집에 갔다. 시원한 맥주가 있고, 늘 에어컨이 돌아가는 술집이었다. 블루스 밴드의 연주도 들을 만했다. 바텐더 리사는 내가 술집에서 가까운 호텔에서 혼자 지내고 있다는 걸 알고 있었다. 리사는 트럭기사인 애인이 출장을 갔다고 넌지시 전해주며 나에게 접근을 시도했다. 나는 몹시 외로웠지만 리사의 제안에 응하지 않았다. 이자벨이 계속 마음을 가득 채우고 있었기 때문이다.

마침내 인턴 일이 끝났다. 마지막 날, 판사는 내게 딱 한마디만 했다.

"잘했어."

그게 우리 대화의 끝이었다.

주말에 아버지를 만나러 집으로 갔다. 마침 도로시는 집에 없었다.

"도로시가 너를 만날 수 없게 되어 아쉽다고 하더라. 도로시 동생이 이사하는데 가구를 같이 골라 달라고 해서 갔어. 쉰여덟 살인데 아직 결혼을 못한 동생이야."

도로시는 나를 피하려고 일부러 다른 약속을 잡았을 수도 있었다. 도로시에 대한 내 예상은 늘 적중했다. 도로시는 엄격한 침례교도 세계관을 가지고 있었고, 내가 신앙생활을 좋아하지 않는다는 걸 잘 알고 있었다. 어쨌든 나는 도로시가 없어 차라리 다행이었다. 아버지는 늘 그랬듯 나를 반겼지만 여전히 대화는 없었다. 내가 부자간의 친밀감을 표현하려 들자 안절부절못했다. 아버지와 나 사이에 반감은 전혀 없었고, 그저 친밀감이 부족했을 뿐이다. 내가 파리에서 있었던 일을 편집해서 들려주는 (내가 일곱 번째 계명을 어긴 여자와 정을 통했다는 사실을 알면 아버지는 펄쩍 뛸 테니까) 동안 아버지는 적당한 관심을 표하며 묵묵히 들었다. 나는 미니애폴리스에서 인턴생활을 했던 이야기도 들려주었다. 아버지는 하버드 로스쿨을 마치고 나면 무슨 일을 하며 살 건지 물었다. 나는 화제를 돌려 아버지는 요즘 어떻게 살아가는지 되물었다. 늘 그랬듯 간단한 대답이 돌아왔다.

아버지를 도와 지하실에 페인트칠을 했다. 도로시는 지하실을 리모델링해 세를 놓으려는 계획을 갖고 있었다. 아버지와 함께 인디애나 주의 산림 지역으로 통하는 길을 오래도록 산책했다. 아버지의 단골집인 스테이크하우스에서 두 번 저녁을 먹었다. 둘 다 대화가 끊기는 순간의 어색한 침묵 때문에 당황스러워했다. 아버지는 내가 떠나는 일요일에 공항까지 배웅을 나왔다. 나는 작별 인사로 아버지를 포옹하며 사랑한다고 말해주었다.

"나도 사랑한다."

아버지의 목소리에는 아무런 감정이 깃들어 있지 않았다. 나는 비행기에 탑승해 동쪽으로 날아가는 동안 생각했다.

결코 악의가 있거나 무정하지는 않지만 항상 친밀감이 부족한 아버지와 늘 이리 데면데면하게 지내야 하는 것일까?

비행기가 보스턴에 착륙했고, 나는 택시를 타고 강을 건너 케임브리지로 갔다.

축복받은 사람들, 선택받은 사람들만이 다닌다는 하버드 로스쿨에 대한 기대감은 등교 첫 날에 수업을 몇 시간 듣는 동안 모두 사라졌다. 교수들은 학생들에게 생존의 전장에 뛰어들었다는 경각심을 심어주기 위해 애썼다. 혹독한 경쟁이 로스쿨 생활의 기본이었고, 아이비리그의 규칙에 따르자면 사회 다위니즘이었다.

형사법, 민법, 민사 소송법, 행정법, 상법, 세법, 사회법, 지적 재산권법이 우리가 공부해야 할 과목이었고, 수업은 소크라테스식 문답법으로 이루어졌다. 압박감을 견디지 못하는 학생들에게는 관용을 베풀지 않았고, 인정사정없이 가혹했다. 경쟁을 딛고 살아남으려면 인내심과 고도의 집중력이 필요했다. 나는 첫 주 수업 때 민법 교수의 질문에 잘못 대답하는 바람에 두 번이나 지적을 당했다.

민법 교수가 말했다.

"자네는 여기에 들어올 자격이 있다고 생각하나?"

킥킥거리는 학생은 없었다. 모두들 머지않아 자신이 공개적인 망신을 당할 수도 있다는 걸 잘 알고 있었으니까.

6주 만에 우리 반에서 열두 명의 학생이 사라졌다. 수업에서 세 번 연속 망신을 당한 뒤 수면제를 과다 복용한 학생도 있었다. 다행히 죽지는 않았지만 경영 대학원으로 전과했다. 가학적인 성향이 있는 그 교수는 그 어떤 제재나 비난도 받지 않았다. 그저 좁은 경쟁의 문을 통과하기 위한 통과의례로 받아들여졌다.

나는 운 좋게 기숙사 방을 얻었다. 그 방에서는 주로 잠만 잤다. 하루에 4시간 수업을 받았고, 8시간 공부했다. 로스쿨 도서관은 자정까지 열려 있었는데 항상 만석이었다. 친한 친구가 있는 학생은 아무도 없었다. 모두들 공부에 짓눌려 있었다. 나는 억지로 매일 30분씩 조깅을 했다. 케임브리지의 가을은 아름다운 장관을 연출했다. 가을 경치를 감상할 기회는 없었지만 일주일에 하루, 토요일에는 가급적 체력 충전을 위한 휴식을 취하기로 마음먹었다. 일요일에는 다시 8시간씩 법률서적에 매달렸다.

로스쿨에서 섹스는 안건에 들지 못했다. 나는 섹스가 아쉬웠지만 일부러 상대를 찾으러 다니지는 않았다. 틈날 때마다 파리에 있는 이자벨을 생각했다. 다른 학생들과 달리 나는 하버드의 경쟁적인 속성에 대해 불평하지 않았다. 내 삶에는 하버드 로스쿨 외에 다른 계획이 없었다.

이자벨이 보낸 편지는 짧지만 애정이 넘쳤다. 무슨 책을 번역하는지 이야기할 때도 있었고, 파리에서 무슨 일이 벌어졌는지 이야기할 때도 있었다. 편지의 마지막은 늘 똑같았다.

사랑하는 사뮈엘, 항상 당신을 생각해. Je t'embrasse(보고 싶어).

10월 중순, 그 달에 두 번째로 보낸 편지 내용은 조금 달랐다.

석 달 전에 임신 사실을 알게 되었어. 3월 중순이 출산 예정일이야. 엄청난 뉴스지? 이런 축복이 다시 나를 찾아와주어서 정말 행복하지만 한편으로 두렵기도 해. 앞으로 몇 달 동안은 배 속 아기에게 집중해야 하니까 당분간 편지를 끊을게. 건강한 아이를 출산하게 되면 꼭 다시 편지할게. 당신도 함께 기뻐해 주리라 믿어.

물론 나는 정말이지 기쁘고, 아이가 이자벨에게 큰 행복을 가져다주기를 바라고, 건강하기를 바란다는 편지를 보냈다. 마음속으로는 소리 없는 비탄의 날들을 견뎌야 했다. 이자벨은 다시 연락하겠다고 했지만 이제 우리의 강렬했던 열정은 끝이라는 생각이 들었다. 그저 길을 잃은 기분이었을 뿐 이자벨에 대해 화가 나지는 않았다. 파리에서 돌아온 넉 달 동안 앞으로도 이자벨과 함께할 수 있을지 모른다는 터무니없는 믿음을 붙잡고 있었던 게 허탈했다. 로맨틱한 희망은 종종 문제의 핵심을 비켜 가기 마련이었다.

로스쿨의 학습량이 많아 다행이었다. 공부가 상실감을 해결 해주는 유일한 해독제였다. 아니, 적어도 계속 내 자신을 그렇 게 타이르며 공부에 매달렸다. 한동안 마치 공부에 중독된 사 람처럼 지내다가 심포니 홀에서 멀지 않은 술집에 갔다. 스툴 에 앉아 있다가 옆자리 여자와 어쩌다 이야기를 나누게 되었다. 시오반이라는 여자로 아일랜드 서쪽 오지인 코네마라 출신이 었다. 더블린 트리니티대학교에서 법대를 졸업한 붉은 머리 여 자였다. 지난 6개월 동안 미국 횡단 여행을 했고, 일주일 뒤에 는 더블린으로 돌아가 그 지역 유명 로펌에서 변호사로 일할 예 정이었다. 우리는 앞으로 일하게 될 직업이 같다는 점에서 쉽게 말이 통했다. 내가 하버드 로스쿨 학생이라고 하자 시오반은 더 욱 각별한 관심을 보였다.

시오반이 기네스를 두 잔째 마시고 나서 말했다.

"사실은 하버드 남자들을 좀 만나봤어. 다들 자기애가 지나쳐 자신을 더없이 소중한 존재로 생각하는 남자들뿐이던데 그나마 넌 조금 다르네. 겸손이 뭔지 아는 하버드의 희귀종이거나 수줍 은 척해서 여자랑 하룻밤 자보려는 선수거나 둘 중 하나겠지."

시오반은 진지하고 까다로운 편이었지만 술이 과하면 소란스러워질지도 모른다는 느낌이 들었다. 아니나 다를까, 시오반은 위스키 몇 잔을 마시고 나더니 금세 거칠고 수다스러워졌다. 우린 외로운 사람이었고, 서로 통하는 점이 있었다. 나는 시오 반을 택시에 태워 코플리 스퀘어의 싸구려 호텔까지 데려다주 었다. 시오반이 머물고 있는 방까지 데려다주고 나서 기회가 있으면 다음에 또 보자고 말하고 양 볼에 입을 맞췄다. 그 순간 시오반이 내 뒷머리를 잡고 혀를 입안 깊숙이 밀어 넣었다. 몇 분 지나지 않아 우리는 허름한 호텔방에서 서로의 옷을 벗기고 있었다. 시오반은 마치 육식동물 같았다. 내 등을 손톱으로 할 퀴고, 절정의 순간에는 숨을 헐떡이며 내 귀를 깨물었다. 그날 부터 낮에는 공부에 파묻히고, 밤에는 시오반과 섹스에 파묻혔 다. 시오반은 사랑을 나누는 동안 몸을 꿈틀거리고 뒤틀고 비 명에 가까운 신음을 토했다. 절정에 다다를 때마다 늘 '아, 씹 할!' 하고 소리치기도 했다. 시오반의 열정에 보조를 맞추기 쉽 지 않았다. 우리의 섹스는 거칠고 야하고 짜릿했다. 사랑과는 거리가 멀었다. 섹스가 끝난 뒤 시오반이 내 어깨를 가볍게 톡 톡 치며 말했다.

"쓸 만해."

시오반은 평소 똑똑하고 재미있고 매우 이성적인 사람이었 다. 나에 대해서도 재빨리 간파했다. 우리가 두 번째 만났을 때 시오반은 나에 대해 이렇게 말했다.

"자랄 때 가족의 사랑을 못 받았고, 지금도 여전히 외로워 누군가와 유대감을 갖길 원하는 외톨이."

그날 밤 섹스를 할 때 시오반은 주먹으로 호텔 벽을 쾅쾅 쳤다. 심지어 옆방 남자가 방문을 노크하더니 혹시 싸우는지 묻기까지 했다.

시오반이 미치광이처럼 웃으며 문 너머로 소리쳤다.

"내 머릿속에서만 싸워요!" 그러면서 나에게 싸구려 와인 병을 건넸다. 저녁 먹을 때 사서 옷을 벗기 전에 코르크 마개를 따놓은 와인이었다. 침대에 눕기 전 시오반은 와인의 코르크 마개를 다시 막아두었다. 나의 격정적인 아일랜드 파트너는 코르크 마개를 이빨로 뽑아버리더니 유리잔에 와인을 콸콸 따라부은 다음 싱크대에 올라앉아 오줌을 누었다.

"화장실에 가려면 빌어먹을 옷을 다시 입어야 하잖아." 그 호텔은 복도 끝에 공동 화장실이 있었다. "이런 모습, 보는 게 괴로워?"

"아니, 전혀." 나는 그 모습이 재미있게 우스꽝스럽다고 생각하며 담배에 불을 붙였다. 잠시 후 시오반이 내 옆에 찰싹 달라붙어 잔을 부딪치며 말했다.

"이제 하버드 로스쿨 학생의 우월한 두뇌를 활용해 특허법과 불공정 경쟁에 대해 비교 설명해 봐."

시오반이 말하는 동안 입에서 럭키스트라이크 연기가 뿜어져

나왔다. 시오반은 우수한 법학도였고, 분석적인 사고에 능한 사람이었다. 법에 적용되는 냉정한 잣대를 '법의 변증법'이라고 부르길 좋아했다. 내가 만나본 수학자들이 미적분학에서 시를 발견하는 것과 같은 이치였다. 시오반은 아일랜드의 자기 고향을 '서부 황무지'라고 불렀다. 한편으로 아일랜드 법조계에서 영향력 있는 인물이 되겠다는 야심에 사로잡혀 있었다.

노스엔드의 값싼 이탈리아 식당에 앉아 와인 한 병을 비우고, 추가로 한 병 더 시켰을 때 시오반이 말했다.

"넌 나랑 함께 있으면서도 언제나 마음은 다른 여자에게 가 있어."

나는 그 말에 놀라며 되물었다.

"뭐라고?"

"금세 방어적인 말투가 되네. 내 눈을 숨길 생각은 하지 마."

"내 인생에 여자는 없어."

"아니, 있어. 마음에 담아둔 여자가 있다는 건 결코 비난받을 일이 아니니까 어서 털어놔 봐. 굳이 감출 필요는 없잖아."

"난 네가 더블린에서 어떻게 살았는지 물어보지 않잖아."

"나에게 결혼하자고 했던 남자가 있었어. 이름이 케빈인데 똑똑하고 착한 데다 나를 정말 아껴주었지. 나도 케빈의 성향을 좋아하는 편이었지만 절대로 결혼해서는 안 될 남자라는 걸 느꼈어. 만남이 이어질수록 벌써부터 지루해지기 시작했거든. 케빈과 헤어진 이후 정말 나에게 딱 맞는 남자를 만나고 싶었어. 너는 일단 제외야. 케빈처럼 지루해서가 아니라 조용하지만 마음속에 슬픔이 가득 들어 있는 게 보여. 게다가 다른 여자를 깊이 사랑하고 있어. 그렇다고 네가 나를 사랑해주길 바라지는 않아. 우리 관계가 이어지길 바라지도 않아. 하긴 내가 널 원한다고 해도 현실적으로 이루어지긴 불가능하잖아. 난 더블린으로 돌아가 로펌에서 일을 시작해야 하니까. 2년 안에 집을 사고, 케빈보다 훨씬 재미있는 바리스타를 만나고 싶어. 결혼하고 나서 초창기에는 그런 대로 잘 살겠지만 곧 엉망이 되겠지. 그래도 계속 지지고 볶으며 살아갈 테고, 특히 아이들에게 매여 지내게 될 거야. 대부분의 사람들이 그런 삶을 살고 있고, 나 역시 그냥 평범하게 살아가길 원하니까. 한편으로는 로펌에 전보를 보내 일하러가지 않겠다고 통보하고, 호주 같은 곳에 가서 3년쯤 지내다오고 싶어. 바닷가 술집에서 맥주를 따르는 일을 하면서 서퍼들과 어울려 섹스하고 '이게 바로 자유로운 삶이야.' 하며 자족하는 거지. 그렇지만 브루스 같은 이름의 바보와 다섯 번째 섹스를 하고 나서 내가 왜 더블린으로 돌아가지 않았는지 후회하게 되리라는 걸 알고 있어. 여기서 한 가지 질문이 있어. 왜 우리는 늘 소유하지 않을 걸 가지려고 할까? 왜 우리는 오래도록 애써서 뭔가를 손에 넣게 되면 금세 질려할까? 내가 좀 말이 많았지? 어쨌든 나는 자유라는 일시적인 만족을 버리고, 영구적이고 단단한 안정을 선택하리라는 걸 알아. 물론 10년 뒤에 이렇게 생각하리란 것도 알아. '남편이란 작자와 지루한 섹스를 또 하네. 오늘 아침에도 또 아이들을 학교에 보내느라 부산을 떨어야겠지. 나는 왜 파리에 있지 않고 더블린에 있는 거야?' 그렇지만 내가 파리에 있어본들 뭘 할 수 있겠어?"

"프랑스어를 배울 수 있겠지."

"너처럼?"

"내가 프랑스어를 배웠다는 말을 한 적 있나?"

"파리에서 몇 달 살았다고 했잖아. 네가 말해주지 않아도 난 알아. 네가 여전히 어느 프랑스 여자를 가슴에 품고 있다는 걸."

나는 시오반에게 아무 말도 해준 적이 없었지만 다 말해준 결과가 되었다.

"자, 내가 케빈에 대해 말해주었으니까 넌 그 여자 이야기를 털어놔봐."

"다 끝난 사이인데 얘기해봐야 뭐해."

"아니, 넌 아직 희망을 버리지 않았어. 기회가 되면 다시 그 여자를 만나고 싶어 하지."

나는 속을 다 내보인 것 같아 얼굴이 후끈 달아올랐다.

"내가 그렇게 속이 잘 들여다보여?"

"너를 처음 만났을 때부터 직감적으로 알았어. 집에서는 사랑을 못 받았고, 외국에서 실연을 당했고, 야심만만하고, 목표가 확실하고, 남에게 약한 모습을 보이기 싫어한다는 걸."

나는 뺨을 맞은 사람처럼 고개를 돌렸다. 시오반의 말이 너무나 정확했기 때문이었다.

마침내 내가 말했다.

"내가 뭘 두려워하는지 알아?"

"뭘 두려워하는데?"

"네가 좀 전에 말하길 인생은 결국 타협하며 살 수밖에 없다고 했잖아. 나도 그렇게 살게 될까 봐 두려워."

시오반이 나에게 키스하고 나서 말했다.

"그 점에서 우리는 생각이 일치하네."

새 와인이 나왔다.

"자, 마시자. 술에 흠뻑 취해 방으로 가서 허접한 생각이 다 사라지도록 섹스하자. 이 생활도 월요일이면 모두 끝나. 그다음에는 더블린으로 돌아가 빌어먹을 인생을 살아야겠지. 우리 사이에 그 이상은 없어."

"왜 그렇게 생각해?"

"난 내가 마음대로 휘두를 수 있는 남자를 원해. 넌 마초는 아니지만 타인과 일정한 거리를 두는 사람이야. 외톨이지만 외로운 걸 딱히 싫어하지는 않지. 타인과 유대감을 갖길 원하면서도 독립적이야. 넌 네 자신이 그런 사람이라는 걸 잘 모르는 것 같아. 넌 좋은 여자를 만나 사랑하면 성장기 시절에 내면에 축적

된 외로움을 극복할 수 있을 거라고 생각하지. 과연 그럴까? 넌 사랑하는 여자를 찾아낸다고 하더라도 또 다른 평행 우주를 바라게 될 거야. 넌 절대로 한 여자에게 정착하지 못해. 네 외로움이 항상 널 쫓아다니며 괴롭힐 거야. 그게 너란 사람이니까."

시오반은 말을 마치고 나서 의자에 몸을 기대고, 두 개의 유리잔에 와인을 가득 따랐다. 그런 다음 앞으로 몸을 숙이더니 내 가랑이 사이를 움켜쥐고 내 입술에 키스했다.

"내가 내린 진단이 제법 그럴 듯해 보이지 않아? 네가 스스로 생각하는 것보다 네 자신을 훨씬 더 흥미로운 사람으로 만들어 줄 수 있는 진단이니까 나에게 각별히 고마워해야 할 거야."

"난 흥미로운 사람이 되고 싶은 생각이 없어."

"내가 한 가지만 조언해줄게. 넌 스스로 원하기만 한다면 누구나 살아가면서 빠질 수밖에 없는 인생의 함정들을 모두 피해 갈 수 있어."

나는 담배에 불을 붙이고 나서 와인을 홀짝였다.

"명심할게."

"이제 프랑스 여자 얘길 해봐."

"말해줄 게 없어."

"아니, 말할 게 너무 많겠지. 넌 조용한 스타일이고, 중서부 사람이라 그런지 표현을 잘 하지 않아. 이상한 일이지만 내 눈에는 그런 점들이 섹시해 보여. 하긴 내 눈에는 대부분의 남자들이 이상해 보이긴 해."

주말이 왔다. 며칠 뒤에 시오반은 더블린으로 떠나기로 되어
있었다. 시오반이 나에게 더블린으로 돌아가야 하는 월요일 밤
까지 함께 있어달라고 졸랐다. 시오반과 함께 있으려면 월요일
수업을 빠질 수밖에 없었지만 그 정도는 감수하기로 했다. 우리
는 주말에 하루에 두 번씩 미친 듯이 섹스에 열중했다. 시오반
은 섹스를 할 때 더욱 공격적인 태도를 취했고, 심지어 자기를
때려 달라고도 했다.

손바닥으로 알몸을 찰싹찰싹 때리고, 금기의 영역으로 여겼
던 항문에 삽입했다. 항문성교와 SM은 난생처음이었다.

내가 말했다.

"오늘 난 선을 넘었어."

"겁이 많네."

"침례교 집안에서 자랐으니까."

"나는 빌어먹을 아일랜드 가톨릭 집안에서 자랐지만 항문에
삽입하는 걸 마다하지 않아."

"넌 센 편이잖아."

"넌 조신한 미국 중서부 남자라서 과도하게 야하고 도발적인
섹스는 싫어한다는 거지? 아니, 한번 해보지도 않고 어떻게 좋
은지 나쁜지 알 수 있어? 뭐든 해봐야 알 수 있지."

"그냥 시도하는 것 자체가 꺼림칙해."

"빌어먹을 침례교 주일학교 선생이 10년이라는 세월 동안 너의 상상력을 볼모로 잡고 그런 행위들을 하는 건 죄악이라고 가르쳤으니까 그렇지. 그래서 그 결과……."

"방금 전 아주 좋은 섹스를 경험했어."

"방금 전 섹스가 좋았던 건 침례교 주일학교 선생 덕분이 아니지. 그 사람은 절대로 좆대가리를 항문에……."

"믿거나 말거나지만 차일즈 목사님은 아이들에게 그런 설교를 한 적이 없어."

"하늘색 줄무늬 슈트에 보타이를 즐겨 하던 목사였지?"

"정말 대단한 통찰력이네."

"상상력이 뛰어나거나. 아무튼 내가 직감으로 이야기한 것들 중에서 정답이 있었다니 다행이네."

이튿날 아침 침대를 나와 화장실에 가는데 시오반이 뒤에서 소리쳤다.

"내가 너의 등에 쉽게 지워지지 않을 흉터를 남긴 것 같아."

나는 그 말을 들은 이후 한동안 욕실 거울에 등을 비춰보지 않았다. 시오반의 손톱이 남긴 상처를 보면 놀라자빠질 게 뻔했으니까.

시오반이 처음 섹스를 할 때 날카로운 손톱으로 등을 할퀴는 바람에 어찌나 쓰라린지 거부의사를 표했다. 그 뒤로 시오반은 더욱 세게 내 등을 할퀴어댔다. 나는 계속 불평해봐야 득 될 게 없다는 생각에 더는 제지하지 않았다. 시오반은 계속 내 등에 손톱자국을 남겼고, 물고 할퀴고 머리카락을 쥐어뜯었다. 나는 미래의 아일랜드 고등법원 판사의 폭력적인 섹스 취향을 감수할 수밖에 없었다.

27년 뒤, 베른에서 열린 국제법 회의 때 시오반과 우연히 마주쳤다. 사실 시오반이 이름을 밝히기 전까지 누군지 알아보지 못했다. 시오반은 체중이 15킬로그램쯤 불어난 몸에 수수한 회색 슈트를 입고 있었다. 우리는 양 볼에 키스하며 인사했다. 시오반은 예상대로 아일랜드 고등법원 판사가 되었고, 네 자녀를 둔 어머니가 되었다. 큰아이가 현재 스물네 살이라고 했다. 옆에 땅딸막한 대머리 남자가 서 있었다. 시오반의 남편 코너는 성공한 부동산 개발업자였고, 내가 골프 이야기에 변변히 대꾸하지 못하자 나에 대해 흥미를 잃었다.

그날 시오반과 나는 각기 다른 테이블을 배정받는 바람에 많은 대화를 나누지는 못했다. 지겨운 연설이 끝나고 나서 시오반이 와인글라스와 명함을 들고 내 자리로 왔다.

시오반이 명함을 내 슈트 포켓에 넣으며 말했다.

"더블린에 올 일은 없겠지만……."

"사람 일은 모르는 거야. 그나저나 멋지게 변했네."

"사탕발림하지 마. 내가 늘 말했던 대로 뚱보 아줌마가 되었어."

"비하하지 마."

시오반은 엉덩이의 불룩한 곡선을 손으로 쓸어내리며 말했다.

"내가 자초한 일이야. 넌 예전 그대로야. 여전히 몸 관리를 잘하고 있고, 대체로 달라진 게 없는데 한 가지 예외는 있어. 눈빛이 슬퍼 보여. 무슨 일 있어?"

나는 고개를 갸웃거렸을 뿐 질문에 대답하지 않았다.

"산다는 건 절대로 간단해질 수 없나봐. 바보처럼 산 것 같기도 하고, 마법에 빠져 산 것 같기도 하고."

"그래, 네 말대로야."

"등에 흉터 자국이 아직 남았어?"

"다 지워졌어."

"나와 관련해 생긴 마음의 흉터는 없어?"

"좋은 것만 기억나."

"거짓말."

"정말이야. 너와 함께한 시간이 내게는 좋은 기억으로 남아있어. 넌 아니야?"

"그럴 리가? 내가 마지막으로 자유를 누린 시간이었어. 아니, 적어도 내가 마지막으로 자유롭다는 환상을 품었던 때야."

자유롭다는 환상.

1977년 초겨울, 나는 보스턴의 형편없는 호텔방에서 셔츠를 벗을 때 등에 흉터가 심하게 났다는 걸 알았다. 거울에 비춰 보지는 않았다. 시오반이 마지막 남은 며칠 동안 내 등을 더 세게 할퀼 테니까. 우리에게 마지막 시간이 다가오고 있고, 이제 서로의 길을 걸어가야 한다는 걸 알고 있었다. 섹스를 하고 침대에 나란히 누웠다가 아침에 눈을 뜨면 우리가 함께했던 모든 순간들이 모두 사라지리라는 걸 알고 있었다. 시오반이 정해둔 운명을 따르려고 더블린행 비행기에 올라타는 순간 우리가 함께했던 모든 것들이 덧없는 환영이 되어 사라지게 되리라는 건 이미 예정된 수순이었으니까.

시오반이 더블린으로 떠나기로 한 월요일 오전 9시에 나를 깨웠다. 시오반의 입이 내 다리 사이에 있었다. 나는 일어나자마자 발기했고, 시오반이 내 위에 올라타 아래위로 몸을 움직였다. 아주 천천히. 종전과 달리 거친 면이 전혀 없었다. 그 움직임은 슬프게 부드러웠다. 조용한 작별의 느낌이 묻어났다. 나는 시오반의 삼각형 부위 위쪽을 손가락으로 애무했다. 신음이 커지며 시오반의 몸이 내 위에 깊게 내려앉을 때 나는 손으로 그녀의 허벅지를 꽉 움켜쥐었다. 시오반이 온몸을 부르르 떨며 전율했다. 처음으로 시오반의 손톱이 내 등을 할퀴지 않았다. 처음으로 우리가 동시에 절정에 이르렀다. 시오반은 클라이맥스에 이은 흥분으로 몸을 떨며 내 몸 위에서 내려왔다. 나는 시오반을 감싸 안았다. 시오반은 내 가슴에 얼굴을 묻고, 잠시 흐느겼다. 그런 다음 내 눈을 뚫어지게 바라보며 내 얼굴을 어루만졌다.

"행복했어. 사실 나는 행복할 때가 그리 많지 않았지."

시오반에게 공항까지 배웅하겠다고 했다.

"아니, 여기서 헤어져." 시오반은 여행가방을 끌며 호텔 로비로 앞장서 내려갔다. 체크아웃을 하고 나서 벨보이가 가방을 끌고 나가 택시를 잡아주었다. 나는 시오반에게 작별 키스를 했다. 우리의 마지막 키스.

시오반이 포옹을 풀며 말했다.

"이제 나는 돌아가. 예측할 수 없는 생활에서 예측 가능한 생활로."

"즐겁게 살아. 넌 즐겁게 살 자격이 있어."

"닥쳐."

시오반이 내 입술에 진하게 키스했다.

택시가 모퉁이를 지나 사라질 때까지 나는 손을 흔들었다. 시오반은 내 마지막 작별의 손짓을 보지 않으려고 시선을 다른 곳에 두고 있었다.

· · ·

시오반이 내 삶에서 사라지고 나서 일주일쯤 지났을 때 아버지로부터 편지가 왔다. 도로시의 어릴 적 친구가 팜스프링스에 사는데, 거기서 크리스마스 휴가를 보내기로 했다는 내용이었다.

아버지는 나에게 팜스프링스로 오겠느냐고 묻는 대신 인디애나의 집에서 혼자 지낼 수 있을 거라고 적었다. 나는 편지를 읽다가 생각했다.

이제 집은 나에게 뭐지?

로스쿨 기숙사 사감을 찾아가 크리스마스 연휴에도 기숙사에서 지낼 수 있고, 복도 끝에 있는 공동 주방도 사용할 수 있다는 답변을 들었다. 아버지에게 크리스마스 휴가를 잘 보내길 바라고, 나는 케임브리지에 남아있겠다는 내용의 카드를 써서 보냈다. 아버지가 보낸 답장에 200달러짜리 수표와 팜스프링스의 연락처가 적혀있었다.

얼마 안 되는 돈이지만 마음에 드는 물건을 사거라. 크리스마스 선물이다. 팜스프링스 시간으로 크리스마스 아침에 전화해라. 사랑한다.

나는 일거리가 있어 크리스마스 휴가 때에도 매우 바쁘게 지내게 될 거라고, 돈을 보내줘서 정말 고맙다고 답장을 써서 보냈다. 나는 아버지가 진심으로 고마웠다. 그 무렵 나는 아버지가 아들과 가까워지는 방법을 모를 뿐 부성애가 없는 분은 아니라는 걸 알아가기 시작했다.

내가 크리스마스 휴가 때 혼자 보낸다는 걸 우연히 알게 된 헌법 교수가 보스턴 로펌과 함께 진행하는 유급 프로젝트를 맡겼다. 대형 제약회사가 당뇨병 환자 여덟 명을 인슐린 쇼크에 빠뜨릴 수도 있는 약을 판매한 것에 대해 당사자들이 소송을 제기하자 책임을 회피할 방법으로 제시한 여섯 개 법조항들을 비교 검토하는 프로젝트로 보수는 800달러였다.

"우리가 대기업의 비리를 덮어주는 데 얼마나 재능이 있는지 제대로 알아볼 수 있는 프로젝트야." 로펌의 파트너 변호사가 사무실에 들어선 나에게 말했다.

우리는 1월 1일이 되기 전에 제약회사의 법적 책임을 면하게 해줄 수 있는 법안을 찾아냈다. 당뇨병 환자들이 거액의 배상금을 요구하게 될 소송에서 아무런 책임을 지지 않아도 되는 절묘한 법안이었다. 로펌의 파트너 변호사는 내 작업에 깊은 감명을 받은 눈치였다. 제약회사의 북서부 지역 대표도 몹시 만족스러워하며 취리히 본사에 보고해 특별보너스로 1천 달러를 받게 해주었다.

프로젝트를 마치고 나서 파트너 변호사와 술을 마셨다. 마티니를 두 잔 마신 변호사가 내가 후한 보수(1977년에 1,800달러는 제법 큰돈이었다)를 받게 된 것에 대해 양면적인 반응을 보였다.

파트너 변호사의 이름은 프레스캇으로 부인과 두 딸이 있는 사람이었다. 프레스캇은 가족들과 함께 브루클린에 위치한 큰 집에 살고 있었다. 마티니 두 잔에 감정이 고조된 프레스캇은 스물다섯 살에 결혼해 스물일곱 살에 첫아이를 낳았고, 스물아홉 살에 로펌의 파트너 변호사가 되었고, 서른한 살에 둘째 아이가 태어났다고 주저리주저리 이야기했다.

"자네가 보기에 2년이라는 간격에 어떤 의미가 있는 것 같나?" 프레스캇이 담배에 불을 붙이며 말을 이었다. "난 담배도 하루에 두 개비만 피워. 사랑받는 가족의 품으로 돌아가기 전에 칵테일을 마시면서 담배를 피우지."

'사랑받는 가족이라니? 누구에게?'

나는 무슨 뜻인지 궁금해 물어보려다가 그만두었다.

프레스캇은 두 번째로 피우던 담배를 눌러 끄고 세 번째 담배에 불을 붙였다. "자네도 곧 나처럼 될 거야, 안 그래?" 그런 다음 얼른 덧붙였다. "와이프는 오늘 내가 집안으로 들어서자마자 냄새를 맡고 나서 하루에 피우고 마시기로 한 양을 넘어섰다는 걸 알아채겠지."

'부인이 술과 담배의 양을 정해준다고? 부인이 아니라 엄마인가?'

진한 칵테일이 사람을 금세 달라지게 할 수 있다는 걸 확인하는 자리였다.

프레스캇이 말했다.

"내 질문에 대한 답이 뭐야? 아직 못 들었어."

혀가 풀려있었다.

"무슨 질문을 했는데요?"

"질문이 아니라 자네의 운명에 대한 추론이라고 할 수도 있 겠지."

"제 운명이 보여요?"

"자네가 주어진 운명에 순응한다면 그래."

'당신처럼?'

나는 그 질문을 입 밖으로 꺼내지는 않았다. 프레스캇이 계속 말을 이었다.

"자넨 법안을 분석하는 데 소질이 있어. 상대의 소송장에서 잘못된 부분을 찾아내는 실력도 뛰어난 편이야. 지독하게 악랄 하고 치밀한 스위스 제약회사 임원들이 자네가 해낸 일에 대해 큰 감명을 받았을 정도니까. 자네 덕분에 우리 로펌은 큰 신뢰 를 얻을 수 있게 되었어. 나도 하버드 로스쿨 출신이라서 잘 알 지만 학기 중에는 공부하느라 바빠 과외활동을 할 수 있는 시간 이 나지 않을 거야. 내년 여름방학에는 시간이 많이 날 테니까 그때 우리 로펌에서 다시 일하게 해줄게."

"기대되네요." 그런 한편 마음속으로 생각했다. '내년 여름에 는 파리에 가있을 텐데요.' 그러면서 다른 한편으로는 '아이 엄마가 된 이자벨이 과연 나를 다시 만나려고 할까?' 하고 생각했다.

프레스캇은 방금 나온 세 잔째 마티니를 흔들어대며 말했다.

"내 질문에 대답하지 않으면 방금 전에 했던 제안을 철회할 거야."

이런 상황에서는 그냥 씩 웃어주는 사람이 이긴다. 그래서 나는 그냥 씩 웃었다.

"아, '자네도 곧 나처럼 될 거야, 안 그래?'라고 한 질문 말인가요?"

"그래, 바로 그 질문이야."

"사람들은 스스로 자기의 감옥을 만들죠. 저는 아직 어떤 감옥을 만들지 결정하지 않았습니다."

나는 이자벨과도 내 직업에 대한 대화를 나누어보고 싶었다. 나는 사실 어쩌다 변호사가 되기로 했을 뿐 법을 다루는 일을 좋아하지 않았다. 일보다는 안정적인 수입과 변호사라는 직업의 사회적 지위에 더 끌렸다고 할 수 있다.

원하지 않는 일을 하며 경력을 쌓아나가야 하는 게 나에게 주어진 운명일까?

하나의 사건을 두고도 저마다 달리 내놓는 법적 해석을 어떻게 바라보아야 할까? 담당 변호사가 누구냐에 따라 결과가 현저하게 달라지는 재판의 양상을 어떻게 받아들여야 할까?

내가 법의 복잡성에서 지적 쾌감을 얻는 건 분명한 사실이었다. 다만 내가 이해하는 법에는 실증적인 요소가 거의 없었다. 법은 주어진 이야기를 잘 다루어 유리한 판결을 이끌어내면 된다는 점에서 소설과 비슷했다.(그렇다고 내가 문학에 관심이 있는 건 아니었다. 내가 단단한 허구의 세계를 만들어낼 수 있으리라 상상할 수 없었다)

이자벨의 임신에 대해서도 묻고 싶었다. 내 머릿속에는 항상 이자벨에 대한 생각이 큰 비중을 차지하고 있다는 말도 전하고 싶었다.

나는 다시 한번 내 자신에게 말했다.

이미 오래전에 끝난 이야기야. 이자벨이 보낸 마지막 편지에도 그렇게 적혀있었잖아. 이제 미련 없이 받아들여. 시오반과 광란의 섹스에 빠져들었던 일주일 동안에도 이자벨에 대한 생각이 계속 찾아들었다.

시오반과 광적인 섹스에 몰입해있는 동안에도 나는 왜 이자벨을 떠올릴 수밖에 없었을까? 왜 이자벨과 함께하지 못하는 것에 대한 아픔이 이렇게 큰 것일까? 이자벨과의 섹스는 왜 기억도 잘 나지 않는 그저 그런 섹스에 머물지 않을까? 이자벨은 '사랑'이라는 단어를 쓰지 않았지만 난 정말 사랑을 했나?

이자벨에 대한 생각을 떨쳐버려야 해.

몇 주 전에는 이자벨에게 크리스마스카드를 보낼까 생각하다가 연락하지 말아달라는 말을 존중하기로 했다. 새해가 된 지 며칠 되지 않아 로스쿨 수업이 다시 시작됐다. 로스쿨은 새 학기에도 여전히 금욕적인 수도원 같은 분위기를 풍겼다. 나는 공부에 깊이 파묻혔고, 몇 달이 훌쩍 지나갔다.

겨울이 지나고 봄이 왔다. 4월 초, 그러다가 며칠 뒤 수은주가 아래로 뚝 떨어지더니 때아닌 눈보라가 무려 36시간이나 보스턴 일대를 강타했다. 눈이 1미터 가까이 쌓였다. 천상의 지우개가 지상에서 중요하지 않은 풍경들을 모두 지워버린 것 같은 설경이 펼쳐졌다. 바깥 활동이 거의 불가능한 상황이어서 휴강이 이어졌다. 거의 모든 대중교통이 중단됐고, 나이아가라폭포처럼 내리는 눈이 멈출 때까지 자동차 운행도 전면 금지됐다.

폭설이 내린 지 이틀째 되던 날 기숙사 방에 처박혀 지내다보니 밀실공포증 같은 게 스멀스멀 느껴졌다. 나는 부츠를 신고, 두툼한 스웨터, 파카, 목도리로 무장한 다음 눈 덮인 바깥세상으로 용감하게 나섰다. 폭설이 퍼부은 혹한의 날씨에 밖에서 돌아다니는 멍청이는 나밖에 없었다. 학생회관 문이 열려 있었다. 문 안으로 들어갈 때 내 몸에 3센티미터쯤 쌓인 눈도 같이 휩쓸려 들어갔다. 난방이 잘 돼 있는 실내에 들어서자마자 몸에 쌓인 눈이 녹기 시작했다. 커피, 코코아, 정말이지 맛이 형편없는 홍차가 나오는 자판기가 있었다. 나는 코코아를 마시며 추위로 덜덜 떨리는 몸을 따스하게 해주고 싶었다. 25센트를 동전 투입구에 집어넣자 얇은 플라스틱 컵에 연갈색 코코아가 흘러내렸다. 코코아가 나오는 동안 잠시 내 개인 우편함을 확인하러 갔다. 비어 있을 거라 생각했는데 편지 한 통이 들어있었다.

프랑스 우표, 파리 소인, 한눈에 알아볼 수 있는 이자벨의 글씨가 눈에 들어왔다. 나는 가슴이 철렁 내려앉는 느낌을 받으며 편지 봉투를 뜯었다. 부정적인 생각이 앞서는 내 성격상 아주 나쁜 소식이 적혀 있으리라는 생각이 들었다. 얼른 내용을 보고 싶었다. 편지글의 내용을 가장 쉽게 알 수 있는 첫머리와 맺음말부터 보았다.

첫머리는 영어였다.

어느 누구보다 아끼는 사뮤엘에게.

끝은 프랑스어였다.

Je t'embrasse très fort(너무 보고 싶어).

일단 긍정적인 내용 같았다.
비로소 본문을 읽었다.

편지가 늦어서 미안해. 1978년 3월 7일에 내 딸 에밀리 이렌

느 드 몽상베르가 태어났어. 에밀리가 무사히 세상에 나오기까지
결코 무난하지만은 않은 과정이 있었지. 무려 12시간 동안 출산
진통을 겪었으니까. 의사가 태아의 목에 탯줄이 감겨 있다고 해
서 어찌나 겁이 났는지 몰라. 나는 내 아이가 세상에 나오는 순
간을 보고 싶었기 때문에 의사가 응급 제왕절개술로 출산을 해야
한다고 제안했을 때 싫다고 소리쳤어. 의사가 주사를 놓아 나는
마취 상태에 들어갔어. 무려 7시간 동안이나 마취 상태에 빠져
있었지.

　나는 마취 상태에서 깨어나자마자 비명을 질렀어. 내 침대 옆
에 있는 아기 침대가 비어 있는 걸 보고 최악의 상황이 떠오른 거
야. '이 아이마저 빼앗기면 난 앞으로 살아갈 수 없어.' 하고 생각
하고 있는데 담당 간호사가 나타나 나를 진정시켰어. 딸아이를
출산했고, 건강한 상태로 신생아실에 있다고 하더군. 그 말을 듣
고 나는 또 아이가 혹시 뭔가 잘못된 건 아닌지 생각이 들었어. 나
는 몸을 움직일 힘조차 없었지만 간호사에게 아기를 보게 해달라
고 졸랐지. 간호사가 안 된다고 해서 소리를 질렀더니 샤를이 병
실로 달려오더군. 알고 보니 샤를은 밤새 내 침대 옆 의자를 지켰
고, 내가 마취에서 깨어났을 때 잠시 담배를 피우러 나간 거였
어. 샤를은 나를 진정시키면서 방금 전에 신생아실에 다녀왔는데
아이는 전혀 문제없이 건강하다고 했어.

　앞에서도 언급했듯이 아이 이름이 에밀리야. 내게는 너무 소중

한 아이야. 물론 나는 심한 선입견을 갖고 있어. 나는 에밀리가 딸이라서 특별히 더 사랑해. 출산 과정이 순조롭지 않아 에밀리의 몸에 혹시 손상이 오지는 않았는지 걱정스러워. 병원에서는 괜찮다고 안심시키지만 여전히 걱정되는 게 사실이야. 과거에 벌어졌던 비극 때문이겠지. 그 일이 여전히 내 안에서 어두운 그림자를 드리우고 있어. 운명이 또 나를 불행의 표적으로 삼으려는 건 아닌지 계속 불안해. 그 힘든 출산의 과정이 내게 인생은 단숨에 부서지기 쉬울뿐더러 갑자기 나를 통째로 집어삼킬 수도 있다는 걸 깨닫게 해주었지.

내 천성은 로맨틱한 비관주의자야. 행복한 순간이 갑자기 끔찍한 불행으로 바뀔 수 있다고 믿어. 처음부터 여기까지 줄곧 내 얘기만 했네. 에밀리가 일주일 동안 배앓이를 하고 있어서 2시간 이상 지속적으로 잠을 잔 적이 없어. 샤를이 밤새 내 옆에 있겠다고 고집을 부렸지만 편안하게 숙면을 취할 수 있도록 다른 방에서 자게 했어.

내가 전할 소식은 이게 전부야. 아, 한 가지 더 있네. 당신을 많이 생각하고 있어.

자판기에 코코아를 내려두었다는 걸 깜박 잊고 편지를 읽었다. 자판기로 가보니 코코아는 이미 차갑게 식어 있었다. 이자벨의 편지를 세 번이나 정독했다. 차갑게 식은 코코아를 마시고 나서 밖으로 나갔다. 브래틀 가에 있는 카페에서 브랜디를 넣은 코코아를 한 잔 더 마시자 비로소 몸이 따뜻해졌다. 눈이 내려서인지 마치 파리에 와있는 것 같은 느낌이 들었다. 이자벨의 편지를 다시 한번 꼼꼼히 읽으며 행간의 의미를 파악하려 애썼다. 샤를에게 다른 방에서 잠을 자도록 했다는 말이 과연 배려 차원인지 알 수 없었다.

부부 사이에 무슨 문제라도 있나? 혹시 문제가 있길 바라는 건가?

나는 이자벨에게 보낼 답장을 썼다. 에밀리가 태어나서 기쁘고, 출산 과정에서 겪은 고통 때문에 심리적으로 많이 약해져 있는 상태겠지만 아이가 건강하다는 의사의 말을 믿어야 한다는 말을 적었다.

나는 거기까지 쓴 편지를 구겨버렸다. 이자벨에게 딸의 건강에 대해 지나치게 걱정하지 말라고 하는 건 바람직하지 않을 듯했다. 이자벨에게 미국식 낙관주의적 사고를 바랄 수는 없으니까. 이자벨의 말에 충분히 공감하고, 에밀리의 건강을 걱정하는 마음을 충분히 이해하고, 나 역시 옆에 있어주고 싶다는 말을 적었다. 그런 다음 시험을 마치고 인턴 일을 시작하기 전까지 남는 시간이 있으니 괜찮다면 5월 14일부터 일주일 동안 파리를 방문할 수 있을 것 같다는 말을 덧붙였다. 하버드에 있는 웨스턴유니언 지점에 가서 전보를 보냈다. 일주일이 지나 이자벨이 보낸 전보가 도착했다.

· · ·

5월 15일 오후 5시, 베르나르 팔리시 9번지에서 만나. 정문 비밀번호는 그대로야. Je t'embrasse fort(정말 보고 싶어). 이자벨.

· · ·

파리.

내가 다시 파리에 왔다.

파리에 발을 내딛는 순간 나는 행복해졌다.

오마르가 여전히 호텔 프런트에서 일하고 있었다. 오마르는 나를 포옹하고 나서 내 양 볼에 입을 맞췄다.

"코트는 예전 그대로네요."

"그동안 잘 지냈어요?"

"아, 저야 늘 똑같죠. 이번에 묵으실 방을 약간 업그레이드 해드릴게요."

이전과 마찬가지로 기분 좋게 낡은 방이었다. 꼭대기 층이어서 길고양이들이 서성대는 골목이 아니라 5구의 지붕들이 보였고, 작은 발코니도 있었다. 5분 안에 짐을 풀고 발코니로 나갔다. 의자에 앉아 근처의 식물원, 카페, 극장, 낮게 깔리는 안개와 가로등 불빛을 내려다보았다. 오마르에게 팁을 20프랑 주고 담배 한 갑을 청했다. 몇 달 동안 금연했는데 갑자기 담배가 피우고 싶었다. 그 당시만 해도 기숙사 내부는 물론이려니와 강의실과 도서관에서도 자유롭게 담배를 피울 수 있었다. 나는 얌전한 학생이었고, 로스쿨에 다니는 동안 가급적 담배를 멀리했다.

파리는 담배의 도시라고 할 수 있었다. 파리에 오자 정말이지 다시 담배가 피우고 싶어졌다. 카멜 한 개비를 입에 물고 불을 붙였다. 연기를 깊이 빨아들이자 잠시 어지럽다가 이내 마음이 편안해졌다. 이자벨이 몹시 그리웠다.

좌식 변기와 작은 샤워부스도 여전했다. 단골 카페에서 먹는 아침까지도. 내가 〈르셀렉트〉의 문을 열고 들어서자 카페 주인이 고개를 까딱해 보이며 인사를 건넸다. '몇 달 동안 어디에 다녀왔어?' 하는 표정이 아니었다. 며칠 어디에 다녀오느라 들르지 않은 단골손님에게 인사를 건네는 것 같은 표정이었다. 바의 스툴에 앉자 주인은 물어보지도 않고 오렌지주스와 크루아상, 크림, 토요일자 《인터내셔널 헤럴드 트리뷴》지를 내놓았다. 아침을 먹으면서 이틀 전 신문을 읽는 동안 불안감을 누르려고 애썼다. 몇 달 동안의 기대가 쌓였다. 토끼 굴처럼 빠져나갈 수 없는 미로였다. 그저 내가 할 수 있는 일은 약속한 시간에 찾아가 우리 사이가 어떻게 될지 직접 알아보는 수밖에 없었다.

파리 특유의 어두운 날씨였다. 잿빛 하늘에서 끊임없이 차가운 가랑비가 내렸다. 물기를 잔뜩 머금은 공기와 함께 영원히 살아가야 하는 건 아닌지 하는 생각이 들었다.

《파리스코프》를 들여다보니 1시간 뒤에 상영하는 영화가 있었다. 오후 4시 30분에 영화관에 들어갔다. 결코 이루어질 수 없는 여인 마를렌 디트리히를 사랑해 학자의 길도 포기한 에밀 재닝스가 1920년대 베를린에서 이별하고 있었다. 영화를 보고 나서 밖으로 나오자 비가 잦아들어 있었다. 뒷길을 걸어 오데옹 극장으로 간 다음 렌 가를 지나 베르나르 팔리시 9번지로 갔다.

1층 출판사 진열장에 새 책들이 놓여있었다. 이전처럼 똑같이 평범하고 일정한 표지들, 진지한 표정의 저자 사진들을 보며 독자들에게 그다지 친절한 출판사는 아니라는 생각이 들었다.

정문 번호를 누르자 철컥 하는 소리와 함께 문이 열렸다. 중정을 지나 C동으로 곧장 걸어갔다. 위에서 세 번째, 이자벨의 이름 옆에 있는 벨을 눌렀다. 묵묵부답. 30초를 기다렸다가 다시 벨을 눌렀다. 역시 묵묵부답. 갑자기 담배를 피우고 싶었지만 꾹 참고 10초가량 길게 눌렀다. 역시 묵묵부답이어서 담배에 불을 붙였다.

결국 이렇게 되는 거였어. 나 혼자 작은 아파트 건물의 중정에 서 있기. 이자벨에게 안 좋은 일이 생긴 건가? 우리가 다시 만나기로 한 약속은 결국 불발로 끝나는 건가? 아니면 딸을 낳은 이자벨이 갑자기 우리의 만남이 더는 지속되어서는 안 된다는 걸 깨달았나?

문이 열리는 소리가 들려 피우던 담배를 급히 버렸다. 문손잡이를 돌려 문을 열었다.

"안녕……."

계단 위에서 이자벨의 목소리가 들려왔다. 나는 차분하고 신중하게 처신하기로 했던 생각을 집어던져버리고 계단을 뛰어오르기 시작했다. 비스듬히 꺾이며 빙빙 돌아가는 나선형 계단은 예전 그대로였다. 계단참에 다다라 팔을 활짝 벌리고 이자벨을 끌어안을 준비가 되었다. 그렇지만 이자벨을 보는 순간 온몸의 힘이 다 빠져 달아났다. 이자벨은 늘 그랬듯이 문가에 서있었고, 손가락 사이에 담배를 끼고 있었다. 몇 주, 아니 몇 달 동안 잠을 못 잔 듯 퀭한 얼굴에 다크 서클이 선연했다. 백묵처럼 하얀 피부, 희미한 주근깨, 지친 표정에 많이 야윈 모습이었다. 전에도 날씬했지만 지금은 마치 심한 기근을 겪고 있는 나라의 아이처럼 수척하고 파리해 보였다. 이자벨이 자신의 변한 모습을 보고 크게 놀란 내 기분을 알아챈 듯했다. 나는 충격적으로 변한 이자벨을 끌어당기며 꽉 안았다.

이자벨이 속삭였다.

"너무 세게 껴안지 마. 몸이 으스러질지도 몰라."

나는 팔의 힘을 풀고, 이자벨의 어깨를 부드럽게 감싸 안았다. 그런 다음 키스했지만 이자벨의 입술이 열리지 않았다. 나는 뒤로 한 발짝 물러서서 이자벨의 모습을 다시 한번 찬찬히 살펴보았다.

"무슨 일이야?"

"일단 안으로 들어와."

나는 작업실 안으로 들어갔다. 이자벨의 책상을 보고 눈이 휘둥그레졌다. 전에는 비교적 잘 정돈돼 있었는데 지금은 온통 정신없이 어질러져 있었다. 구겨진 종이들, 넘치기 직전인 재떨이, 설거지하지 않은 에스프레소 잔들, 마시다가 만 와인 병들, 번역 원고, 바닥까지 흘러내린 종이들이 뒤죽박죽 방치되어 있는 가운데 시야를 어지럽혔다. 싱크대에는 설거지를 하지 않은 접시와 그릇들이 잔뜩 쌓여 있었고, 침대 시트는 몇 주 동안 갈지 않은 듯 시큼한 냄새를 풍겼다. 전에는 흠잡을 데 없이 깔끔했던 작업실이었는데 잠시 정리를 소홀히 한 정도가 아니라 한동안 아무렇게나 방치한 듯했다.

이자벨이 엉망이 된 작업실을 둘러보는 내 손을 잡았다.

"지금이라도 발길을 돌려 나가고 싶으면 그렇게 해. 괜찮으니까."

나는 다시 이자벨을 끌어당겨 안았다. 이자벨의 온몸이 굳어 있었다. 나에게서 몸을 빼내 소파에 앉은 이자벨이 위스키 잔에 담배를 눌러 껐다. 이미 위스키 잔에 꽁초가 열다섯 개쯤 차 있었다.

이자벨이 카멜에 불을 붙일 때 보니 손을 약간 떨고 있었다.

마침내 내가 입을 열었다.

"그래서……."

이자벨이 눈을 감더니 흐릿한 미소를 지으며 흐느끼다가 말했다.

"지난주에 전보를 보내려고 했는데……."

"무슨 일로?"

"파리에 오지 말라고. 지금 내가 너무 힘드니까."

"무슨 일인데?"

"의사 말로는 산후우울증이래. 아이를 가질 자격이 없는 엄마에게 밀어닥치는 병이야."

이자벨이 손바닥으로 얼굴을 가리고 엉엉 소리 내어 울기 시작했다. 나는 소파로 가서 이자벨의 옆에 앉았다. 이자벨이 내 왼쪽 어깨에 얼굴을 묻고 흐느껴 울었다. 적어도 5분 동안 멈추지 않고 울었다. 아주 오랫동안 쌓인 슬픔을 다 토해내는 듯했다. 마침내 울음을 가라앉힌 이자벨이 자리에서 벌떡 일어나더니 욕실로 사라졌다.

이자벨이 이성을 잃고 우울한 감정에 사로잡히다니!

나는 온통 머릿속이 복잡했다.

몇 분이 지나 이자벨이 욕실에서 나왔다. 많이 울어서 눈은 여전히 충혈 되어 있었지만 가벼운 화장을 하고 머리를 빗어 단정하게 묶은 모습이었다.

나는 이자벨의 손을 잡았다.

"당신이 이렇게 힘들어하는 모습을 보니 마음이 아파."

이자벨이 그 자리에 가만히 선 자세로 말했다.

"대서양을 건너오느라 힘들었을 텐데 오자마자 난장판을 보게 해서 미안해. 내가 재앙을 만들었어."

"당신은 재앙을 만들지 않았어."

"당신을 간절히 원하지만 지금은 어떤 남자라도 내 몸을 만지게 할 수 없어."

"당신이 원하지 않는다면 난 아무것도 안 해."

"그렇지만 지금 나를 만지고 싶잖아? 그렇지?"

나는 미소를 멈췄다.

"당연히 당신을 갖고 싶지. 당신의 몸 안에 깊숙이 들어가고 싶지. 그렇지만 당신이 지금은 안 된다고 하면……."

이자벨이 손바닥으로 얼굴을 가렸다.

"정말이지 내가 재앙의 원인이야."

"아니야, 당신도 어쩔 수 없었잖아."

"무슨 일이 있었는지도 모르면서."

"말해 봐."

"너무 복잡한 일이 많아서 어디서부터 말을 시작해야 할지 모르겠어."

"당신이 무슨 말을 하든 난 비난하지 않아."

"지금은 모두가 나를 비난해."

"왜?"

한참 동안 침묵이 이어졌다. 이자벨이 담배를 두 모금 깊게 빨아들였다.

"의사 말이 산후우울증에 걸리면 제정신이 아니어서 평소에는 상상도 못하던 일이 벌어질 수 있대."

"가령 어떤 일?"

"며칠 동안 잠을 아예 못 자. 아이 때문이 아니라 머릿속에서 자꾸 이상한 소리가 들려와. 나를 죄인이라고 몰아붙이기도 하고, 주변 사람들을 의심해야 한다고 속삭이기도 해. 정말이지 터무니없는 말들로 나를 부추기기도 해. 그러다가 문득 정신을 차려보면 잠자고 있는 에밀리를 바라보고 있는 거야. 그토록 낳길 바랐던 아이, 나를 짓눌러온 오랜 고통에서 벗어나게 해줄 내 아이를……. 그러다가 문득 무서운 생각에 빠져드는 거야. '너도 죽고, 나도 죽자.'라는 생각. 언젠가 머릿속에서 울린 이상한 소리에 기겁하듯 놀라 주방으로 달려가다가 타일 바닥에 미끄러졌어. 그 목소리를 듣지 않으려고 대리석 바닥에 머리를 쿵쿵 찧어댔지."

"언제쯤부터 그랬어?"

"에밀리가 태어나고 나서 한 달 동안 대여섯 번쯤 그랬어. 하마터면 두개골이 깨질 뻔했지. 샤를이 나를 병원으로 데려가 정신 병동에 입원시켰어. 의사들이 전기충격 치료를 받아야 한다고 해서 샤를도 허락했대. 전기충격 치료가 뭔지 몰랐는데 시술 직전에야 겨우 눈치 챘어. 내가 소스라치게 놀라 비명을 지르며 전기충격 치료만큼은 받지 않게 해달라고 사정했지만 의사들은 그 방법이 최선이라며 물러서지 않았어. 아마 상상하기 힘들 거야. 몸을 침대에 단단히 묶고, 혀를 깨물지 않도록 재갈을 물리고, 머리에 전선들을 붙이고······."

이자벨이 고개를 돌렸다. 내가 등을 토닥거려주려고 손을 뻗는 순간 이자벨이 내 손길을 피하며 소파 구석에서 몸을 웅크렸다.

"전기충격 치료를 몇 번이나 받았어?"

"세 번."

"나아졌어?"

"도움이 되긴 했어. 전기충격 치료를 받고 나서 의사들도 경과가 좋다고 하더군. 잠을 잘 자게 해주고, 기분이 좋아지게 해주는 약도 먹었어. 샤를이 내 건강 상태를 고려해 에밀리를 돌봐줄 육아도우미를 채용했어. 육아도우미가 에밀리를 돌보는 일뿐만 아니라 나를 감시하는 역할도 해. 내가 지금 얼마나 한심한 꼴인지 짐작될 거야. 그토록 바란 아이였는데 옆에 가지도 못하게 감시하는 사람이 필요하다니?"

"당신 잘못이 아니라 산후우울증 때문에 어쩔 수 없이······."

"샤를의 가족들은 그렇게 생각하지 않아. 대대로 재산이 많은 귀족 가문인데 그 어떤 경우에도 며느리가 완벽한 처신을 해주길 기대하지. 조금이라도 어긋난 행동을 할 경우 결코 가만있지 않아. 아예 실패자로 규정하기 일쑤야. 병원에 있을 때 시어머니가 샤넬 차림으로 들이닥치더니 나를 마치 자기 무덤을 판 부랑자 대하듯 쳐다보면서 모멸감을 주는 말을 늘어놓았지.

'주방의 이탈리아 산 대리석 바닥에 머리를 찧어댔다더구나. 불쌍한 샤를이 다 말해주었어. 그 말을 듣고 정말이지 크게 실망했다. 아이를 낳는다는 게 그리 쉬운 일이 아니라는 건 나도 알아. 산후우울증이 뭔지도 알아. 그렇지만 넌 도저히 이해할 수 없는 짓을 저지른 거야. 샤를의 말을 들어보니 넌 아예 바그너 오페라를 만들었더구나. 넌 '신들의 황혼(바그너의 오페라 〈리벨룽겐의 반지〉의 마지막 부)'을 연출한 거야."

"샤를은 시어머니보다 나아?"

"심술궂은 질문이네."

"샤를을 폄훼할 의도는 아니었어."

"당연히 시어머니보다는 나를 이해해주려고 애쓰지. 그렇지만 샤를은 아직 자기 어머니 앞에서는 잔뜩 겁을 집어먹는 사람이야. 모르긴 해도 시어머니가 샤를을 강력하게 꾸짖었을 거야. '내가 뭐랬냐? 하위 부류 여자와 결혼하면 안 된다고 했을 때 내 말을 들었어야지?'"

"샤를이 설마 그 말을 옳다고 생각하지는 않겠지?"

"아마도 '말씀이 지나치세요.' 같은 정도의 대꾸를 했겠지. 샤를은 어머니에게 제대로 맞서지 못해. 나를 변호하기 위해 어머니 면전에서 뜻을 거스를 사람이 아니지. 노블레스 오블리주의 규약에 어긋나니까. 프랑스 귀족들은 가족 문제에 관한 한 마피아보다 결속력이 강해. 그런 사람들 앞에서 내가 빗나간 사춘기 아이처럼 정신을 추스르지 못하고 있으니……."

"누가 당신이 사춘기 아이 같은 실수를 저질렀대? 이제 곧 나아질 테니까 너무 걱정하지 마."

"시어머니를 비롯한 샤를의 가족들이라면 누구나 다 내가 저지른 행동에 대해 그렇게 말했을 거야."

"한심하고 유치한 사람들이야. 뭔가 단단히 잘못된 족속들이지."

이자벨이 손을 뻗어 내 얼굴을 어루만졌다.

"미국인다운 말이네."

"내 말에 문제 있어?"

"아니, 전혀 문제없어. 오히려 크게 위로가 돼. 당신은 정말 다정한 사람이야."

"당신은 지옥을 경험한 게 분명해."

이자벨이 담배를 다 피우고 나서 곧 새 담배에 불을 붙였다. 이자벨이 줄담배를 피우는 모습을 본 내 눈이 휘둥그레졌다. 전에도 1시간에 두 개비 정도는 피웠지만 지금은 아예 담배를 입에서 떼지 않고 있었다.

내가 걱정스런 눈으로 바라보자 이자벨이 즉각 반격을 가했다.

"당신도 실증주의에 경도된 미국인이라서 담배와 폐암의 연관성에 대한 연구결과와 통계자료를 신봉하지? 누군가 담배를 피우면 이상한 눈길로 쳐다보며 잔소리를 늘어놓고 싶지?"

"이미 그리 잘 알고 있는 사람에게 내가 왜 잔소리를 하겠어."

"내가 한 방 먹었네." 이자벨은 지포라이터를 찰칵 켜며 또 새 담배에 불을 붙였다. "아마 담배마저 없었다면 벌써 달려오는 지하철을 향해 몸을 던졌을 거야. 정말이지 죽어버릴까 하는 생각이 든 적이 있었는데 에밀리가 나를 막아주었어. 당신도 나를 막았지."

나는 그 말에 너무 기뻐하는 표정을 짓지 않기 위해 애썼지만 결국 실패했다.

"어디 가서 포커는 치지 마. 표정관리가 전혀 안되잖아."

"정말이지 생각지도 못한 말이라서."

"난 당신을 대할 때마다 애정을 느껴. 아마 당신이 상상하는 것보다 훨씬 더 깊을 거야. 오래 못 보는 사이 더 깊어졌으니까."

나는 지난 몇 달 동안 얼마나 외로웠는지, 우리가 헤어져 지내는 게 얼마나 큰 고통인지 말해주려다가 겨우 참았다. 나는 그 대신 이자벨의 얼굴을 양손으로 감싸고 말했다.

"아름다운 사람."

"해골처럼 뼈만 앙상하게 남았어."

내가 입술에 가볍게 키스하려하자 이자벨이 거부했다.

"당신의 키스를 받기에는 내 몰골이 너무 끔찍해."

"난 당신을 원해."

나는 다시 키스했다. 이자벨의 눈물이 뺨을 타고 흘러내렸다.

"나는 못하겠어."

또 키스. 이자벨의 얼굴이 눈물로 흠뻑 젖어 있었다.

"나는 자격 없어. 당신은……."

나는 속삭였다. "아무 말도 하지 마." 그런 다음 이자벨을 가까이 끌어당겼다.

이자벨은 5분 동안 내 품에서 엉엉 울었다. 옆집 사람이 도대체 무슨 일인지 물을까 봐 겁이 날 만큼 격렬한 울음이었다. 넋을 놓고 우는 이자벨을 안고 있으려니 가늠할 수 없을 만큼 마음이 괴로웠다. 나는 그토록 슬피 우는 여자를 본 적이 없었다. 본능적으로 위로의 말이 가당치 않으리란 걸 느꼈다. 이자벨은 그 어떤 말로도 위안을 받을 수 없는 상태였다. 나는 슬픔에 잠긴 이자벨을 껴안고 있는 것밖에 달리 아무것도 할 수 없었다. 마침내 이자벨이 울음을 멈추더니 고개를 들고 속삭였다.

"내 얼굴은 보지 마. 너무 흉하니까."

"아니, 아름다워."

"눈을 감고, 내가 아름다웠을 때 얼굴만 상상해."

나는 이자벨의 말대로 눈을 감았다가 떴다. 이자벨이 눈앞에 없었고, 샤워를 하는 소리가 들려왔다. 갑자기 긴장이 풀리면서 피로가 밀려왔다. 지난 1시간 동안의 스트레스와 폭풍 같은 감정의 분출이 나를 극도의 피로 상태로 몰아간 듯했다.

나는 비틀거리는 걸음으로 침대로 올라갔다. 눈앞이 캄캄해졌다. 아니, 언제 잠든 줄도 모르게 잠들었다.

잠에서 깨어났을 때 느꼈던 당혹스런 감정이 확실하게 기억난다. 조용한 작업실에 나 혼자였다. 처음에는 잠에서 덜 깬 상태로 '여기가 어디지?' 하는 기분이 들었다. 그러다가 잠들기 전 마지막 순간이 떠올랐다. 이자벨은 욕실에 샤워를 하러 갔고, 나는 지쳐 잠들었다.

지금은? 지금이 몇 시지? 나는 지금 여기에서 무얼 하고 있지?

나는 몸을 일으켜 앉아 침대 옆에 놓여있는 스탠드로 손을 뻗었다. 전구에 불이 들어오자마자 손목시계를 보았다. 새벽 4시 6분이었다. 무려 10시간 가까이 잔 것이다. 엉거주춤 일어나 욕실로 갔다. 소변을 보고, 작은 호스에서 나오는 물로 몸을 씻었다. 갑자기 침대 옆 스탠드의 전구가 나가며 방이 다시 어두워졌다. 이번에는 책상 위에 놓인 스탠드를 컸다. 쪽지와 열쇠가 있었다.

사뮤엘에게

내가 그 난리를 피웠으니 당신이 혼절한 듯 잠드는 게 당연해. 아마 내가 당신이었다면 즉시 방을 나가 미국행 비행기에 몸을 실었을 거야. 우울한 모습을 보여서 미안해. 어떤 말로도 내 미안한 마음을 다 전할 수는 없어. 산후우울증이나 신경쇠약을 핑계 삼을 수 있겠지만 변명하지 않고 내 행동에 대해 사과할게. 당신은 다정하고, 친절하고, 인내심이 많은 사람이야. 정말 고마워.

마치 정신을 잃은 듯 깊이 잠든 당신을 깨워 파리의 밤거리로 내몰 수 없어서 그냥 두고 오기로 했어. 열쇠를 두고 갈게. 에스프레소를 내리는 기계와 이탈리아 산 원두가 있으니까 일어나면 커피를 마셔. 집을 나갈 때는 열쇠로 잠가. 내 끔찍한 몰골을 보고도 나를 또 보고 싶으면 오후 5시에 여기로 와.

오늘, 내 젊은 연인이 이제 멋진 남자가 되었다는 걸 발견했어.

Je t'embrasse très fort(너무 보고 싶어).

이자벨.

편지를 두 번 읽었다. 성장기에 부모로부터 '좋은 아들'이라는 말을 듣고 싶었던 나는 언제나 인정받는 것에 목말라 있었다. 이자벨의 편지가 따스한 위안이 되어주었다. 나는 이자벨의 슬픔뿐만 아니라 외로움을 보았다. 이제는 분명하게 '이건 사랑이야.' 하는 생각이 들었다. 이자벨의 외로움은 반사경처럼 나를 돌아보게 했다. 샤를은 부인이 딸을 낳은 산후우울증으로 어두운 숲길을 헤매고 있는 동안에 전혀 도움이 되어주지 않았다. 샤를이 시어머니처럼 대놓고 못되게 굴지는 않았다고 하더라도 그의 행위에는 암묵적인 비난의 의미가 담겨 있었다. 샤를은 부인이 산후우울증을 극복하기 위해 애쓰고 있다는 걸 알고 있었으면서도 여성이자 어머니로서 부적격한 사람이라는 자괴감을 갖게 만들었다.

나는 그들로부터 이자벨을 구하고 싶었다. 이자벨을 위해 내가 할 수 있는 모든 노력을 쏟아 붓고 싶었다. 이자벨이 우리의 사랑을 확신하게 되면 용감하게 주사위를 던져버리고 에밀리와 함께 케임브리지로 올 수도 있을 거라고 생각했다. 우리가 함께 에밀리를 키우고, 나는 로스쿨을 졸업한 다음에…….

다음에…….

딱 거기서 막혔다.

다음에…….

행복한 삶, 날마다 샘솟는 사랑, 프랑스어와 영어를 번갈아 쓰며 자라는 에밀리, 번역 일을 하는 이자벨, 로스쿨을 마치고 미국과 프랑스에 지사를 둔 대형 로펌에서 파트너 변호사로 일하는 내 모습이 그려졌다. 1980년대의 문이 열리고, 이자벨과 우리 아이를 낳고 행복해하는 내 모습⋯⋯.

이자벨의 책상에 담배가 놓여 있었다. 한 개비를 꺼내 불을 붙였다. 속옷과 청바지, 티셔츠를 찾아내 입었다. 에스프레소 포트를 찾아내 커피를 조금 만들었다. 몇 주 만에 처음으로 깊은 잠을 잤다. 책상 앞에 앉아 담배를 피우고, 커피를 마시며 다시 이자벨과 함께하는 삶을 상상했다.

이자벨이 대서양을 건너 매사추세츠 주 케임브리지의 기숙사 방에서 지내는 로스쿨 학생과 함께 살면 과연 행복할 수 있을까?

이자벨 자신이 '부르주아의 안락함.'이라고 말한 파리의 삶을 포기하지 않으리라는 결론이 쉽게 얻어졌다.

동 트기 직전의 하늘처럼 내 머릿속에서도 선명한 결론이 내려졌다. '이자벨과 함께하는 오후 말고는 다른 걸 기대할 수 없다.'는 결론이었다. 이자벨은 처음부터 그걸 알고 있었고, 줄곧 그렇게 말해왔다. 자주 그 말을 하지는 않았지만 나름의 방식대로 확고하게 주장해왔다고 할 수 있었다. 나는 눈앞의 현실을 보려하지 않고 계속 내 자신에게 말해왔다.

'이자벨은 나와 함께할 때 행복해지리란 걸 깨닫게 될 거야.'

정말이지 어리석은 생각이었다.

너무 자책할 필요는 없어. 사랑을 하면 상상력이 풍부해져서 여러 가능성을 떠올려보기 마련이니까. 사랑에 빠지면 파노라마처럼 펼쳐지는 미래의 희망을 바라보다가 발을 헛디뎌 넘어질 수도 있으니까.

미래? 사랑에 빠지면 눈앞에 있는 현실만 생각할 수 없게 된다. 필사적으로 사랑하는 사람과 함께할 미래를 꿈꾸게 된다. 실현 불가능한 미래에 대해 끝없이 집착하게 된다.

이자벨과 미래를 함께하려면 현재에 발을 딛고 있어야 한다. 미래도 지금과 크게 다르지 않으리라는 생각을 현실로 받아들여야 한다. 두 사람 가운데 어느 하나가 심한 스트레스를 받고 큰 부침을 겪는 순간에도 달라질 게 없다는 건 자명하다고 봐야 한다. 이제 내 머릿속은 동 트기 전의 하늘처럼 명료해졌다.

'이자벨과 함께하는 미래를 꿈꾸어서는 안 돼. 지금 주어진 조건 안에서 이루어지는 일들만이 나에게 허용된 전부야.'

냉정한 깨달음 뒤에 슬픔이 따라왔다. 그런 한편 기묘한 해방감이 느껴졌다. 오직 이자벨만 바라보거나 '단 한 사람'에게 내 인생을 바쳐야 한다고 고집할 필요는 없다. 그럼에도 만약 이자벨이 미래를 함께하자는 내 시나리오에 동의한다면 나 역시 기꺼이 받아들일 각오가 되어 있었다. 이자벨은 '단 한 사람'이라는 범주에 자신을 끼워 넣는 걸 못마땅하게 여기겠지만 나에게 '단 한 사람'이 있다면 이자벨이었다.

우리가 처음 파리에서 로맨스를 시작하고 나서 몇 주 지났을 때 이자벨이 말했다. "나에게 평생 사랑할 사람이라는 말은 두 번 다시 하지 마. 그런 말을 듣게 되면 아주 고약한 기대감이 생겨. 로맨스를 할 때 너무 높은 기준을 세우는 건 어느 커플에게나 도움이 안 돼."

내가 파리에 있어야 하고, 오후 5시부터 7시 사이에만 만날 수 있다는 사실을 받아들여야 하는 '단 한 사람'.

나는 말장난 같은 문장을 떠올리다가 씩 웃지 않을 수 없었다. 잔뜩 어질러진 작업실을 보자니 마음이 아팠다. 일 년 전만 해도 이자벨은 이 작은 공간을 깔끔하게 관리했고, 어수선하게 보이던 책상도 나름 정해놓은 분류 방식이 적용돼 있었다. 하루에 몇 시간씩 번역 작업을 하며 지내는 이 좁은 공간에도 이자벨의 혼란스러운 심리상태가 투영되어 있는 듯했다. 집에는 가사도우미가 있으니 깔끔하게 정리 정돈이 되어 있겠지만 이 작업실은 이자벨의 어지러운 머릿속을 반영하듯 엉망이 되어 있었다. 나는 흐릿한 불빛 속에서 혼란스러운 공간을 둘러보며 비로소 내가 해야 할 일을 찾아냈다. 달리 바쁜 일도 없었다. 이자벨의 작업실을 깨끗이 청소해주기로 마음먹고 싱크대 쪽으로 가서 찬장 아래쪽을 살폈다. 예상대로 청소 도구와 쓰레기봉투가 거기 있었다. 청소를 시작하기 전에 우선 냉장고를 열었다. 제조일자가 그리 오래되지 않은 요구르트가 들어 있었다. 찬장에는 초콜릿이 있었다. 15시간 동안 아무것도 먹지 않아 배가 고팠다. 초콜릿을 먹고 나서 커피를 한 잔 더 만들어 마셨다. 이제 청소를 시작할 차례였다. 우선 싱크대에 쌓아둔 그릇과 접시부터 설거지를 하고 나서 물기를 깨끗이 닦아 정리했다. 담배꽁초가 가득 찬 재떨이를 비우고, 냉장고에서 썩은 과일, 찬장에서 곰팡이 배양소가 되어가고 있는 채소를 꺼내 비닐봉투에 담아 치웠다. 다목적 세정제 스프레이와 걸레를 찾아내 구석구석 닦았다. 종이가 수북하게 쌓인 쓰레기통을 비우고 나서 책상 주변 바닥에 흩어져 있는 원고도 주워 페이지에 맞춰 정리했다. 책상 위의 다른 서류들도 정리하고, 타자기에 쌓인 먼지도 닦아냈다. 마대걸레와 양동이를 찾아내 주방과 욕실 바닥도 반질반질하게 닦았다. 진공청소기로 카펫의 먼지를 빨아들이고 나서 침대를 정리하고, 마른 타월로 싱크대와 욕실의 물기를 닦아냈다. 표백제와 솔을 찾아내 변기도 광택이 날 때까지 솔질했다.

　청소를 마치고 시계를 보자 오전 6시가 가까워져 있었다. 더러운 침구와 타월을 비닐봉지에 넣었다. 침대와 탁자 사이 구석에 빨래바구니가 있었다. 이자벨의 속옷들, 청바지 두 개, 흰 셔츠, 검은 셔츠 등이 들어 있었다. 세탁물을 큰 비닐봉투에 집어넣고 나서 피코트를 입고 열쇠를 주머니에 넣었다. 거리는 아직 어슴푸레한 어둠에 잠겨 있었다. 가랑비를 맞으며 세탁물이 든 비닐봉투를 들고 발걸음을 재촉했다. 마비용 역에서 지하철을 타고 주슈 역에서 내렸다. 〈르셀렉트〉까지 걸어서 5분 거리였다. 카페 주인이 이렇게 이른 시간에 보는 건 처음이라고 말했다. 늘 먹던 아침을 먹고, 늘 보던 전날 신문을 읽고 나서 담배를 한 개비 피웠다. 7시가 되어 카페 옆에 있는 세탁소에 갔다. 내가 파리에서 지낼 때 세탁물을 맡기던 집이었다. 루마니아 출신인 세탁소 주인은 오후 3시까지 세탁물을 빨아 말려놓을 수 있다고 했다. 셔츠를 세탁하고 다림질까지 하는데 장당 15프랑이었다. 나는 세탁물을 담아온 비닐봉투를 내려놓고 내가 머무는 호텔방으로 가서 트레이닝복으로 갈아입었다. 파리에 오기 몇 주 전에 산 운동화도 신었다. 식물원이 있는 공원에 가서 달리기를 하고 나서 3시에 세탁소에 가서 맡겨둔 빨래를 챙겼다. 근처 꽃집에서 백합 한 다발을 사고, 30분 뒤에 이자벨의 작업실에 도착했다.

이자벨이 와 있을까? 내가 작업실에 들어서면 이자벨이 눈을 휘둥그레 뜨고 쳐다보지 않을까?

예상과 달리 이자벨은 작업실에 없었다. 침구를 정리하고, 라벤더 세제 향이 솔솔 풍기는 타월을 보기 좋게 개어 수납장에 넣었다. 옷들도 잘 정리해 넣고, 다림질한 셔츠 두 장은 소파에 걸쳐두었다. 그런 다음 단순한 디자인의 유리 꽃병을 찾아내 물을 채웠다. 가위로 백합의 가지를 정리한 다음 꽃병에 꽂아 탁자에 올려두었다. 필요한 물품 목록도 만들었다. 화장지, 키친타월, 주방 세제, 커피, 청소도구. 작업실을 나와 문을 잠갔다.

렌 가에 내가 구입하려는 물건을 파는 상점이 있었다.

오후 5시에 베르나르 팔리시 9번지의 계단을 올라갔다. 2층에서 중년 여자가 계속 고함을 지르는 소리가 들려왔다.

"Tu ne peux pas me faire ça... tu ne peux pas me faire ça(네가 나에게 이러면 안되지)."

나는 소리가 들리는 문 앞에서 잠시 걸음을 멈췄다. 상대가 맞받아치는 소리가 들리기를 기다렸다. 끝내 누군가 대꾸하는 소리는 들리지 않았다. 그리고 이어서……

"Tu ne peux pas me faire ça... tu ne peux pas me faire ça(네가 나에게 이러면 안되지)."

그리고 또 정적.

나는 이자벨이 늘 그러했듯 '안녕' 하는 인사말이 위에서 들려오길 기대하며 나선형 계단을 올라갔다.

층계참을 돌며 소리쳤다.

"안녕!"

정적.

이자벨의 작업실이 있는 꼭대기 층까지 올라왔다. 문이 열려 있었지만 이자벨은 평소와 달리 문가에 서지 않고 책상에 앉아 있었다. 담배를 물고 있었고, 내가 가지런히 정리해둔 원고들이 사방에 흩어져 있었다. 내가 들어설 때까지 이자벨은 타자를 치는 손길을 멈추지 않았다. 내 목소리를 들었을 텐데 뒤를 돌아보지도 않았다.

이자벨이 앉은 자세 그대로 말했다.

"열쇠를 탁자에 내려놓고 돌아가세요."

"무슨 말이야?"

나는 말을 잘못 들었다고 생각했다.

"열쇠를 탁자에 내려놓고, 나갈 때 문도 닫아."

나는 책상으로 다가갔다.

"들어와도 된다고 말한 적 없는데요."

"들어갈게."

"안 돼."

나는 다시 발길을 돌려 문으로 갔다. 내 안에 잠재해있는 중서부 소년의 성격이 나오면 다른 사람의 말을 거부하지 못했다.

"이해가 안 돼."

"그래?"

"내가 뭘 잘못했지?"

마침내 이자벨이 타자를 치던 손길을 멈추고 나를 돌아보았다.

"당신은 내 애인이지 하인이 아니야."

"그것 때문이야?"

"어떻게 이럴 수 있어? 감히 나를 바로잡으려고?"

"바로잡아? 내가 당신을? 나는 그냥……."

"난 미쳤으니까. 제정신이 아니니까. 완전히 엉망진창이니까 그래서……."

"잠은 잤어?"

"내 몰골이 흉하다는 뜻이지?"

"잠은 잤어?"

"말 돌리지 마."

"나는 그저 돕고 싶었을 뿐이야. 당신이 지금……."

"뭘 도와? 내가 지금 엉망이니까 실증적이고 분석적인 미국인
의 방식으로 나를 돕겠다고?"

이자벨이 분노해 소리쳤다. 나는 청소도구를 안고 엉거주춤
서 있었다. 너무나 뜻밖의 분노였다. 이자벨이 다시 우울증의
포로가 되었다는 걸 알 수 있었다.

"많이 안 좋아? 에밀리는 좀 어때?"

이자벨이 자리에서 일어섰다.

"내가 에밀리를 또다시 위험에 빠뜨렸을까 봐 걱정된다는 뜻
이야? 어떻게 나에게 그런 말을 해?"

"이자벨, 내 사랑……."

"내가 왜 네놈의 사랑이야!"

이자벨이 갑자기 책상 위에 놓인 재떨이를 집어던졌다. 엉겁
결에 몸을 피했다. 재떨이가 주방 찬장에 부딪치며 산산조각 났
다. 유리 파편이 사방으로 튀었다. 나는 이자벨의 얼굴에 드리
워져 있는 분노와 증오를 보았다.

청소도구가 든 가방을 내려놓고 단숨에 계단을 달려 내려왔다. 문을 열고 중정으로 나가 자갈이 깔린 길을 달렸다. 좁은 골목을 달리다가 오른쪽으로 재빨리 몸을 틀었다. 렌 가까지 곧장 달려가려고 오른쪽으로 방향을 틀었다. 자동차가 급정거하는 소리에 이어 택시 기사가 목청을 높여 욕설을 퍼붓는 소리가 들려왔다. 그제야 내가 차도로 곧장 뛰어들었다는 걸 깨달았다. 누군가 내 옷깃을 잡고 보도로 끌어당겼다. 돌아보니 경찰이었다. 택시 기사가 나에게 따지기 위해 차에서 내리려다가 포기하고 가던 길을 갔다.

비가 계속 내리고 있었고, 마음과 몸이 다 젖었다. 고개를 푹숙이고 생제르맹 대로를 향해 걸었다. 일 년 전, 처음 파리에 왔을 때 절대로 택시를 타지 않겠다고 마음먹었다. 택시를 타느니 걷는 게 좋았으니까. 처음으로 택시를 탔다. 뒷자리에 앉자마자 눈물을 흘리며 몸을 떨었다. 택시 기사가 백미러로 나를 흘끔거렸다.

호텔에 도착해 프런트 앞을 재빨리 지나가자 오마르가 나를 불렀다.

"므슈 샘?"

나는 고개를 가로젓고 계단으로 갔다. 방에 들어와 옷을 벗고 가운으로 갈아입었다. 침대에 쓰러지듯 누워 베개를 끌어안았다.

지금쯤 이자벨을 끌어안고 있었어야 하는데…….

이자벨은 갑작스레 분노를 쏟아냈다.

내가 뭘 잘못했지? 작업실을 청소한 게 잘못인가? 내가 이자벨의 사적 영역을 침범했다고 생각한 건가? 내가 순진한 게 죄인가?

몇 분 뒤, 노크 소리가 났다.

"므슈 샘, 문 좀 열어요."

오마르였다.

나는 겨우 몸을 일으켜 문을 열었다. 오마르가 쟁반을 들고 서 있었다.

"므슈 샘, 무슨 일 있어요?"

"아니, 그냥 두통이 좀 있어요."

"차를 좀 가져왔어요. 칼바도스도 조금."

"고마워요."

"안색이 안 좋기에 걱정이 되어서 와봤어요."

나는 거짓말을 했다.

"이제 곧 괜찮아질 거예요."

오마르가 작은 탁자에 쟁반을 올려놓았다.

"차는 5분 더 우려서 드세요. 잠이 잘 올 거예요."

새벽 4시에 일어나 이자벨의 작업실을 청소하느라 신경을 쓴 탓인지 다시 피곤이 밀려들었다.

오마르에게 말했다.

"정말 고마워요. 당신은 정말 좋은 분이세요."

"므슈 샘도 좋은 분이죠. 므슈 샘에게 좋은 분이라고 말하지 않는 사람은 신경 쓰지 마세요."

'대부분 나를 좋은 사람이라고 말하지 않아요.' 라고 말하고 싶었지만 참았다. 자기 연민은 아무런 도움도 되지 않을뿐더러 모든 의욕을 갉아먹을 뿐이니까. 나는 자주 자기 연민에 빠지는 아버지를 보며 자란 탓에 그 사실을 잘 알고 있었다.

"잠을 자면 기분이 나아질 거예요."

나는 지갑에서 10프랑을 꺼내 오마르에게 내밀었다.

오마르가 손사래를 쳤다.

"그냥 성의 표시니까 받아요. 아니, 사실은 감사를 표하고 싶어요."

"마음은 고맙지만 받지 않을래요. 필요한 게 있으면 전화하세요."

오마르가 돈을 받지 않고 서둘러 나갔다. 나는 오마르가 가져온 칼바도스를 마셨다. 사과로 만든 브랜디가 목을 따갑게 자극하며 넘어가는 동안 마음을 차분하게 가라앉혔다. 담배를 한 개비 피우며 마음을 좀 더 진정시켰다. 마음이 어느 정도 진정되자 이자벨이 왜 그런 행동을 했는지 이해가 되기 시작했다. 아니, 나는 그렇게 믿고 싶었다.

한편으로 내 머릿속에서 다른 목소리도 들려왔다. 이자벨의 내면에 도사리고 있던 폭력성이 은연중 드러난 거라고. 나는 그렇게 생각하고 싶지 않았다. 이자벨이 산후우울증이 심해 자기도 모르게 분노를 표출한 것뿐이라고 믿었다.

칼바도스를 조금 더 마시고 담배를 피우며 슬픔과 실망스러운 마음을 가라앉히려 애썼다. 이번에는 차를 마셨다. 박하 향과 함께 씁쓰레한 약 맛이 났다.

파리에 와서 처음으로 일곱 살짜리 아이가 잠들 시간에 잠자리에 들려고 하네.

내 생체시계는 쉽게 멎지 않았다. 차를 다 마시고 침대에 누워 알람시계를 밤 9시에 맞추었다.

9시에 일어나 근처 식당에서 저녁을 먹고 롱바르드 가의 재즈바에 가는 거야.

침대에 누워 눈을 감았다.

몇 시간 동안이라도 잠을 자두어야지.

까무룩 잠들었다가 문을 두드리는 소리를 듣고 깨어났다.

"므슈 샘, 므슈 샘……."

오마르가 아니라 또 다른 야간근무자 타라크였다. 내 어두운 방에서 야광 시계가 가리키고 있는 시각은 새벽 3시 13분이었다.

빌어먹을! 파리에서의 소중한 밤이 또다시 허망하게 날아갔다. 나는 침대 옆 탁자의 스탠드를 켰다.

"므슈 샘, 므슈 샘……."

"갑니다, 가요."

"손님이 오셨어요."

"손님?"

나는 '파리에 아는 사람이라고는 없는데……'라는 말을 덧붙이려다가 그만두었다.

혹시…….

"여자 분인가요?"

타라크가 고개를 끄덕이고 나서 말했다.

"므슈 샘이 잠들었을 거라고 했더니 택시에서 기다리겠다고 전하래요."

"택시?"

"네, 그렇게 전하라고 했어요."

"방으로 올라올 수는 없대요?"

"그냥 택시에서 기다리겠대요."

"왜요?"

타라크는 고개를 갸웃거리고 나서 덧붙였다.

"제가 므슈 샘을 깨울 수 없다고 하니까 팁을 100프랑이나 주면서 편지도 전해 달랬어요."

우아한 상아색 편지봉투에 만년필로 쓴 이자벨의 글씨가 보였다.

사뮤엘에게

편지를 꺼내 읽기 시작했다.

Mon amour(내 사랑).

　내 광적인 행동과 한밤중의 무례를 용서할 수 있을지 모르겠지만 난 여기서 당신을 기다리고 있을게. 부디 나에게 사과할 기회를 줘.

　나는 얼른 대답했다.

"잠시 후에 내려가니까 로비에 와있으라고 전하세요."

타라크가 그제야 환한 미소를 지었다.

"잘 알겠습니다, 므슈 샘."

2분 뒤, 나는 계단을 내려가 로비로 갔다.

흐트러져 내려온 빨간 머리, 충혈된 눈, 가냘픈 허리에 벨트를 맨 검정 레인코트, 손가락 사이의 담배, 이자벨이 거기에 있었다.

내 발소리를 들은 이자벨이 나에게 서둘러 다가오더니 내 얼굴을 감싸고 입술에 키스하며 속삭였다.

"내가 잘못했어."

"택시는 왜 보내지 않았어?"

"베르나르 팔리시 9번지로 가자."

"내 방으로 올라가도 되잖아."

"베르나르 팔리시는…… C'est nous(바로 우리야). 거기로 가."

"정말이야?"

"나는 내 자신이 미워. 당신은?"

"당신을 미워할 수야 없지. 그냥 좀……."

나는 말을 맺을 수 없었다. 뒤이을 말이 너무 많았다.

걱정했어, 무서웠어, 불안했어, 종잡을 수 없었어.

이자벨이 내 얼굴에 이마를 대고 말했다.

"용서해줄 수 있어?"

"남편에게는 뭐라고 했어?"

"오늘 밤에 남편은 정부에게 갔어. 에밀리는 육아도우미가 잘 돌봐줄 거야. 잠이 안 와 작업실에 가서 일하다가 아침에 돌아가겠다고 했으니까."

"작업실이 너무 깔끔할 텐데……. 아니, 재떨이가 깨졌으니……."

이자벨이 이마를 더 세게 대며 내 어깨를 꽉 잡았다.

"내가 싫다고 해도 난 이해할 수 있어. 다만 그러면 나는 죽어, 내 사랑. 나는 지금 제정신이 아니니까. 오늘 오후에도 작업실 창문에서 뛰어내리고 싶은 충동이 일었는데 겨우 참았어. 난 에밀리의 엄마 자격도 없고, 당신의 애인이 될 자격도 없어. 샤

를과 그 집안사람들 말이 맞아. 나는 엄마나 부인으로 실격이
야. 당신 애인으로도."

이자벨은 그 말을 속삭이는 동안 고개를 돌리지 않았다. 이자
벨의 눈물이 내 얼굴에 떨어졌고, 온몸이 슬픔으로 떨렸다.

이자벨을 더 가까이 끌어당기며 말했다.

"택시로 가자."

택시에 올라 어둡고 텅 빈 거리를 지나가는 10분 동안 우리는
아무 말도 하지 않았다. 이자벨은 머리를 내 어깨에 기대고 있
었고, 나는 한쪽 팔로 이자벨의 어깨를 감싸 안았다. 다른 한 손
은 이자벨의 손을 꼭 쥐고 있었다. 정문에서 이자벨이 비밀번호
를 누르고 나서 다시 내 손을 잡고 중정을 지나 계단을 올라갔
다. 작업실 문 앞에 올 때까지 내 손을 놓지 않았다. 작업실 문
이 열렸다. 흩어져 있던 유리 파편은 치워져 있었다. 담배꽁초
들과 재도 치워져 있었다.

이자벨이 나를 끌어당기며 말했다.

"내가 어질러놓은 건 다 치웠어. 다시는 그런 일이 없을 거야."

"다 지난 일이야." 거짓말이었다.

이자벨이 내 얼굴을 어루만지며 말했다. "아니, 다 지난 일은
아니야. 분명 이 작업실에서 벌어졌던 일이고, 나는 내가 저지
른 행위의 결과를 짊어지고 살아야 해. 내가 당신의 선의를 얼
마나 하찮게 만들었는지, 내가 당신의 마음을 얼마나 크게 다치

게 했는지……."

"나는 아무렇지도 않아." 나는 이자벨에게 키스하며 생각했다.

'대화가 격해질 때 멈추자는 말은 늘 이자벨이 했는데…….'

잠시 후 이자벨이 내 재킷과 스웨터를 벗기고 벨트를 풀었다. 동시에 나도 이자벨의 셔츠를 벗기고, 목을 입술로 애무하며 치마를 위로 올렸다.

서로 옷을 벗기고, 침대에 함께 쓰러졌다. 이자벨은 곧장 나를 자기 안으로 끌어당겼다. 나를 감싸 안은 이자벨의 다리, 부드럽게 해달라는 이자벨의 속삭임, 가장 깊은 곳으로 들어가는 나. 내가 몸을 앞뒤로 움직일 때마다 이자벨이 다리로 조이며 말했다.

"움직이지 마. 내가 움직일 테니까."

단단해진 내 것이 몸 안에 있는 동안 이자벨이 미처 알아챌 수 없을 만큼 조심스럽게 몸을 들썩였다. 아주 느리지만 강렬한 쾌감이 느껴지는 움직임이었다. 우리의 몸은 최대한 밀착돼 있었다. 내 눈을 바라보는 이자벨의 눈에는 나를 갖겠다는 갈망이 담겨 있었다. 절정에 이른 이자벨이 경련하듯 몸을 떨다가 내 어깨에 얼굴을 묻으며 내 살을 깨물었다. 나는 숨죽여 신음하다가 폭발했다. 그러고 나서도 우리는 한참 동안 서로를 꽉 껴안고 있었다.

이자벨이 말했다. "Je t'aime(사랑해)." 나도 말했다. "Je

t'aime." 다만 내 말에는 물음표가 붙어있었다. 이자벨이 그 미묘한 차이를 알아챘을까? 이자벨이 몸을 일으키더니 담배와 재떨이를 가져왔다.

"저녁 6시부터 밥도 안 먹고 잤다면서 배고프지 않아? 치즈와 바게트 빵이 있어."

"좋아. 와인도 한 잔 하고 싶어."

내 말투는 평소처럼 조용하고 공손했지만 나도 모르게 이자벨에게 거리감을 두고 있었다. 벌거벗은 몸으로 주방을 향해 걸어가는 이자벨의 모습이 낯설게 느껴졌다. 스탠드 불빛을 받아 기울어진 그림자 때문에 이자벨의 모습이 더욱 수수께끼 같은 환영처럼 여겨졌다.

이자벨의 맨발이 주방 타일에 닿기 직전에 내가 말했다.

"발밑을 조심해."

"명심할게." 이자벨은 뒤로 물러서서 욕실 문을 열고 샌들을 신으며 가운도 입었다. "당신은 정말 세심한 사람이야."

"발을 베이면 안 되지."

"당신이 나에게 거리를 두고 사라질까 생각 중인 지금은 더더욱 안 되겠지."

"거리를 두고 사라지다니? 내가 언제 그런 말을 했어?"

"그런 생각을 하고 있었잖아?"

"당신이 밝아져서 아주 좋다고 생각하는 중이었어."

이자벨이 눈을 굴리며 감탄과 아쉬움이 섞인 미소를 지었다.

"처신을 잘하네. 감탄했어. 난 언제든지 당신이 무슨 생각을 하는지 알 수 있어. 당신이 지금 나에 대해 확신을 못한다고 해도 비난받을 일은 아니지. 하마터면 내가 던진 유리 재떨이에 맞을 뻔했으니까."

"산후우울증 때문이지 당신의 의지가 아니었잖아. 게다가 나를 향해 정통으로 던진 게 아니라서 피할 필요도 없었어."

나는 침대에서 일어나 속옷과 티셔츠를 입었다. 이자벨이 놀란 얼굴로 나를 쳐다보았다.

"지금 가게?"

"그럴 리가? 뭘 먹을 때는 옷을 걸치는 게 나아서 그래."

"몇 분만 더 기다려. 내가 먹을 걸 준비해올 테니까."

이자벨이 음식을 준비하는 동안 나는 욕실에 가서 몸을 씻으며 이자벨과 방금 전 나눈 대화를 곱씹어보았다.

'지금 가게?'

연인들 사이에서 권력구도는 한순간에 바뀔 수 있다. 권력의 변화는 이자벨이 까닭 모를 분노를 폭발시키는 순간 이미 예정되어 있었지만 그 일 자체보다는 이전과 관점이 바뀐 게 중요했다. 재떨이가 날아오기 전까지 나는 이자벨과 함께하는 삶을 꿈꾸었다. 마침내 20대 초반의 철부지 미국인을 받아줄 아름답고 지적인 파리 여성을 만나게 되어 기뻤다. 이자벨이 보수적인 남편과 부르주아 생활을 청산하고 나를 선택하도록 설득할 수 있다면 얼마나 좋을지 생각했다.

지금은 반대로 이자벨이 나를 잃게 될까 봐 두려워하고 있었다. 그렇다고 내가 이자벨보다 우월한 위치에 서게 되었다고 생각하지는 않았다. 설령 내가 힘의 우위를 확보하게 되었다고 하더라도 이자벨을 향해 휘두르고 싶지는 않았다. 나는 그저 이자벨과 함께하길 원했다.

돌이켜보면 나는 파리에 오기 전 이자벨로부터 끝내자는 편지가 올지도 모른다고 생각했다. 이별의 핑계로 둘러댈 말은 넘치도록 많았다. 너무 멀리 떨어져 있어 만나기 힘들다거나 아이가 태어나 육아와 가사에 전념해야 한다거나 남편과 다시 잘해보기로 했다거나 우리가 함께하기에는 내가 너무 어리다거나 파리에 살고 있는 다른 남자를 만났다거나.

이자벨이 나를 밀어낸다면 과연 대신할 여자를 만날 수 있을까?

나는 절망에 빠진 이자벨을 보았다. 사실 나는 산후우울증에 대해 별로 아는 게 없었다. 이 작업실 밖에서의 이자벨에 대해 아는 게 없었다. 이자벨은 한밤중에 내가 머무는 싸구려 호텔에 찾아와 나를 사랑한다고 말했다. 하루 전까지만 해도 우리 사이에서 그런 말은 금기였다.

이자벨은 내게 재떨이를 던지고 나서 사랑한다고 말했다.

과연 그런 상황에서 나온 말을 믿을 수 있을까?

보스턴으로 돌아가기까지 얼마 남지 않은 시간을 이자벨을 의심하고 부정하느라 보내긴 싫었다. 우리의 미래를 어떻게 열어갈지에 대한 대화도 나누기 싫었다. 서로에게 상처만 줄 게 뻔했으니까. 이자벨이 내가 머무는 호텔에 찾아와준 것만으로도 용기 있는 행동이었다. 우리는 다시 만났고, 열정적인 사랑을 나누었다.

늦은 오후의 로맨스는 이제 지난 일로 묻어두는 게 최선일까? 일요일에 출국하기 전까지 우리의 미래 이야기를 꺼내지 않는 게 최선일까? 어쨌든 지금 우리는 함께 있었다. 일요일이 되기 전까지 이런 기회가 몇 번이나 더 있을지 알 수 없었다. 지금 이자벨과 문 하나를 사이에 두고 있었다. 남은 며칠만이라도 이자벨을 내가 다 차지하고 싶었다.

. . .

이자벨이 생테미용을 한 모금 마시고 나서 말했다.

"샤를이 나에게 다른 남자를 만나지 말라고 했을 때 재떨이를 집어던졌어."

"샤를이 그 일 때문에 당신을 정신병원에 입원시켰어?"

이자벨이 고개를 끄덕였다.

"전기충격 치료에도 동의하고?"

이자벨이 탁자로 시선을 떨어뜨리고 담배연기를 깊이 빨아들였다.

"샤를이 치료에 동의하는 서류에 서명했어."

"그런 짓을 했는데도 밉지 않아?"

"내가 정상적이지 않은 건 확실했으니까. 내가 이성적인 판단을 하지 못하자 의사들이 전기충격 치료를 제안했어. 그 끔찍한 치료를 받고 나서 2주일 넘게 모든 기억이 사라지고 몸의 균형을 잡기 힘들었지. 그나마 치료를 받고 나서 이성을 찾게 되었어. 병원에서 처방해준 신경안정제 덕분에 내 안에서 울리던 미친 소리도 잠잠해졌지. 그렇지만 지금은 약을 끊었어."

"왜?"

"약을 먹으면 심리적인 안정을 찾을 수는 있지만 몸이 송장처럼 돼. 번역 일을 하거나 글을 쓸 수도 없고, 감정을 느낄 수도 없어. 온몸이 마비된 느낌이 들지. 머리는 물에 적신 솜처럼 무겁고, 그 어떤 일에도 의욕이 생기지 않아. 샤를은 내 몸이 송장처럼 되든지 말든지 문제를 일으키지 않기만 바랐지. 그때 나는 대서양 건너편에 있는 당신을 떠올리며 사랑의 감정을 기억하고 싶었지. 당신을 내 안 깊숙이 갖고 싶었어. 등을 할퀴면서 당신이 내 안에서 폭발할 때의 짜릿한 느낌을 맛보고 싶었어. 지난 몇 달 동안 당신을 그리워했어. 약에 취해 있을 때조차 당신이 그리웠지. 당신과 할 때의 기분을 온전히 맛보고자 며칠 전부터 약을 끊었어."

"현명한 결정이었을까?"

"아니, 이미 몇 시간 전에 증명 되었듯이 약을 끊으면 위험한 짓을 저지를 수도 있으니까. 의사에게 전화해 물어봤더니 하루에 약을 두 알씩 세 번 복용하라고 준 약이 있는데 한 알씩만 먹으라고 하더군. 반 알은 안 되냐고 물어봤더니 위험할 수도 있다고 했어. 당신이 파리에 머무는 동안에는 약을 한 알씩만 먹기로 했어. 당신을 느끼고 싶으니까. 아니, 느껴야만 하니까."

"지금은 힘들지만 결국 폭풍우처럼 다 사라지게 될 거야."

"의사들도 그렇게 말해. 이제 그 얘긴 그만하고 싶어. 지금이 수요일 아침이니까 당신과 함께 할 시간이 그리 많지 않아. 당신은 곧 멀리 떠나야 하니까."

"아주 가는 건 아니야."

"한참 동안 떠나 있겠지."

"내가 다 바꿀 수 있어."

"아니, 그럴 수 없어. 나 역시 그래. 어머니가 해준 말인데 아버지가 연애할 때 '우리 사랑은 영원해.'라고 했다는 거야. 현실은 전혀 달라서 시간이 흐를수록 둘 사이에 적대감만 쌓이더래. 부부 사이 불화는 양쪽 모두에게 먹구름을 드리우게 되지. 게

다가 내 어린 시절과 청소년 시절까지 어둡게 만들었어."

나는 와인을 따르며 말했다.

"결혼 이야기를 들려줘."

"전에도 했잖아."

"아주 간단하게 했지."

"시간이 별로 없어."

"아침 몇 시에 나가야 해?"

"10시, 늦어도 10시 반에는 출발해야 돼."

나는 손목시계를 보았다.

"아직 6시간이나 남았네."

"슬픈 이야기야. 결혼은 대부분 슬프니까."

"아버지는 애정 표현이 서투른 사람이었어. 어머니는 나름 나에게 애정을 표했지만 일찍 돌아가셨지. 그래서인지 아직도 난 애정에 목말라 있어."

"나도 그래." 이자벨은 내 머리를 손가락으로 쓸었다.

이자벨의 그 말이 우리 사이에서 떠도는 동안 정적이 이어졌다.

그러다가 내가 물었다. "해가 뜰 때까지 이렇게 가까이에서 다정하게 대화를 나누는 것도 사랑일까?"

"해 뜨기 전까지는."

"그럼 이야기를 들려줘. 전부 다 알고 싶어."

　　　　• • •

　속삭이듯 이어지는 대화, 저 멀리 지붕 위로 서서히 솟아오르는 해, 어둠을 사르고 밝아오는 새벽, 비어가는 생태미용, 가득 찬 재떨이가 우리와 함께 했다. 이자벨은 새 담배에 불을 붙이며 열세 살 때 이야기를 하고 있었다. 학교에서 생리통이 심해 조퇴하고 집에 왔는데 반라의 남자가 부모 침실에서 나오는 걸 보았다고 했다.

　"뱃살이 좀 늘어지고, 물방울무늬 사각팬티를 입고 있는 남자였어. 당시 유행하던 콧수염을 기르고 있었지. 엄마의 동료교사였는데 내가 몹시 당황스러워하자 그 남자는 오히려 키득대며 웃었지. 난 어이가 없었어. 그 남자가 '엄마에게 네가 왔다고 말해줄까?'라고 하더니 침실로 들어갔어. 엄마가 몹시 당황한 목소리로 남자와 주고받는 목소리가 들려왔지. 마침내 엄마가 침실에서 나왔어. 서둘러 옷을 입은 티가 났고, 머리와 화장이 온통 흐트러져 있었지. 엄마가 나에게 왜 조퇴했냐며 나무랐어. 생리통이 심해 조퇴했다고 항변하려는데 엄마가 내 등을 떠밀어 방으로 들여보내더군. 나는 침대에 혼자 웅크리고 앉아 엉엉 울었어. 몸도 아프고, 내가 본 광경이 너무 혼란스러웠지. 15분쯤 후에 엄마가 아스피린과 냉습포를 챙겨들고 나타났어. 엄마가 아스피린을 먹이더니 똑바로 누우라고 하더군. 엄마는 내 이마에 냉습포를 대어주며 내가 본 걸 잊어버려야 한다고 했어. 아빠에게 말하면 안 된다면서. 그런 다음 한마디 덧붙였어.

'나중에 너도 결혼하면 알게 될 거야. 알렉상드르 뒤마가 이런 말을 한 적이 있어. 결혼이라는 사슬은 대단히 무거워서 들어 올리려면 다른 사람의 도움을 받아야 할 때도 있다.'

나는 엄마가 도대체 무슨 말을 하는지 알아들을 수 없었어. 그저 엄마와 내가 공유해야 할 비밀이 하나 더 생겼다는 것만 알았지. 엄마가 다시는 그런 모습을 보여주는 일은 없을 거라며 나를 안심시켰어."

이자벨이 담배를 끄고 나서 말을 이었다.

"우리는 과거를 되풀이하며 살아가고 있다고 생각해. 엄마는 생의 목표였던 박사 학위를 따지 못했어. 나도 그랬지. 엄마는 영원한 사랑을 믿었기에 결혼했어. 나도 그랬지. 샤를이 나를 자기 여자로 만들고 나면 원래 그가 속해있던 부르주아 생활로 돌아가리라는 걸 알고 있었어. 예순여섯에 폐기종으로 숨을 거둔 엄마처럼 나 역시 '비밀의 화원'을 갖게 되었지. 샤를이 전부인과 이혼하기 전에 이 작업실을 나에게 사주었고, 우린 여기서 만나기 시작했어. 결국 나는 여기서 나대로 샤를은 샤를대로 다른 사람을 만나고 있지. 샤를이 초혼 때 했던 방식을 그대로 되풀이하고 있는 거야. 나도 내 과거를 되풀이하고 있어. 그러면서도 나는 사랑을 되풀이하겠지."

나는 이자벨에게 우리 만남이 과거에 있었던 밀회의 되풀이인지 물었다. 이자벨이 내 얼굴을 어루만지고 나서 내 입술에 키스했다.

"내가 콜레트의 소설에 등장하는 인물처럼 보여서 묻는 거야? 《셰리》에 나오는 레아 같은 여자? 젊은 남자를 아주 좋아하는 늙은 논다니?"

"당신이 논다니는 아니지."

"그 단어를 알고 있어? 놀랍네."

"법률 용어만 아는 건 아니야. 아직 내 질문에 대한 답을 듣지 못했어."

"여자에게 이미 끝난 연애를 물어보면 안 돼. 여자가 이전에 만났던 남자들에 대해 이야기하기 시작하면 빨리 다른 여자를 찾아보는 게 좋아."

"그럼 말하지 마."

"당신이 물었으니 한 가지만 말할게. 샤를의 외도 상대가 누군지 알게 되었을 때 나도 잠시 다른 남자를 만났어. 그때 이후 내가 다른 남자를 만난 건 당신이 처음이야. 첫 만남 이후 일 년이 넘었는데 당신은 지금껏 내 삶 안에 있어. 내가 늘 말하잖아. 'Je t'aime(사랑해).' 그걸로 대답은 충분하지 않아?"

우리는 다시 침대에 쓰러졌다. 처음에는 부드러운 애무로 시작했다가 점점 더 격렬해졌다. 나는 사랑을 나누는 동안 줄곧 이자벨의 눈을 주시했다. 이자벨이 열정에 빠져드는 모습을 보았다. 우리가 어떤 몸짓을 하고, 어떻게 한 몸이 되고, 어떻게 열정에 빠져드는지 집중해서 보았다. 이자벨은 눈을 질끈 감았다가 뜨기도 하고, 손으로 내 몸을 구석구석 어루만지기도 했다. 내 손이 위에 올라있는 이자벨의 허벅지를 움켜쥐고 있고, 이자벨이 아래위로 엉덩이를 들썩이는 모습과 팽팽하게 당겨진 내 복부도 눈에 들어왔다.

이자벨이 눈을 질끈 감고 얼굴을 잔뜩 찡그렸다. 절정에 달했을 때마다 짓는 특유의 표정이었다.

'우리처럼 서로를 절실히 원하고, 매번 짜릿한 만족을 얻는 사이는 흔하지 않아.'

나는 이자벨을 보는 동안 그렇게 생각하지 않을 수 없었다.

이자벨이 내 가슴에 얼굴을 대고 말했다.

"당신을 날마다 볼 수 있다면 아마 지금 같은 절실함은 사라지게 될 거야."

"지금처럼 절실하지는 않더라도 우린 열정을 이어갈 방법을 찾을 수 있을 거야."

"당신의 순수한 면이 좋아. Mon jeune homme(이봐 젊은이), 상대에 대한 환상을 깨지 않으려는 당신의 태도도 마음에 들어. 다만 그 환상을 깨지 않으려면 혼자 사는 게 좋아. 결혼도 하지 말고, 아이도 갖지 마. 아마도 당신은 지금 내가 하지 말라고 했던 걸 다 하겠지. 나도 그랬으니까. 우리뿐만 아니라 대부분의 사람들이 결혼도 하고 애를 낳지. 우리가 진정으로 원해서라고 생각하지만 과연 그럴까? 반드시 그래야 한다고 자기 자신을 다그치기 때문이 아닐까?"

"어떤 사람을 만났는데 운명의 상대라고 느껴질 경우에는……."

"운명의 상대? 천생연분? 내 삶의 반쪽? 영혼의 짝? 흔히 잘 맞는 커플에 대해 그렇게 표현하지만 '영혼의 짝'이라는 말에는 공감하기 힘들어. 이상적인 상대를 만나 서로 절절하게 사랑하다 결혼하더라도 시간이 흘러 어느 시점에 다다르면 서로에 대한 환상이 깨지고, 더는 배우자에게 열정을 느낄 수 없게 되지. 누구나 변화를 원하니까. 만약 당신이 어떤 여자를 만나 영원한 사랑을 맹세하더라도 끝까지 절실함을 유지할 수 있을까? 내가 샤를을 사랑해서 결혼한 건 틀림없어. 결혼이란 게 배우자 말고도 여러 가지 부수적인 조건이 따라붙는 사회적 관계라는 것에 대해서도 알고 있었어. 게다가 샤를의 집안사람들은 여전히 사람은 태어날 때부터 각자 정해진 지위와 역할이 있다고 믿을 만큼 고루한 세계관을 가진 사람들이었지. 18세기 세계관을 아직도 갖고 있는 사람들이 있다는 게 새삼 놀라웠어. 지금도 샤를과 나는 가끔 사랑을 나누기도 하고, 서로에게 애정을 갖고 있기도 해. 우리처럼 흥분되는 열정은 없어. 어쨌든 당신은 파리에 머무는 나흘 동안 내 옆을 떠나면 안 돼."

"나를 포로로 삼아."

"그래도 괜찮아?"

"내 여권을 빼앗고, 나를 이 작업실에 가둬. 상대가 당신이라면 사랑의 노예가 될 용의가 있으니까. 그 대신 매일 신선한 공기와 파스티스만 제공해줘."

"파리 공기는 신선하지 않아. 파스티스는 마르세유에서 마셔야 제 맛이 나지. 똑똑한 사랑의 노예라면 금세 질릴 거야."

"나는 돌아와."

이자벨이 내 어깨를 세게 누르며 말했다.

"사뮈엘, 나를 사랑해?"

"당연하지."

"재떨이를 던졌는데도?"

"전혀 개의치 않아. 난 아무것도 필요하지 않아. 당신만 옆에 있으면 돼."

"언제나 당신과 함께할게. 그 대신 '생활'을 함께하길 바라지 않아야한다는 조건이 필요해. 이틀 뒤 작별 인사를 할 때 마음이 몹시 애잔하겠지만 난 당신이 떠나길 바라. 떠나야지 다시 돌아올 테니까."

• • •

이자벨은 오후 5시에 왔다가 7시에 침대에서 일어나 옷을 입고 나와 함께 작업실을 나섰다. 이튿날 오후 5시에도 우리는 다시 작업실 침대에 있었다. 그날은 시간이 30분 길어져 우리는 7시 반에 작업실을 나갔다.

내가 아파트 계단을 내려갈 때 물었다.

"내일 오후가 지나면 앞으로 몇 달 동안은 못 봐. 같이 나가서 저녁이라도 먹을까?"

이자벨은 1950년대의 작가인 자크 프레베르의 말로 대답을 대신했다.

"Paris est tout petit(파리는 너무 좁다)."

"이 근처 식당에서 당신과 식사를 하면 아는 사람에게 들키지 않을 수가 없어."

"다른 곳으로 가면 되지. 19구에도 아는 사람이 많아?"

"19구에는 가본 적이 없어."

"그럼 거기로 가."

"거긴 아무것도 없어."

"가본 적도 없다면서 어떻게 알아?"

"남극에 가면 눈과 얼음밖에 없다는 걸 알잖아. 이번 주말에 샤를과 노르망디에 있는 별장에 가기로 해서 당신과 함께 저녁 식사를 할 시간이 없어. 오후 6시에 에밀리와 육아도우미도 같이 출발하기로 했어."

"나에게 선택권이 있기나 해?"

"그렇게 말하지 마. 오래전에 정한 약속이라서 바꿀 수 없었어."

"내가 파리에 머물 수 있는 시간이 일주일밖에 안된다고 말했잖아. 노르망디에는 갑자기 일이 생겨 갈 수 없다고 둘러댈 수도 있잖아. 남편에게 양해를 구하기가 그리 힘들어? 당신은 지금 마음속으로 이미 예정되었던 일인데 새삼 왜 그러나 하겠지. 하긴 지금껏 뭐든 다 받아들여놓고 이러는 게 웃기긴 하네."

"그런 말은 공정하지 않아."

"아니, 공정해. 난 지금껏 당신이 어떤 제안을 하든지 다 받아들였어. 언제나 당신 입장에서 이해하려고 애쓰기도 했어. 내가 제안을 다 수용한 것에 대해 보상을 요구하는 건 아니야. 나는 왜 당신의 인생에서 언제나 곁가지로 만족해야 하지?"

"당신이 한 말이 사실이 아니라는 걸 알 거야. 내가 당신을 어떻게 생각하는지는 지난 며칠 동안 다 말했어. 그동안 내 제안을 흔쾌히 받아들인 것으로 이해했는데 아니었어?"

"당신이 만든 규칙이야. 우리가 언제 만날 수 있는지도 늘 당신이 정했지. 당신이 한밤중에 찾아와 용서를 구했을 때 난 기꺼이 받아들였어. 당신은 원하는 대로 다 얻고 있는데 난 뭘 요구한 적조차 없어. 샤를에게 이번 주말에는 파리에서 지내겠다고 말하는 게 그리 힘들어? 당신은 귀족 금융가의 부인이니까 나보다는 노르망디의 성에서 열리는 가족모임이 훨씬 더 중요하겠지. 남편이 시어머니와 공모해 정신 병동에 집어넣었어도…….”

“시어머니에 대해 나쁘게 말하고 싶은 마음은 알겠는데 내가 정신병원에 입원한 건 산후우울증이 심해서였어. 내 심신이 온전해야 에밀리를 잘 돌볼 수 있을 테니까. 전기충격 치료를 받아들인 사람은 시어머니가 아니라 샤를이었어. 그 대신 샤를은 나를 에밀리에게서 떼어놓지 않았어. 내가 그 난리를 쳤는데도 등을 돌리지 않았지. 샤를의 입장으로는 매우 특별한 일이야. 당신은 샤를이 차갑고 권위적이고 이기적인 사람이라고 생각하겠지만 그렇지 않아. 다양성을 인정하고 합리적인 선택을 하기 위해 애쓰는 사람이야. 내가 나이 많은 슈거 대디를 결혼 상대로 선택한 죄로 비극의 주인공이 되길 바라? 그래야 당신이 나를 구해주고 영웅이 될 수 있을 테니까.”

“내가 왜 여기에서 이러고 있는지 모르겠네. 어서 당신에게 행복을 주는 귀족 생활과 열정적인 남편이 기다리는…….”

이자벨이 내 손을 잡으려고 했지만 심술궂게 뿌리쳤다. 이자벨이 다시 내 손가락을 꽉 쥐고 침대로 끌어당겼다.

“당신이 파리에 오기 전부터 조율했던 일정이야. 난 분명 주말에는 노르망디의 성에 가기로 되어 있어 함께할 수 없다고 확실하게 말해두었어. 나도 주말 오후에 당신과 지내는 게 더 좋

아. 시누이가 인테리어 디자이너인데 아직도 작업할 때 루이 14세의 베르사유궁전을 콘셉트로 정할 만큼 고루해. 그런 시누이와 노르망디 해변을 산책해본들 뭐 그리 신나겠어. 귀족 집안 출신 남편과 살려면 싫지만 따라야 하는 규칙이 있어. 당신도 내 한계를 알잖아. 앞으로도 이런 싸움은 계속 될 거야. 당신이 사랑을 찾기 전까지."

"나는 사랑을 찾았어."

이자벨이 나에게 키스했다.

"나 역시 그래. 그렇지만 지금은 집에 가야 해. 내일 다시……."

• • •

금요일 오후 3시. 이자벨의 언어로는 'Quinze heures(15시)'였다. 세찬 빗줄기를 동반한 악천후가 사흘째 계속되었다. 오전에는 카페, 서점, 카페, 박물관, 카페, 영화관, 카페를 전전하며 시간을 보냈다. 파리는 비에 흠씬 젖어들었고, 내 머릿속은 몹시 혼란스러웠다. 일요일 9시 30분에 출발하는 보스턴행 비행기를 타기로 되어 있었고, 변경이 불가한 일정이었다. 보스턴에 도착한 이튿날 아침에 로스쿨의 새 학기가 시작되니까. 앞으로 변호사 시험을 통과하고 사회에 발을 들여놓기까지 2년이 남았다. 당장 로스쿨을 그만두고 평화봉사단에 들어가 몇 년 일하다가 오면 어떨지 생각해보았다. 부르키나파소에서 사람들을 가르치거나 파푸아뉴기니의 개간사업에 참여하는 내 모습을 상상해봤지만 몽상이라는 걸 깨달았다. 그날, 오후 섹스를 마치고 나란히 누웠을 때 이자벨이 말했다.

"어휘력도 풍부해지고, 회화 실력도 좋아졌어."

그때 나는 이자벨과 함께할 수 있는 시간이 90분밖에 남지 않았다는 생각에 빠져 있었다. 90분 뒤에 이자벨은 가족들과 함께 도빌의 잿빛 하늘(아니, 적어도 나는 도빌의 하늘이 내가 도착한 이후 늘 잿빛이었던 파리 하늘처럼 우중충하길 바랐다) 아래로 떠나기로 되어 있었다. 우리가 사랑을 나눌 때 이자벨은 두 번이나 나를 바라보다가 눈길을 돌렸다. 다른 생각에 빠져 있는 듯했고, 그다지 기분이 좋지 않아보였다.

"내가 한 말 때문에 우울해?"

"왜 그렇게 물어?"

"우울해 보여서."

그 뒤에 바로 이자벨이 내 프랑스어 실력이 좋아졌다고 칭찬했다. 이자벨은 내가 읽고 있는 법률서적들이 문장력을 높이는 데 도움이 되는지 물었다.

"법률 관련 문장들은 구체적이고 정확한 게 생명이야. 그 대신 건조한 문장들이 많고, 어려운 단어들도 많이 나오지. 그러다보니 어휘력 향상에는 도움이 돼."

"번역가는 어휘력이 생명이니까 생소한 단어가 눈에 들어오면 저절로 관심이 가. 아버지가 그런 말을 한 적이 있어. '배우고 익혀라. 새로운 문장, 처음 가보는 장소와 거리의 이름이라도 기억하기 위해 애써라.'"

"새로운 단어에 관심이 많으면 어휘력이 좋아지긴 하지."

"관심과 비슷한 단어들 가운데 뭐가 있는지 말해 봐."

"테스트야?"

"아마 그럴 수도. 자, 어서 말해 봐."

"흥미, 시선, 이목, 참견."

"긍정적인 단어로 시작해서 부정적인 단어로 이어지네. 의미도 조금씩 다르고."

"그런 단어들이 많잖아. '좋다'라는 단어도 착하다, 건전하다, 근사하다, 뛰어나다 등으로 의미가 조금씩 달리 쓰이잖아."

"'거리'라는 단어에서 연상되는 말은?"

"파리와 보스턴."

"당신의 세계관이 그대로 나오네."

"외로워서 그런가봐."

"왜 외로운데?"

"나는 보스턴에 있고, 당신은 파리에 있으니까."

"다른 사람을 만나봐."

"로스쿨 학생은 사람들을 만나고 다닐 시간이 없어."

"섹스 상대를 만날 시간도 없어?"

"시간이 전혀 없지는 않지만 섹스 상대를 구하려면 번거로운 과정이 필요해."

"서로 합의하면 번거롭지 않아."

"미국에서 섹스는 기브 앤 테이크의 측면이 많아."

"로스쿨 여학생들 중에서 섹스 파트너를 찾아보면 되잖아."

"섹스 파트너를 구하더라도 우리 관계와는 달라."

"그러니까 섹스 파트너인 거야."

"당신이 보스턴으로 오면 안 될까?"

"에밀리를 두고 갈 수는 없잖아."

"데려오면 되지."

"사랑을 나누려면 에밀리를 돌봐줄 사람이 필요한데 육아도 우미를 데려갈 수는 없잖아."

"그냥 우리가 돌보면 되지."

"에밀리를 침실에 두고 섹스를 하자고?"

"샤를과 있을 때에도 에밀리를 옆에 두고 재우잖아."

"샤를은 내 남편이고, 에밀리의 아버지야."

"에밀리는 아직 어려서 엄마가 누구랑 침대에 들었는지 관심 없을 거야."

"이제 그만. 파리, 이 작업실, 이 오후가 아닌 시간과 장소에서 당신을 만날 생각은 없어. 이번 주 내내 우리의 대화가 계속

이 얘기 주변에서 맴도네. 나도 사실은 당신이 내 인생에서 사라질까 봐 두려워. 재떨이 사건 뒤에 생각했어. 이제 다시는 당신을 볼 수 없을 거라는 생각이 들자 너무 괴로웠지. 그렇지만 당신이 자꾸 우리에게 부여된 시간과 장소를 벗어난 얘기를 하면 내가 먼저 멀어질 수밖에 없어."

"미국에 와달라는 말이 샤를과 이혼하라는 뜻은 아니잖아. 당신을 다시 만나려면 몇 달이나 더 기다려야 한다는 게 싫어서 해본 말이야. 나는 당신 제안을 다 받아들였잖아. 그러니까 자꾸 나만 혼내지 마."

나는 이자벨의 고개를 당겨 얼굴을 마주 보게 한 다음 몸 안으로 최대한 깊이 들어갔다. 이자벨이 화답하듯 그곳을 꽉 조여 왔다. 나는 더욱 힘껏 밀어붙이며 뜨겁게 키스했다. 내 욕정에는 그리움과 슬픔이 가득했고, 그 저변에는 분노도 조금 깔려 있었다.

나는 속삭였다.

"당신은 나에게 뭘 원해?"

이자벨의 대답은 더욱 격렬해진 몸놀림이었다. 이윽고 이자벨의 입에서 숨죽인 신음이 흘러나왔다. 조금 뒤에 나도 신음을 토했다. 긴 정적이 흐른 뒤 이자벨이 말했다.

"수십 년이 흘러 당신이 늙었을 때 이 침대에서 보낸 순간들을 떠올리며 '그때는 1시간에 두 번이나 사정할 수 있었는데.' 하며 이 시절을 그리워하겠지?"

"……라고 쉰한 살의 남편과 사는 여자가 말했습니다."

"나이를 꼭 밝혀야겠어?"

"당신도 방금 전 내 늙은 모습을 상상하며 얘기했잖아."

또 정적.

내가 먼저 말했다. "아직 내 질문에 대답하지 않았어. 나에게 뭘 원해?"

이자벨이 윗몸을 일으켜 앉더니 담배에 불을 붙였다.

"원하는 건 항상 변해. 당신도 나이를 좀 더 먹게 되면 깨닫게 될 거야. 그 질문에 한 가지 대답이 있을 수 없어. 우리는 늘 말하지. '이걸 원해, 저걸 원해, 당신을 원해.' 그렇지만 사실 다 덧없는 말들이야."

"당신은 어때? 나를 원해?"

"원해."

"한편으로는 원하지 않기도 하지?"

"아니, 다만 당신 때문에 내가 만들어온 삶을 지울 수는 없어. 아무리 문제가 많았던 삶이라고 하더라도."

"그 삶을 원하는 한편 원하지 않는다는 거야?"

"그래, 어차피 인생은 코미디야. 중요한 코미디. 인생은 누구에게나 한 번만 주어지니까."

• • •

1시간 후에 우리는 작업실에서 나갔다. 오후 5시였다. 이자벨은 오후 6시에 남편과 에밀리를 데리고 차에 올라야 했다. 예정대로라면 이자벨은 밤 9시에 노르망디에 있는 성의 문을 열게 될 것이다. 중정에서 아파트 건물 정문으로 이어지는 좁은 통로에서 잠시 걸음을 늦췄을 때 이자벨이 물었다.

"오늘 밤에는 무얼 하며 지낼 거야?"

나는 그저 고개를 가로저었다. '당신처럼 오래된 성에는 가지 않아.' 하고 대꾸하려다가 참았다. 부루퉁하게 반응해 봐야 씁쓸한 뒷맛만 남을 뿐 좋을 게 없으니까. 이런 경우에는 전혀 개의치 않고 담대하게 애인을 남편과 아이가 있는 곳으로 돌려보내는 남자인 척 하는 게 최선이었다.

나는 이자벨의 손을 잡았다. 통로 끝에 있는 우편함까지 이자벨과 팔짱을 끼고 걷고 싶었다. 이자벨이 움찔했다.

"작별 인사는 위에서 했잖아. 출판사 직원 가운데 아는 사람이 있으니까 조심해야 돼."

"철저하네."

이자벨이 내 손을 놓았다. "내가 왜 그래야 하는지 당신도 알잖아?"

"그래, 알아. 당신 입장을 이해해."

나는 다시 이자벨의 손을 잡았다. 이번에는 이자벨도 내 손을 꼭 쥐었다.

이자벨이 말했다.

"나도 당신과 헤어지기 싫어."

"그렇지만 지금 헤어지고 있어."

"올여름에 다시 올 수 있잖아?"

"뉴욕에서 인턴이 끝나면 개강 전에 일주일이나 보름쯤 시간이 있을 거야. 8월에는 줄곧 별장에 머무를 거지?"

"아마도."

"자, 그럼 On verra(다시 만나)."

이자벨이 속삭였다.

"꼭 돌아와야 해."

"On verra(두고 보면 알겠지)."

"실증주의자 같은 말은 그만해."

"아니 지극히 현실적인 말이야. 돌아오고 싶지만…… On verra."

이자벨이 내 입술에 가볍게 키스하고 돌아서서 문으로 걸어갔다. 나도 뒤따랐다.

"내가 먼저 나갈게."

"샤를이 문 밖에서 지키고 있을까 봐?"

"우연히 아는 사람을 만날까 봐. 지금은 이런 얘기를 하기 싫어. 이 문을 나가는 순간 당신이 그리울 거야."

"당신이 노르망디에 가기로 했기 때문이지."

"아니, 서로의 운명을 방해하지 않기로 결정했기 때문이야."

"당신의 운명은?"

"당신을 미국의 삶으로 돌려보내고, 날마다 그리워하고, 당신이 다른 여자를 만나 나를 버리지 않을까 두려워하며 사는 게 내 운명이야."

"사람들은 그런 걸 모순이라고 하지."

"누구나 모순된 삶을 살아. 사랑이 어렵지만 필요한 이유야."

"모순된 삶을 살아가기 위해?"

또 가벼운 키스.

"다만 인생의 조건은 고정되어 있지 않아."

이자벨이 손목시계를 흘깃 보고 나서 말을 이었다.

"시간이 다 됐어. 자, 이제 작별해야 할 시간이야."

"On verra(다시 만나)."

"Je t'aime(사랑해)."

사랑한다고 말한 이자벨은 대답을 기다리지도 않고 사라졌다.

• • •

미국으로 돌아온 지 3주가 지났을 때 이자벨이 보낸 엽서를 받았다.

파블로 네루다의 시를 번역하고 있었어. 정욕의 천국을 이야기하는 시야. 당신과 함께하는 매우 에로틱한 상상을 했어. 올여름에 일주일쯤 당신을 유혹할 기회가 있을까? 늘 당신을, 우리를 생각해. 그리움에 한숨을 쉬어. Je t'embrasse très, très fort(정말 너무 너무 보고 싶어).

Ton Isabelle(당신의 이자벨).

나는 답장을 썼다.

나도 자주 당신과 함께하는 매우 에로틱한 상상을 해. 우연히 니체가 쓴 문장을 보았어.

'아주 놀랍게도 작은 생각 하나가 평생을 지배할 수도 있다.'

정말 그래. 이미 말했다시피 올여름에는 뉴욕에서 인턴을 해. 8월 18일까지 일하고, 19일 아침에 파리로 출발해 8월 29일에 케임브리지로 돌아오면 돼. 열흘 간 파리에 머물 수 있어. 나도 당신이 그리워.

2주 뒤, 이자벨이 보낸 엽서가 왔다.

비행기 표 예약해. 8월 20일에 파리에 갈게.

나는 답장을 썼다.

8월 20일 오후 5시에 베르나르 팔리시 9번지로 갈게.

6월 하순에 이자벨과 엽서를 주고받았다. 파리에 가기로 한 날이 8주 남았는데 전보를 보내지 않을 수 없었다.

갑자기 중요한 일이 생겨 파리에 갈 수 없게 됐어. 사랑.

3

사랑.

진짜 사랑.

적절한 사랑.

서로 상호적인

주고받는

아무 조건 없는, 순간만을 위한

사랑.

나는 그런 사랑을 찾고 있었나?

우리 모두가 그러지 않나?

사랑.

나는 이자벨에게 보내는 전보의 말미에 '사랑'이라는 단어를 적었다. 내 이름은 일부러 생략했다. 이자벨에게 알리려 했다.

이제 당신과 함께하는 오후를 바라지 않을게. 함께할 사람을 찾았으니까. 사랑.

이튿날 내가 인턴으로 일하는 로펌으로 전보가 왔다.

풀리지 않는 수수께끼에는 늘 왜라는 질문이 따르지. 당신이 파리행을 취소한 이유는 다른 여자가 생겼기 때문이겠지만 대놓고 말하지는 마. 당신이 함께할 사람을 찾았다면 진심으로 축하해. 아무리 그렇더라도 우리 사이의 문이 영원히 닫히지 않길 바라. 내가 어디에 있을지는 당신도 잘 알 거야.

나는 답장을 보내지 않았다. 그럴 필요가 없었으니까.

엽서를 받고 나서 마음이 편안해지기도 했다. 파리에서 복잡한 며칠을 보내고 미국으로 돌아오고 나서 내 안에서 와글거리는 목소리를 잠재우기 위해 인턴 일에 열중했다. 우리는 엽서를 주고받으며 8월 말의 계획을 세웠지만 내 머리에서는 계속 여러 가지 생각이 들끓었다.

일방통행으로는 그 어디에도 다다를 수 없어. 나는 좀 더 확실한 걸 원해.

나는 이자벨과의 오후보다는 더 확장되고, 더 확실한 사랑을 원했다.

지금보다 더 나은 사랑을 할 수 있으리라는 기대. 삶의 불확실성을 염두에 두지 않은 그 선택의 결과 때문에 자신의 인생에서 얼마나 큰 후회가 따를지 생각해본 적 있는가?

나는 이자벨에게 더 많은 걸 원했다. 이자벨이 나에게 더 많은 걸 주지 않아 은근히 화가 나기도 했다.

'당신을 사랑하지만 이제 집으로, 내 남편에게로, 내 아이의 아버지에게로 돌아가야 해.'

언제나 결론은 하나로 귀결되었고, 혼자 남아 어두운 밤거리를 헤매야 하는 나에게는 결코 행복한 결과가 아니었다. 물론 이런 상황을 만든 장본인은 그 누구도 아닌 바로 나 자신이었다.

아쉬움이 있다고는 하지만 이미 수용하기로 한 규칙인데 이제 와서 왜 회피하려고 드니?

나는 파리에서 돌아온 직후 갈등했다.

가끔 갈등이 터져 나오긴 했어도 서로에 대한 우리의 열정은 식은 적이 없었다. 다만 우리의 열정이 평일 오후 몇 시간 동안

만 허용된다는 게 문제였다. 우리의 만남은 일상의 공간에서는 전혀 허용되지 않았다. 우리의 만남은 늘 일상과는 거리가 먼 곳에서 이루어졌고, 내가 바라는 '함께하는 생활'과는 거리가 멀었다.

이자벨에게 편지를 쓰다가 몇 번이나 구겨 휴지통에 던져야 했다. 기본 내용은 하나였다. 이자벨을 누구보다 사랑하고 몹시 그립지만 내 발길이 자주 닿을 수 없는 곳에 있어 너무 힘들다는 것이었다. 편지를 쓰는 동안 이자벨도 이미 다 알고 있는 내용이라는 생각을 지울 수 없었다. 이자벨이 내 편지에 마음이 흔들려 그간의 생각을 바꿔 샤를과 이혼하고 뉴욕에 오겠다고 할 리 없었다. 결국 내가 애초에 담고자 했던 내용은 한 줄도 넣지 않고, 그저 내 일상에 대해 주저리주저리 적었다. 에로틱한 내용과 어서 8월이 오길 기다린다는 말도 덧붙였다.

그 반면 이자벨의 편지는 언제나 담담하게 점잖았다. 에밀리는 잘 자라고, 샤를도 잘 지내고, 그녀 역시 잘 살아가고 있다는 내용이었다.

당신이 내 깊숙한 곳에 있던 순간을 생각해. 당장 보스턴이나 뉴욕으로 가는 비행기에 오르고 싶기도 해. 그렇지만 이내 에밀리가 아직 너무 어려 불가능하다는 사실을 깨닫지. 당신이 어서 시험을 마치고 며칠 다녀가길 간절히 바랄 뿐이야.

나는 〈라슨, 스타인하트 & 셔먼〉 로펌에서 인턴으로 일하게 되었고, 이자벨도 알고 있었다. 로스쿨에서 마지막 기말고사를 치르고 나서 월요일부터 곧장 일을 시작했다. 로펌과의 약속을 뒤로 미룰 수 없었다. 〈라슨, 스타인하트 & 셔먼〉은 기업 전문 로펌들 중에서도 첫손에 꼽는 곳이었고, 로스쿨 학생이라면 누구나 일하고 싶어 하는 곳이었다. 변호사가 되기로 결정한 내 입장으로는 결코 마다할 수 없는 기회였다. 나는 〈라슨, 스타인하트 & 셔먼〉 로펌에서 750달러를 주급으로 받기로 했다. 인턴이 받을 수 있는 최고 수준의 주급이었다. 컬럼비아 로스쿨 학생들이 쓰고 있는 모닝사이드하이츠 아파트에 방을 구했다. 내 룸메이트도 매일 12시간씩 일했다. 원래 세 명이 공동으로 쓰던 집이었다. 내가 쓰게 된 방에 살던 사람은 대법원에서 3개월 동안 인턴으로 일하게 되어 떠났다. 나는 〈라슨, 스타인하트 & 셔먼〉의 파트너 변호사들 가운데 가장 나이가 많은 멜 셔먼의 수하로 일하게 되었다. 멜 셔먼은 논란의 여지가 많은 소송을 맡기로 유명했다. 특기는 신탁기금과 유산 문제 같은 재산 관련 소송이었다. 구시대적이고 소박한 면이 있는 사람이었다. 멜 셔먼의 사무실 옆에 있는 칸막이 책상이 내 자리였다. 나는 언뜻 보기에는 흠잡을 데 없이 완벽한 문서에서 오류와 문제점을 찾아내는 일을 했다. 멜 셔먼이 '상속 속임수'라고 일컬어지는 편법과 맞서 싸워야 하는 경우 유서의 행간에서 의뢰인에게 유리한 요소들을 찾아내는 일을 하게 되었다. 세밀한 관찰력이 있어야 하고, 고도의 집중력이 필요한 일이었다. 나는 멜 셔먼이 분석해보라고 지시한 문서들에 대해 언제나 상세한 메모를 준비했다. 멜 셔먼은 내가 형사처럼 일하기를 바랐다.

"겉으로는 완벽해 보이는 문서에서 결함이나 문제점을 찾아내려면 예민한 감각과 창의적인 시각이 필요해."

멜 셔먼은 내 작업 결과에 대해 대단히 만족해했다.

나중의 일이지만 멜 셔먼은 나에게 '자네가 하버드 로스쿨을 마치면 함께 일하길 바라네.'하고 제안했다. 매일 10시간에서 12시간씩 일하는 건 전혀 상관없었다. 대개 밤 9시에는 집으로 돌아가 반바지와 셔츠로 갈아입고 어퍼웨스트사이드에 있는 재즈 바, 작은 영화관, 선술집들을 돌아다녔다.

인턴으로 일한 지 3주쯤 됐을 때 116번가의 작은 식당에서 혼자 일식을 먹으며 《빌리지 보이스(뉴욕의 문화 소식을 주로 전하는 무가지 : 옮긴이)》 자를 뒤적이다가 뉴요커 극장에서 레이먼드 챈들러 원작의 영화를 동시 상영한다는 정보를 얻었다. 뉴요커 극장은 브로드웨이와 88번가 사이에 있었고, 상영 날짜는 금요일이었다. 로펌 일이 저녁 6시에 끝나고, 7시 45분에 영화 상영을 시작하니까 시간적으로 충분한 여유가 있었다.

내 가방에는 에어컨의 한기를 막아줄 스웨트셔츠가 들어있었고, 매디슨 애비뉴의 담배 상점에서 구입한 골루아즈 한 갑이 들어있었다. 튀김을 먹고 나서 지하철을 탔다. 뉴요커 극장은 오래된 영화관이었다. 아르데코 풍 입구, 고풍스럽고 개성 있는 실내, 담배를 피울 수 있는 발코니가 있었고, 동시상영 영화를 3달러를 내고 볼 수 있는 곳이었다. 그날 상영작은 딕 파월이 출연한 〈안녕 내 사랑 (Murder, My Sweet)〉과 〈블루 달리아 (Blue Dahlia)〉였다. 두 편 다 레이먼드 챈들러 소설을 각색한 영화였고, 객석은 반쯤 비어 있었다. 발코니 앞줄 오른쪽에 자리를 잡고 골루아즈 한 개비에 불을 붙이고 《뉴욕타임스》를 펼치는데 뒤에서 여자 목소리가 들려왔다.

"골루아즈를 피우고, 실내에서는 선글라스를 쓰지 않는군요."

뒤돌아보니 내 또래 여자였다. 밤색 머리카락, 연갈색 눈, 영리한 표정, 자신 있는 미소가 매력적인 미인이었다. 나도 미소로 화답했다.

"제 '프렌치' 한 개비 피우실래요?(여기서 '프렌치'는 '프랑스제 담배'를 뜻한다 : 옮긴이)"

"해병대 출신인 아버지가 그러는데 '프렌치'는 군인들이 사용하는 은어인데 콘돔이래요."

"우리 아버지도 해병대 출신인데 인디애나 주에 사는 독실한 침례교 신자라서 전쟁 중에 섹스를 하지는 않았대요."

"그 뒤로 한 번은 분명히 했겠네요."

"두 번일지도 모르죠."

"어째서요?"

"제가 와둥이긴 하지만……."

"얘기가 점점 복잡해지네요."

조명이 꺼졌다.

여자가 내 어깨를 살며시 건드리며 말했다.

"'프렌치' 고마워요."

〈안녕 내 사랑 (Murder, My Sweet)〉은 전반적으로 형편없는 연기로 이루어진 B급 누아르 물이었다. 줄거리를 이해했지만 속사포처럼 빠르게 주고받는 대사에 집중했다.

엔딩 크레디트가 올라갈 때 뒷자리 여자가 말했다.

"음, 〈빅 슬립 (The Big Sleep)〉 같은 영화가 아닌 건 확실하네요."

"차이가 크죠."

"영화를 자주 보세요?"

"시간이 허락할 때면 봐요."

"시간이 허락하지 않으면?"

"법률서적에 파묻혀 지내죠."

"더 끔찍한 일에 파묻히는 사람도 있어요."

"예를 들면?"

"시체 방부 처리를 하는 장의사, 증권회사 회계 업무, 보험 분석, 항문 치료 담당 외과의사 일이 더 끔찍할 것 같아요. 프렌치한 개비만 더 얻어도 될까요?"

"먼저 이름을 말해주면요."

"레베카. 당신은 이름이?"

"샘."

"담배 맛이 괜찮아요. 보아하니 담배는 파리에서 샀겠군요. 몇 달 동안 파리에서 지내다가 돌아왔고요."

"저를 틀에 박힌 설정 속 인물로 만들어줘서 고마워요."

"아마 조지 오웰이 '틀에 박힌 설정이 기본적으로 진실이다.' 라고 했죠."

"적절한 인용이었어요. 당신은 사라 로렌스나 햄프셔 같은 특별한 인문대학교를 다녔고, 《파리 리뷰》나 《뉴욕 북 리뷰》처럼 아주 지적이고 문학적인 직장에서 일하겠군요."

다음 영화 상영을 위해 조명이 어두워졌다.

"변호사입니다."

그 말은 틀림없는 사실이었다. 영화를 본 뒤 레베카가 데려간 선술집에서 자세히 들었다. 레베카 윌킨슨은 네브래스카에서 자랐다. 아버지는 뉴잉글랜드에 있는 주립대학교의 문학 교수였지만 학교에서 쫓겨났다. 어머니는 그 지역에서 꽤 유명한 시인이었지만 레베카가 막 사춘기에 접어들었던 때인 10년 전 정신병이 발병했다. 그 이후 줄곧 입원과 퇴원을 되풀이하고 있었다.

"술꾼 아버지와 정신병자 어머니의 하나뿐인 자식인데 달아나듯이 집을 나왔어요."

레베카는 늘 뉴욕에서 살기를 꿈꾸었다. 절망적인 집과 고향을 벗어날 망명지로 뉴욕을 택한 배경이었다. 버나드대학교를 졸업한 레베카는 성적이 뛰어나 장학금을 받고 컬럼비아 로스쿨에 들어갔다. 로스쿨을 졸업할 무렵 여러 로펌에서 러브콜을 보냈다. 레베카는 〈밀뱅크, 리터 & 케이지〉 로펌을 선택했다. 주로 대기업들의 변호를 맡고 있지만 공익적인 무료 변호 서비스도 많이 해주는 로펌이었다.

"로펌에서 근무하기 시작한 첫 해이고, 아직 일 년이 안됐어요. 앨라배마 주의 인종차별 법률 제소 사건이나 사형선고가 내려질 만큼 사회적으로 떠들썩한 대형 사건을 맡은 적은 아직 없어요. 기업 관련 소송에 대해 배우고 있죠. 앞으로 고객 명단을 늘리고 수익을 잘 내는 변호사라는 걸 입증해야 살아남을 수 있어요. 30대 중반쯤에는 로펌의 파트너 변호사가 될 수 있도록 열심히 일하려고요. 그다음부터는 내가 하고 싶은 일을 하며 살아야죠."

"무슨 일을 하며 살고 싶어요?"

"잘못된 판결로 억울하게 형을 받은 사람들을 구제하고, 악덕 기업의 불법행위를 밝히고 싶어요. 천생연분인 남자를 만나 아이도 낳고, 변호사 생활도 계속 잘해나가야죠. 안식년에는 파리에 가서 반년쯤 살아보고 싶어요. 당장 반년 동안 파리에서 지내다오겠다고 하고 싶지만 그랬다가는 파트너 변호사가 되는 건 포기해야겠죠. 파리에 가면 어디에서 지내는 게 좋을까요? 파리에서 적극 추천해주고 싶은 지역이 있어요?"

"베르나르 팔리시 가."

"어떤 곳인지 묘사해 봐요. 어떤 건물, 어떤 가게들이 있는지, 볼거리는 뭐가 있는지, 분위기는 어떤지……."

나는 베르나르 팔리시 가와 얽힌 내 개인적인 이야기만 빼고 그 지역에 대해 상세히 설명해주었다.

"당신이 사랑하는 여자가 거기 살았겠군요."

"내가 그 얘기를 했나요?"

"꼭 말해야 아는 건 아니죠."

"내 속이 그렇게 다 들여다보여요?"

레베카는 어깨를 으쓱하고 나서 특유의 알쏭달쏭한 미소를 지었다.

"진지했어요?"

"조건이 있는 관계였어요."

"지금은 끝났어요?"

"끝났어요." 그러면서 마음속으로 생각했다. 방금 전 내가 대답한 말은 진실인가 거짓인가? 아마도 이자벨을 생각할 때마다 느껴지는 아픔을 막을 방법을 찾아내고 싶었는지도 모른다. 내가 겨우 30분쯤 대화를 나눈 레베카를 감정의 도피처로 여겼을까? 사람들은 단지 적절한 타이밍을 만나 사랑에 빠지기도 한다. 사랑에 관한 한 늘 자신이 상상하던 대로 이야기가 펼쳐지는 않는다. 그 사실을 잘 알면서도 뜻대로 이루어지지 않는 열정에 상처 받고, 그 상처를 치유하기 위해 또다시 사랑에 빠진다.

"정말 끝났어요?"

"정말 끝났다고 할 수 있는 기준이 뭐죠?"

"그건 나도 모르겠어요."

레베카와 새벽 2시까지 술을 마셨다. 비교적 편안한 대화가 이어졌다. 처음 본 순간부터 관심을 불러일으킨 상대끼리 대화를 주고받는 동안 느껴지는 에로틱한 감정은 결코 가볍게 볼 문제가 아니다.

레베카 역시 얼마 전에 이별의 아픔을 겪었다고 했다.

"솔직히 심하게 상처를 받아 그 얘기는 다시 꺼내고 싶지 않아요. 최근에 헤어졌고, 다시는 돌아가지 않을 거예요."

레베카는 어퍼이스트사이드에 산다고 했다.

"어퍼이스트사이드라면 뉴욕의 노른자위 같은 곳인데 아주 좋은 가격에 집을 구했어요. 옛날의 뉴욕 정취가 아직 남아 있는 곳이죠. 당신을 집에 초대할 기회가 있을 거예요. 앞으로 저랑 더 대화할 의향이 있다면요."

"당신을 만나 즐거웠어요."

"제가 격식을 차려 명함을 건넨다고 로맨틱한 분위기를 모르는 사람 취급하지는 않겠죠?"

"전혀요."

레베카는 펜을 꺼내 명함 뒷면에 전화번호를 적었다.

"집 전화번호를 적었어요. 전화를 받지 않을 경우 뉴욕 응답 서비스로 연결되게 해놨어요. 로펌 사무실에 저를 포함해 여섯 명의 보조 변호사들을 돕는 비서가 있어요."

"부재중일 때에도 연락이 가겠군요."

"전화를 하지 않을 경우 소용없죠."

"제가 전화를 안 할 것 같아 보여요?"

"저에게 전화번호를 알려주지 않았잖아요."

"전화번호에 대한 설명이 다 끝나기를 기다리고 있었던 거죠."

"그럴싸한 대답이네요."

"왜 전화를 안 할 거라 생각했어요?"

"그동안 실망을 너무 많이 해서 그런가 봐요."

"실망시키지 않을게요."

"다 그렇게 말하던데요."

"저는 달라요."

"프랑스어로 '다시 만나요.'를 뭐라고 하죠?"

"On verra."

"발음이 듣기 좋아요. 베르나르 팔리시 가에 살던 여자도 그 말을 자주 썼어요?"

"네, 자주." 그런 다음 한마디 덧붙이고 싶었다.'그 여자의 세계관에 부합하는 말이어서 늘 그 말을 썼어요.'

레베카는 감정을 담아 한 번 더 말했다. "On verra. 발음에 리듬이 있어요. 멋져요. 프랑스 느낌이 물씬 나요. 파리에 같이 갈래요?"

"우선 저녁을 함께 먹어야 하지 않을까요?"

"한 방 먹었네요. 그런데 저는 아직도 전화번호를 못 받았어요."

나는 〈라슨, 스타인하트 & 셔먼〉의 대표전화를 적어주었다. 안내원이 구식이어서 인턴에게 메시지를 전하거나 전화를 바꿔주는 걸 그다지 좋아하지 않는다는 말을 덧붙였다. 임시로 빌려 쓰고 있는 아파트의 방 전화는 자동응답서비스가 없다고 설명해주었다.

"로펌 안내원은 제가 알아서 응대할게요. 자, 이제 택시를 잡아 줘요. '너무 관심 있어 보이지 않으려면 48시간은 기다려야 한다.' 같은 게임의 룰은 따르지 않기로 해요. 이제 주말이잖아요. 어디서 저녁을 먹을지 정해요. 저녁을 먹고 나서 어디로 갈지는 제가 제안할게요. 밤 11시에 빌리지 뱅가드에서 공연이 있어요. 혹시 빌 에반스 알아요?"

"아뇨."

"아직 모르는 게 많네요. 식당을 정해요. 싸고 유쾌한 곳이 좋아요."

나는 12번가에 있는 아스티스는 어떤지 물었다. 빌리지 뱅가드에서 그리 멀지 않은 곳이었다.

"내일 밤 8시 어때요?"

"5시 30분에 저녁을 먹자고 하지 않아서 좋아요. 자, 이제 택시를 잡아줘요. 잠을 자야 하니까."

선술집에서 나와 쌩쌩 달리고 있는 택시를 향해 손을 흔들었다. 택시가 끼익 소리를 내며 멈춰 섰다.

레베카는 나를 끌어당기고 가볍게 입을 맞추더니 목에 팔을 두르고 말했다.

"프랑스어 실력이 형편없지만 해도 될까요?"

나는 레베카에게 키스하며 말했다.

"얼마든지요."

"Je suis ton destin."

그런 다음 레베카는 가벼운 키스를 한 번 더 하고 나서 택시를 타고 떠났다.

나는 아파트까지 서른 블록을 걸으며 오늘 밤에 벌어진 일들을 되새겨보았다.

'Je suis ton destin(나는 당신의 운명이에요).'

브로드웨이를 향해 걸으며 계속 그 말을 생각했다.

뉴요커극장에서 상영하는 누아르 영화를 보러 갔다. 발코니 앞쪽 자리에 앉았다. 잘난 체하며 프랑스 담배에 불을 붙였다. 제법 흥미롭고 붙임성 있는 여자가 뒤쪽에서 말을 걸었다. 그 여자도 혼자였다. 극장을 나와 대화를 나누어보니 우린 공통점이 많은 싱글이었다.

이 모든 일이 우연일까? 아니면 완전히 새로운 삶의 길로 접어들게 해주는 돌발 상황이자 기회일까? 나는 왜 집으로 걸어가는 동안 레베카를 줄곧 생각했을까? 레베카가 내가 찾던 여자일까? 현실적이어서? 나는 현실적이길 원하니까? 아직 아무것도 모르지만……

토요일 밤에 레베카와 만나 저녁을 먹었다. 이번에도 끊임없이 즐거운 대화가 오갔다. 밤 11시, 빌리지 뱅가드에서 빌 에반스 공연이 열렸다. 나는 빌 에반스 연주에 넋을 잃었고, 우리는 새벽 1시에 시작하는 공연까지 연이어 보았다. 밖으로 나왔을 때에는 새벽 2시 30분이었다. 레베카가 내 셔츠를 잡고 말했다.

"피아노 연주를 감상한 두 시간을 빼면 8시부터 당신과 정말 많은 대화를 나누었어요. 우리가 오늘 밤 주고받은 이야기들을 생각해보면 정말 놀라워요. 이제 우리 집으로 갈까요?"

그 시점에서 나는 다른 말을 할 수도 있었다. 레베카는 적극적인 성격 정도가 아니라 언제든 자기가 주도권을 쥐어야 하는 스타일이었다. 남자들은 필요에 따라 소극적이 된다. 나도 레베카 앞에서는 소극적인 사람이 되어 있었다. 레베카는 아주 밝고 사랑스럽고, 매우 지적인 대화로 내 얼굴에서 미소가 사라지지 않게 했다. 대화를 나누는 동안 나도 모르게 빠져들었다. 같은 또래인 데다 애인도 없었고, 나만큼이나 진지한 관계에 목말라 있었다.

"그럴까요." 나는 레베카를 안고 처음으로 진한 키스를 했다.

레베카의 아파트는 렉싱턴 애비뉴와 서드 애비뉴 사이 이스트 85번가에 있었다. 별다른 장식이 없는 집이었지만 깔끔하게 정리 정돈이 되어 있었다. 집을 둘러보는 동안 레베카는 내가 무슨 생각을 하는지 지켜보았다.

레베카가 나를 끌어당기며 말했다. "표지만 보고 책을 판단하지 말아야 해요."

"내 속이 그렇게 잘 드러나 보여요?"

"당연하죠. 다 보여요."

우리는 곧장 침대로 쓰러졌다. 6시간 동안 술을 마신 상태여서 첫 섹스는 그다지 만족스럽게 이루어지지 않았다. 애초부터 열기가 부족했다. 레베카는 내 위에서 몇 분 동안 열정을 발산하다가 반쯤 기절하듯 쓰러졌다. 깨어나 보니 어느새 늦은 아침이었다. 커피 향이 코로 스며들었고, 레베카가 벌거벗은 몸으로 나타났다. 손에서 에스프레소 포트와 잔 두 개가 달랑거렸다.

"안녕." 레베카가 아침이라 잠긴 목소리로 말했다. "커피가 필요했어."

"나도 그래."

레베카가 침대에 걸터앉았다. 나는 커피를 다 마시고 나서 레베카를 침대로 끌어당겼다. 우리는 간밤의 숙취가 가시지 않은 상태로 섹스를 했다. 몸은 피곤했지만 서로에게 서둘러 증명하고 싶은 마음이 앞섰다. 연애의 역사는 처음 일주일에 모두 써지고, 그 시기에 모든 징후가 드러난다는 말이 있다. 우리는 사랑을 갈구하는 마음 때문에 명백히 보이는 진실을 외면하고 섹스의 흥분만 받아들이는 경향이 있다.

레베카와의 섹스가 형편없거나 지루했던 건 아니다. 열정이 부족하지도 않았다. 레베카는 지난 밤 저녁식사 자리에서 대학시절 라크로스 팀 주장이었다고 말했다. '경쟁'을 즐기기 때문에 스포츠를 좋아한다고 했다.

경쟁.

레베카와 나눈 섹스를 한마디로 요약해주는 단어는 바로 경쟁이었다. 격렬하고 요란하고, 때로는 거칠었다. 육식동물 같았던 시오반과 달리 레베카의 몸짓에서는 결핍과 외로움이 느껴졌다. 나는 금세 레베카의 몸짓에 반응했다. 레베카가 내가 느끼고 있던 고독을 거울처럼 비춰주었기 때문이다.

이자벨과의 섹스는 마치 긴 그래프를 그리는 것 같았다. 때로는 절제하고 깊이 탐색하고 부드럽고 여유 있게 절정을 향해 올라갔다. 그 반면 레베카와의 섹스는 로큰롤 같았고, 슬픔도 있었다. 절정에 오른 레베카는 내 가슴에 얼굴을 묻고 잠시 흐느꼈다.

"내가 뭘 해줄까?" 내 속삭임에 이은 레베카의 대답은 (지금 생각해보면) 대단히 많은 걸 암시하고 있었다.

"나를 떠나지 마. 내가 걷잡을 수 없게 되더라도 떠나면 안돼."

"당신이 왜 걷잡을 수 없게 될 거라고 생각해?"

"내 최악의 적은 나 자신이니까."

"불길한 말 같네."

레베카가 내 얼굴을 어루만졌다. "당신이 나를 다루는 방법만 알면 돼."

나쁜 면을 숨기려하지 않는다는 것도 레베카다운 모습이었다.

'받아들이거나 떠나거나.'

언제나 솔직하다는 게 레베카의 매력이었다. 레베카와 나에게는 똑같은 결핍이 있었다. 우리가 함께하면 각자의 내면에 깃들어 있는 외로움을 다스릴 수 있게 될지도 모른다는 생각이 들었다. 그런 내 생각은 아주 빨리 확신으로 이어졌다. 레베카가 내가 바라는 모든 걸 갖춘 여자라고 확신했고, 단 몇 시간 만에 함께 지내기로 결심했다.

그날 이후 몇 주 동안 거의 매일이다시피 레베카의 아파트에서 지냈다. 나는 결국 집주인에게 양해를 구하고 살던 집에서 짐을 빼 레베카의 아파트로 옮겨왔다.

레베카에 대해 금세 몇 가지를 알게 되었다.

아침에 눈을 뜨자마자 섹스하길 좋아한다. 내가 늦게까지 일하다가 자는 날에도 나를 깨워 섹스하길 원한다. 퇴근하고 곧장 '그날의 스트레스를 풀기 위한 약'으로 섹스를 원하기도 한다.

레베카의 생활방식은 지나칠 정도로 깔끔했다. 물건은 반드시 제자리에 놓아두어야 했다. 욕실 타월은 특정한 방식대로 걸어두어야 하고, 와인글라스는 크기별로 나란히 놓여있어야 하고, 구독하는 잡지들이 정확한 순서대로 펼쳐져 있어야 했다. 레베카는 내가 규칙을 잘 지키자 매우 좋아했다.

레베카는 집이 가지런히 정리되어 있지 않으면 못 견디는 성격이었지만 좋은 의미로 망가지는 경우도 간혹 있었다. '이번 주말에는 영화를 네 편 보는 거야.' 혹은 '새벽 4시까지 재즈 공연을 보는 건 어때?' 혹은 '로어이스트사이드에 있는 선술집에 갈까?' 같은 제안을 할 때였다. 서점에 들르길 좋아했고, 웨이벌리 플레이스 쪽에 있는 재즈 음반 가게에 가는 것도 좋아했다.

레베카는 어느 누구의 도움도 받지 않고, 혼자 힘으로 뉴욕에서 자립해 살아가는 것에 대해 매우 만족스러워했다. 신분 상승과 관련된 건 뭐든 싫어했고, 자기 자신을 보헤미안이라 여겼다. 사회정의에 대한 관심이 강박적일 만큼 강하기도 했다. 동성애자 커플이 상속할 때 일반적인 혼인 관계보다 세금을 더 많이 내야 하는 뉴욕 주 법률은 부당하다며 시장과 주 의회 의원들을 성토하기도 했다. 동성애자 인권운동에도 열심히 참가했고, 사형 제도를 부활시킨 대법원 결정에 반대하는 운동에 나서기도 했다.

레베카는 열정이라는 단어를 좋아했다. 실제로 아주 다양한 분야에 관심이 많았고, 무엇보다 열정이 넘쳤다. 특히 나에 대한 열정이 강했다. 레베카는 나를 만난 건 자기 인생에서 가장 잘한 선택이었고, 내가 자신이 늘 꿈꾸던 이상적인 남자라고 말했다. 우리는 로펌의 파트너 변호사가 되려는 세속적인 유혹에 휩쓸려들지 않기로 약속했다. 그대신 언젠가 대안적인 로펌을 만들어 함께 운영하자는 이야기를 나누었다. 젊고, 진보적이고, 미래지향적인 로펌. 놀랍게도 우리는 서로 알게 된 지 불과 몇 주 만에 미래의 계획을 공유하기 시작했다.

레베카는 아이를 갖고 싶다고 했다. 많은 커플들이 뉴욕 교외의 중산층 주택단지로 주거지를 옮기는 추세였지만 뉴욕 14번가에서 아이들을 키우고 싶다고 했다. 우리는 서른 살이 될 때까지 3,4년쯤 더 기다렸다가 아이를 낳기로 했다. 그때까지 독자적인 로펌을 설립해 함께 운영하기로 했다. 레베카는 독립적이고 독창적인 삶을 살아가길 원했다.

계획, 또 계획. 레베카는 계획을 좋아했다. 생활의 중심을 잡아줄 질서가 필요했기 때문이다. 레베카는 뉴욕에서 독립하기 전까지 혼돈 속에 살았다. 레베카의 부모는 가정생활과 양육 문제에 별 관심이 없는 사람들이었다.

"엄마는 다락방을 서재로 꾸미고 일했는데 5년 동안 단 한 번도 청소하는 걸 본 적이 없어. 집에 식기세척기도 없었고, 개수대에 설거지를 하지 않은 접시들이 늘 수북이 쌓여 있었지. 내가 일곱 살 때쯤 엄마는 깨끗한 옷을 입고 싶으면 빨래와 다림질을 손수 배워 스스로 해결하라고 했어. 아버지는 더욱 엉망이었지. 10년 동안 새 옷을 사는 걸 보지 못했어. 옷의 천이 닳아 구멍이 날 때까지 입어야 한다는 게 아버지의 신조였으니까. 정원에서 직접 채소를 길러 먹었어. 당시 유행에 따라 퇴비를 직접 만들어 사용하기도 했지. 아마도 화장지 대신 신문지를 쓰는 집은 우리 집밖에 없었을 거야. 밑을 닦기 위해 나무를 해칠 수 없다는 게 아버지의 주장이었어. 아버지는 돈이 들어가는 일이라면 뭐든지 수도승 같은 태도를 취했지."

"당신이 사회정의를 위해 열심히 활동하게 된 이유가 있었네. 은연중 부모님의 영향을 받은 거야."

"그 말을 부정할 수는 없겠지. 어린 시절에 겪은 일들 때문에 집안을 깨끗이 정리 정돈해놓지 않으면 왠지 마음이 불안해

지니까. 좋은 물건을 사용하며 살고 싶기도 해. 이 아파트는 세입자로부터 중복으로 세를 들었어. 집에 물건이 아무것도 없어서 싫어. 작년에 7천 달러를 모아두었는데 연말까지 1만 달러를 더 모을 거야. 오마하에 있는 은행에도 1만5천 달러가 들어있어. 할아버지가 남긴 유산이야. 그 돈을 다 합치면 웨스트빌리지에 침실 두 개짜리 아파트를 구입할 수 있을 거야. 아파트를 사는 데 필요한 자금의 절반 정도는 될 거야. 이미 어떤 집을 살지 봐두었어. 유니버시티 플레이스와 11번 스트리트 사이 바로 옆이야. 부족한 집값은 대출을 받아 충당하려고. 대출이자와 생활 유지비로 매월 524달러가 들 거야. 내년부터는 로펌에서 8만 달러를 받게 될 테니까 그 정도는 충분히 감당할 수 있어. 엄마가 친구들에게 늘 이렇게 말했대. '레베카는 사기 치는 기업들을 변호하는 일을 하면서 우리에게 반항해.'라고. 내가 돈 얘기를 너무 많이 했나?"

나는 웃으며 레베카에게 말했다.

"나는 인디애나 주에서 가장 지루하고 금욕적인 가정에서 자랐어. 당신을 만나 이렇게 좋은 생활을 누릴 수 있게 되어 대단히 만족스러워."

레베카의 계획은 끊임없이 이어졌다. 만난 지 두 달째에 우리는 벌써 미래에 대한 계획을 세우고 있었다. 주말에 뉴욕과 보스턴을 오가며 만날 계획, 내가 〈라슨, 스테인하트 & 서먼〉의 제안을 받아들여 뉴욕으로 이주해 레베카가 구입할 아파트에서 함께 살기로 했다. 단기적으로는 월말에 떠나기로 한 파리 여행을 취소했다.

사랑.

우리는 둘 사이에 비밀을 만들지 않고, 언제나 투명하고 솔직하게 털어놓기로 합의했다. 레베카는 다른 로펌에서 일하는 파트너 변호사 스티븐 메이드스톤과 일 년 가까이 깊은 관계를 유지했다고 털어놓았다. 스티븐은 50대 남자였고, 결국 부인에게 발각되어 관계를 정리할 수밖에 없었다고 했다.

레베카는 한때 과도하다는 말로는 부족할 만큼 스티븐에게 열중했다.

"스티븐은 늘 내가 자기 인생의 짝이라고 말했어."

"당신도 그 말에 동의하는 편이었어?"

"내가 당신에게 내 인생의 짝이라고 말한 적이 있으니까 이상한 생각이 들어서 묻는 거야?"

"그럴 수도 있지."

"스티븐은 겉보기에는 보수적인 사람인데 단둘이 있을 때면 몹시 과격했어."

스티븐은 스카스데일 골드클럽 회원이었고, 문화예술에는 무관심했다. 법률 서류 말고는 아무것도 읽지 않으면서 섹스를 나눌 때면 헨리 밀러가 되는 사람이었다. 내가 한 번도 본 적 없는 남자에 대해 마치 시를 읊듯이 이야기하는 레베카의 말을 들으며 나는 마음속으로 생각했다.

내가 굳이 이런 말을 듣고 싶을까? 지금 누워 있는 이 침대에서 레베카와 열정적인 사랑을 나누었던 남자 이야기를?

"내가 어이없는 짓을 저질렀다고 생각하지? 법률 서류를 에로스 문학처럼 여기는 남자에게 깊이 빠지다니……. 이제 와서 생각해보면 아버지 역할을 대신해줄 존재가 필요했었나 봐. 내게 무심했던 히피 아버지 대신 사회적으로 성공한 중년 남자를 찾은 거야."

그 반면 나는 내 과거에 대해 상세히 말하지 않았다. 파리에서 보낸 날들을 입 밖으로 꺼내면 그 빛이 모두 사라지게 될 것 같아 두려웠다. 정말이지 내게는 슬프기 그지없었던 몇몇 순간들에 대해 굳이 설명하고 싶지 않았다.

나는 가끔 자문했다.

내 마음속에 이자벨이 깊이 자리하고 있는데 어떻게 레베카를 사랑할 수 있지?

물론 내가 선택해야 할 여자는 레베카라는 생각이 들었다. 여러 모로 더 나은 선택이 되리라 확신했다. 나는 레베카야말로 운명적으로 다가온 사람이라고, 함께 미래를 꿈꿀 수 있는 상대라고 내 자신을 다독였다.

이제 와 생각하니 왜 레베카라면 함께 미래를 꿈꿀 수 있을 거라고 확신했는지 알 수 없었다.

우리가 만난 지 몇 주 만에 레베카가 주도해 수립한 미래의 계획, 나도 옆에서 조금 거든 그 계획에 깊이 빠져들게 되었기 때문일까?

마음 한구석에서 경계도 했다.

모든 결정을 너무 성급하게 내리고 있어. 레베카가 지나치게 빠른 결론을 내리는 데 나도 일조하고 있는 거야.

한편으로는 내가 그토록 바라왔던 운명의 상대를 만난 거라고 내 자신을 설득했다.

나는 왜 눈앞에 닥친 일들을 보려 하지 않았을까?

레베카가 자기 뜻대로 정리 정돈을 해야 직성이 풀리는 면이 있다는 것 말고는 그럴싸한 경고신호를 발견하지 못했다. 사실 섹스도 그다지 만족스럽지는 않았다. 언제나 레베카가 원해 활발한 섹스가 이루어졌지만 감각적으로 만족스럽지는 않았다. 어쨌든 우리는 함께 있으면 즐거웠고, 서로에게 절실히 필요한 지원군이 되어주었다. 그러다 보니 우리의 만남을 행운이라고 굳게 믿지 않을 수 없었다. 레베카의 아파트에서 지낼 때에도 딱히 문제는 없었다. 우리는 둘 다 사람들이 많은 장소를 좋아하지 않았고, 함께 있을 때 우리의 대화는 끊기지 않고 이어졌다.

우리 관계가 처음처럼 늘 성공적으로 이어지길 얼마나 바랐던가?

우리 두 사람이라면 서로의 마음속에 깊이 자리한 의심과 두려움을 떨쳐버릴 수 있을 거라고 믿었다.

서로 지난 일들을 모두 털어놓는 분위기 속에서 나는 이자벨과 파리 이야기를 모두 들려주었다. 레베카는 내 이야기를 조용히 들어주었고, 질투심을 드러내지도 않았다.

레베카가 말했다.

"당신은 꿈에서도 이자벨을 그리워했겠지만 너무 멀리 떨어져 있어 쉽게 만날 수 없는 상대였어."

그 이후로도 레베카는 내가 이자벨을 얼마나 깊이 사랑했는지 알고 싶어 했다. 나는 레베카의 남자들에 대해 캐묻지 않았다. 그 반면 레베카는 이자벨에 대해 꼬치꼬치 캐물었다. 인연의 시작이 된 순간, 밀회의 시간, 만남을 기다리던 시간, 이자벨이 산후우울증을 앓던 때의 재회에 이르기까지.

레베카는 내가 이자벨을 만나러 간다고 해도 막지 않겠다고 했다. 다만 내가 미국에 돌아올 때 과연 받아줄 수 있을지는 의문이라는 말을 덧붙였다.

"당신을 프랑스로 아주 떠나보내겠다는 말이 아니야. 당신이 그 여자를 운명이라고 생각하고 찾아간다면 솔직히 내 기분이 어떨지 모르겠네. 아무튼 당신이 어떤 선택을 하든지 나는 존중해."

나는 파리 여행을 취소했다. 이제 나 혼자 사랑할 일은 절대로 없을 상대를 만났으니 올바른 선택이었다고 믿었다. 지리적으로 멀리 떨어져 있어 미래를 함께할 수 없는 사람을 더는 바라보아서는 안 된다고 내 자신을 타일렀다.

이게 최선이야. 이자벨도 잘된 일이라며 축복해주는 전보를 보냈잖아.

이자벨은 그런 말을 무심하고 우아하게 전할 수 있는 사람이었다. 비행기 티켓 비용은 환불받지 못했다. 레베카는 나를 위로할 겸 여행을 떠날 계획을 세우느라 분주했다. 24시간도 지나지 않아 우리는 뉴욕 주 북부 애디론댁산맥 깊숙한 곳에 위치한 오두막을 빌려 휴가를 보내기로 결정했다. 우리는 휴가를 보내며 읽을 책, 와인, 하이킹 부츠, 얼음장 같은 호수로 다이빙할 경우에 대비해 입을 수영복 따위를 준비했다.

열흘 동안 아주 외딴 곳에 있는 오두막에서 세상과 단절되어 지냈다. 밖으로 나간 적이 딱 두 번밖에 없었다. 렌터카를 타고 근처 상점에서 음식을 사러 나간 게 전부였다. 하루에 두 번 섹스를 했고, 전에 없이 잠을 아주 많이 잤다. 책을 읽느라 대화 없이 몇 시간을 흘려보낼 때도 있었지만 서로 말하지 않아도 충분히 편안했다. 일단 대화가 시작되면 끝없이 이어졌다.

어떻게 끊임없이 화제를 이어갈 수 있을까? 어떻게 대화 분위기가 항상 활기찰 수 있을까? 어떻게 서로 이렇게 잘 맞을까? 파리에 가지 않은 것에 대해 후회했느냐고? 물론 후회했다. 특별한 변화 없이 늘 일정하게 돌아가는 미국 생활에서 벗어나고 싶었다. 〈르셀렉트〉에서 아침을 먹고, 영화관에 가고, 이자벨의 작업실이 있는 48계단을 오르고 싶었다. 손가락 사이에 담배를 끼고 나를 간절히 원하는 눈빛으로 바라보는 이자벨을 만나고 싶었다.

우리는 보고 싶은 것만 보려고 한다. 우리는 인생이라는 영화에서 가장 아름다운 장면을 과도한 편집으로 삭제한다. 괴로운 부분, 가령 매일 저녁 7시에 파리 시내를 헤매 돌아다니며 이자벨이 남편이랑 딸과 함께 있는 장면을 떠올리지 않으려고 애쓰던 내 모습은 생각하지 않았다. 이자벨이 떠오를 때면 파리가 사무치도록 그리웠다.

나는 이자벨 대신 애디론댁산맥의 경이로운 풍경을 내다보거나 나무 사이에 매단 해먹에 누워 존 업다이크의 소설에 푹 빠져 있는 레베카를 바라보곤 했다. 그럴 때마다 나도 모르게 생각했다.

지금 이것도 좋아.

열흘 뒤, 우리는 레베카가 운전하는 차를 타고 뉴잉글랜드 북쪽을 지나 케임브리지로 내려갔다. 내가 지낼 기숙사 방을 둘러본 레베카는 앞으로 우리가 21개월 동안 뉴욕과 케임브리지를 오가며 만나야 하는 만큼 퀸 사이즈 침대를 들여놓을 필요가 있다고 지적했다.

이튿날 우리는 포터스퀘어에 있는 가구점에 갔다. 마호가니로 된 헤드보드에 매트리스가 튼튼하고 탄력적인 침대를 골랐다. 침대 구입 비용으로 335달러가 들었다.

"우리가 함께 구입한 첫 번째 침대네."

레베카는 그 이후 아홉 달 동안 격주로 나와 함께 그 침대를 썼다. 내가 뉴욕에 가는 주에는 요크빌에 있는 레베카의 침대를 썼다. 금요일 마지막 수업을 마치자마자 오후 3시 35분에 그레이하운드 고속버스에 올랐다. 그런 다음 일요일 오후 6시 46분에 다시 고속버스에 올라 공부에 집중하는 패턴에 익숙해졌다. 레베카는 토요일 새벽에 앰트랙 기차를 타고 보스턴에 왔다가 일요일 오후 5시 15분에 뉴욕의 변호사 세계로 돌아가기 위해 떠났다. 닷새 동안 떨어져 지내다가 다시 만나는 즐거움이 매우 컸다. 주중에는 각자 해야 할 일에 열중하다 주말에 만나는 생활리듬에 점점 익숙해졌다. 우리는 매주 금요일 저녁에 만나 이틀 동안 열정과 쾌락을 나눈 뒤 각자의 생활공간으로 돌아갔다. 그 당시만 해도 장거리 통화비용이 제법 비쌌던 때였다. 레베카가 사무실 전화를 사용할 수 있고, 내가 기숙사 공동 전화기를 쓸 수 있는 시간대에 매일 한 번씩 통화했다.

로스쿨 2년차는 더욱 시간이 빡빡했다. 수업, 공부, 레베카와 보내는 주말이 내 생활의 전부였다. 레베카도 맡은 업무가 많아 힘들어했다. 레베카가 크리스마스 전에 일을 마무리하고 나서 자조적으로 말했다.

"워싱턴스퀘어 공원 옆 8층에 있는 침실 두 개짜리 아파트와 일을 맞바꾼 거야."

레베카는 그해 크리스마스 휴가 때 이사했다. 크리스마스 상여금으로 새 가구도 구입했다. 레베카는 덴마크 모더니즘 스타일의 인테리어를 원했고, 뛰어난 심미안으로 세부적인 부분까지 신경 썼다.

연말에는 레베카의 부모가 살고 있는 오마하에 갔다. 날씨가 몹시 추운 날이었고, 텅 빈 오마하의 거리를 보는 순간 쇠락해가는 도시 느낌이 들었다. 레베카의 부모는 히피 스타일 옷을 입고 있었고, 무덤덤한 표정으로 우리를 맞았다. 그야말로 집은 엉망이었다. 마치 정리 정돈을 하는 건 체제에 순응하는 행위라고 주장하는 듯했다. 레베카의 부모는 서로 애정 표현을 많이 하는 편이었다. 나는 두 분이 아직도 스스럼없이 스킨십을 할 만큼 실제로 가까이 지내는지 아니면 그저 습관처럼 서로를 쓰다듬는지 알 수 없었다. 아무튼 레베카의 부모를 만나보기 위한 일정은 별 문제없이 마무리되었다.

커플이 되기 위해서는 상대와 함께 잘 지낼 수 있을 거라고 계속 자신을 타일러야 한다. 흔히 '권태가 찾아오면 이렇게 하라.'고 이야기해주는 연애의 규칙들과는 정반대라고 할 수 있다.

레베카는 이전보다 훨씬 호사스러운 집이 생겼음에도 한 달에 두 번씩 예외 없이 보스턴을 방문했다. 우리는 커플인 만큼 서로 오가는 수고를 공평하게 해야 한다고 주장했다.

로스쿨에 다닌 지 18개월이 되었고, 2년차 기말고사를 치렀다. 〈라슨, 스타인하트 & 셔먼〉에서 한 번 더 인턴으로 일했다. 몬태나에서 2주 간 하이킹 휴가를 보냈고, 로스쿨 마지막 학기를 마치고 졸업했다. 나는 〈라슨, 스타인하트 & 셔먼〉에 취직했고, 레베카의 아파트로 짐을 옮겼다. 레베카가 결혼하자는 이야기를 꺼냈을 때 나는 즉각 찬성했다. 왜? '확실한 것'이라는 말이 머릿속에 떠올랐기 때문이다. 그 말에 내 몸이 근질거리고 짜증이 밀려오기도 했다.

결혼식 날짜는 반 년 뒤인 1980년 12월 21일로 잡았다.

이제 나는 '삶'으로 들어서게 되었다. 모든 상자에서 재깍재깍 소리가 났다. 빠른 결정에 대해 회의감이 들 때마다 내 자신을 타일렀다.

'너는 지금 행복해.'

이자벨과 연락은 계속하고 있었다.

· · ·

8월의 파리 여행을 취소했을 때 이자벨의 전보에 답신을 보냈다.

너그럽게 이해해줘서 고마워. 내 머릿속에는 늘 당신이 자리하고 있을 거야.

Je t'embrasse(보고 싶어).

샘.

몇 달이 흘러갔다. 그러다가 10월에 편지가 왔다.

샘

깊어가는 가을, 다가오는 어둠 속에 있는 지금 당신이 몹시 그리워. 특별한 소식은 없어. 에밀리는 밤에 항상 미소를 지으며 잘 자. 모두들 에밀리를 보면서 더없이 행복한 모습이라고 하고, 나도 그렇게 생각해. 내가 우울한 순간에는 이런 생각이 들어. 에밀리가 저 천진한 미소를 얼마나 더 지속할 수 있을까? 에밀리의 삶에 현실이 끼어들기 시작하고, 학교에서 다른 아이들이 얼마나 잔인할 수 있는지 깨닫게 되면……

그리 자주 우울해하지는 않아. 전기충격 치료 덕분이야. 당신이 떠나고 나서 몇 주 동안 상태가 좋지 않았어. 아이를 죽여야 한다는 끔찍한 생각이 다시 머릿속을 채우기 시작했지. 한밤중에 내 안에서 와글거리는 미친 소리를 잠재우기 위해 주방 바닥에 머리를 찧어댔어. 샤를이 그런 나를 발견해 병원에 데려갔고, 4주 동안 입원하게 되었지. 지난번보다 더 강력한 전기충격 치료를 받앉더니 한 달이 넘도록 기억이 돌아오지 않았어. 병원에서 회복기를 보내는 동안 당신이 몹시 그리웠지. 아마도 전기충격 치료 후유증 탓도 있겠지만 당신과 함께했던 순간들을 그리워했던 마음은 진실이야.

어서 8월이 되어 당신 품에 안길 수 있길 손꼽아 기다리고 있었는데 여행을 취소하게 되었다는 전보를 받았어.

당신과 함께 있는 그 여인을 질투하느냐고?

물론이지.

가슴 깊이 사랑하는 애인을 잃은 기분이냐고?

물론이지.

지금 내가 노골적으로 감정을 드러내고 있느냐고?

물론이지.

그래도 이렇게 대답할 수밖에 없네.

내 솔직한 심정이 그러니까.

솔직하게 말해줄 게 한 가지 더 있어. 어떤 상황인지 당신이 말해주지 않아 아무것도 모르지만 그저 짐작해볼 뿐이야. 어떤 여자고, 얼마나 진지한 사이야? 파리 여행을 취소한 것만 봐도 어느 정도 짐작되긴 해. 당신이 보낸 전보를 읽고 나서 즉각 '사뮤엘이 여자에게 꽉 잡힌 거야.'하는 느낌이 들었어. 당신이 언젠가 그렇게 되리라는 걸 알고 있었지만 그 순간 나는 더없이 큰 후회의 물결에 휩싸였지.

전보에 대한 답장을 보내야 하는데 무슨 말을 적어 보내야 할지 알 수 없었어. 그저 '여행을 포기했다고 비난하지는 않을게.'라는 말밖에 떠오르지 않더군. 내가 당신에게 아무런 희망을 주지 못했는데 무슨 할 말이 있겠어. 이제야 나는 독방에 갇혀 있다는 걸 깨달았어. 감옥이 아니라 호사스러운 막다른 길이라고 할까? 그래, 나는 아주 늦은 밤에 서재에서 홀로 편지를 쓰고 있어. 타자기 소리가 들리지 않도록 겹겹이 문을 닫아두었지. 이 편지를 다 쓴 뒤에는 다시 읽어 보지 않고 가장 가까운 우체통으로 걸어가 곧장 부칠 거야. 이 편지를 다시 읽게 되면 내 마음이 바뀌어 부치지 않을 수도 있을 테니까.

Je t'aime(사랑해). 부탁인데 그 여자 이야기는 답장에 쓰지 마. 그 여자에 대해서는 아무것도 쓰지 마. 사실은 나도 궁금하지만 아무 일도 아니라는 듯 받아넘길 수 있을지 자신이 없어.

혹시 당신이 마음을 바꿔 파리에 올 수 있다면……

이자벨의 편지를 읽고 내가 조금 놀랐느냐고?

이자벨의 편지를 인용하자면

물론이다.

내가 다른 여자를 사랑하게 되었다고 하니까 이자벨이 나를 다 잡았다가 놓친 고기라고 생각해 아쉬워하는 건가? 내가 여전히 혼자이고 오로지 이자벨에게만 열을 올리고 있었다면 달랐을까? 이자벨이 계속 나를 멀찌감치 두고 애를 태웠을까? 아니면 내 환경이 변하자 자신의 선택을 계속 더 지켜가고 싶은 마음이 들었을까?

이자벨의 편지를 읽고 나서 레베카에 대한 내 감정도 달라졌다. 나도 '이것 아니면 저것'으로 생각할 수만은 없는 문제라는 걸 잘 알고 있었다. 이자벨의 편지는 처음으로 우리가 아는 오후만이 아니라 더 많은 시간을 함께하길 원한다는 암시를 담고 있었다. 어쩌면 그런 감정은 더는 나를 뜻대로 만날 수 없게 된 환경 변화와 밀접한 연관이 있다고 볼 수도 있었다. 나의 일부는 여전히 강렬하게 이자벨을 갈망했지만 또 다른 나는 '이미 손이 닿지 않는 곳에 손을 뻗은 거야.' 하는 식의 냉담한 반응을 보이고 있었다.

당연하지만 레베카에게는 편지에 대해 말하지 않았다. 며칠 뒤 레베카가 보스턴에 왔을 때 우리는 얼른 침대로 갔고, 짧지만 격렬한 섹스를 했다. 나도 모르게 이자벨이 떠올랐다. 이자벨과의 섹스가 떠올랐다. 언제나 가득 채워진 느낌을 받았던 섹스. 레베카와의 섹스는 결코 거기에 미치지 못했다. 섹스에 뭔가 복잡 미묘한 감정이 결부되어 있었다. '함께하는 삶'이라는 구조물을 세워가는 느낌, 굳이 설명이 필요하지 않은 공통의 배경이 있었다.

우리는 소유하기 힘든 것일수록 소유하길 원한다. 원하던 걸 손에 넣게 되면 현재 주어진 것들이 원래부터 쉽게 소유할 수 있는 게 아니었을까 생각한다. 뒤틀린 논리의 궤적과 진실을 왜곡시키는 거울들의 통로를 따라가다 보면 결국 모든 걸 잃게 된다. 진지하고 안정된 사랑이 아니라 손에 넣을 수 없는 몽상 같은 사랑을 뒤쫓게 된다.

당연하지만 레베카는 내가 파리 여행을 취소한 이후 이자벨로부터 답장을 받았는지 궁금해했다.

나는 이자벨이 슬프지만 행운을 빈다는 전보를 보냈다고 말했다.

"그 전보를 읽고 슬펐어?"

"아무리 내일을 위해 바람직하지 않은 인연이라도 관계가 끝나고 나면 어느 정도 슬프지 않을까? 어쨌든 이제 다 지난 일이야."

거짓말이었다.

잠을 이루지 못할 만큼 진지했던 연애였다면 과연 그리 쉽게 지난 일이 될 수 있을까?

• • •

초가을에 파리에서 온 편지에 대해서는 레베카에게 한마디도 전하지 않았다. 레베카가 더는 이자벨 소식을 묻지 않았기에 속였다는 죄책감도 들지 않았다.

이자벨의 편지를 받은 지 2주쯤 지나 답신을 보내기로 마음 먹었다.

이자벨에게

늘 그렇지만 당신의 편지를 읽고 나서 머리가 복잡해질 만큼 많은 생각을 하게 되었어.

우선 또다시 심한 우울증을 겪었다는 소식을 들으니 마음이 아파. 이전보다 강도가 센 치료를 받은 것뿐만 아니라 당신이 겪어야 했던 그 끔찍한 일들이 얼마나 고통스러웠을지 상상조차 하기 어려워. 그나마 이제 힘든 상황을 넘긴 것 같아 다행이야. 당신이 처한 상황을 알았다면 그렇게 짧은 전보를 보내지는 않았을 거야. 나는 이 말을 꼭 전하고 싶어. 그동안 당신이 말한 대로 샤를은 아주 좋은 남편이라는 생각이 들어. 당신에게 친절하고, 배려심이 많은 남편이 분명해. 당신도 늘 샤를 곁을 지켜야 한다고 말했지. 당신 곁에 샤를이 있어서 정말 다행이야.

당신이 보낸 편지를 읽고 많은 생각을 했어. 지난날 내가 사랑을 고백하며 우리의 미래에 대해 제안했을 때 당신이 난색하며 해주었던 말이 떠올랐어. 당신은 내게 결코 받아들일 수 없는 제안이고, 내 자신에게 스스로 상처를 주지 말라고 했지. 우리가 앞으로 더욱 깊은 관계가 될 수 있을 거라고 생각한다면 오산이라고.

당신이 하지 말라고 해서 조금 망설여지긴 하지만 내가 만난 여자 이야기를 해줄게. 뉴욕에 살고, 이름이 레베카야. 매우 똑똑하고 재미있고 아름다운 여자야. 내 또래고, 대형 로펌에서 일하는 유능한 변호사이기도 해. 레베카는 늘 자기가 바라왔던 사람이 바로 나라고 이야기해. 솔직히 나는 레베카에게 '운명의 상대' 같은 낯간지러운 말을 해줄 자신이 없어. 내가 늘 바라던 사람은 바로 당신이니까. 그렇지만 당신은 지금 쉽게 만날 수 없는 곳에 있지. 전에 내가 물은 적이 있을 거야. 모두 다 버리고 에밀리만 데리고 여기에 와서 나와 함께 살 수 있는지? 당신은 화려한 막다른 길에서 살고 있다고 했지만 나는 그렇게 생각하지 않아. 몇 달 전에 당신이 나에게 그런 말을 했다면 기꺼이 동의했을 거야. 내 짧은 인생과 지난 몇 달 동안 레베카와 함께한 경험으로 미루어보자면 아무리 서로 좋아하는 사이라고 하더라도 함께하는 생활이 어떨지는 같이 살아보고 나서야 알 수 있다는 걸 깨달았어. 당신과 산다면 어떨지 알아볼 기회가 없었지. 당신을 원망하려는 게 아니라 그저 나에게 주어진 현실을 이야기하는 것뿐이야. 레베카는 뉴욕에, 나는 보스턴에 살고 있고 주말마다 만나. 우리는 함께하는 삶을 일단 그렇게 시작했어.

지금까지 쓴 내용을 다시 읽어 보니, 이런 생각이 들어. 인생에서 중요한 결정을 내릴 때 늘 타이밍이 중요하다는 생각. 사람들은 운명적인 만남과 진정한 사랑을 이야기하지. 나는 당신에게서 진정으로 사랑을 느꼈어. 열렬한 사랑이었지만 유감스럽게도 타이밍이 나빴지.

당신이 말하지 말아달라고 했는데 레베카 이야기를 꺼내서 미안해. 당신이 알고 있는 게 더 나을 것 같았어. 당신과 함께하는 생을 꿈꾸었는데 이제는 레베카가 내 미래야.

그래, 언제나 타이밍이 문제야.

Je t'aime(사랑해). 그렇지만 거기에 가까운 미래형은 없어. 언제까지나 당신의 좋은 친구가 될게.

내 편지가 너무 잔인했나? 내가 이자벨에게 함께하고 싶다는 말을 할 때마다 현실적으로 가망 없는 생각이라는 대답만 들었기에 잔인하게 복수하고 싶었나? 이자벨과 나 가운데 이제 내가 우위를 점하게 되었다고 으스댔나?

나는 편지에 '이제 내 삶에서 중요한 사람이 생겼고, 나를 진심으로 원하는 사람이다. 이전의 생활을 지키려고 굳이 나를 밀어내지도 않을 사람이다.'라는 의미를 써서 보냈다.

이자벨, 이제 당신은 자신이 얼마나 소중한 사람을 밀어냈는지 분명하게 깨달았을 거야. 나는 아직 당신을 원하지만 내려놓기 버거운 짐이 너무 많아. 반면 레베카와 함께하는 길은 환하게 열려 있고, 부담스러운 짐도 없어.

어쩌면 이자벨에게 쓴 내 편지는 내 자신을 스스로 타이르는 내용이었는지도 모른다. 이자벨은 한동안 소식을 보내오지 않았다. 나는 일에 파묻혔고, 주말에는 레베카와 보냈다.

편지를 보내고 나서도 아직 문이 닫히지는 않았는지 확인하고 싶어 하는 심리는 얼마나 흥미로운가? 될 대로 되라는 식으로 돌이킬 수 없는 상황을 만들어놓고 혹시 되살릴 수 있지 않을까 기대하는 심리는 또 무엇인가?

나는 편지 말미에 '언제까지나 당신의 좋은 친구가 될게.'라고 적어 보냈다. 사랑했던 사람에게 가장 참담한 상처가 되는 말은 이제 친구로 지내자는 말일 것이다. 우리는 자신의 결정을 정당화시키는 온갖 이유를 들어 사랑을 죽이는 말을 할 때, 다시 만날 수 있는 가능성을 스스로 지워버리는 비열한 말을 할 때, 마치 자신이 대단한 권력의 소유자라도 된 듯 우월감을 느낀다. 아무리 최선의 결정이었다고 자신을 설득해도 사랑의 문이 쾅 닫히고 나면 그제야 자신이 얼마나 크게 잘못된 선택을 했는지 깨닫게 된다. 이별에 대한 모든 책임이 아무런 해결책을 내놓지 않은 상대에게 있기에 그런 끔찍한 선택을 할 수밖에 없었다고 자신을 설득해 봐도 주어진 결과에 대한 책임은 오롯이 자신이 져야 한다.

상대가 심하게 탈선했거나 회복이 불가할 만큼 정신적으로 큰 충격을 받아 자기 인생에 심각한 악영향을 주지 않는 한 애정을 우정으로 격하하는 말은 언제나 후회로 얼룩지게 된다.

이자벨에게 편지를 보내고 나서 한 가지 중요한 의문이 떠올랐다.

우리는 왜 사랑을 완전히 지우려고 애쓰나?

이자벨은 자주 나에게 사랑에 관한 한 애써 끝내려고 애쓰지 않아도 된다고 했다. 이자벨이 헤어질 때 주로 하는 'On verra.' 즉, '다시 만나.'라는 인사는 열린 인생관을 반영한 말이다.

이자벨이 답을 보내지 않는 것에 대해 놀라지는 않았지만 마음 한구석에서 후회의 그림자가 어른거렸다. 레베카가 이자벨에 대해 딱 한 번 물었다. 나는 우리가 새로운 생활을 시작한 이야기를 이자벨에게 편지로 이야기해주었다고 대답해주었다. 레베카는 나에게 키스하고 나서 '고마워.'라고 속삭였다. 레베카의 입장에서 보자면 이제 경쟁자는 제거되었다. 레베카는 나를 독점할 수 있게 되었고, 나도 그렇게 되길 바랐다.

몬태나 주의 산 정상, 비터루트 레인지의 북서쪽 구석에 있는 작은 오두막에서 동 트기 직전 눈을 떴을 때 나는 문득 뭔가를 깨달았고, 기분이 우울해졌다. 레베카는 아직 자고 있었고, 나는 조용히 일어나 옷을 입었다. 해가 솟아오르며 날이 차츰 밝아져오는 모습을 지켜보기 위해 밖으로 나갔다. 밤새 불꽃놀이를 펼치던 하늘의 별들은 어느새 흐릿해진 모습으로 서서히 자취를 감추어가고 있었다. 그러다가 하늘에 밝은 점 하나가 나타나더니 방사형 선을 뿌리기 시작했다. 커튼이 위로 들리듯 방사형 선이 점점 위로 올라가더니 현기증 나는 로키산맥의 장관이 눈앞에 펼쳐졌다. 태고의 모습을 그대로 간직한 대자연 앞에서 나도 모르게 눈물이 났다.

한동안 내 눈앞에 펼쳐진 장엄한 광경을 바라보았다. 8월 말인데도 여전히 하얗게 덮여 있는 눈, 굽이굽이 이어지는 산맥의 굴곡들이 잠시도 내 눈을 돌릴 수 없게 했다. 그러다가 레베카의 모습이 뇌리에 떠올랐다. 어젯밤에 레베카는 무릎에 노트를 올려놓고 열심히 메모를 하며 섹스는 내일 아침에 하자고 했다. 머릿속에서 '작은 생각이 인생 전체를 지배한다.'라고 했던 니체의 말이 떠올랐다. 사랑과 일 가운데 한 가지를 선택해야 할 때 레베카가 중시하는 게 무엇인지 자명했다.

10분 동안 짧고 격렬한 열정을 주고받은 우리는 위대한 자연 속으로 나갔다. 한참 동안 걷다가 보니 길이 점점 좁아져 도저히 앞으로 나아갈 수 없었다. 레베카는 내 손을 잡고 절벽 끝에 서서 광활한 원시적 풍경을 바라보며 시를 읊었다.

이 광활한 세계 안에
끝없는 역겨움과 폐기물 사이
그 한가운데에는 단단히 자리 잡은
순결함의 씨앗이 있으니

월트 휘트먼의 시라고 했다.

레베카는 독서를 많이 하고, 새로운 정보에 밝고, 문화적 소양이 아주 높은 사람이었다. 그런 한편 삶을 마음껏 즐기지 못하고, 자신의 계획에 차질이 빚어지면 안절부절못하는 사람이었다. 그럴 때면 크게 스트레스를 받아 술에 의존해 기분을 풀려는 경향이 있었다. 레베카가 술에 의존하려는 경향이 점점 커져 우려스러웠다. 최근에는 갑작스레 분노를 표출한 적이 두어 번 있었다.

레베카가 빌리지 뱅가드에서 마지막 공연을 보고 집으로 돌아오는 길에 내게 물었다.

"내가 그 웨이트리스에게 너무 심하게 말했어?"

"당신은 맨해튼 칵테일 세 잔을 마시고 나면 그냥 넘어가도 되는 일인데도 발끈하는 경향이 있어."

"겨우 칵테일 세 잔에 취하지는 않아. 그 웨이트리스가 무례하게 굴어 한마디 해주었을 뿐이야."

"그다지 무례한 말은 아니었어. 당신이 계속 계산서를 흔들어대니까 '오늘 급한 일이 있나 봐요?'라고 했을 뿐이야."

"내가 참을성이 없었다는 말로 들려. 정말 그렇게 생각해?"

"아니, 그런 뜻이라기보다는……."

"그런 식으로 어물쩍 넘어가려고 하지 마."

레베카는 내 손을 뿌리치고 화를 벌컥 내더니 혼자 앞으로 빠르게 걸어갔다. 나는 레베카가 갑작스럽게 분노를 표출하는 바람에 정신이 멍할 지경이었다. 앞으로 횅하니 걸어갔던 레베카가 잠시 후 발길을 돌려 다시 내게로 돌아오더니 심각하게 참회하는 표정으로 나를 안으며 말했다.

"내가 나빴어."

그런 다음 이제 다시는 별것 아닌 일에 분노를 표출하지 않겠다고 다짐했다. 나는 이제 지난 일이니 잊어버리자며 레베카를 달랬다.

그 후 몇 달이 지나간 사이 레베카가 술 때문에 문제를 일으킨 적은 없었다. 나는 주말마다 계속 뉴욕과 보스턴을 오갔다. 파리에서는 여전히 아무런 소식이 없었다. 내가 보낸 편지로 이자벨과의 모든 관계가 끝났다는 사실, 내가 모두 망쳐버렸다는 사실을 인정하고 겸허하게 받아들일 수밖에 없었다. 씁쓸하고 슬픈 한편 홀가분한 느낌이 들기도 했다. 이자벨과 연결되어 있던 끈이 완전히 끊기게 되어 슬펐지만 그런 결과를 자초한 사람은 바로 나 자신이었다. 이제 이자벨과의 관계를 말끔히 청산했으니 나를 간절히 원하는 여자에게 충실하면 된다는 생각에 안도감이 들기도 했다. 내가 좋아하는 여자와 나를 좋아하는 여자 사이에서 더는 갈등하지 않아도 된다는 생각에 잠깐 홀가분해지기도 했지만 못내 가슴이 쓰라렸다. 갖기 어려울수록 더욱 갖길 원하는 게 인간의 본성이니까.

그러다가 난데없이 전보가 왔다. 경비가 문을 노크했다.

"전보가 왔어요."

"네."

봉투가 바닥 문틈으로 미끄러져 들어와 내 발치에서 멈췄다. 오전 7시 46분에 도착한 전보라면 좋은 소식일 리 없었다.

아버지가 세상을 떠나 고모가 급히 전보를 보낸 건가?

숨을 크게 들이쉬고 노란 봉투를 열었다.

사흘간 보스턴에 머물게 됐어. 내일 오후 1시에 리츠칼튼호텔로 올 수 있어? 그리운 당신에게 키스를 보내며. 이자벨.

처음에는 어찌나 큰 충격을 받았는지 눈으로 보고도 도저히 믿기지 않았다.

이자벨이 프랑스를 벗어나 보스턴에 오다니? 말도 안 돼. 가끔 노르망디에 있는 별장이나 이탈리아 어딘가로 가족여행을 떠난다는 건 알고 있었지만 보스턴에 올 줄은 미처 몰랐다.

나는 전보를 여러 번 되풀이해서 읽으며 장난이라고 여길 만한 근거를 찾으려고 애썼다. 아무리 읽어봐도 전보를 보낸 의도는 더없이 명확했다.

리츠칼튼호텔에서 만나자.

그다음으로 무엇을 원할지도 자명했다. 이자벨은 내가 제안을 받아들이지 않고 우리 사이의 문을 영원히 닫아버릴 수 있는 기회도 동시에 열어두고 있었다. 그런 한편 내가 만남을 회피할 수 없도록, 유혹을 거부할 수 없도록, 파리에서 우리가 함께했던 비밀스러운 관계의 영역으로 다시 들어서도록 부추기고 있었다.

이자벨은 내가 아직 오후의 열정을 잊지 못하고 있다는 것을, 우리의 관계가 쉽게 청산하지 못할 만큼 깊었다는 것을, 내가 새로운 상대가 생겼다는 이유로 관계 단절을 시도했지만 쉽지 않으리라는 것을 모두 알고 있었던 게 분명했다.

이자벨이 이 도시에, 나의 도시에 나타났다. 아직 우리 사이가 끝나지 않았다는 걸 자신하듯 당당하게 전보를 보내왔다. 다만 내가 내일 오후 1시에 보스턴에서 가장 호화로운 리츠칼튼호텔에 가야만 우리의 비밀스러운 역사가 다시 시작될 수 있었다.

한편으로는 가지 않겠다는 답장을 쓸까도 생각했다. 다른 한편으로는 아무런 반응도 하지 않고 그냥 회피해버리고 싶기도 했다. 다른 한편으로는 레베카에게 이 모든 사실을 털어놓고 나의 자제력과 신뢰를 증명해보이고 싶기도 했다. 레베카와 연관된 생각들은 솔직한 감정이 아니라 모두 두려움과 죄책감에서 비롯되었다는 걸 깨닫고 얼른 머릿속에서 지워버렸다. 아직은 죄책감을 가질 이유가 없었다. 레베카에게 전보를 보여주며 이자벨이 다시 만나자고 했다는 말을 전할 경우 우리 사이를 위태롭게 만드는 판도라의 상자가 열리게 되리라는 걸 잘 알고 있었다.

레베카가 알게 될 경우 큰 파장과 스트레스를 피할 수 없을 게 뻔했다. 파리에서 비밀스러운 관계를 만들었던 여자가 갑자기 보스턴에 왔다며 만나자고 한다는 사실을 레베카에게 알리는 건 지나치게 무모할 뿐이라는 생각이 들었다.

이런 경우에는 말하지 않고 숨기는 게 현명한 방법 아닐까?

어느 법학교수가 말한 적이 있다.

"내가 의뢰인에게 자주 하는 말이 있어. 다른 사람에게 털어놓은 비밀은 더 이상 비밀이 아니라는 거야."

이자벨에게 갈지 말지 고민하느라 밤잠을 설쳤다고 말하고 싶지만 사실은 비교적 빨리 결정을 내렸다. 찰스 강 강둑을 따라 달리면서 곧바로 결정했다.

이자벨이 보스턴까지 왔는데 만나주지 않는다면 옹졸하기 그지없는 짓이겠지. 우리는 어느 누구보다 친밀한 사이였어. 이제 지난 일이 되었다고는 하지만 만남 자체를 회피하는 건 비겁해. 우리가 나누었던 기쁨, 즐거움, 친밀감, 열정에 대한 모욕이야. 선을 넘지만 않으면 돼. 앞으로 다시는 늦은 오후에 이자벨의 작업실에 가는 일은 없을 거라고 레베카와 약속했으니까. 레베카와 앞날을 함께하기로 결정한 만큼 우리 사이에 금이 가는 일은 절대로 만들지 말아야겠지.

나는 하버드 광장에 있는 웨스턴유니언 지점을 찾아가 1달러 95센트를 내고 찰스 강 건너편으로 전보를 보냈다.

내일 오후 1시 리츠칼튼호텔에서 만나. 사뮤엘.

　용건만 간단히 적어 보냈다. 그날 밤 11시쯤 막 잠에 빠져들 무렵 전화벨이 울려 받아보니 레베카였다. 로펌 일에 지치면 가끔 그랬듯이 레베카는 기분이 우울한 듯 동료들을 욕하고, 의뢰인을 멍청이라고 부르며 비난했다.

　"와인을 너무 많이 마셨나 봐. 게다가 빌어먹을 생리통까지 골치를 썩이네. 정말이지 다 좆같아. 당신에게 이런 하소연이나 늘어놓고 있는 내 자신도 한심하고 쪽팔려. 하나같이 다 엉망이야. 정말이지 좆같아."

　나는 다 잘될 거라며 레베카를 달래는 한편 밤에 와인을 너무 많이 마시는 건 좋은 해결책이 아니라고 말해주었다.

　"괴로워 죽을 것 같아 와인을 좀 마셨을 뿐인데 지금 날 비난하는 거야?"

　"정말 죽을 것 같아?"

　"몰라. 모르겠어."

　"많이 지쳐서 그럴 거야. 심신이 지치면 온갖 부정적인 생각이 들기 마련이지. 당신은 절대로 엉망이 아니니까 안심하고 잠을 푹 자. 내일 아침에는 다 괜찮아질 테니까."

"내가 엉망이라니? 그런 말은 왜 해?"

"당신이 좀 전에 했던 말을 그대로 인용했을 뿐이야."

"내가 정말 그런 말을 했어?"

아, 맙소사!

"다 잘 될 거야."

"왜 매일 나를 어린애 달래듯 하지?" 분노가 잠재돼 있는 목소리였다. 나는 그 목소리에 깃들어있는 악의에 움찔 놀랐다.

"내일 아침에 다시 얘기하는 게 좋겠어. 당신 기분이 나아지면 다시 통화해."

"씹할! 무슨 뜻으로 하는 말이야?" 이제 분노가 표면 위로 떠올랐다.

"잘 자." 나는 재빨리 그 말만 하고 수화기를 내려놓았다. 곧바로 전화벨이 다시 울리기 시작했다. 전화를 받지 않는 게 더 나을 듯해 아예 전화선을 빼버렸다. 침대에 걸터앉아 손바닥에 얼굴을 묻었다.

정말 끔찍해. 그동안 애써 숨기고 있던 문제가 이제 본격적으로 드러나기 시작한 건가? 아니면 지금까지 보이지 않다가 이제야 눈에 띄기 시작한 건가?

밤새 잠을 설치다가 해가 뜨기 직전에 깼다. 전화기 선을 다시 꽂고 작은 핫플레이트에 물을 끓여 커피를 타는 사이 전화벨이 울렸다. 시계를 보니 오전 6시 47분이었다.

레베카가 수화기 너머에서 몹시 불안정한 목소리로 말했다. "밤새 한숨도 못 잤어. 당신이 전화를 일방적으로 끊은 뒤로 계속 전화만 해댔으니까."

"전화선을 빼놨어." 그런 다음 덧붙였다. "사실은 나도 잠을 제대로 못 잤어."

수화기 너머에서 흐느끼는 소리가 들려왔다.

"당신이 헤어지자고 해도 할 말 없어. 간밤에 내가 못되게 굴었으니까."

"왜 그랬어?"

"로펌 일 때문에 기분이 상해 집에 오자마자 와인 한 병을 급히 마셨더니 몹시 취했나봐."

"당신이 와인 한 병을 마신 게 어디 한두 번이야? 그 정도는 끄떡없었잖아."

"그래, 알아, 알아."

또 흐느끼는 소리. 그리고……

"당신과 헤어지게 되면 난 죽을 거야."

"그 말은 좀 지나치잖아, 베카."

'베카'는 내가 레베카를 부르는 애칭이었다. 나는 레베카를 달래고 싶어 일부러 '베카'라고 불렀다. 또 흐느끼는 소리.

"미안해. 정말 미안해."

"이제 차분하게 마음을 가라앉혀."

"당신은 정말 착한 사람이야. 내가 당신에게는 너무 부족하지. 사랑해, 샘."

"나도."

1시에 이자벨을 만나러 리츠칼튼호텔에 가야 했다. 장소에 어울리는 옷이 필요했다. 지난여름에 레베카와 브룩스브라더스 매장에서 사계절용 정장을 샀다. 짙은 네이비블루 색상에 라펠이 넓은 핀스트라이프 정장이었다. 레베카는 변호사가 되려면 직업에 걸맞은 옷차림이 필요하다며 옅은 파란색 셔츠 세 장과 줄무늬 넥타이도 구입했다.

내가 각별히 복장에 신경 쓴 이유가 있었다. 그 당시 리츠칼튼호텔의 레스토랑이나 바에서는 정장 차림에 넥타이를 매지 않으면 출입을 불허했다. 한편 이자벨에게 달라진 내 모습을 보여주고 싶기도 했다. 파리에서 입고 있던 보헤미안 옷차림은 잊으라고, 나는 이제 변호사라고.

이자벨이 복장에 대해 물으면 애인이 골라준 옷인데 착용감이 매우 좋다고 말해야지.

12월의 아침이라 날씨가 추웠다. 파크스트리트 역에서 지하철을 내렸다. 시간이 조금 남아 주변을 산책하고 있는데 눈이 내리기 시작했다. 내 안을 가득 채우고 있는 초조감과 불안감을 잠재우는 데 눈은 그다지 도움이 되지 않았다.

약속 시간 5분 전에 호텔에 들어섰다. 먼저 온 이자벨이 구석의 칸막이 자리에 앉아있었다. 손에 담배를 들고 있었고, 수첩과 만년필, 원고가 테이블에 펼쳐져 있었다. 검정 터틀넥과 검정 가죽 치마 차림이었다. 산후우울증 이후 수척해졌던 몸이 이제는 거의 원래 모습을 찾아가고 있었다. 빨강 머리는 묶지 않고 자연스럽게 늘어뜨린 상태였다. 이자벨은 내가 들어서는 걸 보지 못했다. 나는 3미터 앞에서 걸음을 멈추고 이자벨을 찬찬히 뜯어보았다. 이자벨의 자태에서 여전히 은근한 아름다움이 발산되었다. 생제르맹 서점에서 처음 만나는 순간부터 내 눈길을 사로잡았던 특별한 광채는 여전히 변함없었다. 내 안에서 그때처럼 특별한 감정이 솟구쳤다. 그것은 사랑이었다.

이자벨이 마침내 고개를 들었고, 눈이 마주쳤다. 내가 다가서자 이자벨이 양손을 내밀었다. 나는 그 두 손을 덥석 잡았다.

이자벨이 내 손을 꽉 쥐었다. 나는 이자벨을 당겨 프랑스식 인사인 볼 키스를 했다.

이자벨이 속삭였다. "오랜만이네. 정말 반가워."

자리에 앉자마자 이자벨은 또 팔을 뻗어 내 손을 찾았다. 우리는 손을 맞잡고 말없이 서로의 눈을 응시했다. 사랑이 되살아났다.

"보스턴에는 무슨 일이야?"

"남편 일 때문에 왔어. 보스턴에서 이틀 간 금융인 총회가 열리는데 남편이 연설을 하기로 했어. 4일 동안 머물고 돌아가야 해. 에밀리를 혼자 너무 오래……."

"에밀리는 잘 지내?"

"이제 두 돌이 지났어. 정말이지 눈부신 천사야."

"당신이 잘 지내는 것 같아서 좋아."

이자벨이 담뱃갑을 집어 들더니 나에게 한 개비 내밀었다.

나는 모처럼 담배를 피웠다. 머리가 핑 돌았다.

"제대로 된 프랑스 담배네."

"담배를 좀 줄이려고 애쓰는데 거듭 실패야."

"저마다 견뎌내기 위해 어쩔 수 없이 해야 하는 게 있지."

"나는 담배고, 당신은 무엇으로 견뎌?"

"공부."

"공부는 잘 돼?"

"이제 몇 달 뒤면 졸업인데 아직 실감이 안 나. 그다음에는 로펌에서 일하게 되겠지."

"애인은 잘 지내?" 이자벨의 말투는 밝았고, 전혀 악의가 느껴지지 않았다.

"레베카는 잘 지내. 금요일에 보스턴에 올 거야."

"내가 내일 저녁에 떠나게 돼 다행이겠네."

"어제는 왜 연락 안 했어?"

"나에게 왜 도착하자마자 연락하지 않느냐고 따지는 거야?

당신이 보낸 마지막 편지를 읽었으니 주저할 수밖에. 괜히 만나자고 연락했다가 거절당하면 마음만 아플 테니까."

"그래도……."

"연락하지는 않았지만 어제 아침에 하버드 광장을 산책하면서 로스쿨 앞을 지나가게 되었어. 혹시나 당신과 마주치지 않을까 바라는 마음 간절했지. 그래, 바보 같은 생각이었어. 당신을 그리워하며 걷고 있는데 웨스턴유니언 지점이 눈에 띄더군. 그때 전보를 보내기로 마음먹었어."

이자벨이 내 손을 잡고 말했다.

"내가 미국에 남아 당신과 살아보겠다고 하면 어떻게 받아들일래?"

"진심이야?"

"그런 얘기를 농담으로 할 수는 없지."

"어떻게 할지 계획이 있어야 하잖아. 현재 나는 코딱지만 한 방에서 살고 있어. 그 비좁은 방에서 에밀리를 키우며 살 수는 없잖아."

"뉴욕을 생각했어. 몇 달 뒤 당신이 로스쿨을 졸업하면 뉴욕에 아파트를 구하는 거야. 당신은 로펌에 다니고, 나는 알리앙스프랑세즈에 친구들이 있는데 거기서 프랑스어를 가르치면 수입이 좀 될 거야. 지금 난 분명 당신과 함께 살고 싶다고 제안하고 있는 중이야."

"이제 와서 나랑 새로운 삶을 살아보겠다고 마음먹은 이유가 뭐야?"

이자벨이 내 눈을 똑바로 바라보았다.

"두려워서."

"뭐가?"

"나는 그동안 모험 대신 안전한 길만 택해왔어. 10년 뒤, 더 나이가 많아졌을 때 왜 마음 가는 대로 따르지 않았는지 후회하게 될까 봐."

잠시 침묵이 이어졌다.

지난날 이자벨로부터 인생을 함께하자는 말을 들을 수 있게 되길 얼마나 바랐던가?

한편 더럭 겁이 나기도 했다. 이미 나 혼자 수없이 상상해본 일이었으니까.

호사스러운 귀족 가문의 삶을 청산한 이자벨과 함께 산다. 에밀리를 키우려면 새 보금자리가 필요하다. 나도 당장은 아니라고 하더라도 이자벨과 아이를 갖고 싶다. 이자벨의 지금 나이가 서른여덟이니까 아이를 낳으려면 서둘러야 한다.

내가 그 무거운 책임들을 잘 감당해낼 수 있을까? 아직 난 어린데 탈출구가 보이지 않는 위험한 구석으로 내 자신을 밀어 넣는 게 과연 바람직한 일일까?

이자벨이 내 손을 꼭 쥐었다. 나는 손을 빼지 않고 이자벨을 똑바로 바라보았다. 여전히 아름답다는 말로는 부족해보였다.

그동안 이자벨의 입에서 함께 살자는 말이 흘러나오길 얼마나 바랐던가? 그토록 갈망하던 일이 실제로 이루어지는 경우가 인생을 통틀어 몇 번이나 될까?

그런 한편 레베카가 생각났다. 레베카와 미래를 함께할 경우 얻을 수 있는 게 얼마나 많은지 잘 알고 있었다. 레베카와 나는 여러모로 공통점이 많았다. 이자벨이 갑작스레 나와 함께 새로운 삶을 열고자 하는 이유를 말했지만 내 머릿속은 여전히 혼란의 소용돌이에서 벗어나지 못하고 있었다. 그럼에도 이자벨의 말은 여전히 거부하기 힘든 유혹이었다.

"생각해볼 게 많아."

"생각하지 마. 행동해. 지금 시작해. 위에 방이 비어 있어."

나는 눈을 감고 내 자신에게 말했다.

선을 넘어서는 안 돼. 이자벨의 말을 받아들이지 않고 돌아서면 두고두고 후회하겠지만 위로 올라갈 경우 더욱 감당하기 힘든 일들을 겪게 될 거야.

애인이나 부부 사이의 신뢰란 무엇일까? 서로의 신뢰가 한순간에 산산조각날 수 있을까? 내가 이자벨과 함께 침대에 눕는 건 레베카의 신뢰를 저버리는 행위일까? 나는 어젯밤과 오늘 아침에 분명 레베카에게 사랑한다고 말했다. 내 말은 결코 거짓이 아니었다.

지금 이자벨을 따라 방으로 올라간다면 앞으로 어떻게 레베카의 얼굴을 당당하게 마주볼 수 있을까? 내가 생각이 너무 많나? 상황을 너무 극단적으로 몰아가고 있나? 사회 관습으로 금지된 행위를 하려고 내 자신을 정당화할 명분을 찾고 있나?

"난 당신을 원해. 이제야 분명하게 깨달았어. 결정을 내리려면 시간이 필요하겠지. 그렇지만 지금 이 순간 우린 여기에 함께 있어. 같이 올라가자."

종교적 관점으로 보자면 사탄이 유혹하는 순간이었다. 사회 윤리에 입각해 결정을 내릴 것인가, 아니면 생리학적 욕구에 따르는 원초적 선택을 할 것인가?

지금처럼 머리가 혼란스러운 가운데 중대한 결정을 내려야 하는 경우 누구나 자신의 선택을 정당화시켜줄 징후를 찾게 된다.

내가 배신의 길로 들어선 건 (……) 때문이다. 괄호 안은 나의 선택을 정당화시켜줄 내용으로 채우면 된다. 내가 간절히 바라던 이자벨과의 섹스를 포기하고 돌아선 건 (……) 때문이다. 괄호 안을 채울 정답은 현재의 애인을 속여서는 안 된다는 윤리의식이다.

어느 쪽을 선택하든 후회와 슬픔이 따를 수밖에 없었다. 사랑하는 사람에게 충실하고 정직해야 한다. 사랑하는 사람과 가정을 꾸리고 미래를 설계해야 한다. 내 머릿속에 세뇌되어 있다시

피 한 그 말들이 지금 이 상황에서는 아무런 도움도 되지 않았다.

이자벨과 오후를 함께 보내던 문을 닫아버린들 무엇을 얻을 수 있지? 순수한 열정의 순간에 진부한 윤리의식이 작동해 발을 빼버렸다는 후회 말고 뭐가 남지?

이자벨은 내가 지금 무슨 생각을 하는지 다 알고 있다는 듯 나를 향해 몸을 숙이며 속삭였다.

"가장 견디기 힘든 게 자유야."

이자벨은 핸드백에서 열쇠를 꺼내 테이블에 올려놓더니 내 쪽으로 밀었다.

"706호실이야."

이자벨이 딱 달라붙는 가죽치마를 입어 유난히 돋보이는 엉덩이를 살랑거리며 바를 지나 호텔 로비로 걸어갔다.

창밖에서는 눈이 휘몰아치고 있었다.

이자벨이 함께 살자고 했어. 내가 그토록 간절히 바라던 일이었는데 왜 이자벨의 제안을 받아들이는 게 두려울까? 너무나 절실했던 꿈이 이루어졌는데 그 대가로 치러야 할 일들을 두려워하다니? 도대체 나란 인간은 왜 이럴까?

나는 자리에서 일어나 파란색 유니폼과 작은 모자를 쓰고 있는 엘리베이터 안내원 쪽으로 걸어갔다. 이 호텔 직원들이 1930년대부터 입어온 유니폼이었다. 마치 망명한 알바니아 해군이 입고 있던 제복과 흡사했다. 엘리베이터 안내원이 내가 손에 들고 있는 열쇠를 힐끔 보고 나서 7층 버튼을 눌렀다. 706호는 복도 끝에 있는 방이었다. 노크를 하자 이내 문 너머에서 이자벨의 목소리가 들려왔다.

"열려 있어!"

문을 열고 안으로 들어갔다. 창문에 빨간 벨벳 커튼이 쳐져 있었다. 촛불 하나가 실내를 밝히고 있을 뿐이어서 대체로 어두웠다. 커다란 침대에서 빨간 벨벳 침구가 반쯤 아래로 흘러내려 있었다. 이자벨은 다 벗고 있었고, 풀어헤친 머리카락이 어깨까지 내려와 있었다.

"빨리 와."

나는 재킷, 검정 구두, 바지, 셔츠를 마치 몸에서 떨어내듯 벗어던지고 이자벨의 따스한 몸으로 뛰어들었다. 이자벨의 다리가 곧장 내 몸을 감았다. 이자벨이 나를 눕히더니 내 위로 올라와 짙은 키스를 하며 속삭였다.

"지금 바로."

이자벨이 나를 가졌다. 나를 삼키며 전율했다. 나는 이자벨의 안으로 깊숙이 들어갔다. 손으로 엉덩이를 받치고 위로 들어 올리자 이자벨이 신음을 토했다. 이자벨이 엉덩이를 앞뒤로 들썩이기 시작했고, 신음이 점점 더 커졌다. 나는 상체를 일으키며 손으로 이자벨의 뒷머리를 잡고 키스했다. 손가락에서 풍성한 머리카락의 감촉이 느껴졌다. 이자벨이 엉덩이를 아래위로 리

드미컬하게 움직였다. 쾌감이 점점 더 고조되어갔다. 우리는 상대가 얼마나 쾌감을 느끼는지 잘 알 수 있었다. 눈앞에 우주가 펼쳐졌다. 이렇게 서로 하나가 되는 섹스야말로 궁극적인 소통이었다.

절정에 다다른 이자벨이 온몸으로 전율하며 클리토리스를 애무하던 내 검지를 가져다가 입에 물고 깨물었다. 그런 다음 양손으로 내 얼굴을 잡고 내 눈을 깊이 들여다보았다. 어느 누구도 그렇게 깊이 내 눈을 보지 않았다.

이자벨이 속삭였다. "Je t'adore(당신이 정말 좋아)."

나도 속삭였다. "Je t'adore."

우리의 몸을 감싼 온기가 더없이 뚜렷하게 느껴졌다. 이자벨의 깊은 곳의 윤곽이 더없이 뚜렷하게 느껴졌다. 내가 리듬에 맞춰 깊은 곳에 넣었다가 뺄 때마다 윤곽이 어떻게 달라지는지도.

시간의 흐름도 사라졌다. 이 방, 이 침대 밖의 일들은 모두 머릿속에서 사라졌다. 참을 수 있는 한계까지 안간힘을 다해 버티다가 갑자기 세상이 폭발하듯 모든 걸 쏟아내며 이자벨의 어깨에 쓰러졌다. 온몸이 부르르 떨렸다. 거의 동시에 이자벨이 얼굴을 쳐들었다. 동공이 크게 확대되어 있었다.

이자벨이 신음했다. "아, 아."

우리는 한참 동안 서로의 눈을 뚫어지게 바라보았다. 눈빛의 짙은 밀도를 놓치기 싫었다. 머릿속을 가득 채우고 있던 복잡하고 어두운 생각이 사라지고 궁극의 쾌락이 그 자리를 대체하는 순간이었다. 서로 더없이 단순하면서도 심오하게 연결된 순간이었다. 도저히 그렇게 생각하지 않을 수 없었다.

우리는 서로의 몸을 끌어안고, 긴 시간 동안 아무 말도 하지 않았다. 우리가 함께 만든 열기에 휩쓸렸다. 슬금슬금 슬픔이 스며들었다. 나는 새삼 다른 사람과는 절대로 이 열정과 경이를 느낄 수 없다는 사실을 알게 되었다. 이내 내일이면 이자벨이 멀리 떠난다는 생각이 환희를 뒤덮었다. 이자벨은 내일 남편과 함께 대서양 너머 파리의 일상으로 돌아간다.

그다음 날, 레베카가 뉴욕에서 기차를 타고 오면 레드와인 한두 잔을 마시고 침대에 누워 쾌락을 나누고 이튿날 아침까지 푹 잠을 자겠지. 아침에 일어나 식사를 어디에서 할지, 보스턴 심포니 오케스트라 연주회의 학생 티켓을 구할 수 있을지 이야기하겠지. 근사한 브런치를 먹고, 서점을 둘러보고, 브래틀 극장이나 오손웰즈 극장에서 옛날 영화를 보겠지. 그런 다음 집으로 돌아와 레베카와 함께 구입한 내 방의 커다란 침대에서 다시 섹스하고 15분 뒤에 잠들겠지. 나는 머릿속으로 말하겠지. 정말 세련되고 좋은 하루였어. 레베카는 정말 세련되고 좋은 여자야. 내가 옳은 선택을 한 거야. 나는 그렇게 내 자신을 안심시키겠지.

이자벨이 말했다. "보내기 싫어."

내가 말했다. "늘 내가 하던 말이네."

"이제 나도 해야겠어."

이자벨의 오른손 검지가 내 얼굴 윤곽을 따라 지나갔다.

"오후에 여기 있으면 안 돼?"

"4시에 세미나가 있어. 빠지면 담당 교수에게 찍혀."

"그래, 할 일은 해야지."

"내일 낮 12시에 다시 올 수 있어."

"그때는 내가 체크아웃을 해야 돼."

"그럼 내 집으로 와."

"샤를이 세일럼 관광을 계획해두었어. 마녀를 재판하고 화형시킨 장소가 보고 싶나봐."

"당신은 거기 가지 말고 나에게 와."

"도저히 빠질 수 없는 점심 약속도 있어. 당신이 나를 만나러 오겠다고 한 이후 빠질 방법을 모색해봤는데 결국 찾지 못했어. 샤를이 점심식사 자리에 반드시 함께 가야 한대. 그렇게 강하게 고집하는 경우는 드물어."

"오늘 밤에는?"

"밤 8시에는 심포니홀에 가야 해. 금융인회의 공식 일정이라서 반드시 참석해야 돼. 샤를은 지금 공항에서 심포니홀로 가고 있을 거야. 나는 연주회 전에 열리는 리셉션에 참석해 다정한 부부 연기를 해야 하겠지."

지금 말고는 이자벨과 단둘이 지낼 수 있는 시간이 없다는 뜻이었다. 한동안 긴 침묵이 이어졌다.

늘 그랬듯 이자벨이 내 생각을 읽었다.

"솔직히 당신이 나를 만나러 오리라고 예상하지 못했어."

"그래, 쉽지 않은 결정이었어. 당신이 내 발길이 닿을 수 없는 곳에 있는 사람이라는 걸 깨달아야 한다는 게 너무 힘드니까."

"이제부터 내가 당신 옆에 있어줄게."

"오늘 밤도, 내일도, 우린 함께할 수 없잖아."

"당신도 아직 결정을 내리지 않았잖아. 당장 결정을 내리길 바라는 건 아니야. 아주 어려운 결정일 테니까. 당신뿐만 아니라 나도 그래. 생각해볼 문제가 정말 많으니까."

나는 마음속으로 생각했다.

두 눈 딱 감고 마음 가는 대로 하면 안 될까? 알 수 없는 미래로 함께 달려가면 안 될까?

동시에 다른 생각도 들었다.

이자벨이 내일 남편과의 약속을 깨고 나에게 오면 안 될까? 이자벨. 오로지 나를 위해 살겠다는 각오를 보여줘. 전적으로 나만을 선택하겠다는 마음을 보여줘.

"당신이 보스턴에 있는 동안 또 볼 수 있다면 얼마나 좋을까?"

내 말에 깃든 속뜻을 알아낸 이자벨의 몸이 굳었다.

"또 볼 수 없다면 내가 당신에게 적극적이지 않아서라는 결론을 내리려고?"

"그런 말은 안 했어."

"그런 뜻이잖아."

"내 말은 당신을 사랑한다는 뜻이야. 정말이지 마음의 준비를 할 사이도 없이 갑작스럽게 밀어닥친 상황이잖아. 마치 꿈을 꾸는 듯 정신이 하나도 없어. 아무튼 나는 간절하게 당신을 원해."

"나는 이미 당신 거야. 오늘 밤과 내일만 예외로 해줘. 그다음부터는 당신이 말만 하면 언제든지 옆에 있어줄 테니까."

나는 이자벨을 더 힘주어 끌어안았다.

"오늘 세상이 뒤집어졌어."

벌써 오후 2시 반이었다. 보스턴에서 케임브리지까지 가려면 1시간이 걸린다. 집에 가서 옷을 갈아입고, 세미나가 열리는 장소까지 가려면 10분을 걸어가야 한다.

"이제 남은 시간이 30분밖에 없어."

"남은 시간을 어떻게 쓰면 좋을지 알아."

남은 시간 동안 우리는 계속 서로 눈을 마주치고 있었다. 딱 한 번 예외가 있었는데 이자벨이 절정에 이르러 눈을 감고 나를 완전히 감쌌을 때였다. 전에도 이자벨과 섹스를 할 때 갈망과 열정을 느꼈지만 이번에는 우리 사이에 오간 대화들 때문에 더욱 몸이 달아올랐다. 절정에 다다른 이자벨이 내 어깨에 얼굴을 묻고 흐느끼기 시작했다.

"오늘 밤에 당신 없이 혼자 이 침대에 있어야 한다는 생각만으로도 끔찍해."

"오늘 밤에 나에게로 와. 택시를 타면 심포니홀에서 10분밖에 안 걸려. 다리 하나만 건너면 돼."

"샤를과 합의한 규칙이 있어. 예측하지 못한 행위로 상대를 당황하게 만들어서는 안 된다는 거야."

"이제 샤를을 떠나겠다며?"

"아무리 그렇더라도 이 낯선 보스턴에서 헤어지자는 말을 할수는 없잖아. 공적인 행사에 참석했으니 사람들 앞에서 만큼은 완벽한 부부로 보여야 해. 파리로 돌아가서 말해야지. 지금껏 샤를에게 내 애인들에 대해 이야기한 적은 한 번도 없었어."

애인이 아니라 애인들?

내가 대화 중에 질투심을 드러낼까 봐 꺼내지 않았던 화제였다.

"우리가 떨어져 지내는 동안 우울증을 겪었다고 하지 않았어? 그 사이에 다른 남자를 만났어?"

이자벨이 탁자에 놓인 담배를 집어 들었다. 내가 해서는 안될 질문을 한 게 분명했다.

"지금 그 얘기를 왜 해?"

"다른 남자가 있었네."

"당신도 여자가 있잖아."

"아니, 분명한 차이가 있지. 당신은 결혼했고, 나는 미혼이야. 당신과 함께하길 바랐지만 뜻대로 되지 않았어. 당신은 결혼한 사람이니까 나는 자연스럽게 다른 여자를 만난 거야."

이자벨이 담배에 불을 붙이더니 격하게 한 모금 빨았다.

"순진한 어린애 연기는 그만해. 누구에게나 욕구가 있어. 섹스는 인간의 중요한 욕구야. 당신도 알다시피 단지 성욕을 해결하려는 섹스와 사랑의 표현인 섹스는 달라. 우리는 오늘 오후에도 증명했듯이 사랑을 나눈 거야."

긴 침묵이 이어졌다. 갑자기 머릿속이 혼란스러웠다. 이자벨은 나를 만나지 못하는 동안 다른 남자를 작업실로 불러들였다. 뉴욕에서 나와 함께 살게 되더라도 다른 남자를 만날 수 있다는 뜻이었다. 우리가 서로를 아무리 사랑해도 이자벨이 다른 남자를 만나는 걸 용인해야 한다. 적어도 나 하나만으로는 이자벨의 성적 욕구를 채워주기에 부족할 수도 있으니까.

나는 침대에서 일어나 옷가지를 집어 들었다.

"이제 가봐야 해."

"화났어?"

"아니, 세미나가 있다고 했잖아."

"세미나! 일! 미국인들은 늘 정답을 찾으려하지만 인생은 정답이 정해지지 않은 미스터리야. 육체의 미스터리, 욕망의 미스터리. 인간의 본성 자체가 모순투성이야. 정답을 찾으려다가는 결국 더 큰 모순들만 보게 될 거야. 사랑으로 커플이 되어도 상대의 욕구를 다 충족시켜주기에는 한계가 있다는 사실을 깨닫는 게 좋아."

"사랑한다는 건 다른 사람에게 한눈팔지 않고 오로지 한 사람만 바라보는 거야. 당신은 그러지 않았어."

"그러는 당신은?"

침대 옆에 놓인 전화기에서 벨이 울렸다. 이자벨이 전화를 받더니 곧 통화에 집중했다.

"Oui, chéri. Dis-moi. Comment je peux t'aider?(그래, 말해봐. 내가 뭘 도와주면 될까?)"

그 남자다. 샤를.

나는 옷을 다 입고, 탁자에서 메모지를 찾아보았다.

오늘 밤에 내 집으로 와. 주소를 적어둘게. 관리실로 전화하면 경비원이 메모를 전해줄 거야. 전화는 숙소 관리실로 하면 돼. 그 전화번호도 적어둘게. 연주회가 끝나고 나에게 오는 것으로 알고 기다릴게. Je t'aime(사랑해).

내가 메모를 적은 쪽지를 침대에 내려놓는 동안 이자벨은 통화를 하면서 나를 지켜보았다. 손목시계를 보니 3시 5분이었다. 이제는 정말 서둘러야 할 시간이었다. 샤를에게 급한 일이 생긴 듯 이자벨이 통화를 하면서 메모지에 뭔가 열심히 적고 있었다. 나는 손목시계를 톡톡 두드리며 어서 가봐야 한다는 뜻을 전했다. 이자벨은 수화기를 잡지 않은 손으로 어서 가보라는 신호를 보냈다. 이자벨에게 다가간 나는 풍성한 붉은 머리에 손을 얹고 앞으로 끌어당기며 키스했다. 이자벨도 잠시 수화기를 내려놓고 10초쯤 키스에 응했다. 수화기에서 샤를의 목소리가 흘러나왔다.

"Chérie, t'es là?(여보, 듣고 있어?)"

이자벨이 나를 떼어내고 다시 수화기를 집어 들었다.

"Oui, mon amour……(응, 내 사랑)."

나는 이제 방을 나가 사라지는 것 말고 달리 할 일이 없었다. 이자벨이 '어쩔 수 없는 상황이야.'라는 뜻으로 손으로 신호를 보내며 입 모양으로 말했다. 'Je t'aime(사랑해).'

나는 알았다고 고개를 끄덕이고 나서 방을 나갔다.

네 시간 후 세미나를 끝내고 녹초가 되어 방으로 돌아왔다. 방문 아래에 관리인이 밀어 넣은 전보가 있었다.

내 사랑. 아까 나갈 때 통화하느라 인사도 제대로 못했네. 오늘 밤에는 도저히 갈 수 없어. 그대신 내가 당신에게 했던 말은 다 진심이야. 파리로 돌아가 당신의 편지를 기다릴게. 내 말을 받아들일 수 있길 바라. 그다음에는 우리가 앞으로 어떻게 살아가야 할지 구체적인 계획을 세우는 거야. Je t'aime(사랑해).

이자벨이 전보를 보낸 곳은 리츠칼튼호텔에서 멀지 않은 웨스턴유니언 지점이었다. 이자벨은 남편이 비용을 결제할 호텔에서 전보를 보내지 않고 밖으로 나가서 보냈다.

잠시 그쳤던 눈이 다시 내리고 있었다. 날이 몹시 추워 옷을 두툼하게 입고 집을 나섰다. 라디오에서 눈이 계속 내리게 되면 내일 공항이 폐쇄될지도 모른다는 뉴스가 흘러나왔다.

이자벨이 타야 할 비행기도 지연될지 몰라. 오늘 밤 연주회가 취소되어 이자벨이 나에게 전화하거나 전보를 보낼지도 몰라. 핑계를 만들어 남편을 속이고 몇 시간 동안 외출할 수 있을지도 몰라. 내일은 이자벨과 내 방 침대에서 함께 누워 있을지도 몰라.

레베카가 도착하기 전에 시트를 갈고 방을 정리할 시간이 있을 거야. 이자벨과 몇 시간 더 같이 지내고 나서 내가 받아들여야 할 운명이라는 확신이 들면 레베카에게 모든 사실을 털어놓고 이별을 고해야겠지. 레베카는 참지 못하고 분노를 쏟아 붓겠지. 내가 옆에서 큰 힘이 되어줄 여자를 차버리고 하류인생으로 들어서는 최악의 선택을 했다고. 기껏 두 시간짜리 욕망을 채우기 위해 경솔한 선택을 했다고. 지금이야 장밋빛 환상이 눈을 가려 뵈는 게 없겠지만 연상의 여자와 자기 자식도 아닌 아이와 함께 살아간다는 게 얼마나 힘든 일인지 뼈저리게 느끼게 될 거라고 악담을 퍼붓겠지.

로펌 일만으로도 바빠 정신없을 지경인데 아이 때문에 수면 부족에 시달리다 보면 한 달도 못가 로맨틱한 환상은 여지없이 깨져버리게 될 거라고 하겠지. 나에 대해 잘 알고 있는 여자, 섹스에 능하지는 않아도 좋아하는 여자, 빨리 끝나기는 해도 싫증 내지 않는 여자, 직업적으로 배경이 비슷한 여자, 같은 언어를 쓰는 여자에게 등을 돌려버린 벌을 언젠가 반드시 받게 될 거라고 하겠지.

내가 무엇을 선택하느냐에 따라 늘 환상 속에 있던 여자, 늘 함께하지 못해 안타까웠던 여자와 같이 할 수 있게 되었다.

이자벨은 왜 갑자기 안정적인 길을 포기하고 궤도 수정을 하기로 결심했을까? 우울증의 후유증 때문일까?

이자벨과 함께하게 될 일상이 어떻게 전개될지 상상해보았다.

레베카와는 주말마다 만나 함께 생활해본 경험이 있었고, 비교적 큰 문제는 없었는데 이자벨과도 잘 지낼 수 있을까?

그동안 이자벨과 함께하길 갈망했잖아. 다른 건 모두 포기해버려. 너의 발등을 찍어.

다운재킷의 지퍼를 채우고, 목도리를 두르는 동안 여러 가지 생각이 머릿속에서 교차했다. 침대에 걸터앉아 레베카와 함께한 날들의 상징인 양 매트리스 스프링을 만져보았다.

뉴잉글랜드의 차가운 밤공기 속으로 나서는 순간 나도 모르게 생각했다.

'이자벨과 함께하고 싶었던 갈망이 이제 현실로 이루어지려고 하는 지금 이 순간 오히려 레베카와 함께했던 지난 생활이 얼마나 좋았는지 깨닫게 되었어.'

내 결론은 전혀 예기치 않은 방향으로 굳어지고 있었다. 이번에도 어김없이 자기합리화를 앞세웠다.

'이자벨을 다시 만난 건 레베카와의 관계에 충실해야 한다는 결심을 더욱 확고하게 하기 위해서였어.'

언제나 정답을 얻어야 안심하는 미국적인 사고방식이 이번에도 내가 결론을 내리는 데 결정적인 역할을 했다.

'타락을 경험한 뒤에 선이 온다. 죄책감을 느껴야 구원이 온다.'

'무한의 자유가 주어지면 불안할 수밖에 없다.'

나는 그 문장에 사로잡혔다.

그런 한편 내 자신에게 말했다.

'안정적인 자유도 있어. 지금 내 자신이 어떤 자유를 누리고 있는지, 왜 누리는지 알면 불안해 할 이유가 없어.'

우리가 과연 어떤 자유를 누리고 있는지 분명하게 알 수 있을 때가 있을까? 우리가 선택한 인생이 언제나 계획대로 전개될 수 있을까? 이제 막 결혼생활을 시작한 커플들은 행복한 미래를 위한 투자라고 믿겠지만 과연 얼마나 많은 부부들이 끝까지 행복을 누리며 살아갈 수 있을까?

나는 또 잠을 설쳤다. 이튿날 아침에도 눈이 계속 내리고 있었다. 보스턴의 도시 기능은 완전히 마비됐다. 비행기는 공항에서 발이 묶였고, 학교는 휴강에 들어갔다. 방에서 법률서적을 읽으며 하루를 보냈다. 이자벨이 전화나 전보로 연락해주길 기다렸다. 혹은 내 방 앞에 와서 문을 두드려주길 기대했다.

나는 어떤 결과를 원했을까?

이미 나는 어떻게 행동하는 게 최선인지 결정한 상태였다. 이자벨과 함께했던 오후는 지나간 일로 묻어두기로 했다. 우리는 늘 옳은 선택을 했다고 자신을 다독거리지만 그저 불확실한 미래와 마음속에 도사리고 있는 불안감을 달래기 위해 비교적 안정적인 길을 택하는 경우가 대부분이다. 나도 그랬다.

가끔 상상했다. 눈에 갇힌 그날 오후에 이자벨이 나에게 전화했더라면, 혹은 알링턴 역까지 걸어 파크스트리트 역에서 환승하고 하버드스퀘어 역에 내려 내 방까지 왔다면 어떤 결과로 이어졌을까?

우리는 다른 사람의 선택에 영향을 받아 길을 정한다. 우리는 상대가 보내는 신호에 따라 각자 자신의 길을 결정하게 된다. 그날 하루 종일 이자벨로부터 소식이 오길 기다렸지만 아무 일도 일어나지 않았다.

밤새 잠을 설치고 일어난 아침에 T. S. 엘리엇 엽서를 샀다. 엘리엇의 노년 사진 아래 〈텅 빈 사람들〉에서 발췌한 구절이 있었다.

움직임과
행동 사이에
그림자가 드리운다.

뒷면에 이자벨의 파리 주소를 적고나서 사연을 적었다.

레베카와 **결혼하기로 했어.** Je t'aime(사랑해)…….

모순된 두 가지 의미가 한 줄에 들어 있었다.

우리는 늘 모순된 두 가지 생각을 하지 않나? 다른 사람에게 들키지 않게 그 모순된 생각을 숨기지 않나?

나는 엽서를 우체통에 넣었다.

이번에는 영원히 답이 없겠지?

나는 그렇게 생각했다.

내 생각이 틀렸다.

이자벨에게서 답이 왔다. 7년 후에.

4

로스쿨을 졸업하고 뉴욕의 〈라슨, 스타인하트 & 셔먼〉 로펌에 들어갔다. 레베카의 아파트에서 살기 시작했다. 아버지가 췌장암으로 세상을 떠났다. 어머니를 괴롭혔던 그 병이 아버지도 데려갔다. 나는 평소 아버지와 교류가 뜸했다. 늘 그랬듯이 아버지는 나에게 계속 거리를 두었다. 도로시가 옆에서 부추겼으리라 짐작되었지만 나 역시 아버지와 거리를 두고 살아가는 데 익숙해있었다. 그나마 한 달에 두 번 편지를 썼고, 아버지도 매번 답장을 보내주었다. 내가 잘 되길 바라면서도 여전히 거리를 두었다. 일 년에 한 번씩 인디애나 주에 있는 아버지의 집에 가서 주말을 보냈다. 일부러 도로시가 없는 날에 방문했다. 아버지가 췌장암으로 세상을 떠나고 그 이튿날에 도로시가 전화해 다행히 오래 투병하지 않고 편안하게 눈을 감았다고 전해주었다. 나는 도로시의 말을 있는 그대로 믿을 수는 없었다. 왜 좀 더 일찍 알려주지 않았는지, 왜 진작 아버지의 얼굴을 볼 수 있도록 연락하지 않았는지 따지고 싶었다. 그러다가 생각을 바꿔아예 그런 말을 꺼내지 않기로 마음먹었다. 인디애나 주로 가는 비행기를 탔다. 우선 장의사를 찾아가 관에 누워있는 아버지의 육신 옆에 잠시 앉아 있었다. 장례식 때 침례교 목사가 나에게 아버지가 나를 무척이나 자랑스러워했다고 말했다. 아버지의 관 위로 흙이 덮일 때 나는 입술을 깨물고 울음을 참았다. 장례식을 마치고 렌터카를 몰고 공항으로 가다가 갓길에 차를 세웠다. 이차선 도로에는 지나가는 차들도 없었다. 광활하게 펼쳐진 옥수수 밭을 보다가 렌터카 보닛에 기대 몇 분을 울었다. 나는 이제 정말 혼자가 됐다. 다시 차에 올라 생각했다. 우리는 이제 더는 삶이 뒤틀릴 일이 없고, 더는 슬픈 일을 겪지 않아도 되는 망자를 위해 눈물을 흘린다.

아버지가 영원의 저편으로 떠난 지 두 달이 지났을 때 레베카와 결혼했다. 하객은 1백 명만 초대했고, 레베카가 원하는 대로 전통적인 방식의 결혼식을 올렸다. 코스티에라 아말피타나(이탈리아 남부 포지타노에서 비에트리 술 마레이까지 이르는 아름다운 해안. 1997년 유네스코 세계문화유산으로 지정되었다 : 옮긴이)로 신혼여행을 갔다. 대자연을 감상할 수 있는 곳이었고, 세상을 잠시 잊고 지내기에 적절한 장소였다. 하루에 두 번씩 섹스를 했고, 서로 마음이 편안한 상태로 지냈다. 마지막 사흘은 로마에서 보냈다.

레베카가 로마 중심가인 트라스테베레에서 손을 맞잡고 걷다가 물었다.

"파리 생각나?"

"당신과 함께 파리에 가봤으면 좋겠어."

"몇 년 이내에 가능할 거야."

나는 뉴요커로 사는 게 좋았다. 상류사회와 하류사회가 공존하는 곳이었다. 그 어느 도시보다 자신만만하고 우월감을 가진 사람들이 많이 사는 곳이었다. 나는 뉴욕의 흥미로운 문화를 내 것으로 만들었다. 뉴욕 사람들은 좀 더 유명해지길 원했고, 무엇보다 신분 상승의 꿈을 이루어줄 성공에 대해 관심이 많았지만 나는 그런 부분에는 흥미가 없었다. 주말이면 레베카와 함께 작은 영화관, 공연장, 재즈 술집, 서점 등을 돌아다녔다. 새로운 친구들도 생겼다. 우리 부부 같은 전문직 종사자들로 백인 중산층들이 따로 모여 사는 교외 주택에서의 삶을 거부하고 그냥 고집스럽게 뉴욕에서 살아가는 사람들이었다. 레베카와 나 역시 아이를 갖더라도 맨해튼에서 계속 살기를 원했다. 코네티컷과 웨스트체스터의 잘 가꾸어놓은 백인 중산층 세계를 우리 가정의 터전으로 만들지 않을 생각이었다.

우리 부부의 결혼생활은 순탄한 편이었다. 무엇보다 우리 두 사람 다 정신없이 바빠 평일의 일상은 그냥 기계적으로 돌아갔다. 우리는 일에 열중했다. 경쟁이 치열한 시대였고, 특히 변호사라는 직업은 살아남지 않으면 도태될 수밖에 없는 직종이었다. 월요일부터 금요일까지는 너무 피곤해 섹스도 건너뛰는 날이 많았다. 주말이면 아침저녁으로 한 번씩 사랑을 나누었다. 섹스를 하는 데 걸리는 시간은 대개 15분을 넘기지 않았다. 언젠가 나는 레베카에게 사랑을 나눌 때는 시간 배분에 대해 신경쓰지 말자고 했다. 그러자 레베카는 나에게 형식에 너무 신경쓰지 말라고 불평했다.

"나는 짧고 화끈한 섹스가 좋아. 지난주에는 말도 못하게 큰 스트레스를 받았는데 화요일과 금요일 아침에 당신이 원해서 섹스를 했어. 금요일 아침에는 4시간밖에 못 자고 섹스를 한 거야."

나는 레베카가 로펌 일 때문에 스트레스를 받아 짜증을 낼 때는 그냥 한 귀로 흘리기로 했다. 로펌의 바쁜 일상에 어느 정도 익숙해지면서 우리 부부는 문화생활을 통해 안식을 찾았다.

레베카는 로펌에서 점점 설자리를 잃어가고 있었다. 로펌의 명운이 걸린 중요한 소송에서 패소한 이후 내리막길이 가속화되고 있었다. 음주운전을 하다가 동승한 여학생을 사망하게 만든 사립 고교생 사건이었다. 사망한 여학생의 부모는 사립 고교생의 부모에게 수백만 달러의 보상금을 요구했다. 그 와중에 사립 고교생의 변호사가 사망한 여학생이 사고가 나기 열흘 전에 마약에 취해 운전하다가 체포되었던 적이 있다는 사실을 밝혀냈다. 사망한 여학생의 아버지는 월스트리트의 큰손이었다. 뉴욕에서 북쪽으로 1시간 떨어진 부유한 주택가 마운트키스코에서 경찰은 마약에 취해 차를 운전하던 여학생을 체포했다. 여학생의 아버지가 경찰에게 금품을 주고 딸을 빼냈다는 사실이 밝혀지면서 재판은 새로운 국면으로 접어들었다. 사립 고교생 측 변호사는 여학생 스스로 술에 만취한 남학생의 차에 탑승해 불행을 자초했다고 주장했다. 결국 판사는 여학생 아버지의 손해배상 청구 소송을 기각했다. 여학생의 아버지가 담당 변호사인 레베카에게 그런 사고가 있었다는 사실을 말해주지 않은 게 결정적인 잘못이었다.

로펌의 파트너 변호사들은 레베카의 잘못을 질타했다. 레베카가 의뢰인과 관련된 사실 관계를 철저히 조사하지 않았고, 결국 소송을 제기했다가 패소해 로펌의 평판이 크게 깎이게 되었다는 이유였다. 그 한 건으로 레베카의 파트너 변호사 승진은 물 건너갔다.

나는 크게 낙담한 레베카에게 힘이 되어주고 싶었다. 18개월 전만해도 레베카는 파트너 변호사가 되는 게 확실시되었을 만큼 로펌에서 능력을 인정받은 변호사였다. 레베카의 상태는 퀴블러로스의 '슬픔의 다섯 단계' 중 '부정'의 단계였다. 30대 중반에 뉴욕에서 새 일자리를 구하기란 쉽지 않았다. 앞날이 불확실하고 어두워진 레베카는 '슬픔의 다섯 단계' 중 '분노'의 단계로 접어들었다. 로펌에서 최단 시간에 파트너 변호사가 된 나는 툭하면 레베카의 화풀이 상대가 되었다. 레베카는 직접 나를 비난하거나 비아냥거리지는 않았다. 그 대신 로펌에서 내 능력을 높게 평가해 파트너 변호사로 승진시켜준 사람들에 대해 나쁘게 말했다.

　레베카는 로펌에서의 입지가 좁아진 것에 대해 자신의 능력이 부족해서라기보다는 운이 따르지 않은 탓으로 돌리며 억울해했다. 복도 지지리 없는 인생이라며 푸념을 늘어놓기도 했다. 누구보다 능력이 출중한 자신이 파트너 변호사로 승진하지 못한 건 어느 모로 보나 '좆같이' 불공평한 인사 결과라고 했다. 레베카가 불만을 토로할 때마다 나는 당연히 맞장구를 쳐주었다.

　나는 가능한 인맥을 총동원해 몰래 알아보고 손을 써서 레베카를 다른 로펌에 소개했다. 규모는 작지만 사회정의에 앞장서는 일을 해온 유명 로펌이었다. 한 가지 문제가 있다면 처음부터 파트너 변호사로 갈 수 없다는 것이었다. 레베카는 로펌의 영입 제안을 받고 기뻐했다. 신념이 잘 맞는 곳이라 특별히 더 좋아했다. 나는 일단 로펌의 제안을 받아들이고 파트너 변호사로 승진하는 문제는 차츰 일을 하면서 지켜보자고 했다. 그러자 레베카는 나에게 화를 퍼붓기 시작했다. 그 로펌과 연결되도록 내가 뒤에서 손쓴 걸 알고 있고, 내가 마치 보호자인 양 설치고 다니는 게 좆같다고 했다.

레베카를 돕고도 오히려 호되게 당한 이튿날, 나는 늦게까지 사무실에 남아 일에 빠져 있었다. 60세에 림프종으로 죽은 아들의 유산상속에서 배제되었다며 소송을 제기한 90대 할머니의 상속건을 맡고 있었다. 할머니는 며느리가 자의적으로 아들의 유언장을 해석해 자신을 상속 대상에서 제외시켰다고 주장했다. 나는 유언장과 함께 죽은 아들의 변호사와 며느리가 주고받은 편지를 참고자료로 요청해 자세히 검토했다. 내 의뢰인인 할머니는 많은 걸 바라지 않았다. 이제 얼마 남지 않은 여생을 걱정 없이 살다가 갈 정도의 몫을 나눠주면 충분하다고 했다. 나는 죽은 아들이 남긴 유언장의 행간에서 할머니의 상속권을 주장할 수 있는 근거를 찾아내려고 애썼다. 일하다보니 자정이 다 되어 집에 갈 생각으로 자리에서 일어나 화장실로 갔다. 소변을 보고, 세면대에서 찬물로 얼굴을 씻었다. 거울에 비친 내 모습이 보였다. 정장을 입은 30대 변호사의 눈 주위에 주름이 몇 개 보였다. 그나마 아직 새치도 없고 불룩 삐져나온 옆구리 살도 없었지만 일주일에 다섯 번은 반드시 운동하러 가야겠다는 생각이 들었다. 운동을 하러 가려면 새벽 5시 반에 일어나야 한다. 로펌에서 일하는 시간이 적게는 12시간에서 많게는 16시간이나 되었으니까. 괜히 변호사가 되었다는 후회가 날카로운 비수처럼 나를 찌를 때도 있었다.

이자벨과 파리에서 새로운 삶을 시작했다면? 내가 변호사가 아닌 다른 삶을 시작했다면?

언젠가 나는 레베카에게 말했다. "로펌에서 일을 하다 보면 인간의 삶에는 소설처럼 다양한 이야기들이 들어있다는 걸 알 수 있어. 저마다 간직한 사연들이 구구절절하고, 상승과 추락이 교차하고, 결론을 뒤집을 만큼 강한 마지막 반전이 있잖아. 내가 이 일을 좋아하는 이유야." 그 말은 사실이었다.

레베카가 무뚝뚝하게 대꾸했다. "배부른 소리하시네. 난 이제 일에 대한 애정 따위는 없어." 레베카는 그날도 승소가 어려운 사건을 검토하느라 몹시 지쳐 있었다.

"조만간 당신에게도 반전의 기회가 찾아올 거야. 내가 당신을 얼마나 사랑하는지 알지?"

"내가 분에 넘치는 사랑을 받고 있네. 유명 로펌에서 최단기간에 파트너 변호사로 승진하고, 신탁과 유산 관련 분야 소송의 천재라 불리고, 재판 때마다 번번이 승소하는 거장께서 나를 사랑해주신다니 눈물겹네."

그날, 퇴근해 집에 돌아온 내 눈 앞에 심각한 일이 펼쳐져 있었다. 레베카가 테이크아웃을 한 중국음식을 집어 던져 벽에 커다란 얼룩이 생겼다. 그 옆에 붉은 와인 자국도 크게 나 있었다. 레베카가 중국음식과 와인글라스를 벽을 향해 집어던진 것이다.

중국식 볶음요리가 벽에 붙어 있었고, 잭슨 폴락의 그림에서 보듯 와인이 붉은 줄을 그리며 흘러내렸다. 오디오에서는 로큰롤이 쾅쾅 울려댔고, 레베카는 바닥에 쓰러져 미동도 하지 않았다. 와인 병이 옆에서 나뒹굴고 있었다. 레베카의 입술은 젖어 있었고, 토사물과 와인이 머리 주위에서 작은 웅덩이를 이루고 있었다. 옷차림은 출근할 때 복장 그대로였다. 치마는 위로 올라가있었고, 흰색 블라우스와 재킷에도 토사물이 묻어 있었다. 나는 일단 레베카가 숨을 쉬는지 확인했다. 다행히 맥박이 뛰고 있어 레베카가 정신을 차리도록 뺨을 쳤다. 레베카가 신음을 토하며 눈을 번쩍 떴다.

나는 레베카를 욕실로 데려가 변기에 앉히고, 옷을 벗긴 다음 세면대에 물을 받았다. 내가 얼굴에 묻은 오물을 씻기려하자 레베카가 완강하게 거부하며 비명을 질렀다. 레베카가 뭔가 말을 하는 것 같은데 무슨 뜻인지 전혀 알아들을 수 없었다. 가까스로 얼굴을 씻기고, 타월로 닦아주었다.

레베카를 침실로 데려가 옷을 벗긴 다음 잠옷을 입히고 침대에 눕혔다. 1시간 동안 바닥에 나뒹구는 와인글라스 파편을 쓸어 담고, 벽과 바닥을 닦고, 거실을 깨끗이 정리했다. 문득 파리에서 이자벨의 작업실을 치우던 일이 생각났다. 산후우울증을 심하게 앓고 있던 이자벨은 그날 재떨이를 집어 던지며 무섭게 폭발했다. 그때 나는 무엇보다 이자벨을 잃게 될지도 모른다는 두려움이 가장 컸다. 그때나 지금이나 나는 마음을 진정시키며 청소에 열중했다.

거실 벽에 묻은 중국음식과 와인 자국은 쉽게 지워지지 않았다. 나는 속옷 바람으로 기하학적 형태의 오물 자국을 지우는 데 열중했다. 겨우 흔적이 남지 않게 지운 다음 뜨거운 물로 샤워하고 나서 안락의자에 앉아 1979년산 포이약 와인을 마셨다.

나쁜 징조야.

거실에 있는 소파의 아랫부분을 당기면 간이침대가 되었다. 소파를 침대로 만들고, 네 시간 동안 자고 일어나 침실로 갔다. 레베카는 여전히 침대에 뻗어 있었다. 숨소리가 거칠었지만 몸에 이상이 있어보이지는 않았다. 나는 다시 한번 뜨거운 물로 샤워하고 나서 출근 복장으로 갈아입고 커피를 마셨다. 메모지에 '전화해. 사랑해.'라고 써서 거실 탁자에 올려두었다. 사무실로 들어서는 내 머릿속이 온통 끔찍한 생각들로 가득 찼다.

우리의 결혼생활도 여기서 끝장일까?

레베카는 그날 정오에 전화했다. 여전히 숙취가 가시지 않은 목소리였다.

"내가 무슨 짓을 한 거야?"

"중국음식과 와인글라스를 벽에 던지고, 바닥에 온통 오물을 토해놓고 기절해 있었어."

긴 흐느낌이 이어졌다.

"내가 왜 이토록 개판이 되었지?"

"그냥 울분을 다스리지 못한 거야. 어제 사무실에서 무슨 일 있었어?"

"어제 파트너 변호사가 퇴근시간에 나를 불러 말했어. 내 성격이 지나치게 호전적이라 로펌 사람들이 불편해 한다며 나를 내보내기로 결정했대. 연말까지 지급하기로 약속한 급여는 다 지불할 테니까 당장 그만두래."

"그 일 때문에 화가 나서 정신을 잃을 때까지 술을 마시고 벽에 음식을 집어던진 거야?"

"의사를 만나봐야겠어. 알코올 문제가 심각해."

"잘 생각했어. 의사를 만나 상담을 받아봐."

"우리, 이 일로 끝나는 건 아니지?"

"그런 얘기는 나중에 하면 안 될까?"

"미안하다는 말밖에는 할 얘기가 없어."

그날 밤, 집에 들어가자 레베카가 나를 침대로 끌어당겼다. 나는 레베카가 하자는 대로 따랐다. 섹스를 끝내고 나서 레베카가 내 가슴에 얼굴을 묻고 말했다. "다시는 어제처럼 술에 취해 끔찍한 짓을 저지르지 않겠다고 약속할게."

　레베카는 약속을 잘 지켰다. 적어도 내가 알코올 문제를 꼬투리 잡아 이혼을 요구할 구실을 만들지 않았다. 그 일은 좋은 방향으로 일단락되었다. 레베카에게 알코올중독 치료를 권하거나 반드시 약속을 지키라고 강요할 일은 없었다. 레베카는 술을 마시지 않거나 스트레스를 받지 않으면 어느 누구보다 똑똑하고 지적이고 성실했다. 레베카는 의사를 찾아가 알코올중독 상담을 받기 시작했고, 매일 5킬로미터를 달렸다. 와인은 하루에 두 잔만 마셨다. 새 로펌으로 자리를 옮겼다. 레베카가 바란 파트너 변호사는 아니었지만 잘릴 걱정은 없었다. 레베카는 줄곧 파트너 변호사가 되기를 원했고, 나는 그럴 가능성이 있는 로펌을 알아봐주고 싶었지만 소문이 빠른 뉴욕에서는 쉽지 않은 일이었다. 다행히 레베카는 해고를 당한 뒤로는 파트너 변호사 자리에 연연하지 않았다. 아이를 갖겠다고 결심한 이후로는 더욱 파트너 변호사 자리에 집착하지 않았다.

　나는 늘 아버지가 되기를 꿈꾸었다. 아마도 이자벨과 이루어졌다면 아이를 가졌을 것이다. 사랑의 궁극적인 실현은 아이라는 생각에 사로잡혀 있었으니까. 자식과 적당한 거리를 두고 살았던 아버지의 그늘을 극복하고 싶었다. 아이에게 애정을 쏟아붓는 아버지가 될 수 있다는 걸 내 자신에게 증명해보이고 싶었다. 한편으로는 아버지가 된다는 게 두렵기도 했다. 점점 소원해지는 레베카와의 사이에서 아이가 생긴다면 다시 애정의 불씨를 살릴 수 있을 것이라는 생각이 들기도 했다.

변호를 맡았던 90대 할머니 소송에서 승소했다. 할머니는 죽은 아들의 유산에서 3백만 달러를 받게 되었다. 한편 낸터킷에서 경비행기 추락으로 사망한 부모가 두 자녀 앞으로 남긴 신탁기금 3천만 달러를 가로채려던 어느 삼촌의 파렴치한 시도를 저지하는 데 성공했다. 두 사건은 우리 로펌을 돋보이게 했고, 나는 승리감을 느꼈다. 그때까지 나는 멜 셔먼의 충고를 잊지 않고 있었고, 직장에서든 다른 어느 곳에서든 가급적 우쭐대지 않고 겸손하려 애썼다. 내가 두 아이의 신탁기금을 가로채려한 사건을 승소로 이끌자 멜 셔먼이 말했다. "자네가 그럴 사람이 아니라는 걸 잘 알고 있지만 '자기 자신의 향기에 도취하면 안 된다.'는 말을 명심하게. 성공은 유리와 같아서 깨지기 쉬우니까."

1980년대는 소비주의가 팽배해있었고, 성공신화가 판치던 시대였다. 내 동료 변호사들과 친구들은 점점 더 돈에 집착했지만 나는 반대 방향으로 갔다. 돈을 많이 벌었지만 검소하게 살며 절약했고, 어느 누구보다 열심히 일하느라 많은 시간을 썼다.

레베카의 컬럼비아 로스쿨 친구들과 저녁식사 모임을 한 적이 있었다. 레베카가 친구들 앞에서 말했다.

"내 남편이 일 년에 40만 달러를 벌고 있고, 검소하게 생활한 덕분에 아파트 대출금도 다 갚았어. 이런 형편인데 내가 왜 굳이 일해야 하지?"

"웨스트빌리지에 있는 111.48제곱미터 아파트에서 살았는데 검소한 생활이었다고 할 수는 없지."

"더 큰 집으로 옮길 수 있었잖아." 그날 레베카는 하루에 와인 두 잔을 넘기지 않겠다는 자신과의 약속을 깼고, 친구들 앞에서 집안 문제 이야기를 꺼내 나를 곤혹스럽게 했다.

"그 얘기는 나중에 해."

"파트너 변호사님, 내가 잔뜩 긴장한 주니어 파트너처럼 엉뚱한 소리를 했나요? 정말 죄송해요."

"우리 집 문제를 얘기하기에 적당한 자리가 아니잖아." 나는 그렇게 말하면서 테이블 아래로 레베카의 손을 가볍게 쥐었다.

집으로 돌아오는 택시 안에서 내가 말했다.

"당신이 그런 얘기를 꺼낸 건 옳지 않아. 게다가 당신은 자기 자신과의 약속을 지키지 않았어."

"이제 보니 내가 당신 수준에 맞지 않지? 다른 여자와 결혼하지 그랬어? 아이는 갖지 않는 게 좋겠네."

"다시 의사를 만나 술 문제를 상담하는 게 좋겠어."

"겨우 한두 잔 더 마셨을 뿐이야. 내가 술을 마시고 중장비를 운전한 것도 아니고, 애를 학교에 데려다준 것도 아니잖아. 그동안 줄곧 자제해오다가 정말 오랜만에 두 잔을 더 마신 것뿐이야. 지난 반년 동안 약속을 잘 지켜왔어, 안 그래?"

"여러 사람들 앞에서 우리 부부가 안 좋은 모습을 보이는 건 싫어."

"안 좋은 모습이라니? 아하, 내가 우리 부부의 품위를 손상시켰다는 거야?"

"다른 사람들이 있는 자리에서 굳이 그런 얘길 꺼낼 필요는 없잖아."

"당신은 내가 사람들 앞에서 우리 부부의 항문을 보여주었다는 거야?"

나는 레베카의 입에서 그런 말이 흘러나온 걸 믿을 수 없었다. 택시 기사조차 머리를 절레절레 저었다. 택시 기사의 고갯짓을 본 레베카가 참지 못하고 따지고 들었다.

"방금 전 우리의 대화에 대해 의견을 말한 거예요?"

내가 운전사에게 서둘러 사과했다. "죄송합니다, 무시하세요."

레베카가 말했다. "그러세요, 남편도 나를 대놓고 무시하니까."

"내가 언제 당신을 무시했어? 그 말이 사실이 아니라는 건 당신도 잘 알잖아?" 내 목소리가 커졌다. 나는 그 이전에 큰소리로 화낸 적이 없었고, 레베카는 처음 대하는 내 모습에 몸이 움츠러들었다.

그날, 대화는 그것으로 끝났다.

이튿날 오후에 비서가 편지 한 통을 건넸다. 파리 소인이 찍혀 있었고, 만년필로 쓴 글씨였다. 이자벨에 대한 그리움이 밀려들었다.

나의 사뮤엘

아주 긴 시간이 흘렀네. 우리가 다시 연락을 주고받으며 소통의 길을 열 때가 되었다고 느껴. 당신은 침묵의 벽 뒤로 사라지도록 내버려두기에는 내게 너무 중요한 사람이야.

보스턴에서 마지막으로 만난 이후 7년이라는 시간이 흘렀어. 일단 내 소식부터 전할게. 나는 아직 샤를과 살고 있어. 늘 그랬듯이 부부 사이는 그럭저럭 괜찮아. 에밀리는 이제 제법 숙녀가 다 됐어. 책 읽기를 좋아하고, 아주 똑똑한 아이야. 학교에서 못되게 구는 친구들에 대해서도 적절히 잘 대처하고 있어. 여자아이들은 친구를 아주 끔찍하게 괴롭히곤 해. 나도 아직 학창 시절의 어두운 기억이 생생하게 남아 있어. 에밀리의 긍정적인 태도와 성격은 내가 우러러보아야 할 만큼 훌륭해. 에밀리의 낙관적인 세계관에 근거해 보자면 세상이 온통 따스한 인간애로 넘칠 것 같아. 하지만 우리가 이미 알고 있듯이 인생이라는 여정은 여행자에게 늘 실망과 염증을 안겨주지.

말이 나왔으니 이제 프랑스인답지 않게 직접적으로 말할게. 보스턴에서 당신이 내 제안을 거절한 이후 일 년 동안 공황상태에 빠져 지냈어. 내가 당신 집으로 찾아가지 않았던 게 무엇보다 큰 실수였다는 생각이 들기도 했어. 살다 보면 타인을 통해 내 자신의 진실을 보게 되는 경우가 있어. 우리가 리츠칼튼호텔의 침대에서 함께 보낸 그 오후에 당신은 나의 진실을 요구했지. 나는 당신이 갈등하고 있는 게 뭔지 알고 있었어. 당신에게 여자가 있다는 것도 알았지. 당신이 어느 길을 택해야 할지 확신하지 못한다는 느낌을 받았어. 연주회가 끝나고 나서 당신에게 달려가 함께 있고 싶은 마음이 얼마나 간절했는지 몰라. 그렇게 하는 게 불가능한 일이었을까? 샤를이 숱 많은 눈썹을 치켜 올리긴 했겠지만 불가능한 일이었다고 단정할 수는 없어. 그럼에도 왜 난 그러지 않았을까? 지금도 분명한 대답을 내놓기는 힘들어. 무언가를 원하면서도 행동을 달리 했어. 내가 간절히 원하는 걸 희생하게 되리라는 걸 알면서도 그렇게 했지. 바로 그런 점이 인생의 가장 큰 미스터리가 아닐까? 어쩌면 샤를에게 내 인생에서 더없이 중요한 남자가 있다는 사실을 드러낼 수 없었는지도 모르지. 샤를은 외도 사실을 나에게 다 밝히다시피 했는데 나는 왜 그러지 못했을까? 어쩌면 당신과 돌아올 수 없는 선을 넘기가 무서웠는지도 몰라. 나는 정말이지 에밀리와 함께 뉴욕에 갈 마음의 준비가 되어 있었어. 당신이 나에게 샤를과의 안락한 생활을 버리고 떠날 수 있는지 증명하라고 요구했을 때 – 당신이 대놓고 말하지는 않았지만 나는 그렇게 느꼈어 – 나는 망설였지. 당신이 맨해튼에서 함께 살겠다는 내 결심을 받아들이고 앞으로 모든 일이 잘 풀릴 거라고 나를 설득했다면 결과가 달라질 수 있었을까? 솔직히 어느 쪽이든 확신하지 못하겠어. 만약 그랬다면 실행에 옮겼을 거라고 믿고 싶지만 나는 내가 바라는 만큼 용감하지는 않으니까.

파리로 돌아오고 나서 깊은 절망에 빠졌어.

당신은 결혼해 부인에게 충실하겠지. 우리 사이는 이제 정말 멀어지게 된 거야. 나는 당신을 잃지 않을 수도 있었는데 그러지 못했어. 나는 오랫동안 생각했어. 연주회가 끝나고 나서 택시를 타고 강을 건너 당신이 있는 집으로 갔다면 내 인생의 모든 궤도가 달라졌을까? 내가 주어진 기회를 놓치게 되면 앞으로 크게 후회하리라는 사실을 잘 알면서도 차버렸나? 내가 잘못된 선택을 했나?

당신이 몇 달 뒤에 보낸 크리스마스카드는 정말 고마웠어. 답장은 보내지 않기로 했지. 마음이 너무 쓰리고 아팠으니까. 그 쓰라린 아픔을 만든 장본인이 바로 나 자신이라는 사실을 잘 알고 있었지만……. 그래, 나도 알아. 나는 절대로 샤를을 떠나지 않을 거라 말했고, 당신은 계속 가느다란 기대를 품고 살았던 시간들이 있었지. 내가 당신을 아프게 했던 그 시간들에 대한 벌을 받고 있다는 생각이 들었어. 우리는 같은 걸 원했어. 우리는 서로 상대를 원했지. 그럼에도 우리의 길이 어긋나버린 건 타이밍이 맞지 않았기 때문은 아니야. 아무튼 그런 생각이 나를 괴롭혔어. 이제 당신은 결혼했고, 나는……?

나는 최근 2년 동안 다른 남자를 만났어. 직업이 기자인데 당신에게 지켜주길 바란 규칙들을 그대로 적용하며 만났지. 내 또래고, 재미있는 사람이고, 유부남이야. 소유욕이 아주 강해. 사랑? 아니야. 그 사람이 내 허허로운 삶의 공허감을 채워주긴 했지만 당신을 대신할 수는 없어. 당신과 내가 나눈 건 사랑이지 욕정이 아니었지. 만남의 시간은 짧았지만 우리는 많은 걸 공유하고 있어. 얼마 전 그 남자와 끝냈어. 내가 지켜주길 바라는 규칙을 무시하고 너무 많은 걸 요구했기 때문이야.

이 편지의 요점이 뭐냐고? 보스턴의 눈 내리던 밤에 당신에게 가지 못했어. 결과적으로 당신과 함께 새로운 삶을 살겠다는 내 말이 진심이라는 걸 증명하지 못했지. 그날 가지 못한 것에 대해 사과하고 싶어. 늦었지만 결혼 축하해. 당신이 행복하길 바라고, 우리 관계를 다시 열고 싶어. 내가 편지를 보내는 요점이야.

나는 당신을 생각해. 당신이 그럭저럭 잘 지내고 있으면 좋겠어. 이제야 깨달았지만 그럭저럭 잘 지내기가 정말 어렵더군.

Je t'embrasse, Ton Isabelle(보고 싶어, 당신의 이자벨).

이자벨의 편지를 예닐곱 번 거듭 읽었다. 일에 대한 얘기나 부부 사이가 어떤지 궁금해 하는 언급은 별로 없었다. 에밀리가 성장하는 걸 보며 기쁨을 느끼는 건 분명했다. 이자벨 특유의 조용한 절망이 편지 전반에 짙게 깔려 있었다.

이자벨의 내면에 우울이 자리하고 있다는 걸 알고 있었다. 이자벨이 내 앞에서 우울해한 적은 별로 없었다. 언제나 우울과 함께 살아간다고 말하긴 했지만 번역가라는 직업의 속성 때문이라고 했다. 글을 다른 언어로 바꿔야 하는 일 때문이라고.

나는 일단 편지를 밀쳐두고 답장을 보내지 않았다. 생각이 정리되지 않은 상태로 답장을 쓰는 건 경솔하니까. 몇 달 뒤, 생각을 차분하게 정리하고 나서 IBM전동타자기에 종이를 끼웠다.

친애하는 이자벨

당신이 보낸 편지를 읽는 동안 줄곧 한 가지 생각이 뇌리를 떠나지 않았어. 우리가 모순투성이 인생에서 한 가지 믿음을 공유하고 있다는 생각이 들었지. 우리가 불행한 사람들이거나 비관주의자라는 뜻은 아니야. 우린 그냥 현실주의자들이지. 세상의 본질을 현실주의적인 관점에서 보자면 출발부터 우울하지 않을 수 없지 않을까? 우울 때문에 고통을 겪어보지 않은 사람은 모르겠지만 고통은 실의, 낙담, 곤경, 쓰라림과 불가분의 관계에 있지 않을까?

고통을 자발적으로 선택하는 건 아니야. 고통은 현재와 미래에 대한 희망 사이 어디쯤엔가 있는 마음상태일 거야. '희망은 어디에도 없다는 사실을 받아들이고 행복이라는 성배가 찾아오리라는 생각도 버려야 한다. 어차피 인생은 혼란이다. 그 혼란 속에서 최선을 다해야 한다. 그렇지만 늘 현재의 처지에 만족해하며 즐거운 척하기를 바라지 마라.' 하는 생각이 바탕에 깔려 있지.

당신의 편지에 깊이 감동받았어. 문이 아직 열려 있다는 당신의 말이 나에게는 커다란 기쁨이자 아픔이었지. 이유는 알다시피 기혼자라는 내 처지와 거기에 수반된 온갖 의무들 때문이야. 전해 줄 소식이 한 가지 더 있어. 레베카가 임신했어.

우리가 여기서 어디로 더 나아갈 수 있을까?

우리 부부는 그동안 아이를 갖기 위해 애썼다. 임신이라는 걸 알게 되었을 때 레베카는 무척이나 기뻐했다. 레베카는 엄마가 되기를 간절히 바랐다.

임신하기로 결심하고 나서 몇 달이 지나도 소식이 없어 우리 부부는 몹시 불안한 시간을 보냈다.

우리는 불임 부부인가? 몸에 이상이 있나? 갖가지 검사를 받고 시험관 시술을 받아야 하나?

레베카는 무엇보다 불임의 원인이 자신에게 있을까 봐 초조해했다. 불임에 대한 걱정은 집안 분위기를 우울하고 불안하게 만들었다. 마침내 산부인과에서 임신 사실을 확인한 레베카는 올림픽에 나가 우승한 사람처럼 기뻐했다. 가끔 일 문제로 불협화음을 일으키고, 레베카의 과음 때문에 난장판이 빚어지긴 해도 우리는 여전히 결속력이 강한 부부였다. 내가 퇴근해 집에 도착하자 레베카가 내 품에 안기며 '임신했어!' 하며 눈물을 흘렸다. 그 순간 나는 마음이 애잔해지며 레베카에게 애정을 느꼈다. 나는 아빠가 된다는 생각에 마음이 들떴다. 평생 무거운 책임을 짊어지고 살아야 한다는 생각에 부담감이 들기도 했지만 나는 아빠 역할을 어느 누구보다도 잘 해내고 싶었다.

레베카는 건강한 아이를 출산하기 위해 만반의 준비를 했다. 술은 한 방울도 입에 대지 않았다. 의사가 레드와인 한 잔쯤은 임산부의 정서 안정을 위해 좋다고 했지만 전혀 입에 대지 않았다. 임신과 출산에 대한 책을 서른 권 가까이 읽었고, 임산부를 대상으로 하는 요가 강습도 꾸준히 받았다. 레베카는 요가 강습이 차크라의 균형을 잡고, 머릿속의 해로운 생각을 배출하는 데 큰 도움이 된다고 했다. 레베카는 임신기간 내내 섹스를 회피했다. 의사도 몇 가지 주의할 점만 지키면 태아에게 전혀 악영향을 미치지 않는다고 했지만 레베카는 섹스가 아이에게 위험요인이 될 수도 있다며 거부했다.

나는 본의 아니게 금욕생활을 할 수밖에 없었다. 레베카와 갈등을 빚기 싫었고, 보스턴에서 이자벨을 만난 이후 다시는 외도를 하지 않기로 결심했기 때문이다. 뉴욕은 외도를 부추기는 온갖 유혹이 만연한 곳이라 조금이라도 섹스와 연결될 가능성이 있는 곳에는 아예 발길을 끊었다. 파리에 출장 갈 기회가 있었는데 동료에게 양보했다. 파리에 가면 이자벨을 만나고 싶은 유혹을 견딜 수 없을 테니까. 내가 답장을 보내고 나서 이자벨은 하얀 카드에 한 줄로 된 짤막한 축복의 말을 적어 보냈다.

이제 곧 태어날 아기와 함께 부부 모두 행복하기를.

이자벨이 앞으로 다시는 연락하지 않겠다는 뜻으로 읽혔다. 나는 이자벨의 뜻을 받아들여 아빠이자 남편 역할에 충실했다. 로펌 일도 여전히 바빴다. 일은 어쩔 수 없이 묻어두어야 할 질문들을 회피할 수 있는 최선의 도피처가 돼주었다.

• • •

1988년 1월 15일에 내 아들 이던 케일럽이 뉴욕병원에서 태어났다. 레베카는 마취제를 전혀 쓰지 않고 자연분만으로 아이를 낳았다. 진통이 심해 내가 현대의학의 도움을 받자고 했지만 레베카는 아이에게 해로운 마취제를 쓰지 않겠다며 자연분만을 고집했다. 레베카의 고집에 의사도 혀를 내둘렀다. 옆에서 지켜보던 나는 레베카의 고통스러운 비명소리에 겁이 났다. 레베카는 산고가 어찌나 심했던지 아이를 안을 기운조차 없었다. 간호사가 탯줄을 자르고 아이를 나에게 건넸다. 아이는 내 품에 안겨서도 계속 울음을 그치지 않았다. 나는 간호사에게 아이를 제대로 안고 있는 건지 물어보았다. 간호사는 레베카의 귀에 들리지 않도록 내 귀에 대고 속삭였다.

"산모가 진통제나 마취제를 거부해 진통이 심하면 아이도 큰 스트레스를 받아요. 금세 괜찮아질 테니까 너무 걱정하지 마세요."

아이를 품에 안고 있는 동안 가슴이 벅차오르는 한편 두려움이 일었다. 내가 과연 훌륭한 아빠가 될 수 있을지 생각하니 걱정이 되기도 했다. 아이에게 아빠의 역할이 얼마나 중요한지 잘 알고 있었다. 아이에 대한 무한의 사랑을 느꼈다.

나는 마음속으로 아이에게 말했다.

'아가, 힘들게 세상에 나오게 해서 미안해. 이제부터 아빠가 편안하고 안전하게 살아가게 해주겠다고 약속할게.'

레베카는 산후조리를 끝내고 본격적인 육아를 시작했다. 레베카는 어느 누구의 도움도 받지 않고 혼자 힘으로 아이를 돌보려고 했다. 레베카는 아이 방으로 잠자리를 옮겼다. 아이가 밤새 울어 내가 잠을 설치면 일에 지장을 줄 수도 있으니 아이 방에서 따로 자겠다고 했다.

나는 주말에라도 레베카가 편안하게 잘 수 있도록 해주고 싶었다. 주말에는 내가 아이를 맡겠다고 하자 레베카는 괜찮다면서 고집을 부렸다. 레베카가 일하는 로펌에서는 출산 후 6주까지 유급휴가를 주었다. 휴가가 모두 끝나자 레베카는 육아에 전념하고 싶다며 휴직을 신청했다. 로펌에서도 무급휴직이라면 얼마든지 받아주겠다며 허락했다. 나는 레베카의 결정을 지지했다. 다만 하루 종일 아이에게 매달리는 건 지나친 집착이 아닌지 우려스러웠다. 레베카는 말 그대로 밤낮을 가리지 않고 아이 옆에서 지냈다. 밤에도 아이 방에 있는 텐트 침대에서 함께 잠을 잤다. 내가 건강을 돌봐가면서 아이를 챙겨도 된다고 하자 레베카가 벌컥 화를 냈다.

"엄마 노릇을 적당히 해도 된다는 뜻이야?"

나는 그런 게 아니라 엄마 역할을 완벽하게 해내야 한다는 강박관념을 가질 필요는 없다고 말해주었다.

"주말에는 내가 이던을 돌볼 테니까 당신은 좀 쉬어. 잠이 많이 부족할 텐데 주말만이라도 자두는 게 좋아. 아니면 육아도우미를 구해보는 것도 고려해봐. 당신도 이제 아이에게 매달려 있지만 말고 하고 싶은 일을 해. 가끔 친구들도 만나고, 영화나 연극이라도 보러가."

"이던을 남의 손에 맡기자고? 당신, 미쳤어?"

레베카가 벌컥 화를 내는 바람에 나는 육아도우미 얘기를 다시는 꺼낼 수 없었다.

이던을 낳은 지 10주가 지나면서 레베카와 다시 섹스를 시작했다. 레베카는 신경이 반쯤 다른 데에 가있어 섹스에 열중하지 못하고 건성으로 한다는 느낌이 들었다. 나는 다시 섹스를 할 수 있게 된 것만으로도 다행이라 생각해 불만을 토로하지 않았다. 섹스는 마치 식량 배급하듯 일주일에 두 번씩 이루어졌다. 섹스를 할 때 드는 시간은 전보다 더 짧아졌다. 레베카는 갈수록 섹스에 시큰둥했고, 뭐든 말을 꺼내기 무섭게 이던을 앞세웠다. 그런 문제들에 대해 대화를 나누어야 마땅했지만 괜한 다툼의 원인이 될까 봐 말하지 못했다. 나는 로펌 일에 몰두했다. 아이에게 집착하는 레베카의 강박관념이 염려됐지만 겉으로 내색하지 않았다. 아무리 좋은 뜻으로 말해도 날선 대답이 돌아올 게 뻔했기에 굳이 불편한 상황을 만들고 싶지 않았다.

로펌에서는 이제 레베카가 출근하기를 원했다. 이던이 태어난 지 9개월이 되었을 때 레베카는 로펌의 파트너 변호사들을 만났다. 레베카는 어쩔 수 없이 이던을 돌봐줄 육아도우미를 구하기로 했다. 마치 CIA에서 동유럽에서 비밀 임무를 수행할 요원을 고르듯 레베카는 까다롭기 그지없는 면접을 보았다. 나도 면접을 보는 자리에 몇 번 참석했다. 레베카와 나는 30대 중반인 도미니카 출신 여성 로자를 육아도우미로 낙점했다. 로자를 보는 순간 잘 해낼 수 있으리라는 감이 왔다. 로자는 로펌 복귀를 앞두고 초조해하는 레베카의 심정을 알아채고 달래주는 센스를 보였다. 나는 상황에 잘 대처하는 로자의 순발력이 마음에 들었다. 로펌에 나가기 시작한 레베카는 1시간마다 로자에게 전화해 이던이 잘 있는지 물었다. 레베카의 간섭이 지나쳤지만 로자는 불평하지 않고 잘 받아넘겼다. 언젠가 로자가 나에게 말했다.

"엄마 마음이 편해야 아이도 스트레스를 받지 않는다고 하던

데 부인이 이턴에 대해 너무 근심이 많아 걱정이에요."

로자는 묵묵히 일을 잘해내 레베카에게 신뢰를 받기 시작했고, 우리 부부생활도 차츰 정상궤도를 회복해 갔다. 우리 부부는 침실에서 함께 잠을 자기 시작했고, 일주일에 한 번씩 외출해 함께 저녁을 먹고 문화생활을 하고 돌아와 섹스를 했다.

나는 일주일에 세 번씩 프랑스어 강습을 받았다. 강사인 다니엘은 리옹 출신의 20대 후반 여성이었다. 다니엘은 나를 성실하고 집중력이 좋은 학생이라며 칭찬했다. 월요일, 수요일, 목요일 저녁 6시에 내 사무실에서 강습을 받았다. 내가 일이 늦어지는 날에는 부득이 시간을 조정했다. 나는 다니엘에게 파리에서 생활한 적이 있고, 프랑스어를 유창하게 구사하고 싶다는 바람을 이야기했다. 다니엘이 숙제를 내주면 완벽하게 해냈다. 레베카에게는 프랑스어를 공부한다는 말을 하지 않았다. 레베카가 알게 될 경우 파리에 있는 이자벨을 못 잊어 끈을 이어가고 싶어 한다고 넘겨짚을 게 뻔했다. 어느 정도 사실일지도 모른다. 레베카에게 들키지 않으려고 프랑스어 사전을 사무실에 놔두고, 공부가 끝나면 서둘러 집으로 돌아와 이턴과 놀아주었다.

일주일에 닷새는 퇴근하자마자 이턴과 함께 보냈다. 금요일에는 새로 사귄 친구를 만나 함께 시간을 보냈다. 《월스트리트 저널》 기자인 데이비드 케니코트는 얼마 전에 부인과 이혼했고, 일곱 살짜리 딸이 있었다. 이혼 과정에서 심하게 스트레스를 받았다고 했다. 데이비드의 딸 폴리는 이스트 70번가에서 엄마와 함께 살고 있었다. 데이비드는 영리하고, 재미있는 사람이었고, 위스키와 담배를 즐겼다. 이혼 이후 닥치는 대로 여자들을 만나 데이트를 즐겼다. 아마추어 밴드에서 테너색소폰을 불고 있었고, 실력이 좋은 편이었다. 데이비드와 함께 뉴욕에 있는 유명 재즈클럽들을 돌며 즐기는 사이 서로에 대한 신뢰가 쌓였다. 나는 가끔 데이비드에게 내 결혼생활에 대해 털어놓았다. 레베카와 문제를 터놓고 의논하고 싶지만 이성적인 대화가 불가능하다고 푸념을 늘어놓기도 했다.

어느 일요일에 데이비드를 집으로 초대했다. 데이비드는 레베카를 마음에 들어 했다. 나중에 내가 이유를 묻자 엄마 역할을 완벽하게 해내기 위해 애쓰는 마음이 느껴져 호감이 갔다고 했다. 데이비드는 나에게 현재 결혼생활에 만족하고 받아들이는 게 최선이라고 조언해주었다.

"아이가 생기면 부부 사이도 달라질 수밖에 없어. 자네 부부는 현재 적당히 잘 지내고 있는 거야. '왜 당신이 해야 할 일을 내가 다 떠맡아야 하지?' 같은 문제로 싸우지는 않잖아. 주어진 조건에 만족할 필요가 있어. 무엇보다 심각한 문제가 발생하지 않도록 조심하면서 평화를 유지해가기 위해 애쓰는 게 중요해. 부부 사이의 신뢰가 깨지는 문제가 발생하면 현재의 평화는 언제 그랬냐는 듯 훌쩍 사라져버릴 테니까."

데이비드의 지적은 정확했다. 몇 주 뒤 우리 부부에게 심각한 위기가 찾아왔다. 레베카가 내 사무실로 전화해 야근을 해야 한다며 로자에게 늦게까지 이턴을 돌봐달라고 부탁했다는 말을 전해주었다. 데이비드를 만나기로 한 날이었지만 약속을 취소하고 일찍 집에 들어가겠다고 하자 레베카가 말했다.

"그냥 데이비드를 만나서 즐기다가 들어가. 로자가 밤 10시까지 이턴을 잘 돌봐주겠다고 했으니까. 내일이 토요일이니까 로자에게 평소보다 좀 늦게 나오라고 하고, 초과 근무 수당을 더 챙겨 주면 되잖아."

나는 예정대로 데이비드를 만났다. 데이비드가 친구 하나를 더 데려왔다. 극작가인 피비 로전트는 재미있고 세련된 여성이었다. 피비는 처음 나를 보았을 때 뜨악한 눈길로 쳐다보았다. 내가 법정에 나갔던 복장인 칙칙한 색상의 브룩스브라더스 슈트 차림으로 약속 장소로 나갔으니 그럴 만했다. 내가 로펌에서 신탁과 유산 관련 소송을 다룬다고 하자 피비는 유족들이 서로 재산을 차지하기 위해 혈안이 되어있는 세태를 비판했다.

내가 지금은 새로운 '도금 시대(미국의 1860~1890년대, 산업화와 공업화의 영향으로 엄청난 부를 축적하던 시대를 일컫는 말로 마크 트웨인의 동명 소설 제목에서 유래되었다 : 옮긴이)'라고 하자 피비는 시대를 앞서가는 사람으로 보이려고 애쓰는 세태를 꼬집었다.

"페미니스트를 자처하는 여성들이 트라이베카의 고급 아파트를 사려고 애쓰죠. 여피들의 토론 주제가 햄프턴 휴양지에서 올여름을 어떻게 보낼지, 주식이 얼마나 올랐는지, 아르마니 슈트가 몇 벌 있는지가 전부고요. 혹시 아르마니 슈트를 몇 벌 갖고 있어요?"

"아르마니를 포함해 디자이너 슈트는 단 한 벌도 없고, 기성복만 세 벌 있어요."

데이비드가 옆에서 덧붙였다.

"샘은 재즈클럽에 갈 때 블랙 진에 가죽 재킷을 입어."

"자아 분열이네요."

나는 어깨를 으쓱하고 나서 말했다. "사실은 나도 극작가인 당신처럼 인생 이야기를 다루는 일을 해요. 자기 자신은 물론 타인들의 삶을 힘들게 하는 사람들이 내 고객들이죠. 내가 일을 어떻게 하느냐에 따라 내 고객들의 인생 이야기가 크게 달라지죠. 돈과 섹스가 인류문화의 바탕은 아니지만 사람들을 움직이는 중요한 동기라는 걸 부인할 수 있을까요?"

피비가 데이비드에게 말했다. "그동안 왜 이처럼 재미있는 사람을 보여주지 않고 꼭꼭 숨겨두었어?"

그때 내 머릿속에서 한 가지 생각이 떠올랐다.

'이 여자와 나 사이에 즉각 연결되는 뭔가가 있어.'

결혼생활에 대한 의심이 너무 많이 쌓인 탓이었을까? 이던이 태어난 후에 겪은 레베카의 강박과 독선에 질려 다른 여자에게 눈길이 가게 되었을까? 보스턴의 리츠칼튼호텔을 나와 걸었던 눈길에서 레베카와의 결혼이 현명한 선택일지 고민했던 이후 다른 여자에게 관심이 간 건 처음이었다. 그때 나는 결혼 서약을 어기지 않겠다고 결심했고, 이제는 한 아이의 아빠가 되어 있었다. 레베카와의 결혼생활이 로맨틱하지는 않아도 비교적 안정적으로 유지되고 있었다. 이던의 미래를 위해서도 안정적인 가정이 필요했다. 사람들은 결혼생활을 안정적으로 이어가려면 노력이 필요하다고 말한다. 결혼은 지옥 같은 타협의 연속이라고 말한다. 결혼을 약속하고 나서 단 한 번의 예외를 빼면 나는 레베카에게 충실했다. 결혼생활을 하는 동안 혼자라는 생각이 들며 외로움을 느낄 때에도 레베카에게 힘이 되어주려고 애썼다. 레베카는 변호사 경력에 먹구름이 끼기 시작할 때부터 자기 안의 악마와 살게 됐다. 나는 점점 위태로워지는 부부생활을 지속하려면 개선해야 할 일이 많다는 사실을 애써 외면하며 살아왔다. 평화를 위해 레베카의 일방적인 선택을 받아들였다. 부부 사이에 대립이 발생하면 논쟁을 피하고 문제를 봉합하기에 급급했다. 큰 갈등 없이 하루가 지나면 그것으로 안도했다. 그런 가정생활을 빼면 나머지 시간은 일에 몰두했다. '내가 집에서 만족을 얻지 못하기 때문에 일에 매달리는 건가?' 하는 생각을 품지 않을 수 없었다.

피비가 내 왼손에 끼고 있는 결혼반지에 눈길을 줄 때 나는 본능적으로 주먹을 쥐었다. 마치 결혼반지를 숨기고 싶다는 듯이. 피비가 은연중 취한 내 행동을 보고 미소를 지은 뒤 가방에서 수첩과 펜을 꺼내 자기 이름과 전화번호를 갈겨썼다.

"이제 가야 해요. 전화를 기다릴게요."

피비는 연락처를 적은 종이를 찢어 내게 내밀었다.

"기회가 되면 언제 맥주 한잔 해요."

나는 한편으로 그러길 원했고, 다른 한편으로는 내 삶을 복잡하게 만들어서는 안 된다고 생각했다. 동시에 내 머릿속에서 악동의 목소리가 속삭였다. '인생을 꼬아야 사는 맛이 나지.'

피비가 다가와 내 입술에 가볍게 입을 맞추고 나서 속삭었다.

"전화 기다릴게요."

피비가 떠난 뒤 데이비드가 내 팔을 툭 치며 말했다.

"자네가 도도한 피비를 단박에 사로잡았네."

"그럴 마음은 없었어."

"서로 마음이 통한 거야."

"통하려고 애쓴 적 없어."

"그런 태도가 오히려 피비에게 편안한 느낌을 준 거야."

"나는 잘 모르겠어."

"자네가 은연중 결혼반지를 숨기려 할 때 피비가 봤어. 피비는 곧장 눈치 챈 거야. '괜찮은 남자인데 부부관계는 그다지 좋지 않네.'라고."

"내가 괜찮은 남자로 비쳤다니 기분은 좋네. 그렇지만 전혀 그럴 의도는 아니었고, 우리 부부 사이도 그리 나쁘지는 않아."

"좋다고 말할 수 있어?"

나는 대답 대신 자리에서 일어서며 집에 갈 시간이라고 했다. 집에 도착해보니 레베카가 겁에 질린 얼굴로 이던을 안고 있었다.

"10시가 되기 전에 집에 왔는데 이던이 저녁부터 일곱 번이나 토했대. 애가 기운이 하나도 없어. 로자 말로는 혹시 벌레 같은 걸 먹은 건 아닌지 걱정된대. 자꾸 토하고 기운이 없는데 혹시 뇌수막염이면 어쩌지?"

"발진이 있어? 경련은? 내가 좀 볼게."

이던은 열이 약간 있었고, 깊이 잠들어 있었다. 내가 이름을 부르고, 몸을 톡톡 쳐도 아무런 반응이 없었다.

"발진은 전혀 없었어?"

"내가 살펴봤는데 발진은 없었어."

이던의 자그마한 다리를 들어 발 안쪽을 살펴보았다. 레베카는 내 옆에 있었고, 내가 발견한 발진을 동시에 보았다.

레베카가 날카롭게 소리쳤다. "이런, 빌어먹을!" 이던의 발바닥에 적갈색 발진이 있었고, 이미 수포가 생기기 시작한 상태였다.

나는 침착하려 애쓰며 말했다. "여태 발진을 못 봤어?"

"그래, 나는 못 봤어. 내가 그냥 가만히 앉아 이던이 뇌수막염인 걸 알아낸 것 같아?"

"당신을 비난하는 게 아니잖아. 당장 응급실에 가야 해."

위기 상황에서 내 목소리는 늘 차분해지는 편이었다. 나는 이던을 품에 안고 현관을 향해 뛰었다.

레베카가 뒤에서 소리쳤다. "애를 내가 안을게!" 레베카는 담요를 챙겨들고 있었다. 에어컨 바람을 막아주기 위한 담요였다. 나는 따지지 않고 이던을 넘겼다. 엘리베이터를 타고 밖으로 나와 택시를 잡았다. 제일 가까운 세인트빈센트병원은 환자가 많기로 유명해 도심 건너편에 있는 뉴욕하스피틀로 가는 게 나을 듯했다. 뉴욕하스피틀은 어퍼이스트사이드에 있는 병원이었고, 이던이 태어난 곳이기도 했다. 금요일 밤 11시인데 뉴욕하스피틀의 응급실 역시 혼잡했다. 나는 접수원에게 9개월 된 아이인데 뇌수막염인 것 같다고 말했다. 접수원이 수화기를 들고 긴급 호출을 했고, 몇 분 지나지 않아 소아과 의사가 간호사 두 명을 데리고 나타났다. 의사는 증세로 보건대 뇌수막염이 의심된다며 혈액 검사와 요추 천자를 의뢰했다. 레베카는 낭떠러지에서 떨어지기 직전의 표정이었다.

레베카가 울먹이며 말했다. "내가 좀 더 일찍 발견했어도……."

의사가 물었다. "언제 처음 발진을 발견하셨죠?"

내가 말했다. "30분 전에요."

"당신이 집에 오기 1시간 전에 로자에게서 이던을 인계 받았어. 그때만 해도 발진이 없었지. 정말이야. 내가 샅샅이 살펴봤어."

의사가 말했다. "발진은 갑작스럽게 나타나기도 하죠. 너무 자책하지 마세요. 발진을 발견하자마자 병원에 오신 건 잘하셨어요."

레베카가 큰 소리로 말했다. "내가 야근을 한다고 했을 때 당신이 말렸어야지."

의사가 레베카의 어깨에 손을 얹어놓았다.

"절대로 부모의 불찰이 아닙니다. 뇌수막염은……."

"제가 막을 수 있었어요."

레베카가 울부짖듯이 소리쳤다. 의사가 재빨리 나와 눈빛을 교환했고, 레베카가 그 모습을 보았다.

"지금 두 사람 다 나를 비난하고 있는 거야?"

의사가 간호사에게 귓속말을 하고 나서 레베카에게 말했다.

"간호사를 따라가서 좀 쉬세요, 그래도 안정이 필요하면……."

"씹할! 나에게 이래라 저래라 간섭하지 마."

"레베카, 간섭이 아니라……."

"내 잘못이라는 걸 다 알고 있다는 거지?"

간호사가 말했다. "여기서 언성을 높이면 안 됩니다." 간호사가 레베카의 어깨를 잡았다. 안심시키려고 잡은 게 아니라 제지하려는 동작이었다. "자, 저랑 함께 가시죠. 부인께서는 지금 휴식을 취하고 안정을 찾아야 해요."

"나는 안 가. 이던 옆에 있어야 해."

레베카가 몸을 빼려고 몸부림치자 다른 간호사가 한쪽 어깨를 마저 잡았다. 레베카는 양쪽 어깨를 잡혀 꼼짝 못하는 처지가 되었다. 그 와중에도 미친 듯이 몸부림치며 고래고래 욕설을 퍼부어댔다. 그야말로 제정신이 아니었다.

의사가 걱정스러운 눈빛으로 나를 보며 물었다.

"진정제를 써도 될까요?"

나는 마지못해 고개를 끄덕였다.

간호사들이 양쪽에서 계속 어깨를 잡고 있자 레베카는 더욱 거칠게 반항했다. 의사가 주사기와 주사약을 집어 들더니 간호사에게 레베카의 소매를 걷어 올리라고 지시했다. 그러자 레베카가 더욱 심하게 발악했다.

레베카가 나를 향해 소리쳤다. "그냥 보고만 있을 거야?"

"지금은 이던이 중요해." 나는 이던이 누워 있는 작은 병상 옆에 그대로 서 있었다. 내 아이가 이제 죽을지도 모르는 상황이었고, 극도로 마음이 초조했다.

의사가 주사를 놓으며 간호사들에게 말했다. "꽉 잡아요." 잠시 후 레베카는 폭력적인 행위를 멈추고 잠잠해졌다. 간호사 하나가 레베카를 잡고 있었고, 다른 하나가 휠체어를 가져왔다.

그들이 눈을 뜨고 잠든 것 같은 레베카를 휠체어에 태워 복도로 데려갔다. 의사는 레베카를 정신 병동으로 보내 보호 관찰해야 한다며 전에도 강박 증세를 보인 적이 있는지 물었다. 나는 고개를 끄덕였다.

"아드님은 물론이고 부인께서도 치료를 받아야 합니다."

의사가 이던을 곧바로 소아 집중치료실로 보내 요추 천자로 뇌척수액 검사를 해야 한다고 말해주었다. 뇌척수액의 백혈구 수가 증가해있고, 단백질 수치가 높고, 혈당 값이 올라간 상태이면 뇌수막염이라고 설명했다.

"후유증이 나타날 수도 있나요?"

"몹시 마음이 불편하실 텐데 솔직하게 말씀드리자면 후유증이 나타날 수도 있습니다. 발진을 발견하자마자 아이를 병원으로 곧장 데려온 건 매우 다행스러운 일입니다. 게다가 1시간 전만 해도 발진이 없었다는 것도 다행이고요. 검사 결과가 나오려면 예닐곱 시간이 걸립니다. 저는 퇴근해야 하니까 접수창구에 전화번호를 남겨두세요. 검사 결과가 나오는 대로 곧장 연락을 드리겠습니다."

"저는 그냥 병원에 남아있겠습니다."

"내일 아침까지는 알 수 있는 게 아무것도 없습니다. 병원에 계셔도 바뀌는 게 없는데 굳이 딱딱한 의자에서 밤을 새시게요? 부인께서 이성적인 판단을 못하고 있는 상황인데 아이를 위해서라도 건강을 지켜야죠. 일단 집으로 돌아가 수면을 취하세요. 수면제가 필요하면 말씀하세요."

나는 고개를 가로저으며 이던이 검사를 받는 동안 옆에 있어도 되는지 물었다. 의사가 고개를 가로저었다.

"제 말대로 집으로 돌아가세요. 결과가 나오는 대로 곧장 연락드릴 테니까요."

나는 집에 가기 싫었지만 의사가 가라고 강권하다시피 했다.

의사가 옳을지도 몰라. 앞으로 닥칠 일들을 잘 처리하려면 쉬어야 해.

"이던이 잘 이겨낼 수 있을까요?"

의사가 잠시 주저하다가 말했다.

"앞으로 48시간이 중요합니다."

대기실에 있는 공중전화로 데이비드에게 전화했다. 자동응답기가 전화를 받아 짧게 메시지를 남겼다. 메시지를 듣는 대로 전화를 달라고 하고 집으로 갔다. 두 시간 동안 전화기 옆에 앉아 스카치위스키를 홀짝거렸다. 병원에 전화해 소아 집중치료실 간호사와 통화했다. 아직 검사 결과가 나오지 않았다고 했다. 나는 옷을 벗고 침대에 들어가 잠을 청했다. 잠이 오지 않아 다시 소아 집중치료실에 전화했다. 여전히 검사 결과가 나오지 않았다고 했다. 간호사는 내 전화번호를 주면 결과가 나오는 즉시 연락해주겠다고 했다. 의사가 오전 8시 반에 출근하는데 그

때쯤 결과가 나올 거라고 했다. 나는 알람시계를 맞추었다. 의사가 전화하기 전까지 몇 시간 동안 잠을 잘 수 있었다. 8시 30분에 알람이 울렸고, 8시 36분에 의사로부터 전화를 받았다.

의사는 이턴이 위기를 넘기고 안정됐다는 소식을 전하며 한두 가지 후유증이 염려된다고 했다. 나는 가령 어떤 후유증이 나타날 수 있는지 캐물었지만 의사는 직접 만나서 얘기해주겠다고 했다. 레베카에 대해서도 물어보았다. 레베카도 지금은 안정을 찾았지만 아침에 일어나자마자 집중치료실로 이턴을 보러 가겠다며 소란을 피웠다고 했다. 간호사가 담당 의사가 출근할 때까지 기다려야 한다고 말하자 레베카가 돌연 폭발해 정신 병동을 나가려고 했고, 어쩔 수 없이 진정제를 다시 놓아주었다고 했다. 나는 1시간 이내에 병원에 도착하겠다고 말해주었다.

이턴은 열흘 동안 집중치료실에 있었다. 이제 바이러스는 없어졌지만 청각이나 균형 감각, 간과 콩팥에 후유증이 남았을 수도 있다고 했다.

"아직 모든 걸 정확하게 알 수는 없습니다. 증세가 심각할지, 영구적일지, 가벼울지 당장은 알 수 없습니다. 아예 후유증이 없을 수도 있습니다. 기본적인 검사 몇 가지를 했는데 청각이 우려되긴 합니다. 청각장애 여부도 시간이 흘러야 정확하게 알 수 있습니다. 더 확실한 결과를 알려주지 못해 대단히 죄송합니다. 그나마 현재 아이의 생명은 무사합니다. 뇌수막염으로 잘못

되는 경우가 많은데 정말 다행스러운 점입니다."

레베카에게 후유증 이야기를 해주지 않았다. 나는 뇌수막염 관련 연구 자료를 전부 찾아내 읽었다. 뇌수막염 권위자로 알려진 전문의를 두 명 찾아내 직접 만나보기도 했다. 그 결과 뇌수막염의 끔찍한 후유증에 대해 자세히 알아냈다. 전문가들도 뉴욕하스피틀 의사의 말이 옳다고 인정했다. 이던이 아직 너무 어려 추후 어떤 후유증을 앓게 될지 알기 힘든 단계라는 것이었다.

이던을 퇴원시키는 날에 레베카도 함께 병원을 나왔다. 레베카는 자기가 야근을 하는 바람에 이던이 병을 앓게 됐다고 계속 자책했다. 나는 터무니없는 생각이고, 우리가 바이러스를 막을 방도는 없었다고 말해주었다. 그러자 레베카는 내가 그날 집에 있었으면 이런 일이 발생하지 않았을 거라며 화살을 내게로 돌렸다.

나 역시 자책감에 휩싸여 있었다. 처음 만난 여자와 시시덕거리지 말고 한두 시간이라도 일찍 집에 오지 않은 게 후회되었다. 이제 풀타임으로 일하게 된 로자가 우리의 대화에 끼어들었다.

"어느 누구의 책임도 아니고, 자책해봐야 아무런 소용없는 일이잖아요."

레베카는 그 말을 듣고 나서 즉시 로자를 해고하겠다고 윽박

질렀다. 나는 로자에게 레베카의 말에 너무 신경 쓰지 말라고 다독거렸다.

그다음 주에 이턴을 병원에 데려갔다. 소아과 의사인 엘링험 박사는 뉴욕하스피틀 팀의 진료기록을 잘 숙지하고 있었다. 엘링험 박사는 이턴의 청각 상실이 염려되는 상황인 만큼 청력검사와 균형감각 검사를 해야 한다고 말했다.

그 말을 들은 레베카는 마치 절벽에서 떨어지기 직전인 사람처럼 놀란 표정을 지었다. 엘링험 박사는 레베카에게도 정신과 진료를 받아야 한다고 말했다. 레베카가 병원에 있을 때 처방받은 약을 먹지 않은 사실을 알고 나서는 더욱 진료받기를 권했다.

나는 집으로 돌아오는 택시 안에서 레베카에게 왜 약을 먹지 않았는지 물었다.

"나 같은 엄마는 안정을 누릴 자격이 없어. 나 같은 엄마는 계속 고통을 받아야 해."

나는 레베카에게 정신과 의사를 찾아가 상담을 받아보라고 권했다. 레베카는 내 말을 받아들여 정신과 의사를 만나 상담했다. 정신과 의사는 레베카의 상태가 약을 복용해야 할 만큼 심각하다고 진단했다. 레베카는 다시 바륨을 복용하기 시작했고, 이후로 몇 달 동안 안정을 찾았다. 몇 달 사이에 우리에게 힘든 일들이 밀어닥쳤다. 이턴은 뇌수막염 후유증으로 청력의 75퍼센트를 잃었다. 레베카와 나는 큰 충격을 받아 넋이 나갈 정도였다. 우리 부부는 저명한 이비인후과 전문의 세 명을 만나보았고, 그 중에서 헬가 체르프라는 독일 여자 의사가 가장 마음에들었다. 체르프 박사는 솔직하고 직설적인 사람이었고, 갖가지검사를 하고 나더니 진찰 결과를 정확하게 설명해주었다.

"뇌수막염 때문에 신경이 손상돼 감각 신경성 난청이 일어났습니다. 이던이 아직 만 1세가 되지 않아 청각 자극에 어떻게 반응하는지 완벽하게 측정할 수는 없습니다. 아마도 청력의 75퍼센트를 상실했을 것으로 추정됩니다. 보청기가 필요한지, 수어를 가르쳐야 하는지 아니면 보통 사람들처럼 말하는 법을 마스터할 수 있을지 아직은 저도 명확한 답을 드릴 수 없습니다. 이던이 아직 어리기는 하지만 보청기를 삽입해 소리와 음성을 들을 수 있는지 시험해보고 싶습니다. 이 시기에는 소리와 음성을어떻게 받아들이는지 살펴보는 게 매우 중요하니까요. 계속 주의를 기울여 관찰하며 치료를 병행해야 하고요. 이던이 이 어려운 문제를 극복하려면 지속적인 관찰이 필요합니다."

그날 저녁 레베카는 집으로 돌아와 이던을 침대에 눕히고 나서 욕실로 들어가 문을 잠그고 악다구니를 써댔다. 비명소리가계속 이어졌다. 내가 아무리 애원해도 레베카는 문을 열어주지않았다. 나는 결국 레베카가 슬픔을 다 토해내도록 내버려두기로 했다. 밖에 나가 좀 걷다가 오겠다고 하고 동네에 있는 술집에 가서 맥주와 위스키를 주문했다. 담배에 불을 붙이고, 손바닥에 얼굴을 묻었다. 술집에서 울고 싶지는 않았지만 스트레스와 피로가 극에 달해 참을 수 없었다. 지난 며칠 동안 우리 가족을 덮친 불행에 마음이 괴로웠고, 내가 이턴을 보호하지 못했다는 자책감을 견딜 수 없었다. 인생의 비극과 마주할 때 어떤 기분이 되는지 절절하게 깨달았다. 일찍이 어머니를 잃은 슬픔과 무심한 성격의 아버지를 대하느라 힘든 시간을 보내긴 했지만 그동안 심한 재난을 겪은 적은 없었다. 내 인생에서 중요한 사람이 끔찍한 상해를 당해 고생한 적도 없었다.

나와 우리 가족에게 찾아온 비극은 이제 내가 살아 있는 한 있는 그대로 받아들여야하는 책무였다. 우리 부부는 인생의 재난을 함께 겪고 있었고, 그런 점에서 공모자였다. 일방적으로 어느 한쪽에만 잘못이 있지 않았다. 잘못된 일을 겪을 때 우리는 서로 상대를 탓하게 된다. 커다란 불행이 우리 인생의 중심에 곧장 내려앉았다. 부모에게는 자식에게 밀어닥친 불행만큼 끔찍한 일이 없다. 내 아이가 평생 장애를 안고 살아가게 됐다. 나는 이 괴롭고 절망적인 사실에 직면해있었고, 내 인생의 궤적이 완전히 달라지게 되리라는 걸 느꼈다.

레베카는 일주일에 세 번 정신과 의사를 찾아가 상담을 받았다. 상담을 받고 약을 꾸준히 복용한 덕분에 그나마 안정을 찾아갔다. 레베카는 나에게 로펌을 그만두고 이턴을 돌보겠다고 했다. 나는 설령 그렇게 하더라도 일손이 많이 필요할 테니 로자를 계속 오게 하자고 설득했다. 레베카에게 말할 수는 없었지만 상태가 또다시 나빠질 경우에 대비해서라도 로자가 반드시 필요했다. 내가 벌어들이는 수입만으로도 로자의 급여를 지불할 형편이 되어 다행이었다. 이던이 최상의 의료 서비스를 받을 수 있도록 지원할 수 있어서 다행이었다. 이던은 귀 안쪽에 작은 보청기를 삽입하는 수술을 받았다. 레베카는 그 수술로 이던이 청각을 회복할 수 있을 거라고 말했고, 나는 그 말에 맞장구쳤지만 사실 속으로는 부정적인 생각이 더 컸다. 내가 이던에게 큰소리로 말하고 귀 가까이에서 손뼉을 쳐도 전혀 반응하지 않았다. 로자 역시 이던이 아무런 반응도 보이지 않는다고 했다. 이던은 침묵의 세계에 갇혀 있었다. 나는 체르프 박사를 정기적으로 찾아갔다. 체르프 박사는 이던이 좀 더 성장하면 보청기가 효과를 발휘할 수 있을 거라고 했다. 아직 뇌수막염 후유증의 범위와 경중을 모두 파악하기는 이르다고도 했다. 레베카는 싱글 침대를 사서 아이 방에 놓아두고 거기서 잠을 자기 시작했다. 우리 부부의 섹스는 당연히 중단됐다. 나는 레베카가 아이의 옆을 지키고자 하는 생각에 반대하지 않았지만 부부 사이에 섹스가 중단되면 좋을 게 없다는 뜻을 여러 번 전했다. 섹스 없는 결혼생활은 갈수록 문제를 심각하게 만들 뿐이니까.

"이던이 평생 장애를 안고 살아갈지도 몰라. 이런 마당에 당신은 쌀 생각만 해?"

"그런 말이 아니잖아. 난 혼자서도 해결할 수 있어. 내가 말하는 건 부부 사이에 필수 요소인⋯⋯."

"섹스를 하지 않고 잘 지내는 부부도 많아."

"중년을 넘어 서로에게 담담해진 부부들이지."

"대단한 성찰을 하셨네."

"일주일에 한 번쯤은 단둘이 지낼 시간을 낼 수 있잖아?"

"큰 걱정거리가 있는데 섹스를 하자고? 난 섹스는 변기 커버만큼도 생각 안 나."

"비유가 신랄하네."

"내 비유에 익숙해질 때가 되지 않았어?"

"부부는 연결고리가 있어야 해."

레베카가 단호하게 말했다. "이게 연결고리야." 그런 다음 레베카는 더 이상 나와 얘기하지 않으려고 했다.

인생이라는 이야기 속에서 우리는 한 번쯤 자기도 모르게 체념하게 된다. 나에게는 체념도 우리 가족에게 밀어닥친 비극과 마찬가지로 처음 겪었다.

나는 내 안에 깃든 우울이 사람들 앞에서 잘 드러나지 않도록 잘 감추고 지내왔다. 그래도 우울은 나를 규정하는 성격의 일부로 자리 잡았다. 체념은 새로운 영역이었다. 나는 평일에도 최소한 1시간씩 이던과 함께하려고 애썼고, 주말에는 거의 모든 시간을 옆에서 보냈다. 이턴은 막 걸음마를 시작했다. 잘 웃지도 않고, 내 말에 거의 대답을 하지 않았다. 바로 옆에서 소리쳐도 마치 멀리서 들리는 소리를 들은 듯 느리게 반응했다. 체르프 박사는 이턴에게 최대한 큰 소리로 말하라고 했다. 다만 아이가 혼란스럽지 않게 몇 번 집중해서 크게 말해야 한다고 했다. 희망의 불빛은 너무 작고 희미했다. 나는 점점 자포자기 상태에 이르렀다. 무엇이든 해결책이 있기 마련이라고 믿었던 평소의 신념도 소용 없었다.

이혼 후에 심각한 우울증을 겪은 데이비드는 내 징후가 심상치 않다는 걸 알아채고 상담 전문가를 소개했다. 패트릭 쾨그는 원래 예수회 수사였는데 50대 중반에 상담 전문가로 나선 사람이었다. 인간적이고 열정적인 사람이었고, 나는 그를 통해 그다지 따뜻하지 못했던 내 자신의 가정환경과 불안정한 결혼생활, 애정 결핍 등을 대면할 수 있었다. 나는 패트릭에게 이자벨에 대한 이야기를 들려주었다. 이자벨을 밀어낸 뒤 내 안의 근본적인 무엇이 사라진 것 같다고.

"당신이 함께 지내자고 했을 때 모호한 태도를 취하던 사람이 갑자기 180도 바뀐 모습을 보이면 누구든 당연히 혼란스럽고, 일단 상대의 진의를 의심하게 되죠. 너무 자책하지 마세요. 당신 자신에게 모든 원인이 있지는 않으니까."

레베카에 대해 패트릭은 양극성 장애로 보인다고 진단했다.

그러면서 레베카가 자제력을 잃을 경우 나 자신과 이던을 보호해야 한다고 일러주었다. 레베카의 극심한 감정 기복과 공격성을 견뎌내며 살 것인지, 이던을 데리고 떠날 것인지 선택해야 하는 때가 찾아올 수도 있을 것이라는 말도 했다.

매주 한 번씩 패트릭을 만나 상담했다. 몇 달째 되던 날, 나는 패트릭에게 만나는 여자가 생겼다고 말해주었다. 패트릭은 어떤 여자인지 물었다. 나는 똑똑하고 열정적인 여자이고, 직업이 극작가라고 대답해주었다.

패트릭이 물었다. "그 여자를 사랑합니까?"

"사랑에 빠질지도 모르겠어요. 피비는 나를 사랑한다고 말하지만 상처받을까 봐 두려워요. 유부남과 연애하면 결국 불행해지는 경우가 많으니까."

"서로 사랑해서 두 사람이 함께 미래를 열어간다면 이야기가 달라질 수도 있죠."

"아직 확신하기에는 이른 것 같아요."

"누구나 자기 자신의 콤플렉스와 관련된 문제를 회피하기 마련입니다."

"이제 선생님도 제가 인간관계에서 죄책감을 느끼는 것에 대해 누구보다 잘 아시잖아요. 아버지가 거리를 두는 것에 대해서도 저는 늘 제 잘못이라고 생각했어요. 이자벨과 헤어진 것도 저에게 문제가 있기 때문이라고 생각했죠. 레베카를 배신하는 게 두려워요. 그렇지만 레베카는 우리 부부 사이에 더 이상 섹스는 없을 거라고 말하죠. 그런 말을 들을 때마다 견디기 힘들어요."

피비와의 만남은 망설임 끝에 시작되었다. 도무지 잠이 오지 않던 밤에 나는 피비에게 긴 편지를 썼다. 처음 만나고 몇 달 만에 불쑥 연락한 걸 미안하게 생각한다면서 이턴에게 벌어진 일과 점점 불행해지는 내 결혼생활에 대해 설명했다. 안 좋은 얘기를 늘어놔 미안하다고 하고, 허락한다면 술을 한잔 사고 싶다고 적어 보냈다.

레베카와 이턴이 옆방에서 잠들어 있는 새벽 3시에 새로 구입한 애플 컴퓨터로 편지를 쓰는 기분이 어땠냐고? 불륜을 저지르고 있는 느낌이 들어 마음이 불편한 한편 기분이 짜릿했다. 솔직히 가당치 않은 희망이 느껴지기도 했다.

이튿날 사무실에 출근하기 전까지 편지를 프린트해 팩스로 보내지 않았다. 집에서 팩스를 보내면 레베카가 알아챌 수도 있었다. 레베카는 팩스기에 나오는 송수신 번호 목록을 유심히 살펴보는 습관이 있었다. 레베카는 질투심이 많았다. 나는 과거에도 부부 사이의 계명을 깨지 않겠다고 레베카를 안심시킨 적이 있었다. 레베카는 섹스를 멀리한 뒤로 내 일거수일투족을 예민하게 관찰했다. 내가 어디서 누구를 만나고, 어디로 팩스를 보냈는지 수시로 살폈다. 언젠가 레베카에게 왜 섹스는 거부하면서 나를 의심하는지 따져 물은 적이 있었다. 하지 말았어야 할 질문이었다.

"앞으로 나를 의식하지 말고 다른 여자와 자."

"무슨 뜻이야?"

"당신 마음대로 해."

레베카의 그 말은 분풀이일 뿐 진심이 아니었다. 레베카의 분노에 찬 목소리가 뜻밖의 효과를 냈다. 그 목소리에 이던이 몸을 살짝 떤 것이다.

"방금, 이던을 봤어?" 나는 이던이 큰 소리에 반응한 것에 마음이 들떴다. 비록 그 소리가 부모의 말다툼일지라도.

"내가 당신에게 소리치니까 이던이 기분 나쁘다는 신호를 보내네."

"반드시 기분이 나빠서 신호를 보낸 건 아니겠지."

"아, 그럼 이 좆같은 부부 관계를 축복해준 건가?"

"이던은 최상의 의료 지원을 받고 있어. 앞으로 최상의 교육을 받게 될 거야. 수어도 배우고, 언젠가 말을 할 수 있게 될 거라 확신해. 적절한 치료를 계속 받으면서 성장하면 언젠가 다시 청력을 회복할지도 몰라."

"대단한 낙관주의자 나셨네. 넌 나가서 다른 여자랑 씹질이나 해. 나는 다시는 너랑 안 할 거니까. 좆같은 새끼. 네가 왜 좆같은지 알아? 이던이 병에 걸린 날, 내가 야근하겠다고 했을 때

너라도 말렸어야지. 내가 그날 집에만 있었어도……."

"미친 소리 그만해."

"뭐, 미친 소리? 내가 미쳐? 나는 지금 지옥에 있는데 미쳤다고?"

"또 술을 마셨지?"

"이런 씹할."

"보드카가 당신에게는 독약이야. 보드카는 술 냄새도 안 나. 다 마신 보드카 병을 욕실 창틀 바깥쪽에 숨겨두었지?"

"씹할, 아주 소설을 쓰지 그래!"

레베카가 욕실로 달려갔다. 내가 뒤따라갔지만 레베카는 욕실 안에서 문을 걸어 잠갔다. 나는 갑자기 화가 치밀어 문을 열라고 소리쳤다. 문손잡이를 마구 흔들어대고, 문을 손으로 쾅쾅 쳐댔다.

레베카가 안에서 소리쳤다.

"아예 문을 부숴라, 씹할, 다 부숴버려."

나는 체중을 실어 문을 향해 몸을 던졌다.

두 번째로 몸을 던지는 순간 레베카가 문을 열었다. 나는 레베카와 충돌했고, 쓰러지면서 세면대에 함께 부딪쳤다. 그 순간, 레베카가 손톱으로 내 목을 할퀴었다.

내가 비명을 질렀다. "이런 좆같이!"

레베카가 또 나를 할퀴려고 했지만 이번에는 내가 손을 잡으며 제지했다.

레베카는 계속 소리를 질렀다. "그래, 씹할, 다 부숴라! 나는 위자료를 챙겨 떠나면 그만이야! 백만 달러를 뜯어내줄게!"

나는 레베카를 밀치고 나서 타월을 집어 들고 목에서 흐르는 피를 막았다. 욕실 창문이 그대로 열려 있었다. 나는 비틀거리며 걸어가 창틀 뒤쪽을 확인했다. 거기에 늘 있던 보드카 병이 없었다. 8층 아래 골목을 내려다보았다. 깨진 보드카 병이 있으려니 했지만 보이지 않았다. 나는 침실로 가서 옷가지와 세면도구를 가방에 챙겨 넣고 현관을 나섰다. 아파트 복도에서 엘리베이터를 기다리며 생각했다.

너무 끔찍해. 이렇게 살 수는 없어. 그렇지만 저 미친 여자 옆에 내 아이를 두고 떠나려 하다니?

나는 몸을 돌리고 열쇠를 꺼내 현관문을 열고 집 안으로 다시 들어갔다. 멀뚱히 쳐다보는 레베카에게 방금 전에 있었던 일은 다 잊어버리라고 말했다. 이턴을 품에 안고 있던 레베카는 어깨를 으쓱했다. 내가 이턴을 넘겨받으려고 하자 레베카는 내놓지 않으려고 몸을 버둥거렸다. 그러다가 내가 침착한 목소리로 '지금 당신에게 필요한 건 잠이야.'하고 말하자 결국 이턴을 나에게 넘기고 아이 방에 있는 침대로 갔다. 30분 뒤, 레베카가 곯아떨어진 걸 확인하고 나서 살금살금 아이 방으로 가 이턴을 침대에 눕혔다. 그런 다음 안방 침대로 가 처방받은 수면제 한 알을 먹었다. 수면제가 효과를 발휘하기까지 다른 날보다 시간이 오래 걸렸다. 나는 멍하니 침실 천장을 바라보며 잠의 세계로 빠져들기를 기다렸다. 마침내 잠에 빠져들었고, 몇 시간 동안 세상을 잊을 수 있었다. 잠에서 깨자 레베카가 눈에 보였다. 잠옷 차림의 레베카가 내 옆에서 나를 끌어안고 어깨에 기대 흐느끼며 말했다.

"사랑해. 너무 미안해."

나는 레베카를 껴안아주며 괜찮다고 안심시켰다. 물론 괜찮다는 말은 전혀 사실이 아니었다. 위태로운 사람과 함께할 때는 진실을 말하는 게 전혀 도움이 되지 않는다는 걸 알 뿐이었다. 레베카가 나에게 키스했다. 내가 화답해 키스하려고 하자 레베카가 나를 밀치며 말했다.

"아직 준비가 안 됐어."

그날 아침, 사무실에 들어서자 피비가 보낸 팩스가 와있었다.

안녕하세요, 샘.

편지를 읽는 동안 많이 심란했어요. 다른 사람의 나쁜 소식이 자기 일처럼 심란하게 받아들여질 때가 있잖아요. '인생이 갑자기 이렇게 위태로워질 수 있구나.' 하는 생각이 들었죠. 편지를 읽는 동안 머릿속에서 많은 생각들이 교차했어요. 당신은 인내심이 정말 대단해요. 저는 아이를 낳은 적이 없지만 조카가 다섯이 있어요. 다운증후군인 조카 때문에 오빠의 결혼생활이 파탄 나는 걸 옆에서 지켜봤어요. 장애를 가진 아이가 부부에게 어떤 영향을 미치는지 알게 되었죠. 당신의 편지를 읽고 힘든 시간일 거라 생각했어요. 네, 저도 빠른 시일 내에 같이 한잔하고 싶어요.

힘내시기를.

피비 드림.

며칠 뒤, 나는 레베카에게 동료 변호사들과 모임이 있어 늦을 거라고 말했다. 아침에 출근할 때부터 레베카는 저기압이었다. 이던이 밤새 잠을 설치며 칭얼거린 탓이었다. 앞으로는 나도 밤에 이던을 돌보겠다고 했더니 레베카가 말했다.

"오늘도 중요한 재판이 있고, 밤에는 변호사 모임이 있다며?"

"그래도 당신 혼자 잠을 못 자고 애를 보는 건 불공평하잖아."

"착한 척하지 마. 1시간도 못 버티고 나가떨어질 거면서."

"그만하자."

"그래야지. 계속했다가는 나만 나쁜 년이 될 테니까."

레베카는 그 말을 하며 내 앞으로 바짝 다가왔다. 알코올중독인 사람들은 술 냄새가 덜한 보드카를 마시곤 한다. 나는 레베카의 숨결에서 감자 냄새 같은 걸 맡을 수 있었다. 레베카는 술에 취하면 분노 조절이 되지 않았다. 레베카는 술에 취한 게 분명했다. 나는 넥타이를 매만지며 욕실로 갔다. 욕실 안에서 문을 잠그고 창을 열었다. 창틀을 손으로 더듬었다. 보드카 병이 손에 잡혔다. 1리터짜리 보드카 3분의 2가 비어 있었다. 나는 이미 오래전부터 레베카가 그 자리에 보드카 병을 숨겨둔다는 걸 알고 있었다. 레베카도 알 텐데 왜 계속 그 자리에 보드카 병을 숨겨 두는지 의아했다.

의도적으로 나를 엿 먹이려는 수작인가?

술병을 숨겨 두고 마신다는 건 알코올중독 증세가 심하다는 뜻이었다. 거실로 돌아와 보니 레베카는 어느새 소파에 뻗어 잠들어 있었다. 손목시계를 보니 오전 7시 48분이었다. 로자가 오려면 아직 45분을 더 기다려야 했다. 이던은 침대에서 잠들어 있었다. 커피를 만들어 마시며 비서가 출근하는 8시 30분에 로펌에 전화해 법원으로 곧장 갈 테니 보조변호사에게 재판에 필요한 자료와 서류를 모두 챙겨 오라고 말할 생각이었다. 소파에서 코를 골고 있는 레베카를 지켜보며 커피를 홀짝였다. 로자가 와서 지쳐 잠든 레베카의 모습을 보고 고개를 갸웃거렸다.

나는 로자에게 주방으로 가자고 손짓했다. 그 전에 우리는 아기 방에 가서 이던이 계속 잘 자고 있는지 확인했다. 나는 로자를 주방으로 데려간 다음 문을 닫았다. 로자에게 커피를 한 잔 따라주고 나서 곧장 본론을 말했다.

"레베카가 계속 술을 마신다는 걸 알고 있었어요?"

로자가 고개를 가로저었다.

나는 레베카가 술에 취했을 때 드러나는 폭력성과 욕실 창틀에 숨겨둔 보드카 병에 대해 이야기해주었다. 로자는 내 말을 듣고 큰 충격을 받았다. 레베카가 가끔 욕실에서 커다란 글라스를 들고 나와 침실로 자러 가는 걸 보긴 했지만 물을 마신 줄 알았다고 했다.

　"레베카가 커다란 글라스에 보드카를 따라 마셨을까요?"

　"글쎄요, 술에 취했으면 제가 모르지 않았을 텐데요. 그냥 피로를 풀려고 조금씩 마시다가 어쩌다 과음하면 감정이 예민해지는지도 모르겠어요. 앞으로 제가 창틀에 놓아두는 보드카 병을 살펴볼게요. 양이 많이 줄어드는지, 며칠 만에 새 병으로 바뀌는지."

　"레베카가 낮잠을 자주 자던가요?"

　"낮에는 대부분 잠을 자요."

　"레베카가 잠들면 그 큰 글라스에 보드카를 따라 마셨는지 확인해줄 수 있어요? 그 사람이 상담을 하러 의사를 만나러 갈 때도 있으니까 그때 집안 어디에 보드카 병을 숨겨두고 있는지 알아봐 주세요."

　"몰래 염탐하는 것 같아 썩 내키지 않아요. 그래도 혹시 이던이 위험할 수도 있으니까 말씀대로 할게요."

　"이던을 생각해줘서 고마워요. 제가 어려운 부탁을 했으니 적절한 보상을 해줄게요."

"아니, 보상은 필요 없어요."

"제발 사양하지 마세요. 오늘은 좀 늦게까지 계실 수 있을까요?"

"네, 그럼요."

로자와 나눈 대화, 그에 앞서 벌어졌던 레베카와의 대치상황이 내 머릿속에서 휘몰아칠 때 피비가 내 손을 꽉 쥐었다. 나는 그날 아침에 벌어진 상황과 최근에 벌어졌던 온갖 일들을 다른 여자를 만날 수밖에 없는 핑계로 삼고 있었다. 배우자가 섹스를 거부할 경우 선택할 길은 두 가지 뿐이다. 조용히 감수하거나 다른 사람을 만나 위안을 찾거나. 나는 그렇게 내 자신의 행위를 합리화하고 있었다.

피비가 물었다. "오늘, 집에 일찍 안 들어가도 되죠?"

"레베카는 아이 방에서 자요. 오늘은 육아도우미가 늦게까지 집에 있기로 했어요."

나는 피비에게 넌지시 우리 부부 사이가 좌초직전의 배처럼 위태롭다는 걸 알렸다. 피비는 내 손을 다시 꽉 쥐었다.

피비가 속삭였다. "여기서 나가요."

처음으로 동침했을 때 피비도 관계에 목말라 있었다는 느낌이 들었다. 피비는 침대에서 열정적이고 격렬했다. 삶과 죽음이 모두 담긴 섹스였고, 나도 열렬히 호응했다.

절망의 안개 속에 갇혀 있을 때, 특히 정신건강에 해롭다는 사실을 익히 알면서도 매일 마주할 수밖에 없는 절망에서 벗어나지 못하고 있을 때면 자신에게 관심을 가져주는 사람이 있다는 사실만으로도 위안이 된다. 나중에 알게 됐지만 피비는 삶의 동반자를 절실히 찾고 있었다. 그 반면 나는 가정불화의 피로감과 외로움에서 벗어나게 해줄 도피처를 찾고 있었다. 이렇듯 뭔가 절실한 사람들끼리 만나면 선을 지키기 어렵다. 피비를 만나면서 나는 처음부터 그런 느낌을 받았다.

우리는 잠시나마 외로움을 달랠 수 있는 것이, 서로 공감할 수 있는 것이 좋았다. 그런 한편 외도를 하는 사이였기에 제한적으로 만날 수밖에 없었다.

몇 달 동안 우리는 몰래 만나서 즐거운 시간을 보냈다. 피비는 아파트 열쇠를 나에게 주었다. 첼시에 있는 침실 하나짜리 작은 아파트였다. 나는 피비의 집에 갈아입을 옷가지를 놔두었다. 일주일에 두 번씩 퇴근하자마자 피비의 아파트에 갔다. 피비에게 가는 날 레베카에게는 야근 핑계를 댔고, 로자에게 이던을 잘 돌봐달라고 부탁했다. 그런 한편 레베카에게도 가끔 외출해 친구를 만나라고 권했다. 솔직히 내가 집에 없는 시간에 이던을 레베카 옆에 두는 게 염려스러웠다. 피비의 집에 들어서면 대부분 곧장 침대로 갔다. 우리는 결코 서두르지 않았다. 우리가 매일 만날 수 없고, 우리 관계를 사람들 앞에 당당히 드러내지 못하고 항상 은밀해야 하기에 늘 절실하고 격렬했다. 그러다보니 쾌감도 컸다.

1시간 동안 격렬한 사랑을 나눈 뒤 우리는 밤거리로 나가 평범한 친구 사이로 위장했다. 우리는 일주일에 두 번씩 5시간만 허용된 시간을 알차게 활용했다. 피비는 우리에게 허용된 짧은 시간이 자기 형편에 딱 맞는다고 했다. 피비는 밤늦게 글을 쓸 때가 많았다. 일 년에 텔레비전 드라마 네 편을 쓰는 계약을 맺고 있었고, 뉴욕에서 혼자 생활하기에 충분한 돈을 벌었다. 피비가 쓴 희곡들도 작은 극단에서 공연됐다. 희곡은 호평을 받았지만 수입으로 연결되지는 않았다. 피비는 텔레비전 드라마 제작자들이 자신을 대체할 신인작가를 찾아내면 희곡에 전념하고 싶다고 종종 말했다.

피비와 함께 있으면 심심할 일이 없었다. 레베카가 대학 친구 바바라를 만나겠다며 일주일 동안 이던을 데리고 산타바바라에 다녀오겠다고 했다. 나는 로자도 함께 데려가라며 비행기 표를 예매해주었다. 레베카는 자신이 술에 취했을 때를 대비해 로자를 함께 보내려 한다는 내 속셈을 알고 있었다.

레베카가 일주일 동안 집을 비운 사이 나는 피비와 줄곧 함께 지냈다. 레베카가 전화할 경우에 대비해 우리 집 자동응답기를 두세 시간마다 한 번씩 확인했다. 레베카의 메시지를 들으면 피비의 집에서 발신번호가 표시되지 않도록 설정한 다음 전화했다. 레베카가 왜 바바라의 집 전화기에 발신번호가 뜨지 않는지 물었다. 나는 미리 준비해둔 대답을 들려주었다. 서부에 상대하기 싫은 고객이 하나 있는데 우리 집 전화번호를 알게 될 경우 밤늦은 시각에 자주 전화해 귀찮게 할까 봐 발신번호가 뜨지 않도록 설정해두었다고 둘러댔다.

레베카가 말했다. "꼬리를 잘도 감추네."

화내거나 움츠러든 기색을 보이면 레베카가 더욱 이상하게 생각할까 봐 끝까지 침착한 태도를 유지하려고 애썼다.

"무슨 뜻이야?"

"말해."

"뭘?"

"그 여자 이름이 뭐야?"

"무슨 여자?"

"만나는 여자."

"내가 누굴 만나?"

"다 알아."

"잘못 짚었어."

"두고 보면 알겠지."

"쓸데없는 걱정 말고 이턴의 교육문제에 대해서나 생각해봐. 어제 체르프 박사님과 1시간 동안 통화하면서 여러 가지 교육 방법에 대해 이야기를 나누었어."

"축하해, 장한 아버지 상을 타시겠네. 밤낮으로 이턴을 돌보는 사람은 당신이 아니라 바로 나야. 내가 이턴의 발달 단계를 모를 것 같아? 저녁에 달랑 1시간 동안 아이를 보는 주제에 혼자 잘난 척하지마."

"일주일에 이틀만 빼고 항상 이턴과 시간을 보내. 나도 당신 못지않아."

"나머지 이틀은 바람을 피우지."

"일해. 야근."

"아, 그렇지. 내가 섹스를 안 해줘서 나를 미워하시지."

"또 술 마셨어?"

찰각. 레베카가 전화를 끊었다.

나는 그 전화를 피비의 아파트 주방에서 받았다. 피비는 거실에서 새 드라마 대본 초고를 검토하고 있었다. 나는 가급적 목소리를 낮추고 싶었지만 속삭이듯 말하면 레베카가 더욱 의심할 게 뻔했다. 결국 피비가 우리 부부의 통화를 모두 들을 수밖에 없었다.

"당신 부인과 문제 있어?"

"당신의 귀에 안 들리게 통화하고 싶었는데 실패했네."

"뭐 어때? 기분 풀게 술 한 잔 줄까?"

"스카치위스키."

피비가 물었다. "이제 얼마나 됐지?"

"우리 사이?"

"그래, 우리 사이."

"당신도 알잖아."

"그래도 말해 봐."

"넉 달."

"그래, 넉 달. 아주 특별한 넉 달이었고, 나는 최고로 행복했어."

"나도."

"파리에 있던 때보다 행복했어?"

"파리 얘기는 별로 하지도 않았던 것 같은데."

"그만큼 중요하다는 의미겠지."

"이미 끝났어."

내가 이자벨에게 보낸 마지막 편지에도 나는 우리 사이에 앞날이 없다고 말했지만 삭일 수 없는 상실감이 늘 내 안에 있었다. 그 상실감이 밖으로 나오지 않게 무척 애쓰며 살고 있을 뿐이었다.

피비가 물었다. "그럼 우리 이야기는?"

"이제 넉 달 됐잖아."

"내가 한 가지 질문을 던질게. 레베카야 나야?"

잠시 침묵. 어떤 대답을 하더라도 나에게 불리하리라는 걸 알고 있었다.

"꼭 비교 선택해야 해?"

"내가 질문했는데 질문으로 답하면 안 되지."

"대답하기 곤란한 질문이니까."

"그래도 대답해 봐."

나는 눈을 감았다가 뜨며 피비의 담뱃갑을 집어 들었다.

"레베카와 헤어질 수 있다면 그렇게 하고 싶어. 다만 우리 사이에는 이던이 있어. 알다시피 이던에게는 장애가 있지. 레베카는 알코올중독 증세가 있고, 옆에 늘 육아도우미가 있어야 해. 내가 양육권을 가질 수 있다고 해도 이던은 특별한 보살핌을 받으며 자라야 하고, 특수학교에 다녀야 해. 당신이 이던의 새엄마가 되어줄 수 있어?"

피비는 잠시 대답이 없었다. 내 질문에 충격을 받은 게 분명했다.

마침내 피비가 말했다.

"나는 내 아이를 갖고 싶어. 당신이 아이 아빠가 되어주면 좋겠어. 나는 아이가 내 안에서 움직이고 발길질을 하며 자라는 걸 느끼고 싶어. 나는 산고를 겪으며 아이를 낳을 테고, 밤잠을 설치며 돌볼 거야. 끝없이 아이를 걱정해주고, 무조건적인 사랑을 베풀 거야. 그래, 난 아이를 원해. 내 나이 서른일곱이고, 아이를 낳을 수 있는 날이 그리 많이 남지 않았어. 갈수록 임신 가능성은 점점 줄어들겠지. 지금이 아니면 임신하기 어려운 지점에 와있어. 당신을 사랑하고, 내가 이런 얘기를 하면 큰 부담을 갖게 되리라는 걸 알고 있어. 그렇지만 우리는 함께 잘 헤쳐 나갈 수 있을 거야. 앞으로 쉽게 오지 않을 기회야. 그리고……."

피비는 입을 다물고 담배를 찾았다. 나는 한쪽 팔로 피비를 감싸 안았다.

"레베카에게서 이던을 떼어놓아야 해. 무엇보다 그게 중요해. 당신이 이던과 함께 살 수 있다면……."

말보로 라이트에 불을 붙이는 피비의 눈빛에서 망설임이 느껴졌다. 피비는 적절한 말을 찾는 듯 잠시 생각에 잠겼다가 말했다.

"내가 이던을 한번 만나볼 수 있을까?"

"자리를 만들어볼게."

"내가 이던과 같이 살겠다고 하면?"

"그럼 나는 당신과 살아야지."

피비가 눈물을 글썽이며 내 손을 꽉 쥐었다. 이 순간을 축하할 수 있는 분위기는 전혀 아니었다. 아니, 오히려 조금 슬펐다. 그 이유는 분명했다. 우리는 서로 파우스트의 계약을 한 셈이었다. 나는 방금 한 약속이 나중에 더 큰 갈등을 불러올 수도 있다는 걸 잘 알고 있었다. 나는 피비의 이마에 입을 맞추고 나서 말했다.

"내가 큰 짐을 짊어지고 있다는 걸 나도 알아."

"잘 해결할 수 있을 거야."

이틀 뒤, 레베카가 집에 왔다. 이던이 몹시 피곤해보여 걱정 스러웠다. 레베카도 지쳐보였다. 레베카는 이던 때문에 잠을 제대로 잘 수 없었다며 푸념했다.

"이던이 좀처럼 울음을 멈추질 않았어. 체르프 박사에게 전화해 왜 이던이 잠을 안자고 보채는지 물어봤지. 체르프 박사가 말하길 이던이 이제 18개월이 되었으니 주위 환경에 민감해질 때가 되었다고 하더군. 이던이 이제 침묵의 세계를 벗어나 나름 자신의 반응을 내비치고 있는 거래."

"체르프 박사와 상담했으면서 왜 나에게는 말해주지 않았어?"

"당신은 일주일 내내 다른 집에 가있었으니까."

"헛소리 마. 집에 있었어."

"헛소리는 너나 하지 마. 어제 집에 오자마자 경비에게 물어봤어. 일주일 동안 당신 얼굴을 한 번도 못 봤다고 하더군."

"경비가 정말 그런 말을 했어?"

"남편도 함께 여행을 떠났는지 알았다며 며칠 동안 얼굴을 통 못 봤다고 했어."

"경비가 뭘 착각한 거야."

"헛소리 좀 작작하시지. 내가 집에 오기 전 가사도우미 후아티니에게 전화해 집에 가기 전에 침대 시트를 갈아 달라고 말했어. 후아티니가 어제 전화해 침대 시트가 한 번도 사용하지 않은 듯 깨끗해 갈지 않았다고 하더군."

"침대 시트는 내가 갈았어. 땀을 흘리고 잔 날이 있어서."

"왜 땀을 흘렸어?"

"알코올중독자와 결혼했으니까. 그 알코올중독자가 수천 킬로미터 떨어져 있으면서도 스트레스를 주니까. 그 알코올중독자가 숨겨둔 술병도 찾아냈으니까."

"일주일 내내 씹질하느라 집에 오지도 않았으면서 보드카 병은 어떻게 찾았을까?"

"집에 있는 동안 시간이 남아돌아 당신 옷장을 뒤지다가 안쪽에 있는 여행 가방에서 보드카 여섯 병을 찾아냈지."

사실 여행 가방에서 보드카를 찾아낸 사람은 로자였고, 서부로 떠나기 전날 그 사실을 알려주었다. 나는 카메라를 가져와 옷장 안의 여행 가방과 보드카를 찍고 나서 욕실로 가 창문을 열고 창틀에 숨겨둔 보드카도 찍었다. 로자는 내 행동을 지켜보며 말없이 서있었다. 고자질을 한 셈이어서 마음이 편치 않은 듯했다. 나는 로자와 약속했다. 레베카에게 보드카를 발견한 사람이 누군지 절대로 말하지 않겠다고. 내가 이턴의 양육권을 차지해 레베카와 헤어진 뒤에도 로자를 계속 고용하겠다고.

레베카가 말했다. "공갈치지 마."

"증거도 있어. 사진을 찍어두었으니까."

"공갈치지 마."

"사진이 있다니까."

"일부러 보드카를 가져다두고 사진을 찍었겠지."

"마음대로 생각해."

"이혼하려고?"

"이 결혼 생활이 정말 끔찍해."

"당신이 이턴의 양육권을 가질 수 있을 것 같아?"

"법원이 결정하겠지."

"법원에서 당신의 문제도 알게 될 거야."

"무슨 문제?"

"두고 보면 알 거야. 나를 알코올중독자로 몰아붙일 생각인가 본데 꿈도 꾸지 마. 서부에서 무슨 일이 있었는지 모르지? 내가 누굴 만났는지 모르지?"

그 말을 이해하기까지 조금 시간이 걸렸다. "누굴 만났는데?"

"예수님."

"그게 무슨 소리야?"

"정말이야."

"어디서 예수를 만나?"

"산타바바라 YMCA에서."

"예수님이 거기 놀러 왔대?"

"금주 모임에 나갔어."

"어쩌다가?"

"바바라가 권했어."

"당신이 취해서 엉망이었겠지."

"아니, 나는 도움이 필요한 상태였어."

"당신도 이제 알겠네? 내가 왜 굳이 그 먼 곳까지 로자를 따라가게 했는지. 당신이 이던이랑 둘이 있을 때 또 술에 취할까 봐 걱정돼 로자를 같이 가게 한 거야."

"증거라면 나도 있어. 그러니까 닥쳐. 피비 로전트. 웨스트 26번가 333번지 아파트 2B. 너희들은 지난 16주 동안 만났어. 신문기자 데이비드가 소개했고. 첨리에서 술 마시고 스트랜드에서 책 사는 걸 좋아하고."

나는 화내지 않으려 애쓰며 말했다. "어떻게 알았어?"

"고전적인 방법. 사립 탐정을 고용했어."

"맙소사! 꼭 그래야 했어?"

"당연하지. 이혼 소송을 할 때 내가 양육권을 가지려면 증거가 필요하니까."

"그 정도는 알코올중독보다 못해."

"보드카 사진이 무슨 증거가 될까? 게다가 나는 이제부터 금주 모임에 나가 맑은 정신으로 살 텐데?"

"며칠 동안 보드카 없이 살았다고 예수님의 용서를 받을 수 있을 것 같아? 그런 변명 따위로 양육권을 가져갈 수 있을 것 같아?"

"법정에서 봐. 바람을 피우고 다닌 그 더러운 몸뚱이를 당장 치우고 싶으니까 썩 꺼져버려."

"웃기지 마."

"당장 나가. 이 집에서 더는 못 자."

"어디 자는지 못 자는지 두고 보라지."

나는 침실로 가서 몇 달 동안 혼자 잠을 이루기 위해 애쓰던 침대에 걸터앉았다. 이던을 잉태한 침대였다. 우리가 사랑을 속삭이며 서로에게 쾌락을 주었던 침대였다. 우리가 서로 껴안고 밤늦게까지 이야기를 주고받던 침대였다.

이제 우리는 되돌릴 수 없는 선을 넘은 것일까?

내 안의 변호사가 재빨리 머리를 굴렸다. 재킷 주머니에서 수첩을 꺼내 내가 일하는 로펌의 이혼 전문 변호사 고든 콜린스에게 전화했다. 고든은 밝고 사교적인 성격이었지만 부부들이 서로 물어뜯기 바쁜 이혼 소송을 매일이다시피 다루고 있었다. 고든은 마침 집에 있었고, 기꺼이 내 이야기를 귀 기울여 들어주었다. 내가 이야기를 마치자 고든이 '휴' 하는 한숨을 내쉬고 나서 말했다.

"너무 걱정하지 마세요. 손실을 최소한으로 줄일 수 있어요. 부인이 금주 모임에 나가 새사람이 된 것처럼 말하는 이유를 알겠어요. 혹시 오늘도 술 냄새가 나지는 않던가요?"

"아뇨, 아주 멀쩡해 보였어요."

"술에 의지하는 사람은 늘 아주 멀쩡한 척해요. 특히 예수님의 구원을 받았다고 생각할 때는 더욱 그래요. 오늘은 변호사님이 만나고 있는 여자분 집에 가서 자는 게 좋겠어요."

"집에 있는지 없는지 모르겠어요."

"일단 그분이 집에 있는지 알아보고 없으면 호텔로 가세요. 그 대신 주말에는 아들과 함께 보내겠다고 주장하세요. 이제 이혼 소송 국면이니까 아들에 대한 책임을 다하고 있다는 걸 증명할 필요가 있어요. 짐작컨대 부인은 금주 모임에 열심히 참석하고 있다는 증거를 남기려고 내일도 나갈 거예요. 그때 2시간 동안 아이를 돌보겠다고 하세요. 이제부터 두 가지 사항을 반드시 지키세요. 부인이 몹시 밉더라도 최대한 정중하게 대해야 해요. 부인이 주도권을 쥐고 무엇이든 마음대로 하려고 할 경우 완고하게 대처하세요. 아마도 부인은 온갖 협박을 다할 거예요. 이혼 소송이 진행되는 동안 상대에게 겁먹지 않는 게 무엇보다 중요해요. 상대가 협박을 해도 절대로 움츠러들면 안돼요. 부인이 부당하고 과도한 요구를 한다는 걸 현실적으로 증명해야하는 게 제 역할이죠. 두 번째로 명심해야 하는 건 절대로 불리한 증거를 남기지 말아야 해요. 편지나 쪽지 같은 걸 남기지 마세요. 전화응답기에 화난 메시지를 남겨서도 안 됩니다. 자, 이제 여자 분에게 전화해보고 집에 없으면 호텔로 가세요. 짐을 싸들고 나가기 전에 부인에게 금주 모임에 나가 있는 동안 아이를 맡겠다고 하세요. 그 집에서 탈출하시고, 내일 저에게 연락하세요."

나는 고든에게 이 우울한 순간에 위트 있는 답을 주어서 고맙다고 인사했다.

"변호사님의 인생을 망치게 할 수는 없죠. 로펌 동료인데 기분이 우울하게 내버려두어서는 안 되잖아요."

전화를 끊고 나서 곧장 피비에게 전화했다. 피비가 금세 전화를 받았다. 나는 대략 이야기를 들려주고 나서 잠시 신세를 질 수 있는지 물었다.

"얼른 와."

여행 가방과 양복 가방을 꺼내 일주일 동안 입을 옷을 쌌다. 코트와 가방들을 현관 앞에 놓아두고, 아이 방으로 갔다. 레베카가 계속 보채며 우는 이던을 달래고 있었다.

내가 말했다. "이던이 오늘 힘든가 보네."

"일주일 내내 힘들었어. 오늘 부쩍 더 심하네. 우리 사이에 오간 폭력의 느낌을 감지했나 봐."

"뉴에이지 종교인 같은 소리 좀 그만 해."

"아이들은 어른들 사이에서 오가는 기운을 느껴. 특히 귀가 안 들리는 아이는 어른들 사이에서 흐르는 분노를 다 알아채지."

"분노가 아니라 폭력이라며?"

"감정적 폭력. 나를 보드카에 미친년으로 만든 게 바로 감정적 폭력이야."

"내가 찍은 보드카 사진이 다 가짜고, 당신이 금주 모임에 나가는 건 술 때문이 아니지? 금주 모임에는 그저 자료 조사를 하러 가나?"

"자료 조사? 내가 이제 그 희곡작가로 보여? 그 희곡작가 품으로 날아갈 생각에 들떠서?"

"집에서 나가라며?"

"그럼 그냥 있어."

"진심이야?"

"아니."

"알았어. 그럼 내가 나가는 걸로 정하자. 주말에 금주 모임에 나갈 거지?"

"상관하지 마."

"당신이 금주 모임에 가있는 동안 내가 이던을 돌볼게."

"내가 금주 모임에 나간 사이에 이던을 데리고 튀려고? 절대로 안 돼."

"내가 그럴 사람이 아니라는 건 당신도 잘 알잖아."

"하긴 잘난 변호사니까. 늘 이겨야 하고, 늘 옳아야 하고. 이던의 양육권을 가져갈 때까지 절대 굽히지 않겠지."

"그런 의도가 아니라는 것쯤은 잘 알면서 그래."

"거짓말이 능수능란하시네."

"나에게는 이턴을 돌볼 권리가 있어."

"그러시든지."

"법으로 정해진 거야. 나는 알코올중독자도 아니고, 아이에게 위해를 가하는 아빠도 아니야."

"법정에서 만나요, 위대한 변호사 나리."

"당신 변호사 이름과 전화번호를 알려줘."

"내 변호사에게 전화해서 협박하게?"

나는 상대가 억지 주장을 하더라도 화내지 말라는 고든의 충고를 떠올리며 주머니에서 조용히 수첩과 펜을 꺼내 레베카에게 내밀었다.

"당신 변호사 이름과 전화번호를 적어줘."

레베카가 입술을 비죽 내밀었다. 레베카는 이턴을 못 만나게 하는 게 과연 유리할지 불리할지 분주히 계산하고 있는 눈치였다. 나는 이성적으로 행동하라는 말을 해주려다가 꾹 눌러 참았다. 그런 말을 하면 레베카가 더욱 방어적으로 나올 수도 있었다. 가만히 서서 기다리자 결국 레베카는 변호사의 이름과 연락처를 내 수첩에 적었다.

"고마워." 나는 그 말을 남기고 아파트를 나왔다.

그날 밤, 피비가 침대에서 물었다. "페서리를 낄까 말까?"

"아직 이턴도 안 만났잖아."

"페서리가 없어도 위험한 시기는 아니야."

내가 망설이는 걸 피비도 눈치 챘다.

"확신이 없구나."

"일단 이턴을 만나 봐."

"확신이 없으니까 그러지?"

"이턴을 먼저 만나 보길 바라서 그래."

"결혼이 깨지게 돼 마음이 아프기도 하겠지."

"마음이 아프지 않으면 오히려 이상한 거 아닌가?"

"그래, 그렇긴 하지."

"11년을 같이 산 사람인데 3시간 전에 다 끝났어. 게다가 아이의 미래가 달려 있어. 그냥 평범한 아이도 아니고."

"알았으니까 이제 그만. 내가 이기적이었어. 나도 알아. 나는 내 자신만 생각해. 전에 만났던 남자들도 모두 그렇게 말했어."

"지금 나는 그런 뜻으로 말한 게 아니야. 그냥……."

"조심스럽겠지. 나랑 아이를 가져도 좋은지 아직 확신이 서지 않을 거야. 당신이 겪고 있는 문제를 생각하면 무리도 아니야. 나도 청각장애가 있는 아이를 받아들이는 게 두려워. 내가 아이를 잘 키울 자신이 없어서 두려워하는 건 아니야. 나는 아이를 잘 키울 자신이 있어. 다만 내가 아이를 낳게 되었을 때 두 아이를 함께 양육하는 게 얼마나 힘들지 생각하면 두려워. 그래, 이턴을 만날 거야. 전에 말했다시피 당신과 아이를 갖고 싶다는 말은 내 진심이야. 그렇지만……."

피비는 제법 오래 침묵하다가 침대에서 일어나 서랍장으로 갔다. 피비가 맨 위 서랍을 열더니 커다란 플라스틱 상자를 꺼냈다. 페서리와 살정제를 넣어두는 상자였다. 피비가 욕실에 들어갔다가 5분 뒤에 나왔다.

"자, 이제 안전해."

이튿날 아침에 고든이 피비의 집으로 전화했다. 나는 피비의 허락을 받고 고든에게 전화번호를 알려주었다. 피비는 제작자와 브런치를 먹으러 갔다. 고든이 레베카의 변호사와 통화했다며 심란한 소식을 전했다. 레베카가 내가 이던을 만나는 걸 거부하고 있다고 했다.

"이렇게 말해도 될지 모르지만 부인이 병적이시네요. 부인의 변호사와 서로 알고 지내는 사이인데 비교적 솔직하게 말해주더군요. 변호사가 부인에게 이성적으로 생각하라고 조언했음에도 이던을 만나지 못하게 막겠다고 고집을 부린답니다. 변호사님이 아이를 데리고 사라질지 모른다면서요."

"내가 도대체 어디로 사라진대요? 과테말라?"

"그런 상상을 하나 봐요. 며칠 말미를 주시면 제가 아이 면접권을 찾을 수 있도록 할게요."

답답한 심경을 털어놓을 사람이 필요해 데이비드에게 전화했다. 데이비드는 집에서 재즈를 듣고 있다고 했다. 나는 괴로운 문제가 있다고 말하고, 잠시 만날 수 있는지 물었다.

데이비드가 30분 뒤에 유니언스퀘어에 있는 식당에서 만나자고 했다. 늘 그렇듯이 데이비드는 내 이야기를 잘 들어주었고, 나름 판단도 정확했다. 데이비드는 레베카가 금주 모임에서 남자를 만난 게 틀림없다고 말했다. "아마 레베카보다 학벌도 딸리고 교양도 부족한 남자일 거야. 아마도 레베카가 보호해줄 남자를 찾고 있다는 걸 눈치 챘겠지. 남자가 레베카에게 접근해 이혼 소송으로 자네 재산을 뜯어내도록 뒤에서 조종하고 있을 거야." 피비에 대해서는 이렇게 말했다. "피비가 임신이 절박한 가보네. 자네는 어때? 피비의 소원을 들어줄 마음이 있어? 그렇기도 하고 아니기도 하지? 아직 확실하지 않겠지. 다만 피비와 결혼하면 앞으로 엄마가 다른 두 아이를 수십 년 동안 책임져야 한다는 걸 명심하게. 이던에게는 특히 많은 노력을 쏟아 부어야 할 테고, 피비와 아이를 낳으면 50대에 마지막 등록금을 책임져야 하겠지. 피비가 멋진 여자이긴 하지만 5년 후를 생각해 봐. 그때 자네는 아마도 빠져나갈 수 없는 길에 들어섰다는 걸 느끼고 후회막급이 될 거야. 자네가 선택한 결과겠지."

내가 로펌에서 맡고 있는 소송도 힘든 상태였다. 제프 수아벡은 동업자인 댄 몽고메리 때문에 위기에 처했다. 댄 몽고메리는 횡령죄로 고발당했고, 제프와 자녀들은 그가 횡령자금 통장을 개설할 당시 명의를 도용당했다. 제프는 신탁기금의 존재에 대해 알고 있긴 했지만 어디까지나 절세용으로 이해하고 있었고,

동업자인 댄 몽고메리가 불법자금으로 이용할 줄은 미처 몰랐다. FBI는 제프를 공범으로 의심하고 있었고, 캘리포니아 검찰역시 그를 법정에 세울 태세였다. 나는 로스앤젤레스로 날아갈수밖에 없었고, 비서가 출장 준비를 해주었다. 일주일 동안 로스앤젤레스에 머물며 검사들을 만났다. 검사들은 유죄를 인정하면 10년형으로 끝내주겠다고 했다. 나는 제프의 무죄를 증명할 수 있는 증거들을 제출했다. 검사들은 제프가 동업자와 신탁기금을 만들었으니 자금 출처와 용도에 대해 모를 리 없다고 주장했다. 두 차례 긴 협상을 가진 뒤 나는 댄 몽고메리에 대해 불리한 증언을 내놓고 유죄 증거를 모두 제출하는 조건으로 제프에 대한 기소를 취하하겠다는 답변을 받아냈다.

호텔로 돌아온 나는 제프에게 전화해 수사기관에 협조하면무사하게 될 거라고 알려주었다. 제프는 검찰에 적극적으로 협조하겠다고 말하며 고마워했다. 나는 호텔 방의 미니바에 들어있는 작은 와인을 꺼내 단숨에 마셨다. 5성급 호텔 거울에 비친내 모습이 보였다. 그 순간, 파리에서 별 반 개짜리 호텔에 머물렀던 내 자신의 모습이 떠올랐다. 면도를 하지 않은 스물한 살의 내 모습, '보헤미안의 삶에 들어선 것을 환영해.'라고 내 자신에게 말하던 내 모습, 이제 나는 성인의 삶, 현실의 삶 속에서있었다. 그 삶에 시심(詩心)은 한 방울도 없었다.

그날 저녁, 나는 그 회상의 순간을 피비에게 이야기했다. 장거리 전화 속에서 피비의 목소리가 말했다.

"다 버리고 파리로 가. 양복 정장들은 다 팔고, 단칸방을 구해. 압생트를 마시면서 자유롭게 글을 써."

"내가 로맨틱한 상상에 빠졌다는 건 나도 알아."

"누구에게나 로맨틱한 상상이 필요해. 나를 봐. 머리를 쥐어짜내며 텔레비전 막장드라마 대본을 쓰고 있잖아. 그나마 일을 할 수 있다는 게 행운이지. 어차피 글을 써서 돈을 벌어야 한다면 텔레비전 대본보다는 희곡을 쓰고 싶어. 내 꿈이 이뤄질 수도 있고, 아닐 수도 있겠지. 어쩌면 이렇게 살다가 20년이 지나 60살이 되면 이루지 못한 꿈, 생에 대한 불만도 인생의 한 부분으로 받아들이게 되겠지. 누구나 자기 자신에게 어느 정도는 실망하고 불만을 품고 살아가니까. 안 그래?"

"다들 그런 이유로 아이를 가지려 하는지도 모르지. 다음 세대는 더 잘하기를 마음속으로 바라면서. 그런 의미에서……"

"오늘은 이만 얘기하고 싶어. 당신도 일 때문에 힘든 하루였잖아. 나도 이제 잠에 빠져 인생이나 미래 따위는 잊어버리고 싶어."

"그래, 내일 얘기해."

"아니, 월요일에. 로드아일랜드에 있는 친구가 집에 놀러 오라고 해서 다녀올 생각이야. 이름이 제인이고 대학시절 친구야. 배링턴에 있는 사립여고 교장인데 얼마 전에 이혼했어. 내일 오후에 기차를 타고 로드아일랜드에 가서 며칠 해변도 산책하고, 샤도네 와인이나 실컷 마시고 오려고."

"좋겠네."

"티베트 휴양지에서 석 달 동안 지내는 기분에 비할까? 월요일에는 그나마 좀 산뜻한 기분으로 맨해튼에 돌아오고 싶어."

"당신이 보고 싶어."

"기분 좋은 말이네. 자, 장거리 키스를 받아."

로스앤젤레스에 있는 동안 나는 매일 로자와 통화하며 이던과 레베카의 소식을 들었다. 레베카는 매일 금주 모임에 나가고 있었고, 아파트 경비를 불러 집에 있는 술병들을 다 치웠다고 했다.

월요일에 로자와 통화를 마치고 나서 피비에게 전화했다. 이제 월요일이니 로드아일랜드에서 돌아왔을 거라 생각했는데 자동응답기가 대신 전화를 받았다. 나는 자동응답기에 긴 메시지를 남겼다.

"내 사랑, 당신을 늘 생각해. 며칠 떨어져 지내는 동안 내 생각은 더욱 확실해졌어. 나도 당신만큼 우리 아이를 원해. 내 변호사 말로는 이던에 대한 양육권을 레베카와 공동으로 갖게 될 것 같아. 그렇게 되면 우리가 계속 이던을 보살피지 않아도 되니까 새로 태어난 아이에게 더욱 집중할 수 있을 거야. 나는 이던에게 하듯이 태어날 아이에게도 최선을 다할 생각이야. 당신을 무한히 사랑해."

내가 남긴 음성메시지에는 피비에 대한 넘쳐흐르는 사랑과 미래에 대한 희망이 담겨 있었다. 사랑은 희망 없이 작동하지 않는다. 희망은 사랑이 돌아가게 하는 톱니바퀴다.

음성메시지 말미에 내가 머무는 호텔 전화번호와 팩스번호를 다시 남겼다. 피비가 로맨틱한 상상에 휩싸여 나에게 편지를 쓰고 싶을지도 모르니까. 마지막으로 며칠 뒤 뉴욕에 돌아가 피비를 품에 안고 싶다고 했다.

그다음은 데이비드에게 전화했다. 그간의 내 소식을 들려줄 생각이었다. 신문사 동료기자가 전화를 받더니 데이비드는 로마에 갔고, 다음 주 월요일에 출근할 거라고 말해주었다.

이튿날 오전 8시 반에 회의가 있었다. 룸서비스로 아침식사가 왔을 때 잠에서 깼다. 식사를 가져온 호텔 직원은 간밤에 밤늦게 팩스가 와서 문 밑으로 밀어놓았다고 말하며 편지봉투를 내밀었다. 호텔 직원이 카트에 식기와 커피를 정리하는 사이, 나는 봉투를 열었다. 로마 호텔 라파엘로 편지지에 적힌 팩스가 어디에서 왔는지 궁금했다.

낯익은 글씨.

샘에게

어제 자동응답기를 확인하다가 당신이 남긴 음성메시지를 든고, 빨리 이야기하는 게 좋겠다는 생각에 팩스를 보내기로 마음먹었어. 나에게 아주 큰 변화가 일어났어. 지난주에 갑자기 벌어진 일이야. 자기합리화나 구구한 변명은 늘어놓지 않을게. 그냥 본론부터 말하자면 나는 지금 데이비드와 함께 로마에 와있어. 우리는 서로 사랑하게 되었고, 커플이 됐어. 우리가 이렇게 빨리 애인이 된 건 말도 안 되는 일이라고 생각하겠지. 더구나 데이비드와 나는 몇 년 동안 친구로 지내왔으니까. 당신도 잘 알겠지만 마음은 우연과 신비의 포로잖아.

미안해.

피비.

팩스를 구길 수 없었다. 이 새로운 현실을 받아들이는 동안 팩스 용지를 바닥에 던져버릴 수 없었다. 현실의 냉혹한 얼굴에 감히 맞설 용기가 나지 않았다. 나는 편지 내용 뒤에 숨은 피비의 동기를 알았다.

인간은 얼마나 단순하면서 복잡한가? 어느 누구도 타인을 알 수 없다는 말은 얼마나 잔인한 진실인가? 갈망하던 행복을 얻을 수 있다는 최면에 빠지게 한 사랑이 실패로 돌아갔을 때 우리는 얼마나 큰 상처를 받는가?

호텔 방 거울에 비친 내 모습을 흘깃 쳐다보았다. 이 끔찍한

순간, 정말이지 걷잡을 수 없는 상실감에 말할 수 없이 큰 허탈
감을 느낀 이 순간에 뜻밖의 생각이 뇌리를 스쳐 지나갔다.

　'이제 중년이네.'

5

이혼은 막장드라마가 될 수밖에 없는 영역인가? 상대에 대한 불신과 미움, 사랑의 종말, 이혼으로 이어지는 일련의 과정은 필연적으로 쌍방 간의 물러설 수 없는 격돌을 잉태한다.

이혼은 돈 문제가 큰 부분을 차지하는 영역이다. 부부 간의 사랑이 어긋나기 시작했을 때 결혼 서약을 깨트린 배우자를 벌할 죄 값을 측정하는 수단이 바로 돈이니까. 사실 부부 간의 배신을 육체적인 불륜만으로 한정지을 수 없지만 법적으로는 다른 부분을 문제 삼을 수 없다. 이혼은 이겨도 지는 게임이었다. 다만 이혼이라는 처방을 내리지 않으면 파괴와 폭력, 학대가 일어나는 가정을 방치해 더욱 큰 불행을 야기할 수 있다.

"두 분이 공통적으로 특별한 관심을 기울이고 있는 부분이 자녀 양육권에 관한 문제인 만큼 쟁점을 최대한 단순화시켜 말씀드리겠습니다. 천문학적인 소송비용이 발생하지 않도록 가급적 서로 협조하는 자세가 필요합니다."

고든의 말이었다. 맞은편에는 레베카의 변호사인 마크 저슨이 앉아 있었다. 그 옆에 레베카가 앉아 있었다. 레베카는 짙은 청색 원피스 차림에 머리를 뒤로 넘기고, 목에 십자가 목걸이를 착용하고 있었다. 어느새 별거한 지 6개월이 지나 있었고, 장소는 마크 저슨의 로펌 사무실이었다. 마크 저슨은 레베카가 가톨릭으로 개종한 이후 새로운 사람으로 거듭나게 되었다고 말하고 나서 위자료, 이던의 특수 교육비를 포함한 양육비로 어마어마한 액수의 돈을 요구했다. 레베카가 일주일에 심리적 안정을 위해 두 번씩 받고 있는 마사지 비용, 헬스클럽 개인트레이너 레슨비, 일주일에 세 번 받는 정신과 의사 상담 비용이 모두 포함돼 있었다. 나는 그 말을 듣는 동안 너무나 기가 막혀 레베카를 노려보았다.

"초현실적인 상상이라는 말로도 부족해요." 고든이 상대 변호사를 향해 말했다. 고든은 레베카가 과거에 새 애인과 외도했던

점을 감안하자면 지나치게 무리한 제안이라고 일침을 가했고, 이처럼 과도한 요구를 받아들일 이혼 판사는 없을 거라고 단호하게 말했다.

"제 의뢰인은 자발적으로 금주 모임에 나가고 있고, 새로운 삶을 살겠다는 의지를 불태우고 있어요. 결혼생활을 이어갈 때도 아이를 돌보는 동안에는 몸을 가누지 못할 만큼 술에 취한 적이 없었죠. 제 의뢰인이 본격적으로 술을 마시기 시작한 건 배우자가 일에 매달려 일주일에 서너 시간만 아이를 돌보면서 외도를 한 이후부터입니다."

그 말을 듣는 동안 내가 화가 치밀어 마크 저슨을 노려보자 고든이 말없이 내 팔에 손을 얹었다. 상대 변호사의 발언을 듣고 흥분하는 건 작전에 말려드는 것이니까. 나는 화를 지그시 눌러 삼키며 입을 꾹 다물었다. 레베카가 의기양양한 미소를 지으며 나를 노려보았다.

서로 비난하는 게임에 드는 비용이 1시간에 300달러였다. 레베카는 소득이 없으므로 이혼소송 과정에서 발생하는 모든 비용을 내가 지불하도록 되어 있었다.

나중에 내가 고든에게 말했다.

"내 암살에 쓸 총알을 내가 구입해주는 셈이네요."

고든이 말했다. "1990년대 미국식 이혼의 세계에 발을 들여놓은 걸 환영합니다. 상대에게 이득을 주기만 하는 건 아닙니다.

우리도 얻을 게 있어요. 레베카가 얼마나 화를 내는지가 중요해요. 변호사님은 계속 차분하고 현명하게 대처하면 됩니다. 굳이 이기려고 기를 쓰지 않아도 승리는 우리 차지가 될 테니까요."

나는 격주로 주말과 평일 이틀 동안 이턴을 돌보게 되었다. 청각장애가 있는 아이들을 돌본 경험이 있는 육아도우미도 구했다. 이턴은 이제 대부분의 아이들이 많은 단어를 알아가는 나이가 되었다. 26세의 흑인 여성 제시카가 이턴에게 수어를 가르치기 시작했다. 제시카는 특수교육을 전공했지만 교육비가 삭감되고 교사의 급여가 형편없는 지금 가정교사로 일하는 게 금전적으로 나은 선택이라는 사실을 발견했다.

제시카가 말했다. "가정교사 급여로 집세를 내고, 적당한 문화생활을 누릴 수 있어요."

피비가 떠난 뒤 나는 웨스트 20번지에 아파트를 얻었다. 가구는 형편없었지만 이턴이 잘 수 있는 별도의 침실이 있는 아파트였다. 제시카는 예닐곱 주쯤 이턴에게 수어를 가르치고 있었고, 아이가 잘 배우고 있다고 했다. 제시카는 나에게도 수어를 가르치기로 했다. 이턴이 레베카와 지낼 때에도 수어를 가르치기로 했다. 나는 레베카에게 전화해 내가 전적으로 제시카의 급여를 지불할 테니 수어를 가르칠 수 있게 해달라고 말했다. 레베카는 조용히 내 말을 듣고 있다가 아무런 대답 없이 전화를 끊었다.

몇 주 뒤, 이혼 협의 과정 중에 고든이 제시카의 수어 교육 문제를 꺼냈다. 고든은 전적으로 비용을 지불할 테니 이던에게 수어를 가르치는 가정교사 문제를 긍정적으로 받아들여주길 바란다고 강조했다.

저슨은 이던이 스물한 살이 될 때까지 들어가는 모든 교육비와 매월 2만 달러의 양육비를 책임지는 조건이라면 수락하겠다고 했다. 내 급여의 절반을 달라는 뜻이었다. 고든은 상대의 전략에 대해 나에게 선제공격을 가해 유리한 위치를 차지하려는 의도라고 말했다. 결국 상대측에서도 한 발 뒤로 물러설 수밖에 없는 만큼 작전에 휘말려 이성을 잃지 않는 게 중요하다고 충고했다.

고든의 충고를 들었지만 나는 이성을 잃지 않을 수 없었다. 피비가 나와 가장 친한 친구와 떠났을 때 내 감정이 낭떠러지 아래로 떨어지는 기분을 느꼈다. 결과적으로 이런 일을 만든 사람은 나 자신이라는 자책감에 사로잡혔다.

이자벨이 뉴욕에서 함께 살자는 제안을 받아들였다면 어떻게 됐을까?

이자벨에 대한 생각이 머리를 떠나지 않았다.

이자벨과 나도 7,8년쯤 살다가 이혼하려 했을까? 내가 이자벨이 미국에 와서 정착하게 된 비용까지 위자료로 내야 했을까? 나는 사랑에 관한 한 언제나 문제를 만들어내는 운명일까?

고든은 이혼소송 과정에서는 누구나 자기 자신을 의심의 눈길로 바라보게 된다는 말로 나를 위로하며 레베카의 음주 문제, 피비의 결별 선언 등은 정말이지 내가 잘못해 벌어진 일이 아니라고 말해주었다.

고든이 말했다. "포커를 칠 때 자기에게 어떤 카드가 주어질지 알 수 없잖아요."

나름 적절한 비유였지만 나는 처음부터 레베카가 모든 게 제자리에 놓여있어야 직성이 풀리는 완고한 성격의 소유자라는 걸 알고 있었다. 그런 성격을 가진 사람들이 살아가면서 어려움이 밀어닥쳤을 때 유연하게 대처하지 못하고 극단적인 행동으로 분노를 표출한다는 사실을 미처 감지하지 못했을 뿐이다. 데이비드가 오랫동안 피비를 좋아했고, 피비가 과연 내 장애인 아들을 잘 키울 수 있을지 부담스러워했다는 것도 잘 알고 있었다. 고든에게는 로마에서 보낸 피비의 팩스를 받았을 때 내가 느낀 절망에 대해 전혀 말하지 않았다. 나는 한동안 패배감에 휩싸여 잠을 이룰 수 없었다. 삶이 갑자기 적막해보였고, 중요한 소송에서 패했다. 선배 변호사 제프 미첼은 지난 10년 동안 내가 승소했던 소송을 언급하며 내가 로펌의 가장 중요한 자산이라고 말한 적이 있었지만 중요한 소송 세 건이 연이어 잘못됐다. 로펌에서도 내가 끔찍한 이혼소송 때문에 머리가 복잡하다는 사실을 잘 알고 있었다. 로펌에서는 나에게 당분간 법정 업무에서 손을 떼고 외국 지사의 관리직을 맡으라고 제안했다.

제프 미첼 변호사가 말했다.

"자네는 파리에서 생활한 적이 있고, 프랑스어가 유창하니까 당분간 파리지사를 맡아주게."

이 회의가 있기 전날에는 고든으로부터 이턴이 열여덟 살이 될 때까지 내가 매월 1만5천 달러를 양육비로 내고, 레베카가 제시카의 급여 절반을 책임지기로 하는 수정안이 마련되었으니 받아들이는 게 최선일 것 같다는 말을 들었다.

"5년 뒤에 1만5천 달러면 부담이 크지 않을 겁니다."

"그 안을 수용하기에는 여전히 액수가 너무 커보이는데요."

"물론 부담스럽겠지만 우리는 누구나 사랑의 대가를 치러야 해요. 변호사님의 경우는 심리적인 리스크와 돈을 대가로 치르게 된 거죠. 마지막 조정 때에는 우리가 상대 변호사 비용을 지불하지 않겠다고 제안할 겁니다. 상대도 법정까지 끌고 가려하지는 않을 거예요. 법정까지 갈 경우 판사가 상대의 요구가 지나치다고 지적할 테니까요. 제가 맡고 있는 이혼 사례 중에 부인이 열다섯 살 연하인 철부지 테니스 선수와 바람을 피운 케이스가 있어요. 제 고객인 남편은 복수심에 불타 칼을 갈고 있죠. 제 고객에게 분명히 말했지만 복수심에 불타는 건 내가 독약을 마시고 상대가 죽기를 바라는 꼴이죠."

고든의 지적과 달리 레베카는 여전히 복수에 매달렸다. 상대 변호사는 레베카에게 이미 유리한 조건으로 조정이 되었는데 사소한 걸 더 요구하는 건 어리석은 일이고, 결국 손해로 돌아오게 될 거라고 충고했다. 레베카는 결국 제시카를 가정교사로 받아들였다. 이턴은 수어 교육에 잘 적응하고 있었다. 제시카는 하루 3시간씩 일대일로 집중 교육을 할 경우 이턴이 여섯 살이 되기 전에 수어를 잘 구사할 수 있게 될 거라고 했다.

제시카는 그 말을 나와 레베카에게 따로따로 했다. 레베카와 내가 곧장 연락을 주고받을 방법이 없었으니까. 나는 변호사를 통해야만 레베카와 의사를 주고받을 수 있었다. 고든이 일주일에 6일은 수어 교습이 필요하다는 말을 전했을 때 레베카의 변호사가 말했다.

"제 고객은 귀하의 고객이 혹시 수어 가정교사와 동침하는 사이는 아닌지 의심하고 있어요."

고든은 상대 변호사에게 '좆까시지.'하고 공손히 말했다. 그런 다음 나에게 레베카가 일부러 도발하는 것인 만큼 말려들어서는 안 된다고 조언했다. 가정교사 문제에 대한 고든의 해결책은 단순했다. 내가 비용을 전부 부담하는 대신 이턴이 일주일에 여섯 번 수어 집중교육을 받는 것에 동의하지 않을 경우 이 문제를 법정으로 가져가겠다고 엄포를 놓았다. 제시카만큼 능력이 출중한 교사를 찾아내고, 교육비용 부담까지 레베카의 몫이 될 수도 있다는 경고 차원이었다.

레베카는 그제야 한 발 물러섰고, 우리는 가정교사 건에 대해 합의를 마쳤다. 레베카는 여전히 불만을 표했다. 레베카 입장에서 보자면 매우 유리한 조건으로 조정이 이루어진 셈이었지만 나를 완벽하게 망칠 정도는 아니었으니까. 내 이혼 과정에서도 돈은 엄청난 위력을 발휘했다. 돈에 좌우되지 않는다고 주장하는 사람들의 말은 거의 전부가 거짓말이다. 돈을 버는 데 모든 노력을 쏟아 붓는 사람도 있지만 대부분의 사람들은 돈으로 인생의 가치를 환산하는 것에 대해 못마땅하게 여긴다. 학교에서 괴롭힘을 당한 아이, 여자에게 한 번도 선택받지 못한 남자, 배우자에게 배신당한 사람들에게 돈은 복수의 수단이 된다. 배신한 배우자에게 경제적인 고통을 가해 파멸시키려는 사람이 바로 레베카였다. 내가 받아들일 수 있는 선에서 최종 합의가 이루어졌다. 나는 일주일 가운데 닷새 동안 쉴 새 없이 일하고, 이틀 동안 이던을 돌보는 생활을 시작했다. 이던이 레베카와 함께 있을 때에도 나는 일에 매달렸다. 제시카는 하루에 3시간씩 이던을 가르쳤다. 나도 수어를 배우는 한편 프랑스어 강습에도 박차를 가했다. 프랑스에서 보낼 내 미래, 내 일, 이던의 안녕을 위해 필요한 요소들로만 내 생활을 채웠다.

얼마 후 피비가 아들을 출산했다는 소식을 들었다. 아이 이름이 헨리라고 했다. 축하카드를 보냈더니 데이비드로부터 답장이 왔다. 피비와 함께 떠난 뒤로 데이비드가 나에게 연락한 건 처음이었다. 데이비드는 내가 헨리의 탄생을 축하해준 것에 감동했고, 너그럽게 이해해주어서 고맙고, 조만간 같이 한잔할 수 있겠는지 적었다.

나는 답하지 않았다.

이턴에게 수어로 '사랑해.'라고 말하는 법을 배운 날, 나는 파리지사에 가기로 마음먹었다. 로펌에서 한 달에 두 번씩 이턴을 만나러올 때 드는 비용을 제공해주는 조건이었다. 강펀치를 맞고 다운되었다가 비틀거리면서도 다시 싸우려고 일어나 현재에 이르렀다. 치열했던 전투는 이제 과거사가 되었다.

이제 내가 할 수 있는 일은 무엇일까? 인생의 다음 단계로 나아가는 것밖에 달리 또 무엇을 할 수 있을까?

오랫동안 접어 두었던 한 페이지를 다시 펼치는 게 나의 다음 이야기였다.

파리지사에서 일하라는 제안을 처음 들었을 때 나는 가장 먼저 생각했다.

'이번에는 이자벨이 없어야 해.'

그 생각은 결국 반대의 의미가 컸다.

'이자벨이 있으니까 파리에 가야 해.'

• • •

초겨울에 파리에 도착했다. 파리 8구에 로펌 소유 아파트가 있었다. 파리지사 사무실에서 멀지 않은 곳이었다. 적당한 크기의 침실 두 개가 있는 아파트였다. 호텔처럼 장식해놓은 방은 휑했다.

파리 8구는 상업 지구였다. 오피스들, 고급 상점들, 사업상 거주하는 외국인들을 상대로 지나치게 비싼 음식을 파는 식당들, 겉만 번지르르한 카페가 있었지만 나와는 상관없었다.

아파트를 내 집처럼 꾸몄다. 책, 오디오, 5구와 6구에 있는 상점에서 산 재즈와 클래식 시디 음반들을 구비해두었고, 베이지색 벽에 영화 포스터 액자를 몇 개 걸었다. 그런대로 효용성이 큰 에스프레소 추출기도 샀다. 책상 위에는 타자기와 노트, 펜을 올려놓았다. 이턴이 보고 싶을 때마다 담배를 피웠다. 파리지사는 변호사 두 명에 사원 다섯 명이 일하고 있었고, 업무는 그리 복잡하지 않았다. 미국에서처럼 큰 소송은 없었다. 주로 영주권 문제, 세금 문제, 저작권 문제, 국경을 넘었을 때 생기는 자금 문제 등이었다.

대부분 서류작업으로 끝나는 일들이었다. 도전적이고 흥미로운 일은 없었지만 나는 불만이 없었다. 뉴욕에 있을 때에 비해 업무량이 절반도 안 되고, 일에 대한 압박감도 없었지만 급여는 그대로였다. 직원들은 성실하고 효율적으로 일했다. 나는 별 스트레스 없이 잘 돌아가는 사무실 분위기에 만족했다.

이혼과정 때 빠졌던 체중도 돌아왔다. 눈가에 주름이 생겼지만 아직 머리카락은 빠지지 않고 그대로였다. 대체로 얼굴이 크게 상해보이지는 않았다. 파리지사에서 일하기 시작한 첫째 주에 병원에 가서 검진을 받았다. 회사 규정사항이었다. 후투아 박사는 레바논 출신으로 옷을 세련되게 입는 사람이었다. 이런 저런 검진 끝에 후투아 박사는 적절한 체중이 되려면 4킬로그램을 더 감량해야 한다고 했다. 무엇보다 수면 부족이 우려된다며 수면제를 처방해줄 테니 단기간만 복용해보라고 했다. 장기간 복용하면 수면제 의존증이 생길 수도 있다고 경고했다. 하루에 담배 한 갑을 피우는 건 미친 짓이라는 말도 했다.

"담배를 당장 끊어야 해요. 앞으로 평생 담배를 손에 쥐지 마세요. 지금부터 금연을 시작하시고, 담배를 손에 쥐는 습관을 버리세요. 다른 문제는 딱히 없습니다. 수면이 부족한 문제는 일단 수면제로 바로잡아 보도록 하세요. 수면제는 단기간 도움을 받아야 해요. 무엇이든 약물에 의존하는 건 건강에 해로워요."

후투아 박사는 철학자 같은 면모를 보이는 의사였다. 평생 권태 속에서 살아가고 있는 분위기의 의사를 보며 나는 최근에 끔찍한 삶의 고통을 맛본 사람으로서 동료애를 느꼈다. 그런 한편 마음속으로 생각했다.

나는 지금 사랑에 의존해야 해요. 너무 외로우니까.

사무실에 있는 동안에는 일을 하는 데 최선을 다했다. 고객과

식사해야 할 일이 있거나 제네바 같은 곳으로 출장을 떠나서도 주어진 업무에 최선을 다했다.

퇴근하고 나면 청바지와 가죽재킷으로 갈아입고 지하철을 탔다. 센 강을 건넌 뒤 지하철에서 내려 거리를 떠돌아다녔다. 오로지 성취를 통해 가치를 증명하려는 미국식 야망을 내 안에서 떠나보냈다. 사무실에서는 나무랄 데 없이 열심히 일했지만 마음속으로는 무심했다. 아무도 내 변화를 알아채지 못했다. 그 변화는 오로지 나 자신만이 알고 있었다. 저녁 7시만 되면 곧장 퇴근해 걸어서 5분 거리인 집에 도착했다. 5분 뒤에는 옷을 갈아입고 밖으로 나왔다. 영화를 보고, 재즈 공연을 보고, 서점에 들러 책을 사고, 카페에 들러 식사를 했다. 거절당할 게 두려워 이자벨에게는 아직 한 번도 연락하지 않았다.

이던이 너무 보고 싶을 때마다 절망감이 밀려왔다. 주말에 한 달에 두 번씩 이던을 만나러 갈 수 있어 다행이었다. 웨스트 50번가에 있는 로펌 소유 아파트를 주말 동안 쓸 수 있었다. 로펌에서 나를 위해 많은 배려를 해주었다. 뉴욕에서 지내는 며칠 동안 제시카에게 수어를 배우는 것도 변호사를 통해 레베카와 합의했다. 나는 파리지사의 내 비서에게 수어를 배울 수 있는 미국인을 찾아달라고 부탁했다. 비서는 대사관을 통해 청각장애인 딸과 함께 파리에 살고 있는 미국 여성을 소개받았다. 나는 그 여성으로부터 일주일에 3시간씩 수어를 배우기 시작했다.

그런 한편 매일 1시간씩 프랑스어 개인교습을 받았다. 프랑스어 교습 비용은 로펌에서 부담했다. 나는 자기계발에 열심인 한편 저녁 시간은 주로 문화생활로 채웠다. 의사가 담배를 끊으라고 충고했지만 카멜 담배를 하루 한 갑씩 피웠다. 퇴근하자마자 거리로 나서 계속 걸었다. 매일 밤마다 7,8킬로미터를 걸었다. 수면제를 먹어도, 책을 읽어도, 운동을 해도 도무지 잠을 이루지 못할 때면 어두운 거리로 나섰다. 딱히 목적지는 없었다. 그저 불면증을 안고 걸었다.

파리에 도착한 지 3주가 지난 어느 날 새벽 3시가 다 된 시각에 나는 결심했다.

주사위를 던지자. 모험을 해보자.

나는 집에 놓아둔 로펌의 공식 편지지를 테이블 위에 꺼내두고 펜을 잡았다.

이자벨에게

파리에서 살기 시작한 지 한 달이 다 됐어. 적어도 5년은 여기서 지낼 거야. 나를 만나준다면 점심을 사고 싶어. 보고 싶지 않으면 답장하지 않아도 괜찮아. C'est entendu(이해할 수 있어).

Je t'embrasse(보고 싶어).

샘.

추신 : 지금은 새벽이고 나는 아직 잠을 자고 있지 않아. 작업실 문 비밀번호가 아직 그대로면 우편함에 내가 직접 이 편지를 놓아두고 올게.

나는 편지를 봉투에 집어넣고, 겉면에 '이자벨'이라고 적었다. 코트를 집어든 나는 30분 뒤 베르나르 팔리시 9번지 앞에 서있었다. 텅 빈 거리에 가끔씩 취객들만이 지나갔다. 출판사 창문에 언제나 변함없이 똑같은 디자인으로 장식한 신간 소설 포스터들이 붙어있었다. 지난날 수없이 마주한 짙은 갈색의 정문도 그대로였다. 오랜 시간이 흘렀지만 나는 비밀번호를 잊지 않았다. 비밀번호를 입력하자 철컥 문이 열렸다. 세상에는 결코 변하지 않는 것들도 있었다. 이자벨의 우편함이 오른쪽에 있었다. 나는 작은 중정으로 들어갔다. 어느새 차가운 가랑비가 내리고 있었다. 오른쪽 맨 위쪽 창문 두 개를 올려다보았다. 이자벨의 작업실 창은 어두웠다. 이 시각에 이자벨이 작업실에 있으리라는 기대는 하지 않았지만 있기를 바라기도 했다. 비가 조금 거세졌다. 나는 돌아서서 달렸다. 렌 가에 서있는 택시가 보였다. 택시를 타고 15분 뒤에 집에 들어왔다. 옷을 벗고 침대에 누웠다. 이번에는 잠이 잘 왔다.

몇 주를 망설인 끝에 마침내 이자벨에게 연락할 용기를 낸 덕분에 잠들 수 있지 않았을까?

3시간 뒤에 눈을 뜨고 가방을 챙겨들었다. 그날 저녁, 뉴욕으로 가는 비행기 안에서 정신없이 잠을 잤다. 밤에 또 잠을 못 자더라도 상관없었다. 이턴을 만날 생각에 마음이 들떠 있었다. 앞으로 5년 동안 매달 뉴욕에 올 때마다 머물게 될 회사의 아파트는 웨스트 57스트리트 8번가와 9번가 사이에 있었다. 제시카와 이턴이 아파트에 먼저 와 있었다. 이턴은 자고 있었다. 침대 옆에서 이마에 입을 맞추자 이턴이 돌아누웠다.

제시카가 말했다. "아들을 모처럼 만난 인사로는 좀 아쉽네요."

나는 미소를 지으며 속삭였다. "이턴이 내가 오는 걸 알고 있었어요?"

"아까 잠들기 전에 말했어요. 자고 있는 동안 아빠가 올 거라고. 아침 일찍 누군가 깨워도 놀라지 말라고."

"그런 걸 수어로 다 말했다고요?"

"이턴은 잠들었으니까 속삭이지 않아도 돼요."

나는 그제야 현실을 깨닫고 조금 놀랐다. 늘 이턴이 소리와 무관한 세계에 살고 있다는 현실을 자각하고 있었지만 비행으로 지쳐 있던 나머지 잠을 깨우지 않기 위해 속삭일 필요는 없다는 사실을 잠시 잊었다. 그 사실이 갑자기 나의 폐부를 찔렀다.

제시카가 그런 내 심정을 알아채고 말했다.

"이턴은 정말 똑똑해요. 수어 실력이 아주 쑥쑥 늘고 있어요."

나는 이턴의 이마에 다시 입을 맞추고 제시카를 보며 수어로 말했다. "안녕, 제시카! 우리 아들을 정말 잘 가르치고 있군요."

제시카가 수어로 답했다. "이턴이 똑똑하기 때문이죠. 이제 수어로 완전한 문장을 말하기 시작했어요. 어제는 변호사님 사진을 보여 주니까 수어로 곧장 '아빠!'라고 답했어요."

내 생체 시계로 새벽 5시는 아주 늦은 시각이었기 때문인지, 아니면 몇 주 동안 불면증에 시달렸기 때문인지 이유는 알 수 없었지만 나도 모르게 눈물이 흘렀다. 이턴과 떨어져 사는 고통은 이루 말할 수 없이 컸다.

나는 침대에 들어가기 전에 이턴을 두 번 더 살펴보았다. 4시간 뒤 누가 내 머리를 잡아당겼다. 눈을 떠보니 이턴이 나를 바라보고 있었다. 이턴은 아직 잠이 덜 깬 얼굴로 뭔가 말하려고 했다. 이턴의 입에서 알아들을 수 없는 소리가 흘러나왔다. 그러다가 이턴이 손을 움직여 수어로 말했다. "아빠! 어서 와!" 나는 이턴을 덥석 안았다. 이턴이 내 목을 팔로 감싸 안더니 내 귀를 작은 손으로 잡고 까르르 웃었다.

나는 수어로 말했다. "정말 보고 싶었어."

이턴은 내 수어를 보고 웃었다. 내 말을 이해했을까? 나는 또 수어로 말했다.

"배고파?"

이턴이 고개를 끄덕이고 나서 나를 주방으로 데려가더니 선반에 있는 초코팝스 시리얼 상자를 손가락으로 가리켰다. 나는 시리얼 상자를 선반에서 내렸다. 이턴이 상자를 달라고 손짓했다. 상자를 연 이턴이 손으로 시리얼을 집어먹기 시작했다. 나는 수어로 말했다. "그릇에 부어줄게." 이턴은 어리둥절한 표정을 짓고 상자를 놓지 않으려고 했다. 내가 상자를 달라고 손짓하자 이턴이 살짝 칭얼거렸다. 나는 울지 말라고 손짓하고, 시리얼을 그릇에 담고 냉장고에서 우유를 꺼냈다. 이턴 앞에서 시리얼에 우유를 따르는 방법을 보여주었다. 이제 이턴은 그릇에 손을 집어넣으려 했다. 나는 서랍에서 스푼을 가져와야 한다고 손짓했다. 이턴이 스푼을 가져와 시리얼을 먹기 시작했다.

나는 이턴이 매일 자라고 성장하는 모습을 지켜볼 수 없는 것에 대해 죄책감을 느꼈다. 이턴에게는 아빠가 필요했다. 레베카가 이턴에게 용변 보는 법을 가르친 건 좋은 일이었다. 제시카가 수어를 잘 가르친 건 고마운 일이었다. 주말 동안 센트럴파크 동물원, 자연사 박물관의 공룡 전시실에 가고, 장난감 쇼핑도 했다. 나는 몇 달, 몇 년 동안 못 느낀 기쁨을 맛보았다. 내 개인적인 관계는 이제 누더기가 됐는지도 모른다. 거울 속 내 모습은 과거에 내가 절대로 되지 않겠다고 다짐했던 그 양복쟁이가 되었는지도 모른다. 절대로 따르지 않겠다던 고루한 사회인의 길을 걷고 있는지도 모른다. 온갖 타협과 내 자신을 깎아

먹은 결정에 비명을 지르고 있는지도 모른다. 왜 배낭을 메고 동남아를 반년 동안 여행하지 않았는지, 파타고니아로 사라지지 않았는지 내 자신을 책망하고 있는지도 모른다. 오래전부터 반드시 해야겠다고 다짐했던 미국 횡단여행을 왜 아직 하지 않았는지 모른다. 이혼이 핑계였다. 내가 놓쳐버린 기회들마다 핑계는 있었다. 이제 나는 지구상의 99퍼센트 사람들보다 돈을 많이 버는 사람, 세금과 위자료, 양육비, 이턴의 교육비를 제하고도 혼자 걱정 없이 생활할 수 있을 만큼 돈을 벌고 있는 사람이 되었다. 부동산은 전혀 없었다. 레베카는 내가 대출금을 갚은 아파트를 가져갔다. 나는 표면적으로 아무것도 증명할 게 없었지만 성공한 사람이 되었다. 무거운 성공의 결과를 짊어지고 있었고, 모든 걸 다 버리고 떠나거나 새롭게 시작할 수도 없는 사람이 되었다. 아직도 이혼이 내 발목을 단단히 부여잡고 있었다.

주말은 너무 빨리 지나갔다. 일요일 오후에 제시카가 이턴을 데려가려고 왔다. 나도 모르게 이턴을 꽉 끌어안았다. 어찌나 꽉 끌어안았는지 이턴이 풀려나려고 발버둥 치며 놀란 눈으로 나를 쳐다보았다. 이턴은 내 눈에서 흐르는 눈물을 보았다. 이턴이 작은 손으로 내 귀를 잡아당기며 깔깔거리고 웃었다. 눈물을 멈추고 함께 웃자는 듯 같았다. 나는 이턴의 바람대로 활짝 웃었다. 그래도 이턴을 보내야 한다는 사실은 변하지 않았다.

현관문 앞에서 이던이 수어로 말했다. "아빠!"

이던이 떠난 뒤 나는 소파에 가만히 앉아 있었다. 우울로 점철된 내 일상에 이던이 해독제가 되어주었다. 내가 사랑받고 싶었던 사람들은 결정적인 순간에 모두 나를 떠나갔지만 이던을 향한 내 사랑은 무조건적이고, 무한정이고, 감출 필요가 없었다.

30분 뒤, 나를 공항까지 태워줄 택시가 왔다. 비행기 이륙시간까지 1시간 반이 남아있었다. 에어프랑스는 시간을 잘 지켰다. 오전 10시에 파리의 아파트에 도착했다. 샤워하고 옷을 입고 30분 뒤에 사무실에 출근했다. 비서 모니크가 커피를 가져왔다. 나는 눈으로 재빨리 우편물을 훑어보았다. 그러다가 눈에 익은 검정 만년필 잉크로 내 이름과 주소가 적힌 흰색 정사각형 봉투를 집어 들었다. 모니크가 내 모습을 지켜보고 있다가 어색한 미소를 지어보이고는 내가 혼자 편지를 읽을 수 있게 자리를 비켜주었다. 나는 봉투를 열어 과거에도 수없이 마주했던 흰색 카드를 꺼냈다.

사랑하는 사뮈엘

나는 당신이 언젠가 오래도록 파리에서 지내게 될 거라고 늘 생각했어. 내 생각대로 되어서 기뻐. 과거는 지나갔지만 현재는 우리를 같은 곳에 있게 해주네. 점심은 거절할게. 나를 찾아오는 건 환영이야. 화요일 어때? 오후 5시? 주소는 알지? 비밀번호도 알지?

Je t'embrasse très, très fort(정말 너무 보고 싶어).

이자벨.

• • •

이자벨은 내가 그동안 프랑스어를 얼마나 열심히 공부했는지 전혀 몰랐다. 보스턴에서 마지막으로 헤어진 뒤로 우리는 연락을 주고받지 않았으니까. 이자벨은 내가 그동안 어떻게 살았는지 몰랐다. 나도 이자벨이 어떻게 살았는지 몰랐다. 내가 이자벨에게 영어로 편지를 쓴 건 오래전부터 그렇게 해왔기 때문이다. 내가 프랑스어로 편지를 썼다면 이자벨은 내 프랑스어 실력이 왜 이렇게 많이 늘었는지 궁금하게 여길 게 분명했다. 나에게 혹시 다른 프랑스 여자가 생긴 건 아닌지 의심할지도 몰랐다. 나는 그런 의심을 받고 싶지 않았다.

오후 4시 45분에 사무실을 나왔다. 파리의 도로가 늘 막히는 시간이었다. 비가 내리고 있었고, 택시는 느릿느릿 움직였다. 렌 가와 베르나르 팔리시 모퉁이에서 택시를 세우고, 내리자마자 트렌치코트로 몸을 감싸고 달려갔다. 우산을 들고 있었지만 펼 시간이 없었다. 비밀번호를 누르고 문이 열리는 순간 곧장 달려 중정을 지나고 C동 앞으로 갔다. 이자벨의 작업실 초인종

을 눌렀다. 비를 맞은 머리카락이 흠뻑 젖어있었다. 버저 소리
가 울렸고, 문을 열었다. 위에서 이자벨의 목소리가 들려왔다.

"안녕."

계단을 서둘러 올라갔다. 12년 사이에 내 몸이 많이 늙은 듯
이전보다 걸음이 굼떴다. 이자벨이 문 앞에서 나를 기다리고 있
었다. 많이 변했지만 또 그대로였다. 여전히 투명한 피부, 눈가
의 잔주름, 풍성한 붉은 머리에 조금 섞여 있는 흰머리, 긴 스커
트와 검정 터틀넥.

예전에는 늘 깡말라 보였는데 이제 보통 몸매가 되었고, 그래
서인지 덜 날카로워 보였다. 얼굴에 커다란 뿔테안경을 끼고 있
었다.

"Mon jeune homme(이봐 젊은이)."

나는 이자벨을 안으며 말했다. "Tu es si belle(당신은 너무 아
름다워)."

이자벨은 내 입술에 손가락을 가져다댔다.

이자벨이 귀에 대고 속삭였다. "말은 그만." 그런 다음 내 입
술에 짙게 키스했다.

우리는 금방 알몸이 되어 함께 침대에 몸을 던졌다. 이자벨이
속삭였다. "나는 살쪘어." 그런 다음 다리로 나를 감쌌다.

"Tu n'es pas grosse. Tu es magnifique(살찌지 않았어. 멋
져)."

"거짓말쟁이. 나의 멋지고 잘생긴 거짓말쟁이."

"잘생기진 않았어."

"거짓말쟁이."

이자벨이 내 위에 올라타 안으로 나를 깊이 넣었다. 저절로 신음이 흘러나왔다. 우리는 아주 신중하게 천천히 움직였다. 서로의 눈길이 한순간도 벗어나지 않았다. 이렇게 마주한 시선이 그동안 떨어져 있던 시간의 간극을 메우기라도 할 듯 우리는 서로의 눈을 갈망하듯 바라보았다.

이자벨에게는 바뀐 몸매가 큰 스트레스로 작용했는지도 모른다. 젊은 날의 탄탄한 몸을 다시는 볼 수 없다는 것이야말로 거스를 수 없는 시간의 흐름을 증명하니까. 나는 조금 풍성해진 이자벨의 몸이 더 좋았다. 우리는 서두르지 않았다. 빨리 결승선을 통과할 이유가 없었다. 이제 광적인 에로티시즘은 없었다. 우리는 고요하고 신중하게 하나가 되었다. 오랫동안 만나지 못한 우리 두 사람에게는 드러낼 수 없는 고통이 있었다. 떨어져 지낸 세월 동안 미처 알아챌 수도 없을 만큼 약하지만 늘 우리 안에 드리워져 있던 고통.

내 위에 풀썩 쓰러진 이자벨이 내 어깨에 머리를 기대고 말했다.

"우리가 그리웠어."

"Moi aussi. Tu as été avec moi tout ce temps…… même si……(나도 그래. 지금껏 당신이 줄곧 나와 함께 있어 주었잖아)."

이자벨이 또 내 입술에 손가락을 댔다.

"음, Mon jeune homme(이봐 젊은이). 내가 옆에 없는 사이에 프랑스어를 완벽하게 다듬었네."

"Parce que je voudrais te parler dans ta langue maternelle(프랑스어로 말을 걸어보고 싶어서)."

"아주 감명 깊어. 어쩌면 파리로 돌아올지 모른다는 생각에 그러지 않았을까?"

"Je n'ai jamais prévu le fait que j'allais vraiment revenir à Paris pour vivre ici……(다시 파리에 와서 살게 될줄 미처 몰랐어)."

"아주 훌륭해. 억양도 훨씬 덜 미국적이야. 그렇지만 당신도 알다시피 나는 어떤 규칙이나 방법론을 좋아해. 우리는 여기서 오후에 만난다, 우리가 사용하는 언어는 영어다, 이런 거."

"왜 두 언어를 섞어서 사용하면 안 돼?"

"왜냐하면 내가 사랑에 빠진 사람은 영어로 말하던 당신이니까. 나는 영어로 말하는 당신을 계속 사랑하고 싶어."

"언어든 뭐든 융통성이 끼어들 틈이 없는 거야?"

"이제 당신이 파리에 살고, 내 상황도 조금 바뀌었어. 우리가 만나는 시간에 대해서는 융통성을 발휘할 수도 있겠지."

"이혼했어?"

"죽는 날까지 샤를과 헤어지는 일은 없을 거야. 그렇지만 샤를은 이제 예순다섯이야. 지난 3, 4년 동안 건강상 심각한 문제들이 있었어. 당뇨도 있고. 혈압이 높아. 운동에는 전혀 신경 쓰지 않은 생활습관의 결과야. 내가 조금 살이 붙긴 했지만 지금도 날씬한 건 담배와 와인이라는 파리 여자 특유의 다이어트 덕분이야."

"나는 지금의 당신 몸도 좋아. 나도 살이 찌긴 했지."

"내가 살쪘다는 걸 인정했네."

"아, 그러지 마. 당신은 딱 보기 좋아."

"풍만해졌다고? 보기 좋다고? 그건 남자들이 여자들에게 '옛날보다 살쪘어.'라고 할 수 없으니까 둘러대는 말이야."

"루벤스 그림에 나오는 미녀 같다는 말은 빼먹었네."

이자벨은 못된 행동을 한 학생을 야단치는 선생처럼 내 손을 살짝 때렸다.

"T'es atroce(잔인한 사람)."

"Donc, on parle en français!(이제부터 프랑스어로 이야기할까!)"

"전혀 아니야. 자, 당신이 가져온 와인을 따고 담배를 피우자. 설마 담배를 끊은 건 아니지?"

"결혼생활을 하는 동안에는 끊었는데 이혼한 뒤로 마치 복수하듯 다시 피워."

"그래, 잘 생각했어. 나는 수십 년 동안 담배를 피웠지만 아직도 신들이 '이제 저 여자 손에서 담배를 내려놓게 해야겠어.' 하지는 않네. 심판의 날이 그리 멀지는 않은 것 같은데."

"우리 할머니는 담배를 하루 두 갑씩 피웠지만 여든 살이 넘을 때까지 살았어. 할머니가 못된 말을 함부로 하는 침례교도라는 걸 자랑스럽게 여겼다는 게 중요한지도 모르지."

"침례교도와 못된 말을 함부로 하는 건 늘 일치하는 관계가 아니잖아?"

"할머니와 교회 친구들은 그 두 가지가 늘 일치했어."

이자벨이 말했다. "나는 담배를 끊어야 할까 봐."

"그럼 끊어."

"담배 없는 인생을 상상해본 적이 없어. 모든 게 불안정했던 내 인생에서 담배가 늘 버팀목이 되어주었으니까."

"그동안 상황이 안 좋았어?"

"일단 와인과 담배를 가져와. 그동안 힘들었던 얘기를 교환하자. 옷장에 옷걸이가 있어. 다음 약속 장소에 주름진 슈트를 입고 나가기 싫으면 잘 걸어둬."

"다음 약속은 없지만 슈트를 옷걸이에 걸어둘게."

나는 일어나서 옷장을 열었다. 옷이 몇 벌 걸려 있었다. 옷걸이를 꺼내 의자에 내려놓았다. 바지를 집어 들고 옷걸이에 걸었다. 그런 다음 셔츠와 재킷도 걸었다. 넥타이는 잘 접어 재킷 안주머니에 집어넣었다. 이제 잘 정리된 변호사 유니폼을 옷장에 넣었다.

이자벨이 말했다. "옷을 다루는 솜씨가 대단해. 당신은 코트를 받아 옷장에 거는 일을 해도 아주 잘 해낼 거야."

"코르크 따개도 예전에 있던 곳에 그대로 있어?"

"전부 그대로야. 내가 나이가 들어 좀 더 어질러놓은 것만 빼고."

"전혀 어질러진 걸 몰랐어."

"거짓말쟁이."

정말 몰랐다는 말은 거짓이 아니었다. 작업실에 들어오자마자 침대로 곧장 쓰러졌고, 깊은 열정에 빠졌기 때문에 주위로 눈을 돌릴 겨를이 없었다. 이제야 이자벨의 무질서한 공간이 눈에 들어왔다. 전에도 깔끔하게 정리되어 있지는 않았는데 지금은 좀 더 심했다. 옷이 여기저기에 널려 있었고, 재떨이에는 담배꽁초가 수북했다. 서류와 원고지, 책이 더 높이 쌓여 있었고, 싱크대에는 그릇과 커피포트가 쌓여 있었다.

"당신이 여기서 자고 나서 청소와 정리를 해놓았을 때 내가 미친 듯이 화를 냈던 게 기억나네. 내가 심했지. 그래, 그때 당신은 나와 함께 살 수 없을 거라고 생각했는지도 몰라."

"당신이 에밀리와 뉴욕에서 함께 살자고 했을 때 받아들이지 않은 건 그 일 때문이 아니야."

나는 와인과 와인글라스, 담배를 챙겨들고 침대로 돌아왔다.

"그럼 무엇 때문이었어? 변호사 애인에 대한 사랑?"

"그것도 중요한 이유였지만 두려움이 컸어."

이자벨은 내 말을 조용히 되새겼다.

"두려움이 컸다고? 나도 그 마음을 이해할 수 있어. 우리는 상처받는 게 두려워 멋진 미래를 눈앞에 두고 외면하지. 자주 그래. 그런 점에서는 나도 당신과 마찬가지야. 사실 내가 당신보다 먼저 함께 하자는 말을 외면한 적이 있으니까."

"이제 와서 하는 말이지만 분명 잘못된 선택이었어."

"인생은 뒤를 보아야 이해되지만 살아가는 방향은 앞이다.' 키르케고르가 한 말이야. 결혼생활이 그렇게 나빴어?"

나는 코르크 마개를 따고 와인을 따르며 말했다.

"전부 이야기하려면 시간이 많이 걸려."

"당신이 하고 싶은 얘기가 있으면 다 해. 다 듣고 싶어."

우리는 담배에 불을 붙였다. 나는 이야기를 시작했다. 이자벨은 내가 몸서리치게 괴로워할 때만 이야기에 끼어들었다. 내가 이턴의 뇌수막염과 후유증, 레베카의 알코올중독 이야기를 할 때 이자벨도 크게 충격을 받은 눈치였다. 다만 이자벨은 충격을 겉으로 드러내지는 않았다. 내가 이야기를 마치자 이자벨이 나를 안고 한참 동안 내 눈을 들여다보았다.

"당신이 여기에 왔을 때 맨 처음 이런 생각이 들었어. 성공한 느낌이 나지만 슬픔에 지친 남자라는 생각. 사뮈엘이 우울하구

나. 우리가 사랑을 나눌 때에도 나는 당신이 몹시 외롭고, 위안이 절실히 필요한 사람이라는 느낌을 받았어. 이제야 왜 그런 생각이 들었는지 알게 되었지. 사뮈엘이 견디기 힘든 역경을 겪었구나."

"고마워. '삶의 도전' 같은 미국식 표현을 쓰지 않아서."

"당신이 겪은 일은 비극적이야."

"그나마 이던의 아빠가 된 건 비극이 아니라 축복이야. 사실 난 내가 뭘 원하는지 제대로 안 적이 없어. 당신만이 예외야."

"나는 그 말을 못 믿겠어. 내가 에밀리를 데리고 뉴욕으로 가겠다고 했을 때 당신이 나를 밀쳐냈으니까."

"두려웠어. 내가 레베카를 버리고 당신을 택했는데 만약 파리로 돌아갔다가 되돌아오지 않으면 어쩌지? 바로 그런 부분이 가장 큰 걱정이었지."

긴 침묵. 이자벨이 와인을 홀짝이다가 말했다.

"나도 정답이 뭔지는 모르겠어."

"당신이 마음을 바꿔 프랑스에 남을지도 모른다는 두려움을 느낀 이유가 있어. 당신이 정한 규칙 때문이야. 나는 언제나 당신이 정한 규칙을 받아들이고 존중했으니까."

"어쩌면 나보다 당신이 나에 대해 더 잘 알고 있는지도 몰라. 만약 당신이 내 제안을 받아들였더라도 내 스스로 에밀리와 함께 뉴욕으로 가려던 생각을 접었을지도 몰라. 나는 프랑스 사람이고, 여기서 에밀리를 키우고 싶었으니까."

"에밀리는 잘 지내?"

"내 딸은 힘든 시기를 지나고 있어."

"얼마나 힘들어 하는데?"

"그 얘기는 다음에 들려줄게. 우리가 다시 만난 첫날에 길고 괴로운 얘기만 계속할 수 없잖아. 어쨌든 에밀리는 큰 문제없이 좋은 학교에 잘 다니고 있어. 심성이 여린 애라서 아주 작은 문제로 다시 고통의 심연 속으로 빠져들게 될지도 모르지만……."

이번에는 내가 이자벨의 손을 잡아주었다.

이자벨이 나직이 말했다.

"앞으로 에밀리 얘기를 종종 하겠지. 다만 학교생활이 어떤지, 친구들과 무슨 일이 있었는지, 어떤 책을 읽고 있는지, 어떤 영화를 보고 있는지에 대해서는 말할 수 있지만 어두운 얘기는 하지 않을래. 내가 다시 그 어두운 얘기를 꺼내게 된다면 아마도 에밀리가 다시 어둠의 심연에 빠져들어 내가 견딜 수 없게 됐을 때일 거야."

"나도 마음이 아파."

"나도 당신이 겪은 일에 대해 마음이 아파."

"내가 마지막으로 만났을 때 당신은 나를 사랑한다고 말했어."

이자벨이 말했다. "진심으로 사랑했어."

"나는 지금도 당신을 사랑해."

"나도 사랑해."

우리는 또 서로의 눈을 바라보다가 눈길을 돌렸다. 정말이지 우리가 서로에 대해 너무 잘 알고 있어 두려웠다. 나는 이자벨을 끌어당기고 키스했다.

"지금 여기에 있어서 정말 기뻐. 당신과 이렇게 함께."

"나도 기뻐. 그리고 이제는 옷을 입고 집에 가야 해."

• • •

우리는 일주일에 세 번 만났다. 예전과 같은 규칙이었고, 나는 더 이상 요구하지 않았다. 융통성을 좀 더 발휘하라는 말도 하지 않았다.

이자벨이 넌지시 말했듯이 언젠가 융통성을 발휘할 때가 오겠지.

예닐곱 달 동안 우리는 월요일과 수요일, 목요일에 만났다. 내가 출장을 가거나 일과 관련해 약속이 생길 때는 예외였다. 내 일이 변수가 되고 있는 건 이자벨과 나 사이의 큰 변화였다. 에밀리는 오후 5시에 학교 수업이 끝나고 나서도 방과 후 활동이 많았다. 집에 에밀리에게 음식을 만들어줄 가사도우미가 있어 이자벨이 서둘러 집으로 돌아가는 일은 없었다.

"에밀리가 열두 살이니까 이제 엄마를 간수로 여길 나이야. 우울증 때문에 약을 먹고 있고, 정기적으로 병원에 가야하는 상태니까 더 그래. 내가 일주일에 사흘은 집에 일찍 가지 않으니까 오히려 더 좋아하는 눈치야. 그러면서도 내가 늦게까지 집에 들어가지 않으면 자기를 소홀히 여긴다고 불평해. 에밀리는 아빠를 좋아해. 요즘은 나랑 있는 것보다 샤를과 지내는 걸 더 좋아해. 샤를이 요즘 하루 종일 집에 있으니까 에밀리에게는 최상의 상황인 셈이지. 그렇다고 내내 샤를 옆에 있지도 않아. 다만 아빠가 집에 있다는 것만으로도 위안이 되나 봐. 우리 부부는 에밀리만 좋아한다면 뭐든지 할 수 있어."

이자벨은 이던의 발달과정에 큰 관심을 보였다. 수어 어휘를 어떻게 늘리는지, 다른 사람들과 관계를 어떻게 만들어 가는지, 청각장애가 없는 아이들이 다니는 유치원에 보낼 수 있는지 궁금해 했다. 이던이 파리에 오면 잘 지낼 수 있을지에 대해서도.

나는 매일이다시피 제시카와 통화했다. 고든이 매달 나흘간 이던을 볼 수 있는 면접권을 얻어냈다. 로펌에서는 내가 뉴욕에서 매달 두 번의 주말과 한 주 전체를 이던과 보낼 수 있도록 비행기 편과 숙소를 마련해주기로 했다. 로펌이 맡은 상속 관련 소송 가운데 비중이 큰 건수에 대해 내가 자문을 해주는 조건이었다.

이던을 만나는 날을 손꼽아 기다렸다. 제시카가 말하길 이던도 나의 뉴욕 방문을 기다리며 날짜를 세고 있다고 했다. 로펌이 제공해준 아파트에서 한 달에 두 번씩 이턴을 만나 시간을 보냈다. 이턴이 자다가 눈을 뜬 사이 내가 왔다는 말을 들으면 당장 일어나 내 침실로 달려와 반갑게 인사했다. "아빠가 왔어!"

나는 파리에서 일주일에 두 번씩 수어 강습을 받고 있었고, 이턴과 어려움 없이 대화를 나눌 수 있게 되었다.

제시카가 말했다. "저는 이제 이턴을 보통 아이와 다름없이 대하고 있어요. 이턴도 다른 아이들처럼 다섯 살에 글을 배우기 시작할 겁니다. 사회화가 가장 큰 관건이죠. 이턴을 다른 아이들과 어울려 놀게 하려고요. 레베카에게도 계속 말했어요. 이턴이 함께 놀 수 있는 또래 아이들을 찾아보라고요. 레베카는 지금도 금주 모임과 성당 일로 아주 바빠요. 폼페이 성당에 다니는데 성당 부속 초등학교가 있어요. 수녀들은 기꺼이 받아들이겠다고 했지만 과연 이턴이 다른 아이들과 잘 어울릴 수 있을지 걱정스럽긴 해요. 제가 레베카에게 부탁해두었어요. 초등학교 교장선생님과 면담 약속을 잡아달라고요."

"선생님이 같이 다닐 수 있는 초등학교도 있지 않나요?"

"처음에는 제가 같이 다닐 수 있지만 장기적으로 그 일을 맡아서 할 사람이 필요해요. 방과 후 지도와 변호사님이 파리에서 오는 금요일 밤에는 제가 계속 이턴을 맡아야겠죠."

나는 이턴의 학교 문제를 상의하려고 레베카에게 만나서 이야기하자는 팩스를 보냈다. 뉴욕학교들을 철저히 조사해 이던에게 최선의 선택이 무엇일지 머리를 맞대고 의논해보자는 내용이었다. 이던이 아이들과 어울려 지내게 하려면 최대한 빨리 결정을 내려야만 했다.

레베카는 아무런 답변도 주지 않았다.

파리에 돌아온 뒤 이자벨에게 그 얘기를 들려주었다. 이자벨은 아이의 미래를 위한 대화조차 거부하는 레베카의 태도에 대해 몹시 화를 냈다.

"이혼에 관한 한 미국인들은 정말 어리석어. 외도? 알코올중독? 이제 다 정리된 일이잖아. 당신이 바람을 피운 대가로 매달 꼬박꼬박 돈을 보내고 있잖아. 이제 신앙의 힘을 발견하고 가톨릭성당에 나가고 있다며? 그럼 전 남편에게도 선의를 보여야지. 게다가 양육비를 비롯해 이던에게 들어가는 모든 비용을 당신이 다 책임지고 있다며? 이던에게 더 헌신적인 사람도 당신인데 왜 일주일에 두 번밖에 만나볼 수 없지?"

이자벨과의 대화는 저녁을 먹으며 이루어졌다. 우리는 이제 밖에서 저녁을 먹기로 했다. 베르나르 팔리시 9번지 맞은편에 있는 일식당이었다. 나는 이자벨과 약속한 대로 이던의 사진을 가져왔다. 이자벨은 내가 뉴욕에 갈 때마다 이던의 사진을 찍어오라고 했다. 사진으로라도 얼마나 컸는지 보고 싶다고 했다. 제시카가 이던을 가르칠 때 쓰는 교재들의 제목과 저자도 메모했다. 파리에 있는 아메리칸유니버시티 도서관까지 가서 뉴욕에 소재한 초등학교들을 조사했다.

이자벨은 다섯 곳의 초등학교를 추려낸 다음 연락처와 교장 이름을 적은 목록을 내놓았다. 나는 다가올 여름에 이던을 파리로 데려와 한 달 동안 함께 지내고 싶었는데 레베카는 내 제안을 단칼에 거부했다.

이자벨이 발끈하며 레베카가 아이를 미끼로 나에게 복수를 가한다며 크게 화냈다.

"레베카는 남편을 잃고, 일도 잃고, 행복하지도 않은 그 분노를 모두 당신에게 쏟아 붓고 있는 거야. 그 여자가 당신에게 휘두를 무기는 아들과 돈뿐이야. 정말 한심하네."

이자벨이 나를 안심시키려고 애쓰며 내 손가락 끝에 자기 손가락을 가져다댔다. 그때 나는 다시 한번 생각했다.

우리야말로 진짜 커플이야. 내 편이 되어 나를 감싸주고, 이던에게도 큰 관심을 보이잖아. 이던이 파리에 왔을 때 기본적인 의사소통이라도 할 수 있게 수어를 배우려고 해.

내게는 그 모두가 감동적이었지만 이자벨에게도 자신만의 장애물이 있었다. 이전에도 몇 번 에밀리를 만나보고 싶다고 했지만 이자벨은 차분하게 거절했다. 에밀리의 예민한 심리와 아버지에 대한 애착을 고려할 때 나를 만나는 게 적절하지 않다는 게 이유였다.

"에밀리는 눈치가 빨라. 당신을 그냥 친구라고 소개해도 에밀리는 즉시 의심할 거야. 아마 몹시 화를 낼 수도 있어. 아직은 그냥 이대로 지내는 게 좋아."

주말에 뉴욕에 함께 다녀오자는 말도 몇 번이나 꺼냈지만 이자벨은 단 며칠이라도 파리를 벗어나고 싶어 하지 않았다. 파리를 떠나 있는 사이 에밀리가 어둠의 심연에 빠져들 수도 있다는 걱정 때문이었다.

나는 우리가 다시 만나기 시작한 반년 동안 에밀리에게 아무런 문제가 없었다는 점을 내세우며 뉴욕에 가서 이던을 만나면 둘이 친해질 수도 있지 않겠느냐고 조심스레 설득해보았다. 그럴 때마다 이자벨은 파리를 벗어나지 않겠다고 완강하게 말했다.

"고루하게 들릴 수도 있을 텐데 나는 사실 여행을 즐기지 않아. 비행기를 탈 때마다 폐소공포증을 느껴. 내가 대형 튜브 같은 비행기에 갇혀 참을 수 있는 최대치가 1시간이야. 그 이상은 자제력에 한계를 느껴. 그럼 어떻게 보스턴까지 갈 수 있었냐고? 보스턴에 가면 당신을 만날 수 있다는 생각에 참아낼 수 있었던 거야. 오로지 그 이유뿐이었어. 보스턴에 갈 때나 파리로 돌아올 때나 바륨을 너무 많이 먹었어. 그 뒤로 비행기를 탄 건 몇 번 안 돼."

"내가 바로 옆에 앉아 있으면⋯⋯."

"소용없어. 5년 전에 샤를과 함께 케이프타운으로 휴가 여행을 가려고 공항에 간 적이 있어. 그때 난 비행기를 타기도 전에 공항발작을 일으켰지. 발작이 어찌나 심했던지 샤를이 구급차를 불렀어. 결국 난 공항의료센터 병실에 눕게 되었지. 샤를은 케이프타운에서 회의가 있었는데 여행을 취소하려고 하더군. 내가 그러지 말고 혼자 다녀오라고 했어. 나랑 함께 가려고 희망봉 근처에 있는 호화 호텔을 9박 10일간 예약했는데 혼자라도 다녀와야 한다고 등을 떠밀었지. 샤를이 혼자서 케이프타운에 가면 정부를 불러들일 게 틀림없었지만 나는 개의치 않았어. 샤를을 비난할 자격이 없었으니까. 나 대신 다른 정부를 뉴욕으로 데려가고 싶으면 얼마든지……."

"나는 현재 유부남이 아니고 정부는 없어. 내 인생에 다른 여자도 없어. 지금은 오로지 당신뿐이야."

"당신은 다른 여자를 만나야 해. 나는 정서적으로 안정된 사람이 아니니까."

"폐소공포증 때문에 비행기를 못 타서?"

"그렇기도 하지만 난 이제 확실한 중년에 접어들었잖아. 25년 가까이 똑같은 작업실에 매일 출근하고, 조용히 번역 일을 하고, 조용하고 점잖은 남자와 계속 부부로 살고 있어. 노르망디에 있는 똑같은 별장에서 조용하고 점잖은 주말을 보내고, 일 년에 한 달은 바르에 있는 시가의 별장에서 보내고, 밤에는 대개 영화나 연주회나 오페라를 보며 살고 있어. 나는 물질적인 풍요를 바란 적이 없어. 그저 내 딸이 깊은 우울에 빠져 우리 가족의 삶이 망가지게 될까 봐 두려워. 내 옆에 당신이 있어서 아주 행복해. 나는 왜 내 자신을 스스로 부당하게 대했다는 자책에서 벗어나지 못할까? 훨씬 더 흥미로운 삶을 살 수 있었는데 그때마다 스스로 차버렸다는 생각을 거둘 수 없어. 그동안 마음속으로 삭인 절망이 너무 많아. 그 절망을 만들어낸 사람은 전적으로 내 자신이야."

나는 이자벨과 손을 깍지 꼈다.

"나도 자주 그런 생각을 해. 이던이 만 열여덟 살이 될 때까지 레베카에게 양육비와 교육비를 지원해야 해. 이혼하고 나서도 전 부인에게 꽉 잡혀 지내야 하는 내 처지에 대해 불평하는 게 아니라 당신이 응해준다면 다 버리고 타히티 섬으로 가서……."

"나는 날씨가 더운 나라는 싫어. 타이티는 프랑스어를 쓰니까 더욱 싫어. 거기 가면 지루할 거라는 생각 때문만은 아니야. 에밀리가 건강하게 성장해 자립하고 안정되고 독립적이 되면……. 아마 그때도 나는 여전히 싫다고 할 거야."

"왜?"

"나이를 먹다보니 내 자신에 대해 몇 가지를 더 알게 되었어. 나는 겁쟁이에다……."

"아, 제발 그런 말은 하지 마."

"나는 항상 안정을 추구하며 살았어. 내 자신을 철저하게 통제했지. 그래서 내가 불행한 걸까? 내 주변의 용감하고 활달한 몇몇 지인들처럼 60개국을 여행했어야 행복할까? 나는 한정된 삶을 사는 사람이야. 나는 그 사실을 받아들이고 인정하며 살아. 내 인생은 이렇게 결정됐어. 이렇게 되도록 결정한 사람은 바로 나 자신이야. 이렇게 말하는 내 심정이 슬프냐고? 당연히 슬퍼. 내가 선택한 삶인데 슬프냐고? 그런 것 같아. 내 슬픔은 안정적인 삶을 바란 내 약점을 빨아먹고 자랐을까? 틀림없이 그래. 내가 약점을 극복하려고 시도한 게 있냐고? 당신에 대한 사랑 빼고는 없어. 전혀."

이자벨의 말을 듣고 나서 내 마음속에 희미하게 품어왔던 생각들이 구체화되었다.

'이자벨은 파리를 떠나지 않는다. 나는 이자벨을 사랑한다.'

이자벨이 비행기를 장시간 탈 수 없다는 것도 많은 사실들을 시사했다.

몇 년 뒤에 내가 다시 뉴욕으로 돌아가면 어떻게 되지? 그래도 지금은…… 지금은…… 지금은 일주일에 사흘을 함께 보내고 있다. 서로를 향한 갈망은 아직 풍성하게 남아 있다. 이자벨과의 대화가 지루했던 적은 한순간도 없다. 이자벨은 나에게 책과 영화 이야기를 들려주고, 나는 재즈곡을 추천한다. 우리가 함께하는 시간이 지나면 이자벨은 노쇠한 남편과 연약한 딸이 있는 집으로 돌아갔다.

샤를이 세상을 떠나면 이자벨과 내가 함께 살 수 있을까?

그런 일이 생길 것 같지는 않았다. 우리가 함께 만들어온 세계는 지금 여기니까. 처음에 규칙을 제시한 사람은 이자벨이었지만 나도 이 세계의 공모자였다. 이제 나는 이자벨이 내세운 규칙이 우리 관계를 이상적으로 만드는 데 유용했다는 사실을 이해하게 되었다. 결혼이나 동거가 아닌 사랑, 내가 일찍이 경험하지 못했던 심오한 관계, 그러면서도 덧없는 관계. 그러는 사이 우리는 어느새 부부 같은 사이가 됐다. 세상 모든 부부들처럼 고통 받고, 실망과 상심의 신들과 친밀한 부부. 그렇다, 우리의 열정과 욕구는 한계가 설정되어 있는 관계이기에 더욱 격렬했다. 우리는 한때 서로 멀어지지 않을 수 없었다. 그러다가 우리는 다시 같은 도시에서 함께 지내게 되었다. 오후만 함께 보낸 게 아니었다. 적어도 며칠은 밤에도 함께 보냈다. 우리는 힘겹게 이룬 안정된 관계를 계속 이어가고 있었다.

시간이 많이 흘렀지만 우리의 관계는 계속 이어졌다. 내가 파리에 다시 온 이후 계절은 겨울에서 여름으로 바뀌었다. 나는 미국에서 한 달 동안 이턴과 함께 메인 주 해안에 있는 집을 빌려서 지냈다. 이턴의 유치원이 개원한 직후 나는 다시 파리로 돌아왔다. 이턴은 그리니치빌리지에 있는 리틀 레드스쿨 하우스의 유치원에 다니게 되었다. 레베카는 수녀 교장선생님이 '이

학교에서는 이턴의 특별한 교육 요건을 충족시켜줄 수 없을 것 같습니다.'라고 말한 뒤에 이턴을 가톨릭 학교에 보내겠다는 생각을 포기했다. 이턴을 계속 옆에서 도와주는 사람도 있었다. 컬럼비아대학교 교육학 대학원생인 클라라 플루턴이었다.

이턴에게도 특수학교가 아닌 일반학교 유치원에 다니는 건 결코 쉬운 일이 아니었다. 이턴은 유치원에 다니기 시작한 첫 주에 심하게 짜증을 냈다. 블록놀이를 하고 있는 급우의 블록을 무너뜨리기도 했다. 교장은 보호자인 레베카와 클라라, 나에게 두 번이나 주의를 주었다. 교장은 이턴 같은 청각장애인 학생이 학교에 있는 것도 중요하지만 계속 공격적인 태도를 보이면 오래 있을 수 없다고 말했다.

레베카가 나에게 전화해 자기 아파트에서 회의를 열자고 했다. 제시카와 클라라도 회의에 참석했다. 제시카는 여전히 이턴에게 수어를 가르치고 있었다. 레베카는 회색 울 블라우스와 울 치마 차림이었고, 그동안 살이 많이 빠져보였다. 뉴잉글랜드의 보수적인 지역에서 일찍 남편을 떠나보내고 혼자 사는 여자처럼 딱딱한 분위기를 풍겼다.

그나마 변호사 시절의 기질을 살려 회의를 제법 잘 진행했다. 회의가 끝나갈 무렵에는 이턴도 참여시켰다. 이턴은 자신의 미래를 책임질 네 사람이 모여 있는 걸 보고, 내 무릎에 누워 레베카의 손을 잡았다. 나는 이턴을 똑바로 세워 안았다. 제시카와 클라라는 수어로 이턴에게 계속 유치원에 다니려면 착한 학생이 되어야 한다고 말했다. 이턴이 갑자기 울기 시작했다. 나는 이턴을 보며 수어로 말했다.

"우리는 모두 널 사랑하고, 널 위해서라면 언제라도 힘을 합칠 수 있어."

이턴은 이제 레베카의 품에 안겨 있었다.

레베카와 나의 단절된 관계는 할리우드 영화에 자주 나오는 구원의 순간처럼 포옹과 눈물로 복원되지 않았다. 회의가 끝나자 이턴은 나에게 재워달라고 했다. 이턴이 좋아하는 그림책 《괴물들이 사는 나라》를 가져왔다. 제시카가 옆에서 내 수어 실력을 날카로운 눈으로 평가하고 있는 가운데 나는 이턴이 좋아하는 모리스 센닥의 그림책을 어렵사리 읽어주었다. 그림책을 다 읽어 갈 때쯤 레베카가 문틈으로 얼굴을 내밀었다.

내가 그림책을 다 읽어주고 났을 때 레베카가 말했다.

"잘했어." 거칠지도 다정하지도 않은 말투였다.

"고마워."

레베카는 고개를 끄덕이고 나서 사라졌다. 이제 나도 돌아가야 할 시간이었다.

파리로 돌아와서의 생활은 여전히 적절한 리듬에 따라 이어졌다. 나에게는 언제나 해야 할 일이 있었다. 이자벨에게도 해야 할 일이 있었다. 우리는 굳이 말로 설명하지 않아도 서로를 이해했다. 비서 모니크는 내 오후 시간이 비도록 스케줄을 잘 조정했다. 퇴근시간 이후에도 일과 관련해 저녁식사 자리에 참석해야 할 때가 많았다. 그런 자리에는 이자벨을 데려갈 수 없었다. 그럴 때마다 이자벨은 파리의 법조계와 재계는 좁은 세상이고, 샤를을 존중하는 만큼 내 애인 역할을 해줄 수 없다고 말했다. 이자벨과 샹젤리제 극장에서 공연하는 오페라나 연주회를 보러 가는 건 상관없었다. 그런 자리에서 우연히 이자벨의 친구나 지인을 만나는 경우가 더러 있었다. 그럴 때면 이자벨은 늘 나를 '내 미국 변호사 친구'라고 소개했다. 적당히 거리를 둔 소개였다. 이자벨도 말했듯이 사람들은 우리 사이에 그 이상의 무엇이 있다는 사실을 다 짐작했다.

"그러니까 오페라를 보러 가는 건 들켜도 괜찮지만 사업상 모이는 자리에 참석할 수 없는 이유는 뭐야? 그냥 무조건 따라야 하는 파리사회의 불문율인가?"

"사업상 모이는 자리에는 사람들이 배우자를 데리고 오잖아. 내가 당신과 함께 나타나면 배우자나 다름없다는 암시가 되지. 샤를이 있는데 그럴 수는 없어. 샤를이 현역에서 은퇴했다고 하더라도."

다시 시간이 많이 흘렀다. 에밀리는 대학에 들어가려고 열심히 공부했다. 나는 아직도 에밀리를 만난 적이 없었다. 만나게 해달라고 하지도 않았다. 이턴을 만나려고 대서양을 오갔다. 이던은 학교에 잘 적응하고 있었다. 팸 캐스퍼라는 친구도 생겼다. 팸은 이던의 입 모양을 보고 무슨 말을 하는지 알아들을 수 있었다. 클라라와 제시카는 이던에게 수어와 더불어 입 모양을 읽는 방법을 가르쳐주었다.

이자벨과 일주일에 사흘을 같이 지내는 생활도 계속되었다. 나는 파리지사의 규모를 확장했다. 뉴욕 본사에서는 내 성과에 기뻐하며 두둑한 보너스를 챙겨주었다. 나는 그 돈을 그대로 저축했다. 파리에서는 집세를 낼 일도 없었고, 마땅히 돈을 쓸 일도 없었다.

살다 보면 심각한 슬픔이나 끔찍한 일들을 겪게 된다. 서너 해 동안 내 앞길에 나쁜 카드가 던져지지 않았다. 이자벨도 별 문제없이 순탄한 시간을 보내고 있었다. 1990년대 말이었고, 동서 냉전시대는 8년 전에 끝났다. 미국 대통령은 클린턴이었고, 어리석은 섹스 스캔들을 빼고, 평화롭고 풍요로운 시대가 이어졌다. 클린턴의 섹스 스캔들에 대해 이자벨은 이렇게 말했다.

"왜 하필 미숙한 인턴에게 그런 짓을 했을까? 이왕이면 좀 더 성숙한 정부를 두지."

어느 월요일에 뉴욕 본사에서 앞으로는 모든 문서를 이메일로 처리해야 한다는 팩스가 왔다. 이제 '온라인' 시대에 발맞춰 모든 변호사들이 연말까지 휴대폰을 구비하도록 했다. 파리에서는 휴대폰이 낯선 기기일 때였지만 뉴욕 본사 방침에 따라 나도 장만했다. 이자벨은 온라인 커뮤니케이션을 무시했다. 이메일은 곧 사라질 테지만 종이 편지는 절대로 사라지지 않을 거라고 장담했다. 이자벨은 언제 어디서나 연락이 가능한 전화기를 몸에 지니고 다닌다는 생각만으로도 몸서리쳤다. 그러다가 이자벨도 일 년 안에 이메일을 쓰고, 검정색 플립 휴대폰을 몸에 지니고 다니게 되었다. 에밀리가 간절히 원했기 때문이다. 에밀리는 이 년 동안 세계여행을 한 뒤 네팔, 태국, 캄보디아, 라오스, 베트남에서 살아본 경험을 소설로 쓰고 있는 대학 졸업반 학생이 되었다. 에밀리의 전공은 정치학이었다. 내가 파리에 살기 시작한 지 십 년이 됐을 때 비로소 에밀리를 만났다. 독일 무용가 피나 바우시의 공연을 보러 갈 때 이자벨이 함께 하는 자리를 만들었다. 이자벨은 그저 나를 '엄마 친구'라고 소개했다. 나는 그동안 에밀리의 사진을 많이 봐왔기 때문에 첫 대면이지만 낯선 느낌이 들지는 않았다.

마치 이자벨의 20대 모습을 보고 있는 듯했다. 붉은 머리, 결코 과장되지 않은 아름다움, 무심한 듯 강렬한 인상이 이자벨과 빼닮았다. 우리는 공연을 보기 전에 차를 마셨고, 보고 나서는 저녁식사를 함께 했다.

이자벨은 교통체증에 걸려 약속장소에 조금 늦게 나왔다. 내가 카페에 도착해 가까이 다가가자 에밀리가 나를 유심히 바라보았다. 처음에는 영어로 말하다가 내가 프랑스어를 유창하게 잘한다는 걸 안 뒤로는 주로 프랑스어로 말했다. 에밀리는 정치학을 전공한 학생답게 2000년 미국 대선에서 공화당 후보가 당선될지, 이라크의 사담 후세인이 계속 독재자로 군림하며 영토 확장을 꾀할지에 대해 물었다. 이번 여름에는 아랍 정치를 집중적으로 연구할 계획이고, 사회에 나가면 외교 일을 할까 진지하게 생각하고 있다고 했다.

"아빠는 국제경제 쪽으로 진로를 정하길 바라요. 그러면 길을 열어 줄 수 있다면서요. 엄마 친구니까 아빠도 알겠네요?"

"아니, 몰라. 우리는 전혀 다른 방면에 있으니까."

에밀리는 억지웃음을 짓고 나서 화제를 바꿨다. 이자벨이 도착했다. 나는 모녀 사이의 역학 관계를 주시했다. 이자벨은 딸을 과보호하고 있는 게 분명했다. 에밀리에게 너무 얇은 옷을 입고 왔다고, 그러다가 감기에 걸린다고, 지금 살고 있는 집의 난방은 고쳤는지 거듭 물으며 성화를 부렸다.

"처음 뵙는 아저씨도 계신데 그런 얘기는 나중에 하면 안 될까?"

"샘 아저씨도 아이 아빠야. 너도 부모가 되면 알겠지만……."

에밀리가 말했다. "나는 절대 아이를 안 낳을 거야." 에밀리는 엄마의 잔소리를 맞받아치는 게 아니라 진지하게 말했다.

"나도 네 나이 때는 그렇게 말했어. 내가 너처럼 날씬하고, 머리카락이 하얗게 세기 전에는……."

나는 '당신은 아직 날씬해.'라고 말해주고 싶었지만 변호사로 살아온 덕분에 참을 수 있었다. 이자벨도 이제 몸이 많이 불었다. 뚱뚱하지는 않지만 날씬하다고 할 수는 없었다. 머리도 많이 세고, 주름도 생겼다. 그럼에도 여전히 담배를 1시간에 두 개씩 피웠다. 침대에서 이자벨은 내 배에 잡힌 군살을 손으로 만지며 놀리곤 했다. 나는 일주일에 닷새는 아침마다 유산소운동을 하고 있지만 나날이 군살이 늘어나고 있었다. 이자벨은 내가 아침운동을 하는 것에 대해서도 놀렸다.

"누가 미국인 아니랄까 봐. 미국인들은 노화를 막을 수 있고, 시간을 되돌릴 수 있다고 믿잖아."

나는 검지로 이자벨의 등을 어루만지고 뒷덜미에 입을 맞추며 말했다.

"미국인들이 '죽음을 이길 수 있다.'는 환상을 믿는 심리에 대해 당신은 어떻게 생각해?"

"무엇이든 노력하면 다 해결된다고 생각하는 건 정말 우스꽝스럽지 않아? 진저리나는 미국문화의 한 단면이지."

"나도 그런 미국인에 포함돼?"

"당신은 미국인의 전형성에서 비껴나 있지만 그림자가 약간 있어. 만약 그런 면이 없었다면 프랑스 문화가 당신을 타락시켰을 거야."

나는 이자벨의 풍성한 머리카락에 손을 얹고 목을 살짝 깨물었다. 이자벨은 그런 애무를 아주 좋아했다.

"당신이 나를 타락시켰어."

이제, 이자벨이 '나도 네 나이 때는 그렇게 말했어. 내가 너처럼 날씬하고, 머리카락이 세기 전에는……'이라고 했을 때 에밀리는 내가 눈을 굴리는 걸 보았다.

에밀리는 내 표정에 숨은 의미를 알아챘을까? 이자벨이 변한 몸매와 세어버린 머리카락에 대해 한탄하는 걸 보고 내가 이미 여러 번 들은 것 같은 표정을 지었다는 걸, '엄마 친구'라는 말에는 복합적인 의미가 들어 있다는 걸 과연 알아챘을까?

에밀리는 아무 말도 하지 않았다. 이자벨도 자기 말에 내가 놀리는 표정을 지은 걸 보고 무의식중에 비밀이 새어나갔다고 생각하는 눈치였다.

나는 자크 시라크 대통령이 프랑스의 중도주의와 안정성을 더욱 확고하게 지켜나갈 것 같다는 말을 꺼냈다.

에밀리는 곧장 내 견해에 대해 반박했다.

"엄마가 보수주의자인 미국인과 친한 사이인 줄 미처 몰랐어요."

"미국인은 맞지만 보수주의자는 아니야."

그때부터 나는 에밀리와 정치토론을 하기 시작했다. 독선적이고 논쟁적인 토론이 아니라 서로에게 도움이 되는 진지한 토론이었다. 나는 아직 어린 에밀리의 식견에 깊은 감명을 받았다. 무용공연을 보고 나서 고전적인 저녁식사를 끝내고 이자벨 모녀를 위해 택시를 잡아주기 전 나는 에밀리의 양쪽 볼에 입을 맞추며 인사했다. 그때 에밀리가 나에게 속삭였다.

"저도 아저씨를 인정해요."

이틀 뒤 침대에서 이자벨에게 그 일에 대해 이야기했다. 이번에는 이자벨이 눈을 굴리며 말했다.

"3,4년 전부터 에밀리도 알더라. 샤를도 나도 각자 다른 사람을 만난다는 걸. 에밀리도 이제 남녀관계가 복잡하다는 걸 알 수 있는 나이가 되었지."

나는 파리지사 근무를 연장했다. 내가 파리지사에서 계속 흑자를 냈기 때문에 로펌의 다른 파트너 변호사들도 나의 근무 연장 신청에 대해 이의를 제기하지 않았다. 파리지사의 덩치를 키우지는 않았지만 해마다 뉴욕 본사에 요구해 일곱 명의 직원 급여를 올려주었다.

나는 매년 매출을 크게 신장시킨 덕분에 연말마다 두둑한 보너스를 받았고, 그 돈을 뉴욕에 있는 은행에 넣어두었다. 뉴욕에 들렀을 때 은행에서 전화가 왔다. 그 자금으로 무엇을 할 계획인지 묻는 전화였다.

"적당한 시점이 되면 아들과 함께 살 집을 사려고요."

나는 늘 이던을 레베카에게서 데려올 계획을 세우고 있었다. 그렇지만 이던에게 엄마에 대해 말할 때는 늘 극도로 조심했다.

이던은 이제 열두 살이었고, 가끔 엄마와 사는 게 힘들다는 속내를 비추기 시작했다. 가령 레베카가 지나치게 엄격한 가톨릭 교리를 앞세우거나 일요일마다 성당에 가야 한다고 강요하는 게 싫은 눈치였다.

레베카가 완고한 면을 버리고 아들과 함께 있는 걸 즐길 때면 이던도 엄마를 좋아했다.

디지털 시대에 발맞춰 이던도 노트북컴퓨터를 사용하고 있었다. 제시카는 이던에게 파리에 있는 아빠에게 이메일을 보내면 곧장 답신을 받을 수 있을 거라고 알려주었다. 이던은 어느새 키도 크고, 팔다리도 긴 소년으로 자랐다. 능숙하게 수어를 구사하고, 입술 모양을 보고 말을 알아내는 독순법에도 능했다. 글쓰기에도 점점 자신감을 가졌다. 이던은 매일 아침저녁으로 나에게 이메일을 한 통씩 보냈다. 시차 때문에 이던이 아침에 쓴 메일을 오후에, 밤에 쓴 메일을 아침에 볼 수 있었다. 지난여름, 몇 년 동안 실랑이를 벌인 끝에 레베카는 마침내 이던이 한 달 동안 파리에서 지내다오도록 허락했다. 클라라도 파리에 함께 왔다. 공식적인 사무실 휴가는 8월부터여서 이던이 방문한 7월 중순부터 보름 동안에는 내가 저녁이 되어야 퇴근할 수 있었기 때문에 함께할 사람이 필요했다.

이던은 다른 사람의 목소리를 들을 수 없었고, 어떤 면에서는 영원한 침묵 속에서 살고 있었지만 파리에 와서는 다른 언어에 둘러싸여 있어 주눅 들지 않았다. 이턴은 첫 대면하는 파리의 모습에 눈이 휘둥그레졌다. 나는 이턴이 파리의 오랜 역사, 그 전통과 위엄, 거리감과 친밀감에 적응하는 걸 발견할 수 있었다. 이턴은 초콜릿 빵을 파는 빵집 주인과 친해졌고, 파리 지하철도 좋아했다. 내가 출근한 사이에 이자벨과 센 강에서 유람선도 탔다. 나중에 이자벨에 대해 '아주 좋은 분'이라고 나에게 말했다. 이턴이 정말 좋아한 사람은 에밀리였다. 에밀리는 이턴과 함께 뤽상부르공원으로 인형극을 보러 가고, 에펠탑과 불로뉴 동물원에도 갔다. 관광객들이 많이 가는 곳이라서 나는 늘 제쳐두었는데 열두 살짜리 내 아들에게는 대단한 명소로 각인된 듯했다.

이턴을 뉴욕으로 돌려보내야 할 때가 되었다. 이턴이 나에게 물었다. "파리에서 살 수 있어?"

"여기서 살고 싶니?"

"엄마 아빠랑 파리에서 같이 살고 싶어."

그 말에 놀라지는 않았지만 그저 슬플 뿐이었다.

엄마 아빠가 파리에서 함께 사는 일은 영원히 없을 거라고 말해주어야 한다는 게 슬펐다. 엄마 아빠가 최선을 다해 돌보겠지만 함께 사는 일은 없을 거라고 말해주어야 한다는 게 슬펐다. 이턴이 크게 실망할 게 뻔했지만 분명하게 말해줘야 할 의무가 있었다.

결국 슬픔을 무릅쓰고 이던에게 그 사실을 말해주었다.

이던이 내 설명을 듣고 나서 말했다.

"아빠 엄마가 다시 사랑에 빠질지도 모르잖아."

나는 그다음 말을 신중하게 골랐다.

"아름다운 생각이지만 엄마 아빠는 서로 떨어져 사는 게 좋겠다고 결정했고, 다시 사랑하는 일은 없을 거야. 그렇지만 아빠는 엄마랑 잘 지내고 있어. 너도 학교에서 다른 아이들과 잘 지내고 있잖아. 클라라와 제시카도 너를 최고라고 생각하고."

"그렇지만 엄마는 가끔 슬퍼해."

"그건 네 잘못이 아니야. 슬픈 사람 스스로 자기 상황을 좋게 만들어야 해. 다른 사람이 대신해줄 수는 없어."

"그렇지만 나는 해피엔드를 원해."

내 머릿속에서 한 가지 생각밖에 떠오르지 않았다.

해피엔드를 원하지 않는 사람도 있나?

이던과 대화하면서 삶의 아이러니를 설명해줄 계제는 아니었다.

"우리 둘 다 행복하잖아."

"아빠와 나 사이가 변하기도 할까? 행복이 사라지기도 할까?"

"우리 사이는 절대로 달라지지 않아."

"그렇지만 행복은 사라질 수도 있지?"

나는 무턱대고 사탕발림을 하지 않기로 마음먹었다.

"그래, 행복은 사라질 수도 있어."

그리고 몇 달 뒤 정말 행복이 사라졌다.

6

인생은 아주 약한 베니어판으로 이루어져 있다. 베니어판은 기껏 순조롭게 항해하다가 높은 파도와 맞닥뜨리면 갑자기 달걀 껍데기처럼 얇다는 게 증명된다. 얇은 베니어판은 파도에 떠밀려 순식간에 사라진다. 인생의 항로에는 확실한 게 전혀 없다. 우연이라는 절망적인 리듬만이 있을 뿐이다.

2001년 벽두에 파리는 싸락눈이 얇게 덮였다. 이턴은 크리스마스를 파리에서 나와 함께 보내고 나서 이틀 전에 뉴욕으로 돌아갔다. 이턴은 처음으로 혼자 비행기를 탔다. 나는 항공사 직원에게 이턴을 잘 돌봐달라고 부탁했다. 이턴은 곧 만 열세 살이 되고, 혼자 대서양을 건너는 비행기를 타고 싶다고 했다. 나는 클라라와 제시카에게 조언을 구했다. 두 사람 모두 이턴이 충분히 해낼 준비가 됐다고 말했다. 레베카도 이메일로 승낙했다.

12월 22일에 샤를 드골공항에서 마중한 이턴을 여드레 뒤에 배웅했다. 승무원이 이턴의 목에 '보호자 없는 미성년'이라고 표시된 표찰을 걸어주었다. 공항 검색대를 지나는 동안 이턴은 내 손을 꽉 쥐었다.

"2주 뒤에 만나?" 이턴의 수어와 독순법은 이제 아주 능숙했다. 3년 전, 이비인후과 전문의의 제안으로 최신형 청력 보조 장치를 내이에 넣는 수술을 받았지만 결과는 실패였다. 나는 이턴에게 수술의 결과가 바라던 대로 나오지 않고, 상황은 변하지 않았다고 설명해주어야 했다. 이턴은 실망하지 않고 계속 멋지게 성장하고 있었다.

이턴이 나중에 이메일을 보내왔다.

나는 너무 많은 것에서 단절되어 있어. 음악, 목소리, 음향, 영화를 감상할 수 없어. 아빠와 엄마, 다른 사람들 모두가 나에게 용감하고 대단하다고 말하지만 나는 너무 외로워. 나이를 먹을수록 점점 더 외로워지겠지.

이튿날 나는 문자메시지를 보냈다.

'아빠가 항상 옆에 있을 거야.'

'항상 그럴 수는 없지.'

'오래도록 그럴 거야.'

'엄마는 세상 모든 게 망가지기 쉽대.'

'엄마는 늘 세상을 어둡게 봐.'

'그래서 가톨릭을 믿으며 만족하나 봐.'

나도 모르게 미소가 지어졌다. 이던이 가까운 사람들의 성향을 속속들이 꿰고 있는 것에 감탄했다.

크리스마스가 지나고 이자벨은 이던을 〈호두까기 인형〉 공연에 데려가려고 했다. 이던이 나에게 말했다.

"나는 음악을 못 듣는데 공연을 보는 게 어떨지 이자벨 아주머니에게 물어봐."

이자벨이 영어로 이던에게 말했다.

"차이코프스키의 음악을 네 손에 톡톡 칠게."

이자벨은 정말 그렇게 했다. 그날 이자벨은 이던과 단둘이 공연을 보고 싶다며 둘이서만 갔다. 공연이 끝나고 밤에 이자벨이 내 아파트까지 이던을 데려다주었다.

이던이 말했다.

"이자벨 아주머니 덕분에 음악을 완벽하게 이해했어."

에밀리는 노르망디에서 크리스마스를 보냈다. 프랑스 정부

외교단에 두 번 지원했지만 실패했다. 파리 정치대학을 졸업한 에밀리는 작가 지망생인 에릭 드 상브리를 만났다. 에밀리는 에릭을 만난 것에 행복해했다.

에릭을 만나면서 점점 에밀리는 우울증에 취약한 면모를 자주 드러냈다. 나중에 알고 보니 에릭이 에밀리가 생각한 만큼 착한 청년이 아니었기 때문이다. 이자벨과 정신과 의사는 에밀리에게 말해 에릭과 헤어지게 했다. 크리스마스 때 벌어진 일 때문이었다. 크리스마스 파티 때 에릭이 술에 만취해 에밀리에게 온갖 욕설을 퍼부으며 때리려고 했다. 다행히 사람들이 제지해 에밀리는 부모 집으로 달려갔고, 거기서 며칠을 지냈다.

크리스마스가 지나고 나서 샤를은 에밀리에게 가족별장에서 푹 쉬라고 제안했다. 에밀리는 대학 친구들과 눈 쌓인 탈루아 지방에서 며칠 지내고 오면 새로운 기분으로 새해를 맞을 수 있을 것 같다고 했다. 이자벨과 샤를은 마음이 내키지 않았지만 에밀리에게 여행을 다녀오도록 허락했다.

에밀리는 탈루아 지방에 가지 못했다. 파리를 미처 벗어나기도 전에 에릭이 전화해 한 번 더 기회를 달라고 애원했다. 잘못을 진정으로 뉘우치고 있고, 깊이 후회하고 반성한다고 했다. 에밀리는 우울하고 외로운 나머지 에릭의 거짓말에 속아 넘어갔다.

새해 첫날, 동트기 무섭게 전화벨이 울렸다. 이자벨의 목소리는 금방이라도 발작을 일으킬 듯 위태로웠다. 에밀리는 전날 밤 퐁 네프 다리를 지나며 에릭과 싸웠다. 에릭이 심한 욕설을 퍼 붓자 몹시 흥분한 에밀리는 퐁 네프 다리에서 아래로 뛰어내렸 다. 20미터 아래의 강둑으로 추락한 에밀리는 강물로 굴러 떨어 져 물살에 휩쓸려 떠내려가기 시작했다. 다행히 제야의 사고에 대비해 순찰 중이던 경찰이 근처에 있었다. 경관 한 명이 강에 뛰어들어 에밀리를 구조했다. 다른 경관이 앰뷸런스를 불러 에 밀리를 가까운 병원으로 이송했다. 에밀리를 구한 경관도 저체 온증 치료를 받아야 했다.

새벽에 나는 이자벨로부터 그 끔찍한 소식을 들었다. 에밀리 의 척추가 두 개 부서지고 폐에 물이 찼다는 얘기를 들을 때에 는 저절로 몸서리가 쳐졌다.

이자벨이 흥분해서 소리쳤다.

"몸을 움직이지 못할 수도 있고, 뇌손상을 입었을 가능성도 있나봐."

나는 병원 이름을 물었다.

"안 돼, 당신이 여기에 와서 우리가 같이 있는 모습을 보이면 안 돼."

"말도 안 돼. 내가 갈게."

"샤를이 여기 있어. 지금 샤를도 제정신이 아니야."

"이자벨, 제발 내가 어떻게든 도울 수 있게 해줘."

철컥. 전화가 끊겼다.

이자벨에게 1시간에 한 번씩 전화하고 문자메시지를 보냈지만 36시간 동안 아무런 연락도 받지 못했다. 에밀리에게 밀어닥친 끔찍한 비극을 알린 뒤에 아무런 소식이 없는 걸 보면 '내가 악몽을 겪는 동안 제발 가만히 놔둬.'라는 뜻으로 이해되었다. 사흘째 아침이 되자 '이렇게 중요한 순간에 담을 쌓는데 어떻게 우리가 좋은 커플일 수 있지?'하는 생각이 들었다.

내가 크게 상심해 있을 때 문자메시지가 왔다. '상황이 더욱 나빠졌어. 나중에 설명할게.'

더 이상의 메시지는 없었다.

나는 실수를 저질렀다. 이자벨의 전화에 음성메시지를 남긴 것이다. 제발 대화를 나누고 싶다고, 상황이 어떤지 궁금해 미칠 것 같다고, 돕고 싶다고, 제발 옆에 있게 해달라고.

나는 에밀리에 대한 걱정과 이자벨로부터 아무런 소식을 듣지 못한 탓에 크게 스트레스를 받아 잠을 이루지 못했다. 이자벨의 삶에서 소외된 느낌이 들어 분했다. 마음을 가라앉히고 하나, 둘, 셋…… 열까지 숫자를 세었어야 했다. 나는 버림받은 기분이었지만 이런 감정을 상대에게 알리는 건 결코 바람직하지 않았다. 우리는 인생을 함께하는 사람이 악몽을 겪고 있을 때 당연히 도움을 주고 싶어 한다.

내가 이자벨과 정말 인생을 함께했을까? 나 혼자 그렇게 상상한 게 아닐까? 이제 이자벨은 나에게 '내 가족의 일에 있어 당신은 영원한 타인이야.'라는 사실을 똑똑히 보여 주고 있는 게 아닐까?

나는 징징거리는 음성메시지를 남긴 뒤 다시 문자메시지를 보냈다.

'미안해. 에밀리와 당신이 걱정되어서 그랬어. 사랑해.'

이자벨은 끝내 답이 없다가 닷새 뒤인 2001년 1월 8일에 문자메시지가 왔다.

'이제 만날 수 있어. 내일 작업실. 오후 5시.'

답신을 보냈다.

'내일 거기서 봐. 사랑해.'

이자벨은 무응답.

작업실에 정각에 도착했다. 1분도 늦지 않았다. 정문 비밀번호, 중정, 이자벨의 작업실 초인종, 문이 열리는 소리.

파리에서 지낸 지 여러 해가 지났고, 아직 미국 억양이 조금 남아 있지만 내 프랑스어는 아주 유창해졌다. 이자벨은 아직도 영어로만 대화한다. 이 작업실 열쇠를 나에게 준 적이 없다. 내 아파트에서 자고 간 적도 없고, 내가 파리를 집으로 여기며 살기 시작한 뒤로 줄곧 주말여행을 가자고 했지만 한 번도 응한 적이 없다.

우리는 보고 싶은 것만 본다. 미래를 함께할 사람에게서는 특히 그렇다. 함께하는 미래를 더 이상 생각할 수 없을 때가 되면 우리는 자신이 그때껏 명백한 진리의 바깥 영역, 희망이라는 괴로운 영역에서 살아 왔음을 깨닫게 된다.

나선형으로 이어진 계단을 올라갔다. 비상구가 단 하나뿐인 비계를 오르는 느낌이었다.

왜 그렇게 느꼈을까?

꼭대기 층까지 왔다. 문은 열려 있었지만 늘 욕망에 찬 얼굴로 나를 기다리던 이자벨의 모습은 보이지 않았다. 이자벨은 담배를 들고 책상 앞에 앉아 뿌연 유리창 너머를 바라보고 있었다. 넋이 나갔다는 말로는 부족한 표정이었다.

이자벨에게 다가갔다. 어깨에 손을 얹으려 하자 내가 채찍이라도 든 듯 몸을 움츠렸다.

이자벨이 말했다. "오래 걸리지 않을 테니까 소파에 앉아."

나는 이자벨을 위로하고 싶었고, 손을 맞잡고 싶었다.

이자벨이 몸을 빼내며 말했다. "정말 이럴래?" 이자벨은 화를 숨기지 않았다.

내가 말했다. "내가 섹스를 바라서 이러는 거 같아?"

"지금 내가 힘든 상태라는 걸 모르는 사람 같아."

"에밀리는 어때?"

"최소한 1년은 휠체어 신세를 져야 한대. 영구 장애는 간신히 면했어. 물리치료를 몇 년 동안 받으면 다시 걸을 수 있을 거래."

"영구장애가 아니라서 다행이네."

"미국식 긍정주의 참 편리하네. 덕분에 형언할 수 없는 비극이 단순한 비극으로 변질됐으니까. 그런 관점에서 보자면 축하할 일인가? '생각보다 나쁘지 않아. 불행한 일이지만 비극은 아니야. 이 세상에 비극으로만 존재하는 일은 없어. 극복하면 되니까. 그냥 운이 좀 나빴을 뿐이야.'"

이자벨은 미국 억양을 과장되게 흉내 내며 말했다. 나는 의자에 앉아 재킷 주머니에서 담배와 라이터를 꺼냈다. 담배에 기대는 게 최선인 순간이었다.

"폐에 물이 찼던 건?"

"뇌 손상은 없대. 그렇지만 에밀리는 닷새 동안 혼수상태에 빠져 있었어. 폐에서 물을 뺀 다음 일부러 혼수상태를 유도해야 한대."

"듣기만 해도 마음이 아파."

"샤를이 큰 충격을 받아 이틀 전에 심장마비를 일으켰어. 다행히 아주 심각하지는 않아 며칠 뒤에 퇴원할 거야. 어쨌든 이번 일로 샤를이 살날도 그리 많이 남지 않았다는 사실을 깨달았어. 내일 당장은 아니지만 오 년에서 십 년 사이에 벌어질 일이겠지. 그런 사실을 깨달았을 때 내 기분이 어땠겠어? 앞으로 우리가 함께 맞이할 수 있는 크리스마스가 다섯 번에서 열 번 남았다면? 앞으로 샤를은 계속 치료와 간호를 받아야 해. 에밀리도 그래. 지난밤에 샤를과 얘기했어. 샤를은 충격을 받은 듯 겁을 집어먹고 몸을 떨었지. 이번에는 간신히 위기를 모면했을 뿐이고, 샤를은 지금 우리와 함께 있는 시간이 덤으로 주어졌다는 사실을 잘 알고 있었어. 샤를이 한 가지 제안을 했고, 나는 받아들이기로 했지. 우리 가족 모두가 파리를 떠나 노르망디에 있는 별장으로 가기로 결정했어. 넓은 별장이라서 우리 세 식구가 각자 충분히 자기 공간을 가질 수 있는 곳이야. 그러면서도 한 지붕 아래 살 수 있지. 한동안 에밀리는 24시간 의료서비스를 받아야 해. 노르망디 별장 근처에 재활병원이 있어. 그 분야 전문가인 의료진의 도움을 받을 수 있는 곳이야. 샤를도 조용한 환경에서 요양을 하며 지낼 수 있어."

내가 물었다. "당신은?"

"나는 엄마 역할을 다해야지. 재활원처럼 된 우리 가정을 지휘해야할 책임이 나에게 주어졌으니까."

"항상 거기 있을 거야?"

이자벨이 고개를 끄덕이고 나서 덧붙였다. "아무 말도 없는 걸 보니 당신은 못마땅한가 보네. 내가 대도시 삶을 버리고 간호사처럼 사는 게 못마땅해? 무엇보다 내가 미국인의 연인 역할을 지속할 수 없다는 게 못마땅하지? 나도 그 미국인을 사랑했어. 그 미국인이 우리 가족에게 밀어닥친 커다란 불행을 질투하기 전까지는."

"불행을 질투하다니? 나는 그런 끔찍한 말을 한 적 없어."

"굳이 말할 필요도 없어. 얼굴이 부루퉁해 있는 걸로도 충분하니까. 사랑하는 내 딸 에밀리가 척추가 부서지고 물에 빠져 죽을 뻔했는데 그 소식을 듣고도 1시간마다 한 번씩 메시지를 보내야했어?"

"에밀리가 걱정돼서 그랬어."

"지금 벌어지고 있는 이런 일이 벌어질까 봐 걱정됐겠지. 내가 당신이 아닌 남편과 딸을 선택할까 봐 걱정됐겠지. 유감스럽게도 지금 그렇게 되고 있어."

"전부 다 내 잘못으로 몰아가는 건 불공평해."

"당신이 남긴 메시지 덕분이야."

"내가 지나쳤다고 사과했잖아."

"당신이 보낸 메시지 때문에 내가 얼마나 큰 스트레스를 받았는지 알아? 딸과 남편의 목숨이 위태로운 상황인데 내가 당신에게까지 신경을 써야 하는 일이 벌어진 거야."

"내가 메시지를 남긴 건 당신을 돕고 싶어서야."

"'이 여자의 반려자는 나야.'라고 생각하고 싶었겠지."

"그래, 나는 당신의 반려자야. 아니야?"

"어림없는 소리. 내가 아주 오랫동안 늘 그 부분만큼은 확실히 해두었잖아. 무려 수십 년 동안. 당신을 향한 내 사랑은 늘 그대로 있어. 그렇지만 당신이 그런 문제로 나를 압박하면……."

"이게 무슨 압박이야? 당신은 힘든 일을 겪었어. 나는 그 사실을 분명하게 알고 있었고, 조금이라도 돕고 싶었을 따름이야."

"지금 내가 당신에게 화풀이를 한다고 생각해?"

"그래, 그런 느낌이 들지만 당신이 너무 슬프고 힘든 일을 겪었으니 그럴 수도 있다고 생각해. 힘든 일이 있을 때면 누구나 가장 가까운 사람, 사랑하는 사람에게 화살을 겨누니까. 불공평한 일이지만 이해할 수 있어."

"아, 정말 고상하시네. 이해심도 참 넓으셔."

"그렇게 다 정리하고 떠나지 않아도 돼. 당신 자신을 포기하면서까지 이럴 필요는 없잖아."

"내가 파리를 떠나면……."

"이 작업실도 팔고, 지금 사는 집도 팔게?"

침묵. 이자벨은 담배를 집어 들고 불을 붙였다.

"아직은 아니야."

"그래, 사실 노르망디에 주로 살아도 어쨌든……."

"'사실'은 유동적이야. 지금 생각할 수 있는 내 미래는 내 딸과 남편을 노르망디에서 돌본다는 거야. 지금 생각할 수 있는 나의 미래에서 이제 이 관계는 끝났어."

"그냥 이렇게?"

"당신이 조금만 더 잘 대처했으면……."

"내가 잘못 대처한 게 뭐야? 당신은 그저 핑계를 찾는 거야."

침묵.

"그래, 그런지도 모르지. 당신을 아주 부당하게 대하고 있는지도 몰라. 그래, 내가 당신을 희생양으로 삼는지도 몰라. 아니, 어쩌면 이런 끔찍한 상황이 닥치니까 내 우선 순위가 어디 있는지 확실하게 알게 됐는지도 몰라."

"당신이 생각할 수 있는 미래라고 하면⋯⋯."

"이거 봐, 이거 봐. 당신은 아직도 희망을 못 버리잖아."

"어쨌든 당신은 가족과 함께 떠나. 에밀리와 샤를에게 모든 노력을 다 쏟아 부어. 그렇지만 우리 관계를 이대로 끝낼 수는 없잖아? 당신에게 부담이 안 되는 선에서⋯⋯."

"부담이 안 돼? 어떻게? 당신을 사랑하고 이 생활을 놓치기 싫은 부담 때문에 내 마음이 짓눌리지 않을 것 같아?"

"이 생활을 포기하라고 강요하는 사람은 아무도 없어. 제발 한 걸음 물러서서 생각해."

"에밀리의 끔찍한 사고, 샤를의 심장마비, 이런 게 다 내가 너무 가족들에게 소홀했다는 증거야."

"너무 성급하게 생각하지 마. 극도로 힘든 상황이 진정될 때까지 조금만 더 기다려."

"항상 침착한 변호사 나리. 당신은 이해 못 해. 우리는 이제 끝내야 해. 내 관심을 두 군데로 나누고, 사랑을 두 군데로 나누는 생활은 이제 끝이야."

"내가 바라는 건 하나뿐이야."

"당신이 바라는 게 뭔지 알아. 분명히 말하지만 이제는 안 돼. 우린 끝났어. 내키지 않아도 받아들여. 그냥 이렇게 되었으니까. 자, 이제 가."

나는 언젠가 이렇게 끝날 거라고 생각해왔다. 완성된 관계가 아니므로 완벽하게 정당해질 수 없다고 생각해왔다. 혼란스러운 상황 속에서 나는 과연 무엇이 옳고, 무엇이 완성된 것인지 답을 알 수 없었다. 그날 오후, 이자벨의 강한 의지에 맞설 수 없었다. 이자벨은 단호한 결정을 내렸다. 그 결정을 물리게 할 수 없었다. 나는 이자벨이 자책감 때문에 자신을 벌하려고 이별이라는 결정을 내렸다고 느꼈다. 그 순간에 이자벨에게 재고해달라고 했다면 상황만 더욱 악화시킬 게 뻔했다. 내가 이자벨에 대해 확실히 아는 거라고는 하나밖에 없었다. 내가 이자벨의 속내를 다 아는 듯이 말하면 더 방어적으로 화내며 감히 자신의 생각을 함부로 읽으려 한다고 분노한다는 것이었다.

나는 일어서서 담배를 끄고, 이자벨에게 다가가 작별 키스를 했다.

이자벨은 양 볼을 번갈아 내밀며 나의 작별 키스를 받았다. '우리는 여기까지야.' 하는 말을 나에게 분명하게 전하는 듯했다. 나는 작업실을 나가기 전에 한마디를 남겼다.

"문은 항상 열려 있어."

묵묵부답.

또 한마디.

"당신을 사랑하는 마음은 영원해."

그러자 이자벨이 의자를 돌려 나를 등졌다. 더 이상 아무 말도 듣지 않겠다는 신호였다.

정말 몇 년 동안 우리 사이에서는 아무 말도 오가지 않았다.

$\bullet\ \bullet\ \bullet$

나쁜 소식은 더러운 바닷물이 일으키는 파도처럼 밀려왔다가 사라지지만 잔여물과 진흙을 남긴다. 해안에는 쓰레기가 점점 더 많이 쌓인다.

나는 이자벨과의 이별을 어느 누구에게도 말하지 않았다. 뉴욕에 가서 이턴을 만났다. 이턴이 언제 이자벨 아주머니를 만날 수 있는지 물었다. 그제야 나는 에밀리가 크게 다쳤고, 이자벨과 헤어졌고, 앞으로 다시는 못 만날 확률이 크다고 설명했다. 이턴은 눈이 휘둥그레졌다.

"다시는 못 만나?"

"그럴 것 같아."

"엄마랑 헤어지고, 이제 이자벨 아주머니와도 헤어졌네."

나는 이별을 원한 사람은 내가 아니라는 설명을 해주고 싶었지만 옹색한 변명처럼 들릴 게 뻔해 하지 못했다. '전적으로 그 사람 잘못이야.'라는 말은 모순이니까. 폭력적인 행위나 고도의 심리적 공격이 아닌 한 잘못이 일방에게만 있을 수는 없으니까. 우연히 불어온 약한 바람에도 연인은 각기 다른 방향으로 날아가 버릴 수 있으니까.

이자벨이 다 끝났다고 말하고 나서 파리에서 자취를 감춘 지 몇 달이 흘렀을 때 한밤중에 전화벨이 울렸다. 제시카였다. 뉴욕 시간으로 밤 9시에 나에게 전화한 것이다. 제시카는 1시간 전 이던으로부터 최대한 빨리 아파트로 와달라는 문자메시지를 받았다고 했다. 레베카가 토사물에 얼굴을 묻고 엎어져 있고, 그 옆에 보드카 병이 놓여있었다고 했다.

레베카는 다시 술에 손을 대기 시작했다. 이던은 어퍼이스트 사이드에 있는 달튼고등학교에 다녔다. 매일 지하철을 타고 통학했다. 그날은 방과 후에 친구 집에 있었고, 밤 8시에 택시를 타고 집에 왔다. 이던은 집에 들어서는 순간 쓰러져 있는 레베카를 발견했다. 이던은 영리하게 아래층으로 내려가 경비에게 그 사실을 알리고 도움을 청했다. 경비는 911로 전화하고, 이던의 도움을 받아 제시카에게도 연락했다. 앰뷸런스가 제시카보다 먼저 도착했다. 레베카는 벨뷰병원으로 실려 갔다. 병원에서는 위세척을 한 뒤 정신 병동에 입원시키고 보호관찰을 시작했다. 나는 제시카에게 아파트에 남아 이던을 돌봐달라고 부탁했다. 이튿날 아침, 뉴욕행 비행기를 탔다. 이턴은 엄마가 술에 취해 쓰러진 모습을 보고 큰 충격을 받은 상태였다.

"이제 엄마랑 살기 싫어."

벨뷰병원에서는 레베카가 간경변증 초기라고 진단했다. 그나마 간 손상이 아직 돌이킬 수 없는 정도는 아니라고 했다. 사회복지사도 이번 일 때문에 찾아왔다. 레베카는 자기 자신뿐만 아니라 아들에게도 매우 위험한 사람으로 간주되었다.

나는 이턴을 보호하겠다고 나서 사람들을 안심시켰다. 로펌 임원들에게 내 상황을 설명했다. 레베카도 나를 만나자고 했다. 나는 정신 병동 면회실에서 레베카를 만났다. 경비원이 옆에서 내내 우리를 지켜보고 있었다.

레베카가 면회실에 들어오기 전에 나는 경비원에게 물었다.

"꼭 이래야 하나요?"

덩치가 큰 중남미계 경비원이 말했다.

"환자를 면회하는 동안 제가 꼭 여기에 있어야 하느냐는 질문입니까?"

"환자가 저의 이혼한 전처입니다."

"어쨌든 이 병원의 환자니까 제가 여기에 있어야 합니다. 너무 걱정하지 마세요. 여기서 오간 대화는 결코 외부로 발설하지 않을 테니까요. 그렇지만 혼자서 환자를 만날 수는 없어요. 환자가 문제를 일으킬 수도 있으니까요. 병원의 규칙입니다."

몇 분 뒤 레베카가 나타났다. 몸집이 아주 큰 간호사가 레베카의 팔을 잡고 있었다. 간호사는 경비원에게 고개를 끄덕이고 레베카를 넘겼다. 레베카는 노란색 점프슈트를 입고 있었다. 마치 죄수복 같은 복장이었다.

간호사가 레베카의 어깨를 토닥이며 말했다.

"면회 시간은 30분입니다."

레베카가 나에게 말했다. "여기서는 나를 마치 시한폭탄 취급해." 나는 미소를 지었다. 레베카에게 아직 유머 감각이 남아 있다는 게 신기했다. 내가 예전에 아주 좋아했던 유머 감각이었다.

경비원이 말했다. "그런 농담을 하면 곤란합니다." 경비원이 앞에 있는 철제의자를 가리켰다.

내가 레베카에게 말했다. "저분이 옆에 있어야 한대. 그래도 우리가 나누는 대화를 기록하는 건 아니니까 신경 쓸 필요 없어. 그나저나 어떻게 지내고 있어?"

"아주 더할 수 없이 잘 지내. 잘 알면서 왜 물어."

"미안해."

"왜? 나는 여기서 엿 먹고 있는 동안 당신에게 큰 배트를 쥐어줬잖아. 내 머리통을 갈겨버릴 수 있는 기회야."

"그런 짓은 안 해."

"이던을 빼앗아갈 계획이잖아."

"난 아직 그런 말을 안 했어."

"내가 여기 갇혀 있으니까 법원에서 당연히 그렇게 결정하겠지."

"법정까지 갈 이유도 없어. 병원에서 그러는데 당신이 간경변 초기 증세래."

"나도 들었어. 여기서 금주 모임에 나가. 병원 내부에서 금주 모임이 열려."

"좋은 병원이네."

"시니컬하기는."

"아이러니야."

"나는 지금 질 수밖에 없는 상황이고, 당신이 카드를 다 쥐고 있어."

"이던에게 최선의 길이 뭔지 생각해야 하잖아. 로펌 파트너 변호사들과 상의해봤어. 한 달 안에 뉴욕으로 돌아올 거야. 오늘 아침에 제시카와도 얘기했어. 제시카가 남편과 상의해보고 나서 내가 뉴욕에 올 때까지는 이던과 같이 있어주겠대."

침묵. 레베카는 테이블 위에 놓인 플라스틱 물통을 집어 들더니 종이컵에 물을 따라 단숨에 마셨다.

"어제 사회복지사와 1시간 동안 얘기했어. 알바니 근처에 요양원이 있대. 반년 동안 거기서 알코올중독 치료를 받으래. 돈은 제법 많이 들지만 당신에게서 받는 돈으로 충당할 수 있어. 난 그 요양원에 들어갈래. 당신이 내가 살던 아파트로 들어와.

아예 나에게 사서 이사해. 학기 중에 이사해서 환경이 바뀌면 이던에게도 좋을 게 없잖아. 반년 뒤 내가 요양원에서 나온 후에는 어떻게 할지 그때 가서 다시 의논해."

"고마운 제안이네."

"현실적인 제안이지. 현재 상황에서 이던을 위한 최선의 선택이니까. 당신도 찬성하지?"

내가 말했다. "당연히 찬성하지."

4주 안에 나는 파리지사를 맡을 후임 변호사를 구했다. 레베카는 이던을 만나고 싶다고 했고, 아파트에서 제시카가 동행해서 만났다. 레베카는 이던에게 잘못했다고 사과하고 자기 옷을 가방에 챙겼다.

나는 파리와 작별했다.

초여름에 뉴욕으로 돌아왔다. 출발하기 열흘 전 이자벨에게 이메일을 보냈다. 뉴욕으로 돌아간다고 말하고, 그 이유도 설명했다. 에밀리와 샤를의 안부를 묻고, 나를 다시 만날 준비가 되었는지 물었다. 노르망디에서 파리에 오게 되면 다시 만날 수 있기를 고대한다고 적었다.

나흘 뒤에 답장을 받았다.

사뮈엘에게

당신은 훌륭한 아빠야. 뉴욕으로 돌아가 이던을 어려운 상황에서 구하다니 정말 잘한 일이야. 에밀리는 나날이 좋아지고 있어. 샤를의 상태도 안정적이야. 떠나기 전에 만나지는 못하겠어.

Je t'embrasse(보고 싶어).

이자벨.

나는 짐을 꾸리고 대서양을 날아가 이던이 사는 아파트로 이사했다. 다시 뉴욕 로펌에서 일을 시작했고, 새 소송들을 맡았다. 9.11 때 무사한 지 묻는 이자벨의 이메일을 받았다. 그 불행한 사건이 일어나던 때 이던은 학교에 있었고, 나는 회의를 하러 시내로 향하고 있었다. 나는 긴 이메일을 이자벨에게 보냈다. 끔찍한 테러, 쌍둥이 빌딩에서 회의를 하고 있던 변호사 두 명이 숨진 이야기, 몇 달 동안 악몽을 꾼 이던이 울면서 '비행기가 우리 아파트나 아빠가 일하는 로펌 건물을 공격했으면 어떻게 됐을까?' 물었던 이야기도 했다. 이자벨은 이메일이 아닌 엽서로 답장했다. 정중하지만 감정이 담기지는 않은 엽서.

유감이야. 용기를 잃지 않기를 응원해.

나는 엽서에 담긴 속뜻을 이해했다. 로펌 일에 파묻혔다. 이던에게 정성을 다했다. 이던에게는 친구가 많았다. 맨해튼에서 능숙하게 생활하는 법도 익혔다. 이던은 공부에 집중하기 시작했고, 반드시 좋은 대학에 입학하겠다고 나에게 말했다. 장애를 뛰어넘으려는 이턴의 노력은 놀라웠다. 내가 정말 용기가 대단하다고 말하면 이턴은 또래 청소년다운 반응을 보였다. "뻔한 칭찬은 그만해, 아빠!"

시간, 시간, 시간. 시간은 거침없다. 여자도 만났다. 아이를 간절하게 원하는 30대 중후반의 여자는 일부러 피했다. 나탈리라는 정신건강의학과 의사와 사랑에 빠졌다고 생각했다. 이내 나탈리가 충동적인 면과 노이로제를 드러내기 시작해 참기 힘들었다. 나를 만나기 전에 자기가 만났던 남자들과 나눈 섹스에 대해 상세히 말할 때는 더욱 참기 힘들었다. 나탈리는 마흔 살 때 70대 동료 의사와 섹스를 한 이야기를 하며, 그 나이에 몸이 얼마나 탄탄했는지, 침대에서 얼마나 야수 같았는지 거리낌없이 말했다. 그때 나는 말하지 않을 수 없었다.

"그런 이야기를 스스럼없이 하는 게 얼마나 이상하게 들리는지 알아?"

"왜, 질투 나?"

"아니, 아버지뻘 나이의 남자와 섹스하기를 간절히 바라다가 마침내 성공한 청소년이 그 사실을 자랑삼아 늘어놓는 것 같아."

이번에는 똑똑한 《뉴욕》지 기자를 만났다. 만난 지 석 달쯤 됐을 때 이턴의 장애를 받아들이기 힘들다고 솔직히 말해 헤어졌다.

"내가 장애를 가진 아이의 엄마 역할을 잘 해낼 수 있을지 자꾸만 의심이 들어. 이제 내가 아이를 갖기에는 너무 나이가 많아서 더욱 그런 생각이 드나 봐."

내가 만난 여자들 중에는 컬럼비아대학교 불문학과 교수도 있었다. 내가 프랑스어를 잘하고, 그리치니치빌리지에 살고, 빌리지 뱅가드에서 재즈를 듣고, 침대에서 쓸 만하다는 것에 매력을 느낀다고 했다. 그러더니 몇 주 뒤에 프랑스에 있는 전 애인을 다시 만나기로 했다고 말했다. "그 남자가 내 운명의 짝이야."

UN 변호사인 독일인 여자도 있었다. 줄리아나는 키가 크고 우아하고 이턴에게도 다정했다. 차츰 만남이 이어지면서 권위적인 모습을 드러내기 시작했다. 줄리아나는 내가 저녁마다 영화나 연극, 재즈를 감상하러 가는 게 못마땅하다며 퇴근 후에는 집에서 독서를 하라고 강요하다시피 했다.

"그 나이에도 책임감 없는 20대 젊은이처럼 시내를 돌아다니는 게 마땅하다고 생각해? 그런 철없는 짓은 그만둬."

그 말을 듣고 나는 생각했다. '어림없지.'

이턴은 뉴욕 주에 있는 괜찮은 대학교에 합격했다. 롱아일랜드 스토니브룩대학교였다. 청각장애 학생을 위한 지원이 뛰어난 곳이었다. 나는 이턴에게 뉴욕대학교에 지원해보는 것도 괜찮지 않느냐고 권했다. 집에서 가장 가까이 있는 학교였으니까. 이턴은 현명하게도 이제 집에서 멀리 떨어질 때가 됐다고 생각했다. 스토니브룩은 집에서 멀리 떨어져있는 대학이었다. 8월 마지막 토요일에 나는 렌터카를 빌려 이턴과 함께 2시간 거리인 스토니브룩 캠퍼스로 향했다. 이턴의 룸메이트 프랭크도 만나보았다. 브루클린에서 온 학생으로 예의 바르고, 룸메이트가 청각장애인이라는 것에 대해 개의치 않아보여서 마음에 들었다. 프랭크는 대학생활을 시작하는 첫날이라 두려워하는 이턴을 기꺼이 도왔다. 이턴의 짐을 풀고 정리한 뒤 신입생과 학부형을 위해 마련한 학교 행사에 참석했다. 이내 이턴과 작별 인사를 해야 하는 가슴 아픈 순간이 찾아왔다.

청소년에서 성인으로 가는 중요한 시기에 이제 이턴은 혼자서 길을 헤쳐가야 한다. 나는 그런 이턴을 멀리서 지켜볼 수밖에 없었다. 나의 슬픔을 이턴도 눈치 챈 듯 수어로 말했다.

"나는 잘 지낼 거야. 잘 지내는 방법을 아빠로부터 배웠으니까."

내가 말했다. "나도 너에게 견디는 법을 배웠어."

"엄마랑 가끔 밥도 먹어, 알았지?"

레베카도 그날 알바니에 있는 집에서 차를 몰고 스토니브룩에 왔다. 레베카는 금주 모임에서 만난 새 남편과 알바니에서 살고 있었다. 남편 프레드는 뉴욕 주 교도소 간부였다.

레베카는 다시 법조계로 돌아가 공익 변호사로 일했다. 나는 프레드를 만난 적이 없었지만 이턴이 만나보고 나서 나에게 말했다.

"조금 구식이고 심심한 사람이지만 엄마가 행복해보였어. 프레드도 엄마처럼 독실한 가톨릭 신자니까 두 사람이 잘 맞을 것 같아."

대학 캠퍼스에서 가까운 곳에 있는 해산물 레스토랑에서 레베카와 마주앉았다. 나는 이턴에게서 들은 말을 레베카에게 전하지 않았다. 레베카와 단둘이 식사를 한 게 얼마 만인지 기억이 가물가물했다. 레베카도 나도 단단히 자신을 방어하고 있었다. 내가 굴 요리와 소비뇽블랑을 주문하자 레베카의 얼굴이 굳어졌다. 레베카가 음식을 먹기 전에 성호를 그을 때 나는 별다른 표정을 드러내지 않으려고 애썼다. 우리는 이턴이 얼마나 큰 발전을 이루었는지 이야기하며 이렇게 키우기까지 정말 애썼다고 서로를 칭찬했다.

레베카가 말했다. "당신이 큰일들을 잘 정리했어. 가정교사들을 찾아내고, 제대로 된 교육기관, 의료기관을 찾아내주었으니까."

"이턴이 자라는 동안 당신이 항상 옆에 있었잖아."

"내 술 문제 때문에 당신이 떠났잖아. 당신 잘못이 아니야."

"다 지난 일이야. 요즘은 잘 지내?"

"요즘은 잘못되는 일이 없냐는 뜻이야?"

"행복하게 잘 지내냐는 뜻이야."

"행복이 도대체 뭐야?"

"좋은 질문이네."

"요즘은 사람답게 살고 있어. 프레드는 좋은 사람이야. 알바니는 재미있는 곳이지. 가끔 오케스트라 연주회에도 가고, 그 지역 연극 공연도 보러 가. 하이킹도 즐기고, 공익 변호사 일도 재미있어. 아, 얘기하다 보니까 너무 진부하네. 그래 솔직히 잘 살고 있어. 컬럼비아 로스쿨을 졸업하면서 상상했던 그런 삶은 아니지만 충분히 좋아. 그래도 아직 가끔 생각해. 이던이 뇌수막염 때문에 청각을 잃지 않았다면……."

내가 말했다. "그 얘기까지 가지 말자. 이미 벌어진 일이야. 그 일에 어떻게 대처하는지가 중요해."

"나는 제대로 못 대처했어."

"아니, 잘 이겨냈어."

"나에 대해 좋게 말하려고 애쓰지 마."

"당신도 너무 자책하지 마."

"우리는 이던의 장애 때문에 헤어졌어."

"그것도 원인이 되긴 했지만 그래도……."

"나는 당신 마음이 줄곧 다른 데 가 있다는 걸 알고 있었어."

나는 잠시 몸이 굳은 가운데 와인을 홀짝였다.

"당신과 함께한 것에 대해 후회한 적 없어. 당신을 사랑했으니까."

"그래도 당신이 같이 있고 싶어 한 여자는 그 사람이었어. 이루지 못한 소망이었지만."

"다 지난 일이야."

"정말 그럴까? 파리에서 사는 동안 그 여자 옆에 있었으면서 이제 와서 아니라고?"

"지금 그 사람은 남편과 딸 옆에 있어. 처음부터 남편과 헤어질 생각이 없었어. 지금 남편 몸이 많이 쇠약해. 딸도 크게 다쳐서 엄마가 보살펴야 하는 상태야."

"서로 연락은 하고 지내?"

"아니."

"아직 그 여자를 그리워하지?"

나는 고개를 가로저었다. 레베카는 미소를 지었다. 비꼬는 게 아닌 진정한 위로의 미소였다.

"그 여자는 늘 당신 옆에 있을 테니까 걱정하지 마. 당신이 나를 만나면서도 갈등하고 있다는 걸 알고 있었어. 나는 당신을 붙잡고 늘어졌고 결국 차지했지. 당신이 그 여자에게 가려고 갈등했던 순간이 있었다는 걸 알아. 당신은 결국 나를 선택했지. 지금 와서 얘기지만 그 선택이 당신에게는 큰 실수였는지도 몰라. 이제 그 복잡한 세월을 다 보내고 우린 지금 여기에 이렇게 앉아 있네. 그 여자는 여전히 당신의 지극한 사랑을 받고 있어. 아마 당신과 각기 다른 곳에서 살았기 때문이겠지. 우리는 누구나 자신이 가질 수 없는 걸 원해. 뭔가를 수중에 넣어도 금세 느끼지. 원하던 게 아니었다는 걸. 우리의 인생에는 그런 일들이 너무 많아. 사랑도, 이상도, 고통도 다 그래. 우리는 계속 꿈꾸지. 당신은 아직도 여전히 사랑을 꿈꾸지?"

나는 와인을 홀짝이고 나서 말했다.

"맞아."

"꿈이 이뤄질 가능성이 보여?"

나는 그저 어깨를 으쓱했다.

"요즘 새롭게 관심을 갖게 된 사람이 있구나."

"어떻게 알았어?"

"우리가 부부였다는 사실을 잊지 마. 척 보면 알아. 당신은 나와는 달리 아직도 로맨스를 찾아 헤매지."

나는 미소를 지으며 말했다.

"그래, 인정."

"얘기 해봐. 어떤 여자야?"

"아직은 안 돼."

로리 윌리엄스 얘기를 '아직은'이라고 말한 이유가 있었다. 빌리지 뱅가드에서 줄을 서 있다가 로리를 만났다. 나는 혼자였다. 로리는 내가 《다운비트(Down Beat 1934년에 창간한 미국의 재즈 잡지 : 옮긴이)》를 읽고 있는 걸 보고, 나에게 음악을 하는 사람인지 물었다. 그렇게 대화가 시작됐다.

로리가 물었다. "재즈를 들으러 갈 때 늘 혼자 다녀요?"

나는 이혼남이고, 아들이 곧 대학에 들어가고, 지금은 만나는 여자가 없다고 말해주었다.

"만나던 여자가 있었는데 이제 막 끝났다는 뜻인가요? 내가 너무 넘겨짚었나요?"

그 당시는 줄리아나와 헤어진 지 두 달쯤 지난 때였다.

"얼마 전에 만나던 여자와 헤어졌는데 이별 후유증 같은 건 전혀 없습니다."

"그렇게 이어지는 말이 좋네요. 저도 이혼했고, 만나던 사람과 최근에 헤어졌어요. 이혼한 지는 5년 됐어요."

"자녀는?"

"원하지 않았어요. 적어도 전 남편과는."

"앞으로는······."

"아이를 가질 나이는 이미 지났죠."

밤 11시 공연에 맞춰 입장이 시작됐다. 우리는 통성명을 했다. 로리는 함께 온 친구 두 명을 소개했다. 두 여자 모두 로리 또래였고, 손에 결혼반지를 끼고 있었다. 로리 일행은 나에게 합석하자고 했다. 알고 보니, 세 사람 중 한 명인 조안의 생일이어서 모인 자리였고, 대학시절부터 알고 지낸 친구들 사이였다. 나는 친구들 모임에 불청객이 될 수는 없다고 사양하고 나서 로리에게 전화번호를 물었다. 우리는 서로 연락처를 교환했다.

시더 월튼 트리오가 공연하는 동안 나는 대여섯 번쯤 로리와 눈이 마주쳤다. 그럴 때마다 로리는 자기를 관심 있게 쳐다보는 내 시선을 알았다는 의미로 고개를 한 번 까딱했다. 48시간 뒤, 전화를 걸고 만날 약속을 잡았다. 로리는 앤솔로지 필름 아카이브에서 1960년대 미국 실험영화를 보자고 제안했다.

로리는 뉴스쿨대학교에서 영화학을 가르치고 있었다. 나는 옷을 차려입고 시내로 갔다. 로리는 내 옷차림을 좋아했다. 내가 스탠 브래키지 감독을 알고 있는 것에 대해서도 좋아했다. 사실은 검색엔진으로 찾아보았을 뿐이다. 영화를 보고 나서 들어간 작은 멕시코 술집도 좋아했고, 자정까지 대화가 끊기지 않은 것도 좋아했다. 나는 택시를 잡아 로리를 태우고 기사에게 요금을 미리 내겠다며 20달러를 건넸다. 택시가 출발하기 전 로리가 나에게 가볍게 키스하고 나서 말했다.

"아주 즐거웠어요."

그 뒤로 세 번 더 만났고, 늘 즐거웠다. 대화는 끝없이 이어졌다. 우리는 서로를 많이 알게 됐다. 조용히 또 서서히 친밀감을 느꼈지만 망설임이 뒤따랐다. 이미 실망스런 연애를 많이 했고, 이제 또 상처받기 싫었기 때문이다. 네 번째 데이트인 토요일 밤에 새벽 1시가 다되도록 술집에서 이야기를 나누다가 로리가 내 손을 잡고 말했다.

"이제 당신 아파트에 초대받고 싶어."

우리는 내 아파트에서 주저하듯 조심스러운 섹스를 했다. 로리는 마지막 연애 이후 일 년 남짓 남자와 잠자리를 가진 적이 없다고 했다.

"내가 실망스럽지 않았는지 몰라."

내가 말했다. "그런 생각 마. 처음이고, 우리 둘 다 긴장했어. 게다가 나쁘지 않았어. '우리에게는 내일이 있다.' 그게 다야."

이튿날 아침에는 리듬이 서로 잘 맞았다. 섹스를 하고 나서 밖으로 나가 《뉴욕타임스》 일요판과 먹을거리를 샀다. 아파트로 돌아와 스크램블드에그를 만들고, 베이글을 굽고, 블러디 메리 두 잔과 프렌치 프레스 커피를 준비했다.

로리가 다가와 키스하며 말했다. "처음으로 같이 먹는 아침이네."

식탁에 앉아 2시간 동안 신문을 나눠 읽으며 대화할 수 있는 분위기가 좋았다. 우리 사이에 흐르는 편안한 분위기도. 십 년 뒤에도 이 식탁에서 주말 브런치를 앞에 두고 대화하는 모습, 여전히 서로에게 열정을 잃지 않고 결속된 모습이 그려졌다. 이런 미래를 상상하는 게 나의 로맨틱한 성격 때문이라는 걸 알고 있었다. 아직 서로에 대해 알아야 할 게 많다는 것도 알고 있었다. 현재 진행 상황은 괜찮았다. 아니 썩 좋았고, 복잡하지 않았다. 함께 밤을 보내기 전, 네 번의 데이트를 통해 듣고 본 결과 로리는 자신의 단점을 잘 알고 있는 여자였다. 다시 좋은 상대를 만나 행복을 누릴 수 있을지에 대해 불안감을 갖고 있었다.

나도 문제가 있을 거라고 예상하면서도 결혼했다. 서로 굳게 결속되어 있다고 느끼던 사람이 미래에 대한 희망을 전혀 보여 주지 않다가 돌연 삶을 함께 열어가자고 제안했을 때 나는 계산적으로 생각하며 돌아섰다. 나는 그런 이야기를 로리에게 들려주었다.

로리가 말했다. "상대 여자가 오랫동안 안 된다고 해왔으니까 당신이 신중하게 반응한 것뿐이야."

"아니, 나는 사실 두려웠어. 내가 그토록 바라던 걸 손에 넣게 되었을 때 느끼는 두려움이었지."

"나중에는 함께 잘 지냈잖아."

"그 사람이 문을 열었을 때 나는 밀어냈어. 그 문이 다시 열렸지만 이번에는 둘 다 서로에게 모든 걸 쏟아 부을 수 없었지."

"서로에게 모든 걸 쏟아 붓는다는 건 내 경험상 말뿐이야. 세상만사가 얼마나 오래 지속될지 누가 알아? 모든 게 순간이야. 그러니까 서로의 결속이 중요하지. 그만큼 깨어지기 쉬운 게 사랑이니까."

나도 로리의 관점에 동의했다. 로리를 만난 지 한 달이 지났을 때 나는 '사랑스러운 관계야.'하고 생각했다. 로리는 일주일에 두세 번은 내 아파트에서 자고 갔다. 뉴스쿨대학교가 걸어서 10분 거리에 있었다. 우리는 아직 서로에 대해 모르는 게 많았지만 서두르지 않았다. 아직 우리는 복잡한 서로의 성격이 뒤엉

키기 전이었다. 어쩌면 우리는 자신의 복잡한 심사가 폭발하지 않도록 잘 다스리며 현명하게 지낼 수 있을지도 모른다. 아니 나의 지난 과거처럼 서로의 복잡한 성격에 휩쓸리게 될지도 모른다. 아직 전조는 좋았다. 우리는 서로 앞으로 어떻게 되어갈지 자연스럽게 두고 보자는 데 동의했다.

이턴은 대학에서 힘든 시기를 보내고 있었다. 이턴의 동료 학생들은 경박한 파티를 좋아했다. 이턴은 연애하길 원했지만 청각장애를 가진 남학생과 데이트하길 원하는 여학생을 찾기 쉽지 않았다. 맨해튼과 파리를 오가며 생활하다가 롱아일랜드 구석에 처박혀 있게 되자 답답한 느낌이 든다고도 했다.

내가 말했다. "그럼 다음 학기에 뉴욕대학교에 편입해."

"컬럼비아대학교에 가고 싶어."

"그럼 학점을 더 높여야 하겠네."

이턴이 화제를 돌리며 물었다. "아빠, 새 애인은 어떤 사람이야?"

"왜 새 애인이 생겼을 거라고 생각했어?"

"행복해 보여서."

"내가 전에는 행복하지 않아 보였어?"

"이자벨 아주머니와 헤어진 이후로는 그랬어."

이자벨.

나는 크리스마스에 이자벨에게 편지를 썼다. 안부 인사와 함께 그동안 나에게 있었던 일을 대략적으로 적었다. 내가 만난 여자들 이야기와 이자벨의 결정으로 내가 얼마나 힘들어했는지에 대해서는 적지 않았다. 이턴, 내 일, 뉴욕 생활 등 그사이 달라진 것들에 대해서만 적었다. 속내를 드러내지 않고 행간에서 내 심정이 읽히게 했다.

'나는 아직도 당신을 기다려.'

이자벨에게서 답장이 왔다.

샤를은 점점 노쇠해 가고 있고, 에밀리는 다시 걷기 시작했어. 에밀리는 이제 안정을 되찾아 파리로 돌아가 살고 있어. 샤를과 나는 에밀리가 잘 지내기를 바랄 뿐이야.

새해 인사를 마지막으로 편지는 끝났다. 이자벨이 요즘 무슨 생각을 하고 있는지, 큰 고통을 겪은 이후 인생을 어떻게 보고 있는지 전혀 드러나 있지 않았다. 우리 관계를 어떻게 생각하는지 알 수 있는 힌트도 없었다.

로리를 만난 지 한 달쯤 지났을 때 나는 조깅을 하다가 문득 깨달았다.

내가 이제는 이자벨을 그리워하지 않는구나.

미래에 대한 가능성과 언뜻언뜻 만족을 느끼는 상대를 만났기 때문이다.

그러다가 갑자기 이자벨이 다시 내 삶으로 돌아왔다. 금요일 아침에 나는 예정된 일정을 모두 취소하고 파리로 가는 비행기에 올랐다. 비행기에서 내리자마자 나는 이자벨이 보낸 이메일에 적힌 주소지로 달려갔다.

사랑하는 사뮤엘

이제 내 차례가 왔어.

며칠 남지 않았어. 어쩌면 일주일.

여기 주소가 있어. 나의 마지막 주소가 될 거야.

나를 찾아올 거지? 내가 우리 사이에 쌓은 벽을 당신이 이해할 수 있다면……. 그렇지만 앞에 썼듯이 이제 시간은 우리 편이 아니야.

이자벨.

• • •

동튼 직후 비행기가 착륙했다. 나는 뉴욕공항에서 출발한다는 이메일을 이자벨에게 보내두었다. 내일 해가 뜰 때에 도착한다고. 10분 뒤에 답신이 왔다.

병원의 오전 면회 시간은 10시부터 12시까지야. 오전 8시에 교대하는 야간 담당간호사에게 말해두었어. 8시 전에 병원에 도착하면 그 간호사가 안으로 들여보내줄 거야. 뉴욕에서 왔고, 시간이 얼마 없으니까. 어쨌든 나는 당신을 기다리고 있어.

오전 6시 전에 나는 택시 안에 있었다. 30분 뒤, 뉴일리에 있는 아메리칸하스피틀 앞에 도착했다. 택시에서 이자벨에게 문자메시지를 보냈다. 이자벨은 루악이라는 이름의 간호사가 6시 반에 병원 정문에서 나를 기다릴 거라고 했다. 루악과 함께 병실로 올라오면 접수데스크에서 이런저런 질문에 시달리지 않아도 될 거라고 했다.

이자벨은 문자메시지를 통해 한마디를 전했다.

몰라보게 달라진 내 모습을 보더라도 너무 놀란 티를 내지 마.

병원 정문에서 기다리고 있던 루악은 내가 프랑스어를 쓰자 안도했다.

루악은 나를 안내해 병원으로 들어서며 말했다. "서두르세요. 병원 책임자들이 곧 출근해요. 그 사람들은 병원 규칙을 엄격하게 따져요."

정문 경비원에게 여권을 보여주고 나서 안으로 들어갔다. 루악을 따라 복도를 이리저리 지나간 뒤 의료진 전용 엘리베이터를 탔다. 엘리베이터가 6층에서 멈춰 섰다.

루악이 말했다.

"환자 분이 변호사님이 뉴욕에서 오신다는 소식을 듣고 아주 기뻐하셨어요. 정말 좋은 일을 하신 겁니다."

우리는 엘리베이터에서 내린 다음 병원 관계자들에게 들키지 않게 뒤쪽 복도를 지나 로비로 나왔다.

루악이 손목시계를 보며 말했다. "242호실이에요. 교대 시간이 8시니까 그 전에 다시 올게요. 병실은 독실이니까 두 분만 계실 수 있어요. 응급상황이 발생하면 침대에 있는 벨을 누르세요."

242호실에 이자벨의 성인 '드 몽상베르'가 붙어 있었다. 나는 생각했다. 사인펜으로 이름이 적힌 흰색 플라스틱 판, 죽은 뒤에는 쓰레기통에 버려질 이 작은 플라스틱 판이 우리 인생의 총계인가? 나는 잠시 어지럼증을 느꼈다. 이 순간을 위해 밤새 대서양을 건너왔지만 병실 너머의 우울한 현실과 마주하고 싶지 않았다.

루악이 문을 노크했다. 답이 없자 루악이 문을 열었다. 병실은 작았다. 큰 병원 침대, 온갖 의료 장비들, 모니터 세 대, 얽혀 있는 관과 줄들, 약 쟁반, 배변 팩, 삐삐삐 소리를 내는 심장박동, 나의 이자벨의 심장박동.

이자벨은 생을 마감할 때 쓰이는 온갖 의료기기들을 가까이 두고 누워 있었다. 이자벨은 나에게 충격 받은 표정을 숨겨달라고 부탁했지만 나는 그러지 못했다. 이자벨은 병원 이름이 프린트된 환자복을 입고 있었다. 몸에 비해 적어도 세 사이즈는 커보이는 환자복이었다. 그만큼 이자벨의 몸이 수척해 있었다. 피부색은 잿빛이고, 뺨은 홀쭉했고, 뼈만 앙상했다. 우아한 실크 스카프가 머리를 감싸고 있었다. 이자벨이 멋진 옷과 함께 목에 둘렀을 실크 스카프는 이제 세련되고 아름답던 과거의 모습을 떠올리게 해주는 역할에 머물렀다. 남편이나 애인에게서 선물로 받았을 실크 스카프는 이제 머리카락이 없는 이자벨의 머리통을 가려주는 역할에 한정돼 쓰이고 있었다.

이자벨은 졸고 있다가 내가 다가가자 눈을 떴다. 초점을 맞추기까지, 앞에 누가 있는지 알아차리기까지 제법 긴 시간이 걸렸다.

"오랜만에 보니 예쁘지?"

나는 웃음을 꾹 참았다. 웃다가 눈물을 흘릴 게 뻔했기 때문이다.

"그런 말은 안 할래."

이자벨이 침대 옆 의자를 가리켰다. 그런 다음 아직 문가에 서 있는 루악에게 고갯짓으로 나와 단둘이 있고 싶다는 뜻을 전했다.

나는 차가운 철제의자에 앉았다.

이자벨이 손을 내밀며 말했다. "내 손을 잡아." 이자벨의 손가락은 이제 뼈만 앙상했다. "해골 같은 손이지만."

"그런 말은 하지 마."

내가 몸을 숙이자 이자벨이 볼을 내밀었지만 나는 입술에 키스했다. 서로의 몸 구석구석에 닿았던 두 입술.

"당신은 끝까지 로맨스에 충실하네. 비록 시체와 키스한 느낌이겠지만⋯⋯."

"쓸데없는 소리."

나는 억지미소를 지었다. 이자벨도 살짝 억지미소를 지었다.

"지금 내 모습은 이전과 같은 게 전혀 없어. 당신은 여전히 평소 모습 그대로여서 고마워. 여기 병실은 무덤 같은 곳이야. 마지막이 가까운 환자들을 수용하는 곳이지."

"언제 알았어?"

"내가 죽을 거라는 거? 여섯 살 때 고모할머니가 죽었을 때 알았지. 이제 내 나이가 예순여섯이고, 죽음이 머지않았다는 생각을 품고 산 지 육 년 됐어."

"유머감각은 여전하네."

"정신이 또렷할 때가 드물어. 마침 정신이 또렷할 때 당신이 왔어. 아니, 당신이 와서 정신이 또렷해졌는지도 모르지. 내가 암이라는 걸 알게 된 건 일 년 반쯤 전이야. 왼쪽 폐에서 악성종양이 발견됐어. 수술을 받고, 항암치료를 받고, 방사선치료를 받았지. 대개의 암 치료 순서야. 그러다가 다른 장기로 종양이

전이됐어. 이제는 몸 전체로 퍼졌지. 두 달 전에 병원에서 그랬어. 공격적으로 암을 치료하면 일 년 정도 더 생존할 수 있을 거래. 그 대신 생존해 있는 일 년 동안 고통스러울 날들을 보내야할 거래. 차라리 대증요법을 쓰면서 여생을 편안하게 보내는 게 나을 거래. 나는 고통스러운 암 치료를 포기하기로 했고, 남은 시간이 3개월로 줄어들었어. 그러다가 6주가 되었고, 이제 운이 좋으면 일주일쯤 더 살 수 있게 되었지. 마지막으로 당신을 만나봐야겠다는 생각에 연락했어. 당신이 오늘 아침 일찍 도착한다고 해서 루악에게 말했지. 모르핀주사를 놓지 말라고. 모르핀주사를 맞으면 고통은 사라지지만 정신이 몽롱해져서 생각도 못하고, 말도 못해."

"모르핀주사를 맞지 않으면 통증이……."

"잠시는 견딜 수 있어. 잠깐이라도 맑은 정신일 때 당신을 보고 싶었지."

"미안해."

"뭐가 미안해? 오십 년 동안 하루에 담배를 두 갑씩 피우면 폐암이 생기기 마련이야. 어리석은 습관이라고 다들 말렸지만 난 담배 없이는 살 수 없었지."

침묵. 이자벨은 내 손가락에 손가락을 깍지 끼려 했지만 그럴 힘조차 없었다. 나는 이자벨의 손을 살며시 쥐었다. 너무 약해 부러질 것 같았다.

이자벨이 말했다. "장례식은 치르지 말아달라고 했어. 묘도 쓰지 말라고. 샤를과 에밀리가 적당하다고 생각하는 곳에 유골을 뿌려달라고. 어디라도 괜찮다고. 수목장도, 납골당도 싫어. 지상에서 내 흔적을 어디에도 남기기 싫어. 당신도 나를 추모도 하지 마. 나는 그냥 사라지고 싶어."

"알았어."

"그러기 싫구나?"

"나는 당신이 아니니까."

"아, 그렇지만 당신은 내 인생에서 없어서는 안 될 부분이었어. 나는 당신을 꼭 지니고 떠날 거야."

나는 입술을 깨물어 눈물을 참았다.

"자꾸 울면 내보낼 거야. 〈라 보엠〉에서 미미가 죽는 순간 푸치니가 악보의 여백에 뭐라고 적었는지 알아? '공감하되 감상적이지 마라.' 일전에 샤를에게도 똑같이 말했어. 에밀리에게도."

"에밀리는 어때?"

"샤를 얘기부터 하자면 옆방에서 자고 있어."

"정말?"

"지금 당신 표정이 어떤지 알아? 화난 샤를이 쳐들어와 결투를 신청할까 봐 떨고 있는 내연의 남자 같아. 샤를은 그럴 힘이 없어. 휠체어 없이는 움직이지도 못해. 조만간 내 곁으로 오겠지. 에밀리가 이 상황을 힘들어 해. 에밀리는 작년에 동료인 장피에르와 결혼했어. 에밀리는 몸이 완전히 정상적으로 회복되어서 사람들이 모두들 기적이라고 했지. 아이를 낳는 것도 문제 없대. 출산 4개월 전이야."

"좋은 소식이네."

"나는 늘 손자를 안아보고 싶었지만 이룰 수 없는 꿈이 됐어."

통증이 이자벨을 휩쓸고 지나갔다. 이자벨의 몸이 작은 경련을 일으켰다. 뼈만 남은 이자벨의 얼굴이 고통으로 일그러졌다. 나는 일어나 벨을 누르려고 했다.

이자벨이 나직이 말했다. "아니, 아직은 좀 더 견딜 수 있어."

나는 의자를 침대 가까이 당겨 앉으며 이자벨의 양손을 쥐었다.

이자벨이 말했다. "어디까지 얘기했지?"

"상관없어."

"상관있어. 어디까지 했더라?"

"에밀리."

다시 한번 통증이 지나갔다. 나는 한 손으로 여전히 이자벨의 손을 쥐고 다른 손으로 벨을 눌렀다. 잠시 후 루악이 병실로 들어왔다. 루악이 들어온 순간 이자벨은 세 번째 통증과 싸우고 있었다. 루악이 나에게 물러서라고 손짓했다. 루악이 심장모니터를 확인하고, 이자벨의 귀에 대고 뭐라 속삭였다. 이자벨이 아주 약하게 고개를 끄덕였다. 루악이 주사기를 이자벨의 몸에 주입했다.

내가 물었다. "모르핀인가요?"

루악이 고개를 끄덕였다. 나는 모르핀이 이자벨의 몸에 퍼지는 걸 지켜보았다. 이자벨의 얼굴이 평온해지며 의식이 불분명해졌다.

나는 루악에게 나직이 말했다. "나가야 해요?"

"그냥 계세요." 루악은 의자를 가리켰다. 나는 다시 의자에 앉았다. 이자벨은 이제 몽롱한 눈길로 천장을 바라보고 있었다. 얼어붙은 겨울 호수 같은 눈이었고, 어느새 고통이 사라져 있었다. 난데없이 이자벨과 내가 침대에 나란히 누워 있는 장면이 머릿속을 채웠다. 섹스를 마친 뒤 이자벨의 얼굴에 떠오른 만족한 미소, 입에 물고 있는 담배, 천장을 올려다보며 나를 향해 던진 말이 떠올랐다.

"모든 게 완벽한 순간이야."

그날 밤, 나는 비를 맞으며 싸구려호텔을 향해 걸어가는 동안 생각했다.

'나는 오늘 순수한 사랑의 순간이 무엇인지 알게 됐어.'

나는 다시 이자벨의 손을 잡았다. 이자벨의 입술이 미묘하게 움직였다.

미소일까?

알 수 없었다. 내 손에 닿은 이자벨의 손은 따뜻했다. 나는 다시 의자에 앉았다. 이자벨을 이대로 보낼 수는 없었다. 잠시 눈을 감았다. 피곤이 밀려왔다. 다시 눈을 떴을 때 잠시 모든 게 헛갈렸다.

여기가 어디지? 내가 뭘 하고 있지?

침대 옆 시계를 보았다. 06 : 48. 몇 분 동안 깜박 잠이 들었다. 내 손은 여전히 이자벨의 손을 잡고 있었다. 이자벨은 천장을 쳐다보며 천상의 미소를 짓고 있었다. 이번에는 다른 점이 있었다. 움직임이 전혀 없었고, 숨을 쉬지 않고 있었다.

나는 깜짝 놀라 벌떡 일어섰다. 목에 손을 대고 맥박을 짚어 보았다. 심장이 뛰지 않았다. 심장 모니터를 보았다. 낮은 일직선이었다. 나는 벨을 눌렀다. 루악이 금세 나타났다. 루악은 무슨 일이 벌어졌는지 금세 파악했다. 나에게 물러서라고 손짓하고, 침착하고 신중하게 할 일을 해나갔다. 루악이 청진기를 이자벨의 가슴에 대보고 나서 심전도 기기를 껐다. 상체를 받치고 있던 베개를 빼내고, 침대에 편안하게 눕혔다. 영원의 세계를 올려다보고 있던 이자벨의 눈이 이제 감겼다.

나는 그 자리에 가만히 서있었다. 어떻게 해야 할지, 뭘 해야 할지 알 수 없었다. 다만 루악에게 감사를 표했다.

"고맙습니다. 이자벨을 생전에 만날 수 있게 해줘서⋯⋯."

"이자벨은 늘 변호사님이 보고 싶다고 하셨어요. 이자벨이 원하던 대로 여기에 오셨고, 만나셨죠. 이제 이자벨은 세상을 떠나섰어요. 변호사님을 만나려고 모르핀주사도 거부하셨죠."

나는 고개를 끄덕이고 나서 고개를 숙이고 한 손으로 벽을 짚었다. 낭떠러지 아래로 떨어지는 기분이었다.

루악이 말했다. "저는 이제 환자의 남편에게 사망 소식을 전해야 합니다."

이제 내가 병실에 남아 있을 수 있는 시간은 끝났다는 뜻이었다.

"아, 물론 그래야죠."

나는 마지막으로 한 번 더 이자벨을 보았다. 루악이 시트로 이자벨의 얼굴을 덮었다. 이제 이자벨의 인생 이야기는 끝났다. 나의 이야기는 조금 더 계속되겠지. 언제까지나 이자벨이 내 이야기의 커다란 부분을 차지하고 있겠지. 삼십 년 전, 생제르맹에 있는 서점에서 우연히 만난 순간부터 지금껏 그래 왔으니까. 그날 이후 두 인생의 행로가 완전히 바뀌었다. 오래 지속될 수 있는 사랑을 찾으려고 애쓰는 건 가장 인간적인 추구였고, 언제나 그 행로는 우연의 음악에 달려 있었다.

루악이 헛기침을 했다. 내가 이제는 정말 자리를 비켜줘야 할 때가 되었다는 신호였다. 나는 고개를 끄덕이고 나서 가방을 챙겨들고 복도로 나왔다. 복도는 지나치게 밝았다. 휠체어에 탄 거구의 노인이 내 앞에 있었다. 고고학자가 발굴한 고대의 석조상 같은 얼굴이었다. 목 주위로 늘어진 살, 지쳐 보이지만 여전히 날카로운 빛을 잃지 않은 눈의 소유자였다. 노인이 나를 똑바로 보았고, 나는 그 순간 얼어붙었다. 노인의 시선은 강렬했다. 삶의 밑바닥에 깔려 수십 년 동안 드러내지 않던 분노가 마침내 한 곳으로 모아진 눈빛이었다. 부인의 다른 남자를 대하는 눈. 나는 노인의 시선을 마주보았다. 그러다가 샤를은 놀라운 일을 했다. 애써 휠체어에서 일어선 것이다. 아주 힘겨워보였지만 반드시 혼자 힘으로 일어서겠다는 결의가 느껴졌다. 샤를이 한 손으로 휠체어를 잡고 균형을 유지하며 일어섰다. 아주 키가 큰 남자였다. 구부정한 어깨도 똑바로 폈다. 샤를이 오른손을 내밀어 내 어깨를 잡더니 나를 똑바로 바라보았다. 말은 한마디도 없었다. 우리는 서로 위로의 말을 건네지도 않았다. 눈물도 흘리지 않았다. 그저 침묵 속에서 깊은 슬픔을 느꼈다.

샤를은 다시 휠체어에 앉았다. 병실 문이 열리더니 루악이 나왔다. 샤를은 병실 안을 들여다보았다. 침대에 누운 이자벨의 시신이 보였을 것이다. 이자벨의 몸은 이제 얼굴까지 흰 천이 덮여 있었다. 샤를이 눈을 질끈 감았다. 루악이 휠체어를 밀어 병실 안으로 들어갔고, 문이 닫혔다. 중년의 병원 직원이 서류판을 들고 다가오더니 이자벨의 이름이 적힌 플라스틱 판을 문에서 떼어냈다.

· · ·

병원에서 나와 보도에 발을 내딛자마자 나는 결심했다. 파리를 돌아다니며 추억에 잠기지 말자. 과거를 회상하지 말자. 공감하되 감상적이지 말자. 그리고 살아가자.

밖에는 택시가 많았다. 맨 앞에 있는 택시에 올라탔다. 공항으로 가자고 했다. 도로에 차는 많지 않았다. 30분 뒤에 공항에 도착했다. 발권 데스크로 갔다. 뉴욕 행 다음 비행기가 오전 11시 5분에 출발한다고 했다. 신용카드를 내밀었다. 몇 분 뒤 탑승권을 받았다. 어제 나는 공항에서 휴대폰으로 로리에게 전화했다. 파리행 비행기를 탄다고 말했다. 갑자기 대서양을 건너는 이유를 설명하자 로리는 한마디만 남겼다.

"가야지. 대화할 상대가 필요하면 언제라도 전화해."

이제 나는 로리에게 보낼 문자메시지를 쓰고 있었다.

'파리에 시간 맞춰 도착했어. 조금이라도 늦었으면 헛걸음이 될 뻔했어. 이제 끝났어. 뉴욕행 비행기. 에어프랑스 790. 오후 1시 15분 도착. 공항에 내리면 전화할게. 당신 생각을 많이 하고 있어.'

돌아오는 비행기 안에서 줄곧 머릿속이 흐릿했다. 안대를 끼고 귀마개를 꽂았다. 지난 40시간 동안 눈을 붙이지 못한 나는 곧 잠에 굴복했다. 뉴욕에 착륙하기 20분 전에 승무원이 나를 깨웠다. 창밖을 내다보았다. 뉴욕에는 얇은 눈이 덮여 있었다. 세상이 깨끗했다. 불결한 곳은 죄다 백색의 눈에 표백되어 있었다. 비록 잠시일 테지만.

비행기가 착륙했다. 입국 수속은 빨랐다. 여권을 확인할 때 공항경찰은 아무런 질문도 하지 않았다. 세관을 통과할 때 어깨에 멘 작은 가방만 흘긋 보았을 뿐이다. 이제 뉴욕으로 나갈 일만 남았다. 자동문이 열렸다. 소음과 혼잡 속에서 나가고 들어오는 두 가지 인생의 모습이 펼쳐지고 있었다.

"샘!"

나를 부르는 소리인가? 마중 나올 사람이 없는데?

"샘!"

고개를 돌렸다. 입국 구역 왼편 끝에 로리가 있었다.

로리가 공항에 나와 나를 기다리고 있다니?

나는 놀라 어리둥절했다. 내 놀란 표정에 로리가 걱정하는 얼굴로 나를 보았다. '이렇게 마중 나온 건 지나친 행동이었나?' 로리의 얼굴이 그렇게 말하고 있었다.

내 대답은 미소. 그리고…….

"아, 반가워!"

로리는 크게 안도했다. 나에게 다가오며 내 품에 안기려 했다. 나도 어서 로리를 품에 안고 싶었다. 나는 이미 깨닫고 있었다.

'나는 당신이라는 사람을 완전히 알 수 없을 거야. 당신도 나라는 사람을 완전히 알 수는 없겠지. 인생의 가장 큰 미스터리

는 자신이 사랑하는 사람이 아니야. 인생의 가장 큰 미스터리는 자기 자신이야.'

로리가 지금 내 옆에 있었다.

우리가 함께 미래를 꿈꿀 수 있을까? 서로를 행복하게 만들어줄 방법을 찾을 수 있을까?

한편 우리는 잊지 말아야 한다. 우리는 어둠 속에 혼자 있지 않다는 사실을.

그것이 우리가 원하는 전부가 아닌가?

〈끝〉

옮긴이의 말

　스물한 살의 청년 샘은 1977년 1월, 처음 파리에 발을 디딘다. 하버드 로스쿨 입학을 앞두고 몇 달을 파리에서 지낼 계획이었다. 파리의 어느 서점에서 우연히 만난 프랑스 여인 이자벨. 샘은 이자벨에게 끌리고 오후 5시에 이자벨의 작은 작업실에서 서로를 불태운다. 이자벨은 샘보다 열다섯 살 연상이고, 유부녀이며, 번역가이다. 둘 사이의 간격은 그 것보다 더 큰 데에 있다. 이자벨은 자신의 가정을 깨지 않고 샘과 사랑을 나누려 하고, 샘은 사랑의 완성은 가정을 이루는 데에 있다고 믿는 것.

이자벨은 말한다. "우리에게 무엇보다 중요한 건 오후에 이 침대에서 서로 사랑하면서 나눈 열정이야. 드문 경험이니까. 만나는 시간은 짧지만 흥분과 절박감이 전혀 없는 결혼생활과는 다르니까. 결혼생활을 하다보면 저절로 타성이 생기게 되고, 우리 부부는 서로 상처를 주지 않기 위해 속마음을 숨기고 대화를 나누기도 해. 그런 게 사랑이야. 분명 당신과 함께할 때의 열정적인 사랑과는 다르지. 그래도 틀림없는 사랑이야."

이자벨의 말은, 결혼한 부부의 사랑과 우리가 흔히 불륜이라 말하는 상대와의 사랑, 두 사랑의 차이를 쉽고 정확하게 설명하면서, 두 사랑이 공존할 수 있음을 이야기한다.

샘의 생각은 다르다. '미래? 사랑에 빠지면 눈앞에 있는 현실만 생각할 수 없게 된다. 필사적으로 사랑하는 사람과 함께할 미래를 꿈꾸게 된다. 실현 불가능한 미래에 대해 끝없이 집착하게 된다.'

두 사람의 생각 차이는 샘으로 대표되는 미국인의 사고방식과 이자벨로 대표되는 프랑스인의 사고방식의 차이를 보여 준다. 사랑하기 때문에 이자벨과 가정을 꾸리기를 원하는 샘, 샘을 원하지만 지금의 가정을 깰 마음은 없는 이자벨. 서로를 간절히 사랑하는 마음은 같지만 결혼에 대한 가치관의 차이는 두 사람을 갈등에 빠트린다.

미국으로 돌아가서 로스쿨과 로펌 인턴으로 바쁜 생활을 보내는 샘과 여전히 파리에서 아이를 갖는 이자벨. 이제 두 사람의 삶은 누구나 주위에서 보았을 만한 삶의 이런저런 풍파를 겪으며 살아가기 시작한다. 이자벨은 산후우울증에 시달리고, 샘은 파리로 날아가 이자벨을 위로한다.

샘은 차츰 이자벨을 이해한다. 그러나 여전히 이자벨과 함께하는 삶에 대한 동경을 버리지 못한다.

'이자벨과 함께하는 미래를 꿈꾸어서는 안 돼. 지금 주어진 조건 안에서 이루어지는 일들만이 나에게 허용된 전부야.' 냉정한 깨달음 뒤에 슬픔이 따라왔다. 그런 한편 기묘한 해방감이 느껴졌다. 오직 이자벨만 바라보거나 '단 한 사람'에게 내 인생을 바쳐야 한다고 고집할 필요는 없다. 그럼에도 만약 이자벨이 미래를 함께하자는 내 시나리오에 동의한다면 나 역시 기꺼이 받아들일 각오가 되어 있었다. 이자벨은 '단 한 사람'이라는 범주에 자신을 끼워 넣는 걸 못마땅하게 여기겠지만 나에게 '단 한 사람'이 있다면 이자벨이었다.

샘은 안정된 미래를 함께할 여자 레베카를 만나서 결혼한다. 결혼하기 전, 이자벨이 미국으로 샘을 찾아와서 자신의 딸과 함께 미국에서 셋이 살자고 말한다. 샘은 망설이다가 레베카를 택하고 이자벨과 이어지는 문을 닫는다. 그리고 결혼 생활. 같은 변호사인 레베카는 자신과 샘을 계속 비교하며 점점 자기혐오의 세상으로 숨어들고 술에서 위로를 찾으려 한다. 아들 이던이 태어난 기쁨도 잠시, 이던은 뇌수막염 후유증으로 청각을 잃는다. 레베카의 자기혐오와 술 중독은 점점 심해지고, 샘은 이혼을 택한다. 결혼 생활의 온갖 문제들, 자녀를 키우며 겪는 부모의 문제들, 샘과 이자벨은 같은 경험을 하며 여전히 서로에게 사랑을 느낀다. 둘 사이의 정열도 식지 않는다. 그리고 몇 년 동안 파리에서 생활하게 된 샘은 안정되고 꿈과 같은, 정식 결혼을 하지 않았고 매일 함께 사는 것은 아니지만, 일정한 시간에 만나고 서로에게 힘이 되는 관계를 유지한다.

《오후의 이자벨》은 어찌 보면 단순한 이야기다. 한 청년과 연상의 여인이 만나고, 두 사람은 각기 배우자가 있지만 평생 사랑을 이어간다. 그러나 어떤 인생이라도 깊이 들여다보면 단순하지 않듯, 이 이야기도 결코 단순하지 않다. 어떤 사람은 이 소설을 읽고, 스무 살의 청년이 연상의 여인을 만나 성장하는 이야기라고 해석할 수도 있을 것이다. 그러나 그런 해석은 지나치게 단순한 것이라고 나는 생각한다. 더글라스 케네디는 미국 작가이지만 영국과 프랑스에서 많은 시간을 보내며 살아가고 있고, 미국적 사고방식 – 이것은 부부 관계나 가족관에 있어서는 한국적 사고방식과 비슷하다고 볼 수 있다 – 과 프랑스적 사고방식의 차이를 잘 알고 있다. 소설 안에서도 직접 자주 언급되지만, 미국인 같은 생각과 프랑스인 같은 생각, 결혼과 가정에 대한 그 생각의 차이를 보여주려 하는 것이 이 소설의 진짜 목소리다.

우리 사회의 대부분의 사람들도 샘처럼 부부는 바람을 피우지 않아야 하고, 이혼을 하고 새로운 상대와 다시 결혼하는 것은 허락되지만 사랑을 여러 사람으로 나누는 것은 허용할 수 없다고 생각한다. 그러나 그런 부부관, 가족관이 과연 인간의 본성과 사랑이라는 본질에 부합하는 것일까? 배우자 외의 다른 상대와 사랑에 빠지고 그 사랑을 이어가는 것을 그저 '외도'라 못 박고 거기에 도덕적인 옳고 그름의 잣대만 들이댈 수 있을까? 결혼해서 함께 가정을 이루고 장밋빛 미래를 향해 달려가겠다는 꿈은 과연 언제 어디서나 옳은, 정당한 꿈일까? 우리는 누구나 그 꿈을 이루며 살 수 있다고 장담하지만, 그게 가능할까? 이 소설은 이렇듯 어렵고 곤란한 질문을 던진다. 현명하고 지적인 이자벨은 그 질문에 답할 수 있나? 물론 그렇지 않다. 이자벨도 깨어지기 쉽고 연약하며 복잡한 사람이며, 그 또한 자신의 우울증과 딸의 우울증으로 곤란을 겪고, 남편과 샘 사이에서 갈등하는 사람일 뿐이다.

소설에서는 두 주인공, 샘과 이자벨뿐 아니라 여러 등장 인물들이 생생하게 살아서 움직인다. 그들의 삶과 행동, 선택과 결과들은 20세기에서 21세기로 이어진 삶을 살아온 우리 시대 중년들의 모습이다. 또한 장애, 청각이라는 신체적 장애를 안고 사는 이턴, 우울증이라는 정신적 장애를 안고 사는 에밀리, 이 두 자녀를 통해서 장애인과 그 가족에 대한 시각을 넓힐 수 있는 것도 이 소설의 미덕이다.

중년의 나이에 접어든 이자벨은 말한다. "나는 항상 안정을 추구하며 살았어. 내 자신을 철저하게 통제했지. 그래서 내가 불행한 걸까? 내 주변의 용감하고 활달한 몇몇 지인들처럼 60개국을 여행했어야 행복할까? 나는 한정된 삶을 사는 사람이야. 나는 그 사실을 받아들이고 인정하며 살아. 내 인생은 이렇게 결정됐어. 이렇게 되도록 결정한 사람은 바로 나 자신이야. 이렇게 말하는 내 심정이 슬프냐고? 당연히 슬퍼. 내가 선택한 삶인데 슬프냐고? 그런 것 같아. 내 슬픔은 안정적인 삶을 바란 내 약점을 빨아먹고 자랐을까? 틀림없이 그래. 내가 약점을 극복하려고 시도한 게 있냐고? 당신에 대한 사랑 빼고는 없어. 전혀." 이렇듯 자신의 인생을 받아들이는 삶, 그리고 그 삶을 지탱하게 하는 사랑, 그런 사랑하는 사람이 존재하기를 바라는 것도 어쩌면 우리 모두의 꿈일지 모른다. 그리고 그 꿈의 마지막은, 이 소설의 대단원에서 눈물과 함께 찾아온다.

조동섭

오후의 이자벨

초판 1쇄 발행일 2020년 8월 10일 | **초판 5쇄 발행일** 2023년 12월 22일

지은이 더글라스 케네디 | **옮긴이** 조동섭 | **펴낸이** 김석원

펴낸곳 도서출판 밝은세상 | **출판등록** 1990. 10. 5 (제 10 - 427호)

주 소 (413-120) 경기도 파주시 문발로 119, 202호

전 화 031-955-8101 | **팩 스** 031-955-8110 | **메일** wsesang@hanmail.net

블로그 blog.naver.com/balgunsesang8101 | **인스타그램** www.instagram.com/wsesang

ISBN 978-89-8437-409-6 03840 | **값** 15,000원

잘못된 책은 구입한 곳에서 교환해드립니다.